北京市教委人文社科研究计划面上项目

项目编号：SM200810049006

中国当代京剧音乐家传略

（作曲家部分）

李晓天　著

文化艺术出版社
Culture and Art Publishing House

图书在版编目（CIP）数据

中国当代京剧音乐家传略（作曲家部分）/李晓天著．—北京：文化艺术出版社，2012.10

ISBN 978-7-5039-5478-8

Ⅰ．①中…　Ⅱ．①李…　Ⅲ．①京剧—戏曲音乐—作曲家—列传—中国　Ⅳ．①K825.78

中国版本图书馆 CIP 数据核字（2012）第 233907 号

中国当代京剧音乐家传略（作曲家部分）

著　　者　李晓天
责任编辑　褚秋艳　栗　鹏
装帧设计　马夕雯
出版发行　文化艺术出版社
地　　址　北京市东城区东四八条 52 号（100700）
网　　址　www.whyscbs.com
电子邮箱　whysbooks@263.net
电　　话　（010）84057666（总编室）　84057667（办公室）
　　　　　（010）84057691—84057699（发行部）
传　　真　（010）84057660（总编室）　84057670（办公室）
　　　　　（010）84057690（发行部）
经　　销　新华书店
印　　刷　国英印务有限公司
版　　次　2014 年 10 月第 1 版
印　　次　2014 年 10 月第 1 次印刷
开　　本　710 毫米×1000 毫米　1/16
印　　张　20.5
字　　数　350 千字
书　　号　ISBN 978-7-5039-5478-8
定　　价　38.00 元

序

我的朋友李晓天的新作《中国当代京剧音乐家传略（作曲家部分)》即将出版问世，嘱我在书前写几句话。其实，我早就想为晓天这本书的写作谈一些感想了。

文学、音乐和表演是中国戏曲艺术最重要的支柱。离开文学（口头剧本或文字剧本)，戏曲就没有魂魄；没有表演，舞台上就没有活的戏曲；没有音乐，表演出来的也不成戏曲。许多戏曲剧目能在舞台上长期的传承，甚至为广大票友津津乐道，在很大的程度上是得益于它的脍炙人口的唱腔。近代京剧流派纷呈，不同流派的创造者和继承人有不同的审美取向，擅长塑造不同的人物类型，但不同流派的最大的区别仍然是唱腔的不同特色。因此，京剧（不只是京剧）艺术的健康发展，绝对离不开成功的音乐创造。

京剧的历史上，不少的表演艺术家和六场通透的琴师是有能力为新编剧目创腔的。新中国成立前，还没有哪家学校给京戏团体培养作曲者，京戏班子里根本就没有专门的作曲家。每一部新戏的每一句唱腔都是演员和乐师共同创造的，在演唱实践中有的被观众认可了，就被保留下来，并且传之后人。

20 世纪以来情况有了变化。随着社会的进步和艺术教育的发展，有些接受过西洋音乐教育的人士，把他们的创作兴趣也投向了戏曲艺术。他们出于对民族戏剧艺术的热爱，认真地研究戏曲音乐传统，以他们的音乐理论素养对传统的戏曲音乐做出了理性的解释，把自己的艺术智慧与戏曲创作相结合。他们成了传统戏曲音乐的忠实的传承者，也成了戏曲音乐新的创作者。各个戏曲剧种里，几乎都有这种“新文艺工作者”的参与。有的人为新编的现代戏和历史故事戏作曲，成绩卓著者就成了我们所说的戏曲音乐家。正是因为这些戏曲音乐家的天才创造，当代戏曲舞台上才有了黄梅戏《天仙配》，才有了京剧《红灯记》，才有了一部又一部激动人心而流播广远的好戏。中国戏曲艺术能存活到今天，而且展现其绚丽辉煌，戏曲音乐家功莫大焉。

踏勘戏曲艺术家走过的艺术道路，研究和总结他们艺术创作的经验，为当今的戏曲创作借鉴，自然是戏曲理论工作者的重要任务。目前的情况是，对表演艺术家的研究比较活跃，问世的文章和专著逐渐增多；对戏曲音乐家的研究还比较寂寞，专门的文章更少。剧场里的情形也是如此。一般观众观看新戏，大多是注意哪个角儿领衔主演，顶多关注一下这部戏是谁人写的，至于能关心是哪位音乐家给这部戏作曲子的观众则少之又少。这是令人深感遗憾的事。

京剧是世界级非物质文化遗产，是令国人自豪的国粹。研究各大表演流派的艺术家的专著不断涌现，可是为京剧音乐家写的文章和专著却极少。这种情况和京剧艺术丰富的音乐遗产极不相称。可喜的是，李晓天终于为我们推出了一本《中国当代京剧音乐家传略（作曲家部分）》。

这本书研究的京剧音乐家，大体上代表了从中央到地方天南地北的京剧院团作曲的音乐工作者，他们的作品代表了当代京剧音乐创作的成就。在入书的京剧音乐家中，有的是我所崇拜的前辈老师，有的是我所敬爱的同辈朋友。有的年富力强，激情喷涌，精力正旺，有的老而弥坚功力不减当年。有的年过古稀正向百岁前进，有的则英年早逝带走了满脑子智慧。生也罢，死也罢，研究他们的艺术创造的经验，对今天的京剧的健康发展都是大有裨益的，对当代戏剧史的研究也是一个很大的贡献。

这本书有一个很大的优点，就是有关每一位京剧音乐家的材料都是李晓天亲自采访、调研得来的。他走访了一百多位京剧音乐家及相关的知情者，多次与研究对象当面讨论，获得了大量的第一手资料和鲜为人知的故事。为此，李晓天还查阅了大量的文献资料，观看了相关的影像与图片，精细地研究分析与比较，在尊重传统音乐学方法的基础上，又尽量地采用现代的研究方法，这样做出来的文章是客观的、可靠的。

李晓天是中国戏曲学院音乐系的教师。他能把大量的精力放到京剧音乐研究上，体现了一个戏曲音乐理论工作者的本分。戏曲音乐教育是我国音乐教育的薄弱方面。许多资深的音乐学院已经没有了戏曲音乐专业。只有中国戏曲学院还在坚守戏曲音乐教育的领地，不断地为戏曲艺术培养和输送音乐创作的新锐，这是非常了不起的。此书中研究的多位音乐家，都曾经是中国戏曲学院的教师和研究生导师。此书的出版不仅为中国戏曲学院的学生提供了一部重要的教材，也将为全国各地的从事戏曲专业学习和戏曲音乐创作的人士提供一种重要的专业参考。

愿此书早日与读者见面。

周育德

2012 年 11 月 22 日

目　　录

前言 ………………………………………………………………………… 1

北方·京津冀地区

笃行信道之先驱　博学真爱之典范
——国家京剧院　国家一级作曲　刘吉典 ……………………………… 3

对艺术执著追求　对工作无怨无悔
——国家京剧院　国家一级作曲　张建民 …………………………… 19

躬身国粹情浓意雅　传道授业沥血呕心
——中国戏曲学院　国家一级作曲　关雅浓 ………………………… 38

忠国粹至诚至爱　苦钻研文武全才
——中国戏曲学院　国家一级作曲　任　枫 ………………………… 59

追求历久弥新　创作笔耕不辍
——中国戏曲学院　国家一级作曲　朱维英 ………………………… 72

忠厚待人义无悔　勤奋为乐曲永存
——北京京剧院　国家一级作曲　陆松龄 …………………………… 93

立志钟情不悔　奋斗天道酬勤
——北京京剧院　国家一级作曲　朱绍玉 …………………………… 107

鼓声铿锵风骨健　乐音飘缈萦纡梁
——天津京剧院　国家一级作曲、鼓师　李凤阁 …………………… 131

南方·沪苏鄂地区

孜孜不倦上下求索　历经沧桑无悔无怨
——上海艺术研究所研究员　黄　钧 ………………………………… 149

爱京剧情愫隽永　志高远情怀浩荡
——上海京剧院　国家一级作曲　高一鸣 …………………… 171
乐扬黄浦梨园行　曲荡华东上海滩
——上海京剧院　国家一级作曲　金乐华 …………………… 187
执著铸就辉煌　精神谱写华章
——上海京剧院　国家一级作曲　龚国泰 …………………… 197
历经辗转情不悔　曲映浦江壮歌飞
——上海京剧院　国家一级作曲　金国贤 …………………… 212
志存高远勤奉献　曲韵江河霞满天
——江苏省京剧院　国家一级作曲　汪人立 ………………… 227
勤奋耕耘奏华章　壮心不已谱新曲
——江苏省京剧院　国家一级作曲　赵　润 ………………… 244
追求恒久且无悔　曲韵优美且动人
——南京市京剧团　国家一级导演兼作曲　续正泰 ………… 257
创丑行唱腔体系　扬湖北京剧特色
——湖北省京剧院　国家一级编剧兼作曲　谢　鲁 ………… 278
多元多样的创作　更新更美的追求
——武汉京剧院　国家一级作曲　李连璧 …………………… 297

后记 ……………………………………………………………… 314

前　言

从20世纪50至60年代起，一批京剧音乐家及作品脱颖而出，他们为中国当代戏曲文化事业的繁荣与发展起到了不可替代的历史作用。正是这些京剧音乐家们大量的艺术创作与实践活动，才使得独具神韵的中国传统艺术焕发出勃勃生机。此间众多京剧音乐名段的演出和推广，不仅为京剧音乐艺术留下了品质优良的有形文化产品，也引领普通大众的审美价值取向跃上了新的台阶并使其获得新的美感享受和智慧的启迪。当我们翻开中国当代音乐文献之时，你会清晰地看到众多的表演艺术家跃然纸上，然而对于京剧音乐家的记述却寥寥无几。作为一名从事音乐史论教学与研究的高校教师，我觉得有责任、有义务填补这一历史之遗憾。

跨入新世纪，为了更好地传承中华民族的国粹艺术，从学术的角度对于中国当代的京剧音乐家及作品进行认真归纳和梳理，在公证客观的基础上对其突出业绩进行概述，并在宏观的视角下科学地研究其创作经历和创作实践活动中的共性与个性特征，探索和评价当代中国京剧音乐经典作品的成功经验，可为同道者借鉴与参考，是一项十分重要的课题。

笔者在中国戏曲学院领导和院学术委员会的专家们的鼎力支持下，2008年获得了北京市教委人文社科研究计划面上项目《中国当代京剧音乐家研究（作曲家部分）》科研经费资助。此后，笔者历经三年的努力，先后赴上海、南京、武汉、天津、贵州等地多次采访、调研，走访了逾百位京剧音乐家及其相关知情者，多次与研究对象当面交谈并进行录音、录像，获得了大量的第一手资料和众多鲜为人知的故事。与此同时，又通过文献阅读和资料查证，先后查阅了数百万字的期刊、书籍等文字资料，此外还观看相关的影视与图片资料。在此之后，经过认真精细的研究和比较分析等一系列的工作，综合运用了音乐学传统与现代的研究方法，逐一对研究对象进行了公正、客观的记述，最后形成本书。

笔者认为：当代京剧音乐家及作品是中华民族国粹艺术的重要组成部分，当代京剧音乐家是中国戏曲事业发展的中流砥柱。正是他们长期不懈努力与执著坚守，才使得中华的国粹艺术得以传承和发展；正是他们的呕心沥血的辛勤劳动，才使得中华民族艺术百花园中花开艳丽、硕果累累。当代京剧音乐家们诸多的艺术创作实践具有一定开拓意义和创新价值，因此，全面而系统地研究其艺术实践活动的成功经验与失败教训，探索其共性与个性特征，不仅有益于不断提高国民对国粹艺术的认知度，同时对于促进弘扬中华民族艺术的传承与发展的文化自信和文化自觉，实现中华民族文化的繁荣与发展都具有重要的战略现实意义和深远的历史意义。

本书试图凸显特点：

一、系统梳理和记述当代京剧音乐家及其作品的形成轨迹

以当代京剧音乐家的艺术实践活动及其创作与理论成果为主要研究对象，对其发展与演变轨迹进行系统地搜集、整理和概括性地论述；分析其经典作品、论述其精彩演奏、记述其精英教育、阐述其精辟论断；客观、公正地总结与归纳京剧音乐家们艺术实践中的成功经验与不足；深刻挖掘和阐述其生成与传播的社会背景和人文环境；翔实阐发和评价其社会影响与历史意义；为后来者提供真实的参照。

二、广泛搜集和整理当代京剧音乐家及其创作的代表曲目

在当代戏曲音乐家的创作中，有许多经典唱腔流传于世，在完成课题研究过程中，对这些经典唱腔创作的历史背景、创作程序与修改过程、腔与词和节奏之关系、传统与现代音乐元素的相互借鉴与融合、独到的创作技法与革新之处、独特的个性特征以及新、像、美等内在品质逐一进行分析论证。通过多种途径，采用多种方法，联合各方成员、调动各种力量，拉网式地搜集、梳理、综合各种京剧现代戏音乐创作剧目中曲目，确立涵盖内容比较丰富和比较完整的研究框架，进而对于课题进行深入研究。同时，对于当代京剧中唱腔音乐、场景音乐等经典曲目的创作的时代背景、创作过程、艺术特征、作曲家等进行

重点分析和论证。

三、高度概括和揭示当代京剧音乐家及其作品的创新之处

戏曲音乐现代戏有许多创新之处，其中十分重要的方面便是大胆吸收与借鉴中国民族民间音乐元素和西洋作曲技术与方法。在众多的戏曲现代戏中，不同地域、不同风格的音乐创作，都融入了一定的民族民间音乐元素，西洋的和声、复调、曲式与配器手段与技法也在创作中频繁出现，其丰富的音乐语言和新颖别致的音乐表现手段，对于烘托剧情、刻画人物都起到了十分重要的作用。

四、公正阐发和评价当代京剧音乐家及其作品的影响与价值

理论研究的重点和难点之一，在于对某一部作品的社会影响和历史意义的阐发与评价。长期以来对于一部新作的上演，往往以思想内容和艺术形式作为主要评价标准的模式，已经在人们心中形成了某种定式，然而，能否从辩证唯物主义和历史唯物主义的哲学观点出发，对于京剧现代戏的音乐艺术价值进行正确和科学的判断，是本课题研究的又一项重要内容，本书在对于每一位作曲家的记述过程中，都特别强调了代表性作品的价值与意义。

通过本书，您可以领略当代京剧音乐家及作品的概貌，也会对于当代京剧音乐创作的丰富文化内涵和独特的艺术价值，在深度和广度上有一个更全面的理解。同时领略他们在探索京剧音乐创作新路的过程中，所折射出戏曲音乐人的价值取向与人文品格，感悟20世纪后半叶戏曲音乐人的坚韧性格与创新精神。作为撰写者，笔者也希望书中的内容，能够对于目前中国戏曲音乐创作与实践，对于从事京剧音乐事业的后来者，对于扩大国粹音乐艺术的传承与传播，以及为从事京剧音乐创作、演奏、理论研究的后来者提供真实可靠资料，为未来中国戏曲音乐事业的发展提供一点有益的参考和借鉴。倘若果真如此，将是我最大的快慰！

尽管笔者怀着良好的初衷，在研究过程中也比较努力，但是，囿于学识水平和研究能力所限，仍然会有错漏之处。本书所记述的京剧音乐家在制定南北方区域后按所在单位排序。由于受字数限制等原因，一部分京剧作曲家未能记

述在本书中，笔者在此向有关各方致歉的同时，已经着手后续的研究与写作及出版事宜，在此，敬请各位良师益友、方家学人予以谅解的同时给予批评指正。

李晓天

2012年6月16日于北京

北方·京津冀地区

笃行信道之先驱　博学真爱之典范

——国家京剧院　国家一级作曲　刘吉典

刘吉典，中国当代著名京剧作曲家，国家京剧院一级作曲，中国音乐家协会、中国戏剧家协会、中国曲艺家协会会员，中国戏曲音乐学会、中国曲艺音乐学会顾问，中国戏曲学院名誉教授，文化部振兴京剧指导委员会委员。他是新中国成立之后最早投入戏曲音乐革新的作曲家。半个世纪以来，曾先后参与了中国京剧、北京曲剧等约六十多部剧目的音乐及唱腔设计，其代表作有：现代京剧《三座山》、《白毛女》、《红灯记》；现代曲剧《杨乃武与小白菜》、《啼笑姻缘》、《曹雪芹》等。在进行戏曲音乐创作的同时，他在戏曲音乐理论研究方面也作出了重要的贡献，先后出版了

《京剧音乐介绍》和《京剧音乐概论》等理论专著，并且在各种报纸杂志上发表了三十余篇的学术文章。

1994 年，在国家文化部艺术局、中国京剧艺术基金会、中国京剧院等单位联合举办的“刘吉典戏曲音乐研讨会”上，向刘吉典颁发了全国戏曲音乐界最高奖项——“孔三传奖”。刘吉典先生堪称中国京剧、曲剧音乐创作改革与创新的奠基者；中国戏曲界真爱、博学的典范；中国文化界戏曲、曲艺理论著述卓有成就的名家和中国当代戏曲音乐历史画卷中的一代宗师。

一、 出身津门　自幼得民间音乐滋养

1919 年（农历己未年）刘吉典（名德岐）生于天津。童年间他家住在地道外的繁华地段（今河东区），家宅后便是一块杂八地，在这里唱大鼓的、拉洋片的、耍把式卖艺的各种中国民间艺术五花八门热闹非凡。环境的熏陶使得他从小便对中国的民间戏曲、曲艺产生了浓厚的兴趣。1933 年，在他十四岁时便跟津门曲艺名家、双簧艺人皮恩荣学过京韵大鼓及三弦的弹奏。其后又随盲艺人金桂蓉学习天津时调。

19 世纪下半叶至 20 世纪上半叶，作为中国历史文化名城，天津社会发展的各个领域几乎都在中国近代化旅程上引领风气之先，东西方文明的碰撞与交融形成了天津城市历史文化的独特魅力。1936 年，十七岁的刘吉典考入河北省天津师范艺术科（肄业），1940 年于天津市立师范本科毕业。从那时起，他开始接触音乐专业的基础课程和相关的专业音乐知识。求学期间，他对音乐、美术广为涉猎，课余生活几乎都用于学习民间音乐和对津门民间前辈艺人进行音乐了解与采访。为了解流传天津的传统“十番音乐”（用民间乐器演奏的打击乐），刘吉典曾多次走访过“卫十番”专家李志道；为探求天津当年流行的时调小典，他也曾多次走访时调老票友和一些盲艺人。他对天津地区民间队舞“打花棍”的唱合号子以及市民婚丧的鼓乐，也都进行过搜集和研究。其后为了“求取功名”，考入中国大学并于 1944 年毕业于该校政治经济系。

二、 赴京求学 在投师访友中深造国乐

中国大学，是孙中山先生于1912年仿日本早稻田大学在北京创办的一所学校，其宗旨是培养民主革命人才。该校于1913年4月13日开学，宋教仁、黄兴曾为第一、二任校长，中山先生自任校董。中国大学有光荣的革命传统，在反帝反封建革命斗争中一直走在前列，以李大钊、李达、吴承仕、杨秀峰等为代表的一批“红色教授”在学校传播马克思主义，学校培养出了以李兆麟、白乙化、董毓华、段君毅、张致祥、任仲夷、徐才、李大伟等为代表的一大批民族英雄和国家栋梁。中国大学和黄埔军校，一文一武，一北一南，共同为民主革命培育人才，是孙中山先生“振兴中华”的不朽丰碑！“先有中大，后有黄埔”，事实确是如此，培养文职人才的国民大学（中大前身），比之后建立的培养武职人才的黄埔军校的历史，要早十一年之久。①

在北京中国大学求学期间，除半工半读做过家庭音乐美术教师外，还师从音乐教育家杨晓莲、王君仪、邵晓琴进一步学习琵琶演奏、作曲技术理论和技法。并在当时的国剧会及北大的曲社，还得到亓伯维、侯瑞春、许雨香等名家在昆曲、丝竹乐上的传授。另外他还师从京剧演员裴益才先生学过京剧小生戏。在中国大学读书期间，除了完成专业功课外，他把其余时间几乎全部用于投师访友、深造国乐（主攻琵琶）、戏曲（昆曲、京戏）以及音乐理论等方面。

1941年寒假时，刘吉典认识了大学同学杨大明（1923—2001）的祖父杨芝华老先生（1874—1945）。杨芝华对天津丝竹乐、卫十番、特别是对天津卫子弟书都具有较深的造诣。年逾古稀的老先生是卫子弟书华雨帆的弟子，在当时的天津很难找到能自弹自唱“卫子弟书”的第二个人。在杨芝华家中，刘吉典不但得以聆听早已失传的“卫子弟书”声腔，还得到了杨芝华年轻时（清末、民初）亲手抄录的子弟书“诗篇”三阕和“正书”《长坂坡》一套的工尺曲谱。刘吉典获得这批珍贵的资料后，曾对照杨的唱腔译成简谱，并注明

---

① 参见中国大学介绍资料。

乐器三弦弹奏的指法。

1944 年大学毕业以后，除依然继续其家庭教师工作，他还通过接触戏曲和曲艺界的众多名家，领略其精湛的技艺。在他的内心世界里不仅敬佩这些艺术家们的卓越才华，激励了他勤奋学习与刻苦钻研国乐的情感，也进一步坚定了他立志于中国民族音乐事业，孜孜以求、奋力拼搏的意志和信念。

1946 年，刘吉典在北平市国学社附设的国乐传习所内任国乐合奏课讲师，由此开始了他民族音乐的创作和教学生活。虽然没有音乐学院西洋作曲专业理论的学习背景，但是，自幼受到中国民间音乐耳濡目染的影响和经过其后京津两地的求学，对于中国民族音乐丰富养料的不断汲取，使得他也掌握了一定的作曲专业技能。1948 年，刘吉典在天津为郭沫若创作的名剧《孔雀胆》配乐收到了良好的艺术效果，这更激发了他的音乐创作热情。其后他在担任天津南开中学音乐、美术教员时，始终没有间断过艺术理论的学习与实践。1949 年，刘吉典参加革命，任天津市南开中学音乐、美术教员。

新中国成立后，当中华人民共和国的五星红旗飘扬在华夏大地的时候，中国的文学艺术界也迎来充满生机的春天。从 20 世纪中叶起，经历了中国社会漫长的变迁、浸染着的中国传统文化的戏曲艺术也迎来了改革与发展前所未有的大好机遇。在“百花齐放，推陈出新”文艺方针的指引和中央领导的直接关怀下，随着“改人、改戏、改制”的深入进行，一场戏曲新剧目创作和改革大潮在中国的大地上蓬勃地涌动……这一年刘吉典先生曾经担任天津群艺剧社配乐兼乐队指挥，参加新中国成立初期的庆祝演出活动。通过一系列的学习和艺术实践活动，不仅进一步提高了他的专业能力和水平，也为他日后从事中国民族音乐创作、特别是戏曲和曲艺的创作与理论研究打下了比较坚实的基础。①

三、 调入北京　为京剧音乐改革殚精竭虑

1951 年，刘吉典被调到中央戏剧学院崔承喜舞蹈研究班任音乐组长兼民

① 参见王文军、杨旭文：《刘吉典的戏曲音乐人生》。

乐队作曲和指挥。1952 年在马可同志主持下的中央戏剧学院歌剧系任器乐组长，1953 年又随马可同志转入中国戏曲研究院从事戏曲音乐研究工作。连续三年的工作转换使他在马可等名家的领导下，接受的专业知识更加广博、得到的专业创作实践机会更多、音乐创作能力的提高更快。并且开始展露曲艺方面丰富的知识积累和戏曲音乐方面的创作天赋。1955 年，刘吉典正式调入中国京剧院，由此开始了他一生的戏曲音乐艺术生涯。

新中国成立初期，中国京剧院就率先开始了京剧现代戏的移植与创作工作，并于 20 世纪 50 至 70 年代先后在全国推出了《三座山》、《白毛女》、《红灯记》三部里程碑式的大戏，被业界广泛关注，在中国京剧发展史上具有重要地位。在此期间又先后排演了《白云红旗》、《詹天佑》、《金田风雷》、《柯山红日》、《洪湖赤卫队》、《昆仑山上一棵草》、《平原游击队》、《恩仇恋》等一批近现代京剧，同时也创作了以《木兰从军》、《玉簪记》、《望江亭》、《人面桃花》、《满江红》、《宝莲灯》、《桃花扇》、《卧薪尝胆》、《三家福》、《赵氏孤儿》、《西厢记》等为代表的二十六部新编历史剧。在新编历史剧中，除唱腔外几乎每出新戏里都有不少新的配曲音乐创作，其创作难度不亚于唱腔。

在这些剧目的音乐创作之中，刘吉典先生作为音乐的主创人员之一，凭借着深厚的文化积淀，继承传统又不死守陈规，改革创新也注重兼收并蓄，钻进去，走出来，勤于思考，勇于实践，不拘一格，大胆创新，出色地完成了创作任务。在他担纲的三部作品中，突出地体现了京剧现代戏的音乐创作从传统的“装腔”、“套腔”向“创腔”方面发展与演变的突出成就。①

（一）现代京剧《三座山》中音乐的创新

调入中国京剧院后不久，他便进入该院艺术室参加实验剧目《三座山》的创作工作。当我们在以中国京剧院的“三个里程碑”为切入点，来探寻刘吉典先生的京剧音乐创作内容与形式之时，笔者见到著名的文艺理论家王清辉先生在《试论刘吉典的戏曲音乐创作》中这样的记述：

---

① 参见王文军、杨旭文：《刘吉典的戏曲音乐人生》。

……京剧《三座山》是中国京剧院根据蒙古人民共和国的同名歌剧移植改编的新剧目，在音乐上创作难度很大，为了适应新题材、体裁和剧本新的编写手法，刘吉典先生就毅然率先在京剧院组建了一个中西乐器混合编制的中型乐队，把京剧器乐中严重缺乏的中音、低音和音色、音量不丰满（主要指“文乐”）以及表现能力不够强的问题建议补充和解决，而且，在创作中许多乐曲和歌唱的伴奏，都使用了新的器乐配器手法。

另外，幕前加“序歌”唱词吸收新诗写法，多处要求插入蒙古民歌、合唱曲、舞蹈和婚礼一类仪式配器曲，在这出戏中解决了京剧音乐如何融合所需要的蒙古音调，新的唱词语言、句格与京剧唱腔的矛盾，怎样使音乐口语化、性格化等问题。这些唱腔、配曲，并不是亦步亦趋地照搬老腔老调，而是将传统音乐作为素材，以作曲的手法进行新的处理。这样舞台听觉艺术就出现了不少崭新的音乐形象。比如群唱的《猎人之歌》，猎户归来时急盼与家人团聚的心情，在马蹄“嘚嘚”声的映衬下，得到了归心似箭的形象表现，也为他们猎物丰收后的欢声如雷的喜悦创造了一幅纵马如飞的音乐画面。再如他对《催妆曲》的情景渲染，旋律和曲情也有了三个不同层次的变化，即：王府贺客们的喜悦；南斯勒玛对亲人救援的期盼及其未见亲人的惆怅；歌手布杨唱念兼融、语意双关的表演唱，其中与南斯勒玛对唱时那种心照不宣，暗示他出逃时有亲人接应等复杂心情，都得到了充分的表现……

以上这些文字，为我们解读刘吉典先生初期的京剧音乐创作提供了可靠的依据，他告诉我们：刘吉典先生早在20世纪50年代的京剧音乐创作中，就已经在继承传统的基础上，大胆地引入了新的作曲理念，在表现外族的故事情节之中，通过异族音乐元素与京剧曲牌、板式的巧妙融合进行音乐创作，这无疑是具有开拓意义的，刘吉典先生可谓是中国京剧音乐界勇于改革创新的先驱。

（二）现代京剧《白毛女》中唱、念音调的改革

从当时中国京剧院的整体实力来看，无论是编剧、导演、音乐、舞台设计还是演员均可谓是高手如云、名家荟萃。正是在这样的情境之中，刘吉典先生

通过现代戏的移植创作和新编历史戏音乐的创新性舞台实践，不仅进一步提高了京剧艺术贴近时代、贴近生活的观赏性，也使得新中国成立后的广大戏曲观众，接受并加深了对于区别于传统戏的京剧现代戏的理解和认识，提高京剧艺术的思想性和艺术性及其审美功能，从而为中国的京剧音乐创作开拓了一片新天地，让传统京剧艺术从内容到形式又焕发新的青春活力。

1958 年，是中国京剧院在剧目创作中的又一次大胆尝试，即把中国近代的经典歌剧《白毛女》改编为京剧。该剧由范钧宏先生改编，阿甲先生导演，主要演员李少春（饰杨白劳）、杜近芳（饰喜儿）、袁世海（饰黄世仁）。该剧虽然无法与后来 1964 年被确定并推广的八出“革命样板戏”相比，但它却是新中国成立后众多京剧现代戏中比较有影响的一出。在《白毛女》的音乐创作中，刘吉典提出了对唱与念的语音要力求统一协调的主张，即在表现现代生活时，需要把唱、念中原来历史传下来的“湖广音”（即湖北武汉方音）削弱，适当增强“京音”因素，同时也包括使唱腔和韵白口语化，取得了很好的成效。

在这部戏的唱腔创作中刘吉典先生遇到的一个突出问题就是如何解决现代戏中唱、念语言的问题。众所周知，“湖广韵”在京剧中长期存在，是京剧音乐历史上形成的“音随地改”的产物。板腔体剧种的舞台戏剧语言音调的形成，实际是一种“方音创腔”或“音随地改”和“方音融腔”规律。当京剧逐渐演变并被公认为“京剧”之后，其实早就应该“京音融腔”了，可是，京剧却受到曲牌体剧种“以文化乐”的影响，规范“以字声腔”，“字读”并未向京音“调值”过渡。因此，刘吉典先生想到要完成好《白毛女》一剧的音乐创作，就必须对该剧唱、念音调进行改革。于是，他鲜明地提出了京剧要表现特定时期、特定地域的现实生活，就要摒弃一些传统观念和常规性的技法。在《白》剧中需要削弱以往唱、念之中历史传承下来的“湖广音”（即武汉方音），并且要适当增加“京音”因素，同时，他提出了要使唱腔和韵白更加“口语化”的要求。

刘吉典的这些大胆主张，得到了中国京剧院领导和剧组主创人员的支持，并且在经过排练和演出的实践中收到了相当好的效果。该剧中部分唱段的唱腔处理得非常自然流畅，受到了专家和观众的一致好评。除此之外，刘吉典先生在京剧音乐创作中，注重寻求新音调、新形式、新手法，许多方面均有开拓性的突破性。而且在“配曲”方面也有独到之处。在谈京剧现代戏的音乐创作时，他说：“京剧音乐在表现现代题材，塑造新的人物形象任务面前，如果完全沿用过去的旧语言、老办法，肯定是行不通的。当然，如果完全无视传统来另搞一套更不行。他必须是在原有的基础上，采取吸收新因素的方法，增强自己的表现能力，才有可能适应新内容。”①

中国京剧艺术基金会副会长，首任中国京剧院副院长马少波先生，在1994年举办的“刘吉典戏曲音乐创作研讨会”上说：“他的京剧音乐创作特点，就是继承不离传统，借鉴不失自我，概括一句话，或者一个字，就是‘新’。他在中国京剧艺术的发展上起了空前的提高作用、发展作用……刘吉典同志是我们中国京剧在音乐艺术革新上的奠基人，也是全国京剧在继承发展上的开拓者之一。”

（三）现代京剧《红灯记》中的创新性音调

2010年11月8日《中国文化报》第4版上发表了作者焦雯的文章。文中言道：

……倘若要拂去历史的尘埃，为《红灯记》的主创人员们列一张名单，著名的戏曲理论家、导演阿甲与剧作家翁偶虹的名字，应该列在首位，正是他们二人历经艰辛，九易其稿，最终合力完成了对沪剧《红灯记》的剧本改编。还有李少春，当年李玉和的唱段、舞蹈动作基本上都是他设计的，李奶奶的（唱段）是李金泉给设计的，那可是下了功夫的，把英雄人物（的形象）一下子就给立起来了！在中国京剧院，记者见到了当年在剧中饰演王连举的孙洪勋老人，他也是第一批参与《红灯记》创排的演员。已经七十四岁高龄的他，如今说起《红灯记》仍然是满眼满面的光彩。

与他同来的还有当年负责乐队编配的张建民老人，今年也已76岁，清瘦清瘦的他总是十分谦逊。“我原来在中央音乐学院学作曲，1964年京

① 参见刘吉典：《京剧音乐概论》，人民音乐出版社1986年版，第517页。

剧院要搞现代戏，需要一些新文艺工作者加入，刘吉典先生就把我叫来了。”谈到《红灯记》的音乐创作，张建民始终称自己是“打杂的”，“音乐方面一直是刘吉典先生领导的，李广伯也做了不少工作。”李广伯是当时中国京剧院的京二胡演奏者，由于李少春、李金泉都不会记谱，就由他来负责理顺、记录他们设计的唱段。刘吉典先生进了牛棚之后，基本就是李广伯在承担这事了。还有李劫夫，鸠山的唱段刚开始就是他设计的，后来江青嫌太好听，只能改掉。回顾当年的创排过程，张建民不禁感慨，一出好戏是艺术家和广大文艺工作者长期劳动的结晶。“那时人真是认真啊，什么都不为，全心全意就想把这个戏做好！剧本上谁的名字也没有，就是‘中国京剧院集体创作’！”

在唱腔创作方面，刘吉典先生更是成就出色，许多现代戏的选段，大都是他在新的戏曲音乐创作理念之下，通过吸收和借鉴中国民族音乐的作曲手段完成的，其个性鲜明、新颖动听的唱段，彰显着其经久的艺术魅力。其中京剧现代戏《红灯记》中李铁梅那段家喻户晓的“都有一颗红亮的心”，就是一个脍炙人口的经典之作。

关于这段唱腔的来历，刘吉典先生讲道：“《红灯记》原作是沪剧，中国京剧院当年搞现代戏，选中了这出戏作为移植剧目是带有革新性，而非亦步亦趋，其主要的着力点是在变革中求新。沪剧原作中是没有‘都有一颗红亮的心’这段唱的，可是当我在参与这部剧的移植创作时，总觉得李铁梅是剧中的三个主要人物之一，应该给她一个突出展现自己个性特征的唱段，以便给观众打下深刻烙印的亮相机会。于是，我就在原剧本某些台词的启发下，即兴哼唱出了一个小唱段。这段唱腔准确地抓住了铁梅这个小姑娘，猜到大人们心事时的那种得意的神情语态，它通过轻快活泼的西皮流水板唱腔音调，充分展示了铁梅聪颖机智、活泼可爱的性格。唱腔中‘没有大事不登门’中那个‘大’字，和‘这里的奥妙’中的‘妙’字，以及‘虽说是’几个字的重复，都是为了表现铁梅的具体思想活动，从生活中吸收而来的新音调。边说边想的语言，表现了铁梅善于独立思考问题的性格……”①

中国京剧院著名编剧翁偶虹先生，在追忆现代京剧《红灯记》的创作过程时言道：

> ……音乐设计者刘吉典同志很热情，在春节放假前一天（旧历除夕）的中午到我家里来，谈到第二场李铁梅向李奶奶询问“表叔”时，他认为应当有一段唱，表现铁梅此时的思想小结，他一边说，一边哼哼出有腔无字的【快二六】来，我觉得腔调新颖，跳跃性强，很适合铁梅的性格，我俩当时就按腔遣词。后六句“……虽说是亲眷又不相认，可他比亲眷还要亲。爹爹叫同志、奶奶叫亲人，这里边的奥妙我也能猜透几分。他们和爹爹都一样，都有一颗红亮的心”，很容易地就串下来了；而头一句“我家的表叔……”后三个字和第二句怎样串映下来，却想了许多方案都不合适。冬天昼短，五时即已黄昏，迎接春节的鞭炮也渐渐地响了起来。我留吉典同进晚餐，略表屠苏辞岁之谊，吉典坚辞而去。
>
> 北京人的生活习惯，一向重视除夕守岁之夜，约定俗成，未能免此。儿女辈都陆续回家，大家谈笑风生地吃了年夜饭。他们的兴趣爱好丰富多彩，大家兴之所至地组成一个家庭晚会，唱一段京剧，唱一首歌曲，谈几句鸽鸟，猜几个谜语。我这个做父亲的，自然是个中心人物，凑趣之余，还要加些评论。不过，这一年的除夕夜晚，我总觉有件事情占据在我的脑子里，驱之不去。午夜，儿女们还拉我玩牌，我辞以疲倦，自己睡了。说也奇怪，身子躺在床上想睡，而脑子里那件事情又紧紧地围拢来，任凭我如何想睡，耳旁总是响起那句“我家的表叔……”，仿佛有人在问：“我家的表叔到底怎么样啊?”我索性不睡了，想了几句有文采的短句，都觉得不合乎铁梅的口吻，我自怨自卑地想：难道这三个字的普通短词就难住了我？我想的词儿已经数不清了！忽然从“数不清”三个字，触动了灵感，想到铁梅对于“表叔”的询问，应当是从“数不清”的来人而引起的，于是串了一下，组织成“我家的表叔数不清”一个整句。我欣然地

① 王清辉：《试论刘吉典的戏曲音乐创作》，《戏曲艺术》1993 年第三期。

默笑了："寻春春不在，天涯咫尺间。"就这样，接着就串第二句，想到京剧的"庚青辙"可通"人辰辙"，用"不登门"做第二句的韵脚正好：可是，怎样怎样地"不登门"？又费了几个回合的思想交锋，才由这段的最末一句"都有一颗红亮的心"启发到铁梅既懂得"红亮的心"，当然会联想到"表叔登门，必有大事"了；于是，我就把生活中的口头语言"没有大事不登门"串为第二句。又把第一句和第二句串起来默念几遍，再把整个唱段八句串起来默念几遍，才蛮有把握地放心入睡。可是仍然睡不着，那两句"数不清"、"不登门"还是响在耳边。我知道又犯了老毛病，索性穿衣下床，用笔记录下来。儿女们笑问："您往年都要玩牌的，见猎心喜，怎能睡得着哪！"我兴奋地说："好，玩个通宵，加入战场！"哪知玩了两副，哈欠连天地真觉得疲乏了。儿女们笑着问："是不是您白天研究剧本，思索过度，精神疲劳？"我似承认而又不承认地推开了牌，说了句："你们玩吧。我是从疲倦中的不疲倦而感到疲倦，现在正好睡了。"于是脱衣入被，沾枕即眠。直到清晨，听到亲友登门贺春喜的欢声笑语，才惊醒我这半宿的酣睡。

仅仅这一句半的唱词，还是在枕上完成的，完成的又是那么平平无奇。这就使我在写作现代戏唱词的摸索中，获得初步的启发，认识到广大观众喜闻乐见的戏曲，尤其是现代戏，必须用艺术的而又是普通的语言，来刻画人物的音乐形象。一般所谓的"文采"，摛藻撷华之句，妃黄俪白之辞，并不能完全体现剧本的文学性和艺术性；相反，本色白描的词句，经过艺术加工，组织成艺术的语言、艺术的台词，就能从艺术的因素里充分体现文学性。①

刘吉典先生在新剧目的唱腔设计上，不仅十分注重与编导人员一起对剧本的文学进行分析探讨，同时，特别注重"新音调"不能脱离京剧声腔的原则。他在求索"新音调"时一贯坚持如下主张："京剧现代戏，特别是英雄人物的唱腔，能否摆脱旧的京剧音乐音调的陈旧感，而将新的音调吸收进来，使得人

① 翁偶虹：《翁偶虹编剧生涯》，同心出版社2008年版，第393—394页。

物的音乐语言有生活气息，时代气息，这是当前唱腔设计中最为关键性的问题。”他还认为：“只有你在创作上有一定的想法，并能掌握其发展规律，才能容许你独出心裁，对传统唱腔在原有基础上作出变革处理。在改革与创新中，要特别注重唱腔、润腔与剧中整体结构和人物性格的关系，并且，要注意其他民族音乐成分的借鉴和引入，使歌唱者能够充分发挥技能技巧，使其声情并茂地显现于世。”

此外，刘吉典京剧创腔中十分注重音乐创作的“嫁接法”，他在四十多年的戏曲音乐创作生涯中，曾担任过众多戏曲新剧目的唱腔和音乐设计，创作许多脍炙人口的唱段和器乐作品。在他的京剧唱腔作品中，除那些根据京剧唱腔艺术规律、特点又结合新的作曲技法而完成的新作外，他还常常采用所谓“嫁接法”而创出过不少新的腔调。所谓“嫁接法”，按照刘吉典先生的说法：“是借用植物‘嫁接’这个词意暂用的称呼，也就是在京剧某种腔调的基础上，来把其他剧种的腔调或中国民间音乐中的某些音调，通过作曲手法融合在一起，使它们变成一种新腔调的做法。这种做法并非游戏，主要是为了开拓京剧辅助声腔表现能力。”①

半个多世纪以来，他先后与许多的艺术家进行合作，如欧阳予倩、田汉、马彦祥、阿甲、范钧宏、马少波、翁偶虹、李紫贵、郑亦秋等著名的编剧和导演以及李少春、袁世海、叶盛兰、杜近芳、李和曾、张云溪、张春华、李慧芳、杨秋玲、刘长瑜、李维康、魏喜奎、李宝岩等知名演员。由他创作了许多脍炙人口的经典唱段和音乐至今依然响彻中国大地。

四、 艺高多才　为北京曲剧的创立立下汗马功劳

刘吉典先生堪称中国戏曲音乐界一位学识渊博的大家。早在新中国成立初期，他在中央戏剧学院崔承喜舞蹈研究班工作期间，就曾为民族、民间舞蹈《中华民族大团结》、《红绸舞》、《长剑舞》创作音乐；同时在欧阳予倩院长的指导下，与多位名家合作为中国戏曲学校创作了第一个京剧舞剧《春天的喜

① 张民：《记刘吉典京剧创腔中的“嫁接法”》，《中国京剧》1995 年第 1 期。

悦》；他还曾为儿童话剧《宝船》、《岳飞》写过配曲，并获1980年文化部颁发的优秀创作奖；他创作的民乐曲《一马双驼》、《马车夫舞曲》都在社会中产生了一定的影响，并经中央广播民乐团演奏、由中国唱片公司制成唱片在全国发行。同时在舞剧音乐、民族器乐和话剧配乐等方面也有所涉猎，甚至是在美术方面也有很深的造诣。

除此之外，刘吉典先生昆曲、河北梆子、京韵大鼓、单弦牌子曲、子弟书等方面也有比较深厚的积淀。不但能作曲会演唱，他还是一位琵琶、三弦“演奏高手”。正是由于他积累了广博的知识，才使他在戏曲音乐创作上游刃有余，取得非凡的成就。

刘吉典先生的又一突出成就是曲剧音乐创作方面。当年的曲剧《杨乃武与小白菜》在北京首演之后影响很大，此剧经周恩来总理看过之后，指示夏衍同志于1962年将其拍成了电影。这部曲剧在国外的华侨中也产生了相当广泛的影响，许多老华侨十分喜欢剧中的唱腔和音乐，有的还能唱上几句其中的唱段，而这出戏的曲作者之一便是刘吉典先生。不仅如此他还创作了《啼笑姻缘》和《曹雪芹》等曲剧音乐和唱腔，他是当之无愧的北京曲剧创始人之一。

著名曲艺及曲剧演员魏喜奎在谈到刘吉典先生对曲剧的贡献时说：

> 我们这个剧种是在解放以后发展起来的，在曲艺说唱艺术的基础上发展起来的，我们得到刘吉典老师的帮助，如《杨乃武与小白菜》这个戏开始我们就请了刘老师给我们作曲和进行唱腔设计……他会多少东西啊！我和他在一起了解到，什么昆曲、京剧等等。曲艺中的许多曲目他能张嘴就唱，什么单弦、京韵大鼓，就属我的那个“奉调”最难唱了，他能张口就唱，同时他拿起弦子来就能弹，拿起京胡来就能拉。有时我们经常谈起一档子往事：我团的马岐同志（曲艺名琴师），1962年时和我们一起拍《杨乃武和小白菜》的电影，他有一次担任一段小三弦主奏的配乐时，遇到一个很难弹奏的地方，他以为刘吉典先生不懂而随便写的曲谱子，便带有刁难的意味说：“这个我弹不上来！”结果刘先生马上便把小三弦拿过来，一面说着：“是这样弹”随着就“当当当”几下子示范，马岐就服

了！这位马岐谁都不服，就服刘先生，我们也是从心里佩服他。①

刘吉典先生说："搞创作要有真本事，没有真东西怎么能谈到创新。"这"真东西"来源于刘先生的博学；来源于他自幼酷爱戏曲、曲艺和民族民间音乐；来源于他学生时代就经常利用课余时间不断从师问艺，掌握了许多民族音乐知识和表现技能。刘吉典先生不仅会弹大三弦、唱京韵大鼓，同时也是琵琶高手，而且能表演京胡、丝竹乐器和演唱京、昆戏曲。

早在天津就读师范学院的时候他就打下了比较扎实的基础，由于师范艺术科的培养和长期从事音乐教学的锻炼，他的乐理知识不断丰富，器乐、声乐表现技巧日臻娴熟。新中国成立后，他先后在中央戏剧学院、中国艺术研究院从事数年的民族器乐和戏曲音乐的创作和研究，积累了大量的资料，特别是他跟随欧阳予倩、张庚、马可等老艺术家，并在其指导下进行实践活动，将热情化作无穷的动力，去迎接一个又一个的挑战。正是这样的刻苦努力和博学多才，对他的成长和进步都起到了至关重要的作用，也使他成为一位善于继承和勇于革新的戏曲作曲家和理论家；正是这样的不断进取和勇于创新，让他对戏曲音乐事业有火一样的激情，也增长了他的见识并练就了他的本领，成就了他事业的辉煌。

五、 厚积薄发　为中国民族音乐理论的发展著书立说

刘吉典先生十分注重理论著述，他所有的创作都是在一个十分明确，又比较清晰的理论指导之下进行的。马少波先生说："吉典同志是一位音乐家，又是一位戏曲理论家，作曲又研究，把自己的实践经验提高到理论的高度，著书立说，在老一辈音乐家中，刘吉典同志是第一个。"

在戏曲音乐艺术的传承的过程中，历代的戏曲艺术家们都习惯以"师徒相承，口传心授"的方式延续。长期以来的状况是创作多积累厚，但研究却

① 魏喜奎：《在刘吉典戏曲音乐创作研讨会上的发言》，《刘吉典戏曲音乐作品选集》，人民音乐出版社 2004 年版，第 342 页。

少，更无完整的理论体系。但是，作为一名新中国的戏曲音乐家，刘吉典先生在从事戏曲音乐创作的同时，也十分注重戏曲音乐理论的思考和研究。早年就读于高等师范学校，从那时起他就十分注重自己的文化素质的养成和提高，对于社会和人文知识都有所涉猎。客观地说，中国戏曲音乐界像刘吉典这样的，在新中国建立之初，就读于高等艺术院校，又具有比较丰富的文化底蕴的青年是为数不多的。而正是这些知识开阔了他的戏曲音乐创作思路，也为他的理论思辨和从事戏曲音乐研究打下了坚实的基础。

在几十年的戏曲音乐艺术生涯中，刘吉典先生曾先后在《戏曲艺术》、《戏曲音乐》、《人民音乐》、《人民戏剧》、《曲艺艺术论丛》、《文艺研究》和《文汇报》、《人民日报》等报刊上发表关于戏曲和曲艺方面的论文数十篇。同时应中央人民广播电台、电视台、中国戏曲学院、中国艺术研究院等多所艺术院校和单位的邀请，讲授京剧知识和戏曲音乐创作理论。其中涉及音乐、唱腔、配器和京剧语言、声韵等诸多学术问题。他的许多理论研究成果都具有较高的学术价值。比如：在曲艺音乐方面，1984 年他把四十年前搜集并保存的“天津卫子弟书”的曲谱资料发表于《曲艺艺术论丛》刊物上，使这一濒临绝响的民间曲艺曲种得以传世。1992 年为《中国曲艺音乐集成》（天津卷）担任特约编审，他为京韵大鼓、天津时调、梅花大鼓、天津卫子弟书等近十个曲种的曲谱及文字说明进行审核。刘吉典把古调和曲调资料经过工尺谱译为简谱，并在唱法及伴奏方面加以解说。在京剧音乐研究方面也有新的探索和发现。比如他破译了百余年前存在于早期京剧中的“湖广调”古谱《芦花河》，相关研究文章发表于湖北《戏曲研究资料》等。①

经过深入地思考、提炼和几十年的积累，刘吉典先生先后撰写并出版了《京剧音乐介绍》、《京剧音乐概论》等著作。与此同时，又出版了《红灯记》、《人面桃花》、《打面缸》三部京剧音乐总谱以及《桃花扇》、《白毛女》、《龙女牧羊》、《红灯照》等新剧目的选曲。2004 年在各方的支持下，《刘吉典戏曲音乐作品选集》由人民音乐出版社出版发行。这部著作蕴含着刘吉典先生的戏曲音乐情怀和精神，也见证了刘吉典先生几十年戏曲音乐创作方面的成绩和

---

① 王文军、杨旭文：《刘吉典的戏曲音乐人生》。

贡献，更是他平生戏曲音乐创作经验的归纳和总结。

2011年6月，由刘吉典先生担任音乐部分主编的《中国京剧大百科全书》也正式出版发行。这是有史以来中国京剧艺术的第一部综合性的典籍，这无疑是一项功在当代利在千秋的伟大工程。在担任音乐分支主编期间，他撰写并审核了数十条较大的戏曲音乐条目，为此做了大量艰苦细致的工作，可谓兢兢业业、呕心沥血。

德国哲学家黑格尔曾经说过："个人的价值，在于他代表民族精神参与创作"，如今，刘吉典先生已经九十四岁高龄，可他仍牵挂着戏曲音乐事业。在笔者对他的四次采访中，切身感受到了他对于中国戏曲事业的钟爱情怀。他八十八岁时每天看书、听音乐，酝酿着下一步的研究计划；八十九岁时他依然关心着中国京剧事业的发展，面对商品经济大潮和多元文化对京剧的冲击，对于中国京剧未来的发展方向，刘先生依然有着自己独到的见解："继承不是僵化的死守，创新离不开对传统的很好学习与继承。搞京剧永远要有真才实学而不是搞花架子……"他还说："我还准备再干些力所能及的工作，也期待着更多的后来者继承和发扬戏曲音乐这项事业。"①

面对这样一位毕生钟爱戏曲事业并为之上下求索的老人，一位在中国当代戏曲音乐史上作出过杰出贡献的老艺术家，我仿佛看到了中国的戏曲事业之所以经久不衰源远流长的根由，我也似乎感悟到了中华国粹艺术之博大精深的根基所在。正是这些众多像刘吉典一样平凡而又伟大的文艺战士，承载着华夏民族的伟大精神，继承了祖先的优秀文化传统，托起了文明的灯塔，为后来者照亮了奋进的征程！

① 王文军、杨旭文：《刘吉典的戏曲音乐人生》。

对艺术执著追求　对工作无怨无悔

——国家京剧院　国家一级作曲　张建民

张建民，山东淄博人，中国京剧院国家一级作曲。自从十四岁参加革命成为一名人民军队的“小文艺兵”开始，到后来他走上专业的作曲道路，先后参与了无数次的音乐创作，经他亲手配器的剧目达到四十多部。其中“革命现代京剧样板戏”《红灯记》、《红色娘子军》等都是在国内外影响广泛的作品。除了戏曲音乐创作以外，张建民还长期作为中国戏曲学院音乐系的特聘教师，担任作曲配器课的教学，为国家培养了众多的戏曲音乐人才。由于他专业基础扎实，创作成就突出，教学严谨勤奋，博得了广大师生的普遍赞誉。

一、 从文工团员到中央音乐学院作曲专业的大学生

山东淄博是中国古代春秋战国时期齐国的国都所在地。当年，在这个政治经济中心所积淀的深厚文化，造就了中国历史上的无数英才，对于中国古代社会的发展产生不小的影响。然而，进入近代社会以后，随着整个中华民族遭受外族的侵略和奴役，昔日曾经是春秋五霸之盟主国的经济繁荣、政治稳定、军事强盛、文化发展之地，却再度成了硝烟弥漫的战乱之地。抗日战争和解放战争时期这里更是正义与邪恶、侵略与抗争殊死搏斗的战场。

1934 年，张建民出生于山东省淄博市苑城镇的一个普通人的家庭。1945 年，正当张建民上小学的时候，淄博解放了，他和小伙伴儿们共同参加欢庆胜利的活动。1948 年，张建民和其中的一部分比较有天分而又活泼的孩子一起，作为文艺骨干力量被选送到山东渤海地委文工团参加了革命的队伍。那时，文艺工作团员既当演员也担当乐队演奏员，又当舞台队，不像现在分工这样细，什么革命工作都要做，而大家都乐在其中。

1949 年，新中国成立后，战争时期成立的部队文工团绝大部分都解散了。

在解散的过程中，一些二三十岁的“老同志”，都纷纷转行到公安系统、经济系统参加了地方上的工作。而那些只有十三至十七岁左右的年轻团员，随即被组织上保送到当时的华东大学艺术系去学习。这些年轻的文工团员革命热情是有的，可是，文化水平却普遍较低。为了更好地适应形势的需要，提高这些尚处于成长阶段的小文工团员们的文化素质，组织上决定把他们送到青岛市山东大学下属的一个速成中学文化班进行基础课程学习。于是，从 1950 年到 1952 年，张建民与来自不同单位、不同专业的许多年龄偏小的文工团员们进入这所学校。在这些学员之中，有搞戏剧的，有搞美术的，也有搞音乐的和搞舞蹈的，张建民与他们同窗三载，享受着新中国成立后，充实而又快乐的文化学习生活。

1952 年，全国艺术院校调整，在归类整顿的过程中，张建民就与部分同学被分配到校址设在无锡的华东艺术专科学校音乐系，开始了正规系统专业知识学习过程。由此，他也实现了人生第一次转变，由文工团员成为了一名正式

的大学生。1955年毕业后，他被分配到上海歌剧院工作。没有报道之前，组织上对他说，现在中央音乐学院正在招生，有许多苏联音乐专家在那里执教，如果你愿意继续深造，可以去投考，但是你们如果去上学，那以前的待遇就没有了。当时正值中苏关系最亲密时期，两国之间文化往来比较密切，听到这个信息，对于一位好学上进，正值风华正茂又对未来充满理想的青年学子来说，无疑是一个绝好的机遇。因此，张建民就决定暂时不去上海工作，和同校的吴炳统等几名同学毅然决然地奔赴了天津，并顺利地考入了中央音乐学院。

二、“三院”的流动经历与收获

1955年，张建民带着无限的憧憬，跨入了令他向往的中央音乐学院大门。在当时，这所规范化、正规化音乐学府也处于最好的黄金时期。师资阵容堪称国内一流。比如：担任和声的老师是刘烈武，基本乐理老师是黄祖禧、复调老师是段平泰、配器老师是陈培勋、曲式学老师是许勇三、作曲老师是王震亚、民族音乐的老师是王树、钢琴老师是彭维明、西洋音乐史老师是张洪岛、中国音乐史老师是杨荫浏、兰玉松等等。在中央音乐学院众多名家的教导之下，经过勤奋、刻苦的努力学习，张建民顺利地完成了学业。1960年，作为毕业作品汇报，张建民担任歌剧《青春之歌》的音乐主创，在北京人民剧场上演，赢得了师生的广泛赞誉，从而结束了他大学五年中央音乐学院作曲专业的学习生活，之后他以优异的学业留校任教。

经过十几年的不同阶段、不同层次文化知识和作曲理论的系统学习和历练，张建民掌握了扎实的作曲技术理论，也练就了他忠于党的音乐事业、服从组织安排，专业上积极进取，工作上兢兢业业的思想品格。

留校之初，他被安排在中央音乐学院民族音乐系担任民族音乐理论研究和作曲工作。在前辈老师和领导的关怀和帮助下，他重点着手民族器乐、民族声乐作曲与研究。对于民族声乐的研究，主要集中在中国戏曲方面的研究上。1964年，中国音乐学院成立。这是在共和国总理周恩来的亲自提议下成立的一所以弘扬中国民族音乐为主，侧重培养中国民族音乐人才，集教学与研究为一体的高等艺术院校。在学科规划和建设上，将民族声乐、民族器乐和民族作曲作为该院的主要侧重点。学院组建之初，上级要求从中央音乐学院抽调了一批精英师资力量充实到新组建的中国音乐学院。由于年轻的张建民老师在民族音乐理论研究和作曲方面已经积累了一些经验和成果，作为骨干力量组织决定将其调入中国音乐学院作曲系工作。

当时，中国音乐学院的首任领导都是音乐界的知名人士，例如：马可、安波、张肖虎、黎英海等都是国内著名的音乐家。在他们主持下，中国音乐学院的各项工作呈现出一派生机。能够与这些名家与老师们共事张建民感到特别高兴。

此时，中国京剧院的刘吉典先生创作十分繁忙，急需一位既懂得中国戏曲音乐，又熟悉西洋作曲技法的专业工作者协助他进行京剧音乐创作工作，于是就找到了张建民。通过交谈，当张建民得知能够有机会直接参加京剧音乐创作时，强烈的创作欲望和对于戏曲音乐的钟爱的情感，使他为之“心猿意马”。于是，带着强烈的求知欲望和积极的热情，张建民作为刘吉典的得力助手，开始了他的京剧音乐创作实践活动。起初他主要是为刘吉典先生做一些具体工作。例如：对刘先生设计的唱腔，从音乐的角度提出建设性意见，为整个剧目的音乐配器、抄谱等等，实际上他在充当着刘吉典先生的“幕后参谋”的角色。通过日久天长与刘吉典先生的默契合作，渐渐地张建民与刘吉典先生建立了既是师生关系，又是老同志和朋友关系，进而形成了忘年之交，他们互相之间毫无芥蒂，说话也很随便，合作也很默契。

在《红灯记》之后，张建民老师又与刘吉典先生搞了一出戏叫《昆仑山上一棵草》（又名《惠嫂》），由刘长瑜、高玉倩、李光、李长春主演，音乐由刘吉典和张建民两位担任创作。此戏搞完之后，他们又搞了一出《平原游击队》，这出戏与《平原作战》不是一出戏。由钱浩梁担任李向阳，袁世海扮演老勤爷，李维康出演小姑娘。音乐方面依然是由刘吉典先生和张建民老师担纲。再后来就基本上形成了这样一个事实，凡是由刘吉典先生担任音乐主创的，都由张建民协助完成。刘吉典先生每每想出一个唱腔来，都要请张建民提出参谋意见，而张老师也十分中肯地直接提出自己的见解。比如说哪段非常好，哪段还行，而哪段还需修改。两个人研究商讨，密切协作，关系融洽，效果极佳。

通过这一阶段的直接进团参与戏曲音乐创作实践，张建民老师不仅与刘吉典先生建立了良好的业务合作关系，也使得他个人在京剧音乐创作和配器方面积累了一定的经验。在此之后，中国京剧院搞过各种形式的探索性的创作实践活动，而涉及音乐方面，都要请张建民来参加。而张建民又是一位谦虚好学，从不挑剔，热爱戏曲音乐事业的青年音乐工作者。所以，每一次邀请，他都抱着学习的态度积极主动地参加，尽职尽责地工作，无论是领导、演员，还是其他同事，他都能够与之密切协作，而从不计较名利。

三、 参加京剧现代戏《红灯记》音乐创作工作

说到张建民老师的京剧音乐创作成就，首先要谈到的当属现代京剧《红灯记》音乐创作。该剧中不仅有许多脍炙人口的优美唱腔，而且，剧中的音乐创作也有许多新颖动人之处。当我们听到那些精彩的唱段时，自然就要探究其幕后的故事了。

（一）《红灯记》中的三个主题音乐

在现代京剧样板戏《红灯记》的创作中，有三个主题音乐。一个是作为开幕曲、幕间曲、过门儿和终场曲的《大刀进行曲》；一个是李玉和的人物特性音乐；其三是红灯主题曲。之所以选择《大刀进行曲》作为主题音乐，一是因为这首歌曲最具有时代性。它在抗日战争时期最具有影响力，而且被抗日军民们广泛传唱，音调也与京剧音乐贴近，便于观众接受和留下深刻记忆。在选择的过程中，曾经想过许许多多的抗战时期的歌曲，但是最终还是选择了这首歌曲，在讨论的过程中，主创人员集思广益，张建民也是积极的支持者之一。

李玉和的人物主题音乐，是在“三突出”的背景之下产生的。《红灯记》在创作之初，为剧中的次要人物和反面人物也设计了一些唱段，例如：凤莲的唱段和鸠山的唱段都比较上口。可是后来都将这些唱腔删掉或修改了，其主要的原因就是要“突出正面的英雄人物”。而鸠山的唱段，是后来请李劫夫同志参与编创的。因此，李玉和的主题音乐就显得十分鲜明有力。每当李玉和出

场，这段主题音乐一出现，英雄人物的雄伟形象就突现了出来，达到了视觉形象与听觉形象的完美统一。

第三就是红灯主题音乐。红灯的主题音乐旋律是刘吉典先生想出来的，它既有民族特点，又与京剧音乐风格结合得十分紧密，在音乐形象上，又有一种家庭的温和亲切感，李奶奶的慈善感觉刻画得也非常突出。这三个主题的呈现，形成了既各具特点，又协调一致的风格，非常有代表性。

在配器手法上，张建民十分善于抓主要矛盾，他将剧中的各种唱段，按着不同的类别进行了精细、妥善的区分，并确立了几个重点唱段。这其中包括李玉和的重点唱段第八场的“雄心壮志冲云天”；李奶奶的重点唱段第五场“痛说革命家史”和“十七年闹工潮”；作为接班人李铁梅的重点唱段第五场的“打不尽豺狼绝不下战场”和“都有一颗红亮的心”等。剧中三个主要角色，三路行当，三个不同的人物性格。在塑造这三个不同性格的人物上，张建民分别采用了不同的配器手法。例如：塑造李奶奶的音乐，要突出他慈爱的母性的特征，在配器手法上基本上是采用弦乐器比较多；在李铁梅的唱段中多用了木管乐器，在配器手法上着重突出她天真活泼的性格；而李玉和的唱段，作为突现英雄人物的刚性特征，在配器手法上多用了乐队的全奏和铜管乐器。

在京剧《红灯记》的音乐配器中，配器者被英雄人物所感染，情感上受到了强烈的冲击，张建民对配器手法也特别投入，下了很大的功夫来完成配器工作。如为表现李玉和慷慨赴死前对新中国成立的憧憬，运用了许多复调手法与和声中的分解和弦的手法，充分地利用了立体化的复调手法来揭示李玉和那种高尚的情操和品格和他对未来的希望。例如：唱段中“新中国……”的唱词出现的时候，背景音乐中出现了《东方红》的音调，在这种背景音乐的完美结合之中，使人在无数革命烈士与新中国诞生之间产生联想与想象，最后达到感染和教育人的效果。

在二场的假交通员的音乐配器中，采用了京剧特色乐器与交响乐队交织演奏的手法，以突出场面的紧张氛围。在“痛说革命家史”那一段的配器中，运用了英国管的特殊音色。这个乐器的特点是比双簧管低，比黑管亮。这种乐器的音响一出来，就将人们带到了追忆往昔的情景之中，使得音乐与情境达到了和谐统一，收到了极佳的效果。

京剧的音乐可分为气氛音乐、结构性音乐、舞蹈音乐和衬托性音乐。而这种音乐就属于衬托性音乐。这种音乐就要求紧紧地扣住舞台演员气氛和演员说白的内容与感情的变化。在平缓的叙述之中，基本上采用了弦乐主奏手法。而当讲述到“二·七”大罢工的场面时，采用了变化音乐节奏和乐队全奏的手法，除了为演员的叙述烘托气氛之外，还重点突出了工人革命运动的悲壮场面。到了后来李奶奶讲到“那个时候我就紧紧地把你抱在怀里……”时，音乐就转化为以弦乐和弹拨乐为主，整个音乐无论从节奏还是力度都压下来了，这样的处理方法，既是全段音乐的结尾，也为下一步的大段唱腔做一个反衬铺垫。

另外，开始的序曲和第八场的间奏曲以及第十一场北山游击队全歼日寇胜利时的音乐，使用铜管和乐队的全奏最多用以表现战斗的气势和胜利的信心。同时，注重京剧锣鼓与乐队的有机结合，这是一种大乐队与京剧风韵结合协调一致的配器路子，重点强调的是场面的烘托。

（二）主题音乐贯串的表现手法

在《红灯记》的音乐创作过程中，张建民在当时的相关专家关注之下，就主题音乐贯穿或特性音乐贯穿的问题，进行了大胆的尝试，且收到了可喜的成就。经过一系列的创作实践，张建民认识到，从原来的利用固定的传统曲牌进行戏曲音乐设计，到采用主题贯穿的音乐手法进行创作，它标志着戏曲音乐创作方法的新拓展，也标志着戏曲音乐创作又迈上了一个新的台阶。

实际上这种主题音乐贯穿的方法，是吸收和借鉴了西洋歌剧的创作手法而来的。近代的中国歌剧的音乐创作曾经仿效这一表现手法，创作了许多优秀作品。后来这一手法被戏曲作曲家们所借鉴，开始运用于京剧音乐创作之中。它的直接体现就是现代京剧“样板戏”，而在所有的“样板戏”中，运用最多，手法最贴切，效果最好的是《杜鹃山》，其他剧目虽然也用了主题贯穿的手法，可是大多都是后来加上去的，没有在构思开始之时就有意识地开始贯穿到剧中的音乐之中，很好地融合到唱腔之中，绝大部分都是在音乐配乐与唱腔过门儿里用。然而，经过众多音乐创作者们艰苦的反复探索实践，大家一致认为这是一个很好的创作手法。张建民认为：主题贯穿的手法，是京剧音乐创作中成功的手法之一。在张建民后来参加的音乐创作中，经常会有意识地采用这种方法。

（三）配器中“四三二一”的编制背后的故事

在参加现代京剧《红灯记》的音乐创作过程中，张建民首先遇到的难题就是乐队的编制问题。中国戏曲剧团的乐队编制，不同于西洋乐队有确切的标准化的乐器配比数量规定。在传统的乐队中，多半是以乐队人数少，乐手一专多能为特色，其音响效果是有着相当的局限性的。后来在梅兰芳大师和徐兰沅先生的大胆实践之下，戏曲乐队的文场伴奏乐器，形成了以“三大件”即京胡、京二胡、月琴为主，辅以唢呐、笛子、三弦等乐器的组合形式。其特点是民族乐器为主，规模不大，人数相对较少。

而“文革”时期的“革命样板戏”阶段，却提倡中西结合的乐队编制，且不说整个乐队音响效果和乐器音色的和谐问题。整个乐队的编制究竟应该如何确定，对于《红灯记》的音乐主创人员刘吉典和张建民两位老师来说，心中尚无定数，他们面临的是一个从未尝试过的新问题。没有现成的参考依据，他们一直处于摸索之中。这一点对于负责整出戏配器工作的张建民来说，实在是难度不小。

因为要考虑这样的中西混合乐队配器，就必然要考虑到乐器的音色配合问题、和声问题、复调问题。经过与刘吉典先生密切协商，最终两人与1967年确定了以民族管弦乐队为主，完成了乐队的配器工作。在乐队配器中，张建民老师基本上参考了民族管弦乐队的配器方法，将乐队的拉弦组、吹管组、弹拨组、打击组分组写谱。这种尝试比起原来的乐队是规范化了许多，也体现出相当的专业化特征，音响效果也更实际了一些。后来在与当时的领导与专家在艺术上合作的过程中，开始尝试中西混合乐队编制的配器。经过摸索确立了4、3、2、1、1这样的编制。其实这也是逼出来的办法。

当时国家所搞的现代戏，主导思想是歌颂工农兵，在已经搞出来的四出现代戏当中，多是军队题材的作品，例如《红灯记》是八路军；《沙家浜》是新四军；《智取威虎山》是解放军；《奇袭白虎团》是志愿军。在这些军队题材的作品之中，如果采用民族管弦乐队的配器法，从一般意义上讲是可以的，从风格上民族音乐的特征也会十分鲜明。但是，这种音乐的音响效果与剧中所表现的人物和时代的结合，却显得很不贴切。

于是，就考虑采用交响乐队。可是，如果是交响乐队就只能摆在乐池里面，这样就会形成另一个弊端，在演员与乐队之间形成一个“音墙”问题。如果要是摆在舞台的一侧，不仅乐队庞大难以摆开，而且也不利于乐队音响的有效传出，形成“音库”，同时对于舞台队的上下换景产生了妨碍性的影响。因此，就决定采用管弦乐队音色，用压缩乐队编制的方法，确立了一提四把、二提三把、中提二把、大提一把、贝司一个的弦乐编制。与此相应配置的铜管部分是两只小号、两只圆号、一只长号；木管组是两只长笛，一只双簧管、一只单簧管。但是这仍然是一个不平衡的乐队，那么如何平衡呢，于是就考虑到了用音响控制，每一个器乐声部配置一个话筒，然后用音响设备来平衡乐队的音量与和声的音响比例，这样就解决了乐队的音响效果与戏剧的印象内容的协调一致问题。由此开拓了利用现代化的音响设备，解决了不平衡乐队编制之下的音响谐和与音乐表现力的问题。这也是内容决定形式的例证，是胡炳旭、郑小瑛等众多的作曲家、指挥家、演奏家、录音师集体合作的结晶，更是现代京剧音乐表现过程中，作曲家与乐队和音响师三者密切协作的成功范例。

乐队文场编制与位置问题解决之后，中国京剧院在排演时，曾出现了乐队武场音量大于文场的问题。经过各方人员的反复琢磨推敲，采取了在舞台一侧摆放乐队的地方，搭二层楼的办法，整个文场乐队在楼下，而武场乐队在二层楼上，为防武场乐队音量过大，在面对舞台一侧用一块有机玻璃作为隔音墙，整个武场乐队既可以看到乐队指挥，又可以望到舞台全景。这样就解决了文武场乐队的平衡问题。这种方法，保证了《红灯记》的演出的音响效果，在以后的演出中大多采用这种乐队设置方法。而张建民作为音乐的主创人员之一，始终参与和见证了这一历史时期乐队编制与音响效果的创新性实验过程。

四、 复排现代京剧《红灯记》的改革创新

1994 年，为纪念中国抗日战争胜利五十周年，中国京剧院准备推出一台纪念剧目，在研究的过程中，大家围绕要不要重排京剧《红灯记》的问题，

产生了种种争议性意见。当时，中国京剧院党委在讨论的过程中产生了争论。同时全团上下也议论纷纷，一时间出现了两种不同意见。一种意见认为：过去排演《红灯记》是什么气魄，那是什么条件，现在这帮子人要演《红灯记》？门都没有啊；而另一种意见认为：《红灯记》是“四人帮”的东西，我们怎么能够重提呢？在莫衷一是的争论中，相当一部分人产生过抵触情绪，甚至剧组主创人员找到某工作人员参加排练演出时，竟遭到拒绝。

面对这些人的狭隘意识和艺术上的短视，张建民在感觉到政治和经济方面的压力的同时。仍然以他鲜明的政治观点，艺术家的勇气和实事求是的精神以及尊重历史客观的公正态度，从三层意义上掷地有声地阐述了他的主张：

当年中国京剧排演《红灯记》是老一辈京剧艺术家，包括翁偶虹、阿甲、李少春、周国兴、刘吉典等广大文艺工作者辛勤劳动和智慧的结晶。它是被“四人帮”及其别有用心的人所利用来为自己脸上贴金；我们不能因此而否定这出戏的客观价值及其历史意义；如果我们想拿一出戏来纪念抗日战争胜利五十周年，哪个剧能够比得上《红灯记》这么深刻地反映中国抗日军民的真实场面和坚定信心？青年团担任这出戏的排演任务，对于去除他们以模仿老师为主，缺乏理解时代精神及刻画人物的主动性，对于克服他们由于时代的原因，缺乏对于抗战时期革命英雄人物时代精神的深刻理解，对于陶冶青年演员的精神和练就他们的品格都将起到积极作用，通过这出戏能够达到培养年轻人的目的。同时，排演这出戏，也是对于昔日为这出经典剧目的成功上演作出贡献的老同志们的怀念。

在以张建民为主的艺术家们的力主之下，中国京剧院党委最终作出了复排现代京剧《红灯记》的决定。

戏曲行里有这样一句话，要想演好现代戏，传统底子必须厚实。对于一个演员来说，传统戏的功底越深厚，剧目掌握得越多，现代戏演得越好。现代戏的许多主角，传统戏的演出也都是十分出色的。可是，大家在讨论的过程中一致认为：复排现代京剧《红灯记》最难的不是演员的问题，不是舞美、服装、道具和灯光的问题，而是音乐方面的问题；原版的京剧《红灯记》的音乐是西洋管弦乐队的编制，可现在中国京剧院没有了管弦乐队，如果外请管弦乐队经费解决不了。在这样的条件下，还要求音乐方面达到样板戏时期的效果，这对于负责音乐工作的张建民来说，实在是压力不小。为此，他冥思苦想，寝食难安，百思不得其解。最后，在无奈之下，张建民只好四下求人组织了个民乐队，排练就这样上马了。

经过排练、试奏大部分音响效果还可以，可是，到了李玉和英勇就义，乐队奏响国际歌的时候，问题就来了。众所周知，真正的戏曲艺术追求应该是听觉形象与视觉形象和谐统一，作为一种综合的艺术形式，张建民特别强调的是音乐的音响效果与人物性格和活动场景恰切结合。在这一场戏中，人们在视觉形象中看到的是李铁梅搀着李奶奶大义凛然，慷慨赴死的雄伟场面和悲壮气氛。可是当民乐队的唢呐奏响《国际歌》的主题音乐时，那种单薄、尖利的音响效果所折射出来的是民间“哭丧”感觉，实在缺乏原版音乐那种庄重、肃穆。从某种意义上说，这样的音响效果，把李玉和、李奶奶和李铁梅面对刑场和日寇，大义凛然慷慨赴死所表现出来的革命英雄主义精神和场景的感人之处，完全给抹杀掉了，那种鲜活的时代精神和无产者的英雄气概已经荡然无存了。

面对这种无奈的音响效果和无法解决的经济问题，张建民需要动一番脑筋。在思考改变这种音响效果之时，张建民老师想到了西洋歌剧中的人声合唱。用人声的哼鸣声表现这一场景的庄严。于是，张建民就从总政歌剧团中请来了四位声音最好的歌唱家，采用加倍的办法重叠录音，前后分五次完成，首次由四个人录音产生四个声部的效果，第二次录音就是八个人的声音效果，第三次就是十六个人的效果。五次录音，依次延伸，音响效果成倍率增长，最终产生了六十四人的厚重效果。前边使用哼鸣唱法，后边的高潮部分采用了“啊”唱法。经过这样的变化，人声合唱所产生的音响效果和强烈的感染力和震撼力，与剧中的场面达到了一个极佳的效果，使整个剧情和人物得到了强烈的烘托。这样的音响效果是张建民老师所未曾料到的。

改成民乐队的现代京剧《红灯记》，在社会上公演产生轰动效应之后，原来那些心存疑虑之人，那些抵触和反对的声音，顿时不见了踪影，相反一部分当初不愿意参加该剧复排演出的人们，又纷纷找来责怪组织上没有分配给他们角色。

当中国京剧院以全新阵容复排的现代京剧《红灯记》在大陆和香港、台湾等地区演出时，每当人们观看到这一场面时，观众所受到的视觉与听觉方面的感染是最强烈的。从人们的感慨赞叹和掌声之中，张建民想到了阿甲先生说的话："掌声有两种，一种是生理掌声，一种是艺术掌声。"当人们没有真正被艺术所感动，而是对于表演过程中某一种高难动作或声音出于礼节拍手时，那是生理掌；而艺术掌声，是人们被艺术所感染之后，内心中情不自禁的拍手击掌行为。每逢见到现场观众们的艺术掌声，张建民总是在被感动的同时，也感受着一种释然的快慰和满足，他更惊叹京剧艺术在当今社会生活中的生命力……这种用人声录音，渲染和配合剧情的办法，在张建民后来主创的剧目《火醒神州》、《蝶恋花》、《北国红菇娘》、《八女投江》等剧目中，也多次使用，这也说明了音乐创作者应跟随时代，使用新的工具、新的方法达到新的效果。

五、参加京剧现代戏《红色娘子军》音乐创作

1968 年，中国京剧院开始筹划排演大型革命现代戏《红色娘子军》，依照以往的惯例，还是邀请张建民参与该剧的音乐创作工作。说到中国京剧院的京剧《红色娘子军》的剧目创作，其中还有一个感人的小故事：张建民老师的儿子叫张海南，为什么起这个名字呢，这与孩子出生的特殊经历有关。1969 年 3 月，组织上决定张建民作为该剧的主创人员与阎肃、杨秋玲、万瑞兴等诸位老师一起到海南岛去体验生活。当时张建民的爱人即将临产，但是，为了新剧目的音乐创作工作，他没有向组织上提出这件事，毅然参加了主创班子到海南采风和体验生活的全部行程。可想而知，当时他的爱人是多么需要张建民老师的照顾和陪伴，又多么需要张老师的精神抚慰。然而，这位刚强而又大义的教育工作者，以她教师的职业道德、敬业精神和忍耐力，用无声的行动支持着爱人的京剧音乐事业，没有拖爱人的后腿。为了纪念这个非常时期的非常经历，张建民老师为这个孩子起名——张海南。

1969 年 3 月，剧组主创人员在赴海南体验生活之后，于当年的 9 至 10 月份便开始进行京剧《红色娘子军》剧目创作。其实中国京剧院在 1964 年已经

排演过该剧目。为此，本次重排过程中，特意将张君秋先生找来设计剧中主要人物吴琼花的唱腔。张先生怕自己创作的唱腔不够坚强有力，又不够“现代革命化”，因此，他又特意将叶盛兰先生请来帮他出主意。后来李少春先生也参加了。《红色娘子军》从1969年3月体验生活，同年9、10月开始投入创作，到1972年将该剧拍成电影，张建民始终参与该剧组的音乐创作工作。后来《红灯记》剧组戴宏威先生以及羊鸣先生、黄金陆先生也参加了该剧的创作。

《红色年子军》一剧在创排的过程中可谓精雕细刻，倾注了中国京剧院的领导和诸多艺术家们的不小力量。本来中国京剧院当初排这出戏之时，没有想让领导看，也没有想又成为“样板戏”。可是有一天，中国京剧院突然接到通知说领导要来看戏。当时，领导带着一个法国导演来到中国京剧院一同观看，演出结束后，领导没有给予过多挑剔，算是比较满意。此后《红色娘子军》就算立于舞台了。直至后来拍成电影，该剧基本没有动过，因此该剧也当然地成为了“样板戏”了。

这出戏的音乐创作的历史原貌是：吴清华和连长的唱腔是由张君秋先生主抓，再配备一个记谱的，还有琴师万瑞兴一起合作完成。洪常青的唱段最早是由李少春先生搞。所以，《红色娘子军》一剧初稿形成的时候效果很好，大家也信心很足。可是后来由于文化大革命，当初李少春先生创作的东西就被拿掉或改动了，许多老同志都怕犯错误不再参加剧目的修改工作，所以，该剧后来音乐与唱腔的效果，也出现了不太令人满意的议论。

因为张建民自始至终参加了该剧的音乐创作。所以他清楚地记得当时上级领导对《红色娘子军》一剧所提出的要求。其核心是突出三个重点：一是时代特点，剧中的内容是反映中国第一次国内革命战争时期的历史现实；第二是突出地域特点，剧中故事发生的地点是中国南部的海南岛上，剧中许多场景要展现海南的风光景色。第三个特点是京剧音乐特色。

为了搞好该剧的音乐配器工作，张建民付出了大量的心血，经过反复思考和讨论，他确立了如下配器思路：以高大形象、成长形象、反派形象音乐为主，不追求舞剧的翻版；又要在所有的唱腔与音乐中充分体现民族地域音乐特征。而剧中的其他人物音乐则多是衬托和辅助前两位人物。

当时，出于向上海京剧院学习的动机，京剧《红色娘子军》在音乐创作上也强调主题贯穿的问题。在选取主题音调之时，主创人员自然地就考虑到了《红色娘子军连歌》。这个主题的特征就是可变性比较大。除了正常的速度以外，将其放慢，加强力度的演变。此外，这个主题音调，可以变成散的，也可以变成慢的和快的。但是，无论如何变化，都可以见到它的基本原型。因为这个戏的主题音调，是电影《红色娘子军》的主题歌，其原始素材是从琼剧的唱腔中提炼出来的，舞剧也采用这个主题音调，因此，这段音乐在老百姓当中印象较深。另外的主题音乐是党代表洪常青的主题音乐，这是一种男性、高大、洪亮、刚性的英雄人物。

在构思洪常青的音乐时，主要是两个方面特点的考虑：一个是从人物特点，一个是地域特点。另一个方面就是如何结合京剧音乐的特征进行音乐配器方面的创新。为此，张建民选取五指山民歌中的特色音调，由于这段音乐在舞剧《红色娘子军》中已经有所呈现，所以京剧自然不能全部拿来。于是，张建民就将这段旋律加以变化提炼。这种具有鲜明特征的音乐对于洪常青的主题人物塑造起到了很好的作用。这个音调还有一个特点，就是它用铜管乐器的小号演奏时非常嘹亮，效果非常好。当这一主题音调呈现完毕之后，紧接着比较流畅地转入了京剧音调之中。

在整个剧目的音乐配器中，张建民始终试图将这些主题音调糅进整个剧目音乐的创作之中，并为此"煞费苦心"，在谈到该剧的音乐配曲构思时，他言道：

其实，对于一个京剧音乐作曲家来说，选择一个比较合适的人物主题音乐，是需要经过认真思考和反复琢磨的。有时候音乐选择好了，它也符合人物特征，但是并不能与京剧音调吻合。而有些音乐虽然京剧音调较浓，但却人物形象不够鲜明。而一个作曲家的高超之处，就在于他善于捕捉和提炼恰切与适宜的主题音调……受到《红色娘子军》舞剧音乐的影响，京剧《红色娘子军》在配器手法上进行了借鉴和参考。一般在表现群体形象时多采用乐队全奏和铜管乐队，娘子军连歌也多次出现在群体形象出现之时；而表现吴清华的唱腔时，多用弦乐器以体现细腻柔和与内在的性格特征。相反洪常青的人物主题音调，则多运用于人物出场的环境之下和过门之中，以体现其开朗和刚劲的豪气与昂扬斗志。

另外，在安排吴清华主要角色的音乐之时，前面主要突出她作为一个受苦受难的奴隶的悲剧命运，因此，音调也比较低沉悲戚，而当她参加了红色娘子军成为一名战士，后又在党代表的教育之下不断成长起来，最后在洪常青英勇就义之后，以党代表为榜样担负起娘子军连连长之后，表现她的音乐又变成了坚毅和刚劲，以此突出她的革命英雄主义精神。通过这样的艺术构思，就很好地突出了表现吴清华音乐的层次感。

对于剧中南霸天的人物形象，受到京剧《智取威虎山》座山雕音乐写法的影响，也设计了一段特性鲜明的主题音调。当时的乐队已经是地道的4、3、2、1、1的编制了，所以在乐队配器中，乐器多采用低音，以表现低沉、阴森，险恶的音调。

如上所述，作为担任全剧配器任务的作曲者，张建民在进行京剧《红色娘子军》一剧的音乐配器时，重点考虑的还是主题、层次、手段等问题。当谈到现代京剧《红色娘子军》时，在充满自豪的神情之中，依然有些惋惜。他说："其实，该剧中以李少春先生为主创设计的唱腔和张君秋先生为主创作的唱腔最好，可是，后来由于'文革'中的种种原因，原有的好唱腔被拿掉或修改了，这是一个历史的遗憾，现在的唱腔和音乐虽然也好，但是，知道当初该剧创作的人普遍感觉到，还是第一稿好。"

在完成了京剧现代戏《红色娘子军》的音乐创作任务之后，张建民又先后参加了《平原作战》、《金雁岭》、《草原兄妹》等剧目的创作工作。

六、新时期，面对困惑、机遇所作出的选择和贡献

"文革"后期，中国音乐事业的发展处于一种畸形状态，张建民在工作去向方面出现了迷茫。

（一）在“去”与“留”之间的最后选择

中央音乐学院的院长赵沨老师、老朋友于润洋老师希望张建民老师回母校工作。中国音乐学院的张肖虎、黎英海二位老师希望张建民继续在中国音乐学院工作。而中国京剧院的阿甲先生、郑亦秋先生和李瑞民等同志却不愿意张建民老师离开中国京剧院，劝他继续一边在中国京剧院搞创作实践，一边到学校继续兼课。在这种情况下张建民非常犹豫，他是一个对音乐艺术执著追求，而不太注重功利的人，他是一个埋头工作又从不多事的人，他一贯追求事业的成功，大家集体合作的心情舒畅，至于个人的得与失却从不愿意多计较。

可是，进入20世纪80年代以后，在新的文化情境之下，中国京剧院也同全国的各大院团一样在生存与发展方面面临着新的矛盾和困惑。在政治上虽然打倒了“四人帮”时期的文化专制政策，可是，在京剧发展上一时间缺失了明确主导方向。经济上也似乎不像以前的境况了。港台流行音乐似“大潮”在全国涌动，在舞厅四起和“走穴”成风的情况下，整个院团的艺术创作受到了前所未有的严重影响和冲击。但是，中国京剧院毕竟是具有革命光荣传统的文艺团体，在全院演职人员的内心中依然涌动着一种强烈的愿望：中国京剧院，作为全国的京剧院团的“领头羊”，这里集聚着众多位在京剧艺术方面有着深厚造诣的精英，因此，应该尽快摆脱“文革”后期的沉寂，尽快搞出一出戏来，以重新展示其大团风度。但是，在这种愿望没有如意呈现之前，剧团的人员尚没有形成比较集中的合力，许多人员出国、“下海”，甚至改行调离。然而，在人心浮动的时刻，经过再三思考，张建民却没有被社会环境所左右，毅然决定坚守京剧音乐阵地，继续留在了中国京剧院。

（二）为民乐队重新配器，再次演绎经典之作《蝶恋花》

当中国进入改革开放的新时期之后，中国京剧院经历了现代戏《蝶恋花》轰动全国和传统优秀剧目大量重新恢复上演的好时期。那时，张建民作为艺术室主任对于整个剧院的艺术生产负有责任，从行政方面来说，他算是一个“头”，因此，他参与了包括《蝶恋花》、《红灯照》在内的众多剧目的音乐创作工作。但他主要参加的是中国京剧院一团的音乐创作工作。在此期间他与刘吉典先生、张君秋先生一道先后参加了京剧《红灯照》、李维康和耿其昌主演的《恩仇恋》和刁丽主演的《程天太后》、张曼玲主演的《甘棠夫人》、刘长瑜主演的《玉树后庭花》以及后来的《火醒神洲》、《北国红菇娘》直到后来的张火丁主演的《江姐》等等。

1991年，为纪念中国共产党诞生七十周年，中国京剧院要重排现代京剧《蝶恋花》，导演是新请的，以刁丽为主演的演员阵容也都是全新的。从剧团的整体情况来看，受到外来文化的影响和港台流行歌曲潮的冲击，当时的人心已经散了。在这种形势之下大家已经不像以往那样对京剧艺术顶礼膜拜。在排练的过程中，音乐方面首先遇到的问题就是，昔日的西洋乐队已经没有了，如何在现有乐队的基础上，重新配器和表现音乐。在这个关键的时刻，又是张建民亲自出马，经过艰苦细致的工作，不声不响地完成了民乐队的重新配器工作，使得《蝶》剧得以顺利上演，后来并拍成电视剧。

（三）为传承京剧艺术，倾心搜集整理资料

20世纪90年代后期，中央音乐学院又一次准备调张建民回学校工作。这一次张建民老师动心了，可他想不能这样空着手回去呀，自己在中国京剧院工作了这么多年，应该带着丰富的成果回报母校才行。再者他对于中央音乐学院和中国音乐学院的情况再清楚不过了。就作曲专业来说，两校在西洋作曲技术理论方面应该说实力都比较强。可是，在戏曲作曲方面，客观地说两校的力量都比较弱，都缺乏深刻的了解和研究，这是一个不可回避的缺憾。

张建民认为，像戏曲作曲这个专业，应该由中国音乐学院来办。张建民说：当年有关领导就曾说过，要想培养真正的戏曲作曲人才，应该音乐学院培养，他必须掌握了一套洋的作曲技术理论和思维方法，同时，还要精通我们的民族艺术，这样他才能融合借鉴，才能够推陈出新。只懂京剧，或者只懂洋乐不行，结合不起来。所以，当听到要回母校工作之时他很高兴。

回想这么多年在中国京剧院工作的经历，他既感到幸运，又觉得有些劳累。这一次要回母校工作了，可以将自己的创作收获和经验做一个系统的总结，也好日后系统地传授给学生。于是，张建民录制了近八十盒戏曲音乐磁带，这其中含有：京剧锣鼓大全，因为京剧锣鼓是戏曲音乐中最有代表性的三

大组成部分之一，大家都觉得好听，可是，没有一个能在这方面说得清楚的材料。当时，白登云先生、闫宝全先生还在，于是张建民老师就作为北京音像出版公司的特约编辑录制了全套的《京剧锣鼓大全》，由白登云先生录制完成；第二就是《京剧干牌子曲集》，是由闫宝全先生录制完成的。两个专辑都有两位老先生的一分钟讲话；同时，又从中国京剧院和中国戏曲学院请来两位唢呐演奏家，将传统的唢呐曲牌全部录制了下来，取名《京剧唢呐曲牌》，在每一段曲牌之间加上解说词，请当时的"铙钹大王"许谨忠担任解说；在此之后，又分别给沈玉才先生录了一盘，给何顺信先生录了一盘，还准备给姜凤山的梅派京胡伴奏录制一盘，还准备给各派名琴师如程派和荀派等录制下来，后来又给李和曾先生录了四盒，给张君秋先生的《状元媒》、《望江亭》等几出剧目录制了下来，还去山东给方荣翔先生录制了四盒京剧唱腔选段。

当时还抢录了赵荣琛先生的"绝玩艺"如《坐宫》。当时，张建民是想将京剧音乐的三大组成部分，即唱腔（各流派）、锣鼓、音乐（唢呐、京胡）全部录制下来。有了这些东西回学校教学，就有的说了。在当时录制这些艺术品出版发行，是不容易很快赚回成本并盈利的。因此在灌制录音带的过程中，也遇到许多困难和阻力。幸好这些在当时的80年代无法与流行歌曲音带相比的珍贵资料，日久天长之后越发显示出它的艺术价值和史料价值。同时，随着中国民族音乐文化的勃兴，它的经济价值也在日渐隆起，且长久不衰。

正当张建民做好了回母校任教的准备之时，中国京剧院新换了领导。没有同意张建民离团，而是要他继续担任艺术室主任，这样，张建民作为京剧院的业务骨干硬是给留住了。

（四）为培养京剧人才，认真敬业著书立说

从改革开放之后至2012年，张建民老师一直应中国戏曲学院之邀，担任作曲技术理论课的教学，从本科到研究生再到高研班。他认真备课、撰写教材、批改作业。认认真真、兢兢业业，从未出现过因为个人的原因而影响教学任务的情况。经他教授的学生毕业了一茬又一茬，经他培养的研究生也毕业了一届又一届。他所教授的戏曲作曲高研班的学生，在听了他的授课之后，无不为其广博的学养所折服，与他同道的老师们更是对其人品交口称赞。

目前，虽然年事已高，但是他所编写的《京剧配器法》一书也正在进行。这原本是朱维英老师担当系主任时期学院定的计划，在编写本书的过程中，因为没有任何可供参考的资料，遇到的困难很多，但他始终没有放弃。每逢中国戏曲学院在戏曲音乐方面遇到重要的理论与创作问题，都要请张建民帮助把关定向，每逢有重大的科研课题也要请到张建民老师指点迷津。虽然他不是中国戏曲学院的在编老师，可他确实是音乐系全体师生心目中的“自家的教授”。

中国京剧院和中国的戏曲音乐界，敬重张建民老师的业绩，中国戏曲学院和中国的音乐界也不会忘记这位学贯中西，在中国的戏曲音乐界贡献卓著，为中国的京剧音乐事业立下功劳的京剧音乐家。如今，张建民老师已经年近八十了。但是，在他的精神世界中依然对京剧音乐事业关爱如初，钟爱有加。从这位京剧音乐作曲家的艺术人生轨迹中，我们会受到很多的启示和教益，得到更多的教诲和感动，让我们为之思考和赞叹。学养深厚却温厚谦恭，贡献卓著却低调内敛，思考深邃却言不苟出，治学严谨却不事张扬。我们敬佩其精神、敬佩其人格、敬爱其作品，敬慕其才学。衷心祝福张建民老师福如东海，寿比南山。

躬身国粹情浓意雅　传道授业沥血呕心

——中国戏曲学院　国家一级作曲　关雅浓

关雅浓，满族，中国当代著名戏曲作曲家，国家一级作曲。1987年国家科委、国家人事部、文化部授予关雅浓先生首批国家级有突出贡献的专家称号。自从20世纪50年代投身戏曲音乐创作以来，在几十年的创作中，他先后创作了现代京剧《蝶恋花》、《于无声处》、《延安青松》、《八一风暴》、《一方净土》等；新编历史剧《对花枪》、《李清照》、《契丹英后》、《金婵诉冤》、《杜十娘》、《负子图》、《无限江山》、《李慧娘》、《晨钟惊梦》、《钗头凤》等大型剧目七十多出，他对中国京剧音乐事业的发展作出了卓越的贡献。

1977年7月1日，在中国共产党成立五十六周年之际，中国京剧院隆重推出大型现代京剧《蝶恋花》，该剧首演之后立刻在全国产生轰动，一时间报道频繁、好评如潮。中国戏曲学院副院长赵景勃《古稀过激情依然似火》中言道："《蝶恋花》的唱腔音乐是成功的，它是优美动人的，是可以和样板戏相媲美的。这部戏诞生的背景是在结束文化专制之后，艺术的初春季节，一反'高、大、全'的僵硬、强直，也脱于程式套路的沉闷、陈旧。这部力作呈现出一种清新、舒朗，既委婉优雅，又刚韧挺秀。《蝶恋花》像一股强烈的冲击波，使戏坛为之一震。于是，关雅浓和李维康成为中国京剧院的标志性人物，中国京剧院再度发挥引领作用。历经近三十年的检验，《蝶恋花》历久弥新，成为京剧宝库中能够流传的精品。这出戏充分体现了关老师的审美追求和艺术品格。"①

1983年，他接受文化部委派，调入中国戏曲学院筹建作曲系，并出任首届系主任。作为一名中国高等戏曲作曲人才培养的开拓者，在其后几十年的教学和实践中，他坚持"民主办学，专家治学，以法治教"等一系列富有科学、规范、前瞻性的办学方针，先后为国家培养了众多的戏曲作曲人才，填补了中国戏曲作曲专业没有本科的空白。从一名卓有成就的作曲家，再到一名戏曲音乐教育家，他用经典性的戏曲音乐创作成果继古创新，勇攀高峰；他用开拓性戏曲音乐人才培养的业绩继往开来，扬鞭奋蹄。他堪称中国近现代音乐史上贡献卓著的戏曲音乐家，中国高等戏曲作曲人才培养的奠基者之一。

一、 艰苦的磨砺

1933年3月，关雅浓生于江苏南京市。他的幼年是在祖国山河破碎、内忧外患的岁月里度过的。1936年冬迁入北京。当他后来知道1937年12月日本帝国主义侵略者攻陷南京，并对他的故乡人民实施了长达六周的惨绝人寰的大屠杀，家乡父老几十万人惨死在日本鬼子的屠刀之下时，悲痛至极，愤怒至

① 赵景勃：《古稀过激情依然似火》，《关雅浓京剧音乐唱腔创作选集》，中国文联出版社2006年版，第2页。

极，在他的心底里埋下了对敌人刻骨铭心的仇恨。

（一）旧中国的磨难与三个机遇和转折

关雅浓的父亲是孙中山部下的军医。在他儿时的记忆中，父亲是一位“长期在外，沐雨栉风执行军务的好医生，还经常替老百姓义务就诊而分文不取”（关雅浓语）。父亲的那些救人不收匾额和重金，去东北灭鼠疫身先士卒、不怕牺牲等动人故事，都深刻地镌刻在关雅浓幼小的心灵之中，他也因此萌生出将来当一名医生的意愿。在旧中国，对于一个平民的家庭来说，生活始终是与艰辛相伴的。在哥哥去解放区，姐姐随爸爸去陆军医院之后，贫寒的家中就只有外婆、妈妈、弟弟和关雅浓相依为命、苦度时光了。关雅浓刚懂事的时候，牛顿、斯蒂芬荪、爱迪生等伟大的科学家就成为了他的偶像，徐霞客、鲁宾逊、哥伦布等人的神奇经历又曾使他神往，他也曾迷上火车并立志当一名制造火车的工程师，驾驶着自己亲手制造的火车走遍全国。然而，岁月更迭之中，迎接他的却是不期而遇的三次转折机遇。

1. 第一个金秋时节的机遇与转折。

1945 年的深秋的一个周末，走在什刹海后河沿的林荫小道上的一个少年，眼望秋风落叶，枯枝残柳，联想到自己茕茕孑立，形影相吊，贫苦无依，饱尝人间辛酸苦涩的生活，不免触景伤情，潸然泪下。忽然，不远处的小巷中飘出了优美的广东音乐《旱天雷》、《娱乐昇平》、《步步高》等，顺声寻去，只见巷内一座四合小院二三人演奏正酣。动听悦耳、优美宜人的音乐使关雅浓流连忘返，满身的愁云顿时烟消云散。这是他平生第一次感受到了音乐的魅力和力量。自此之后，关雅浓成了小四合院的常客，那一曲曲悠悠扬扬、缥缥缈缈的跳动着的音符，也敲开了他叩动音乐王国大门的欲望，“在他看来，日月山川、风花雪月、虫鸣鸟叫，诸多自然美景皆可触动人的心扉，而音乐艺术的语言更有它独特的奥妙作用，他可以吞吐难言之隐，倾诉悲愤之情，牵动人的喜、怒、哀、乐，表达强烈的爱和憎的思想感情。那时，除了攻读小学之外，就一门心思想着有朝一日能够跨入音乐领域。”①

① 张琪瑶：《继古创新，乐道酬勤——记京剧作曲家关雅浓的创作生活》，《戏曲群星》第三集。

2. 第二个金秋时节的机遇与转折。

1946 年，又是金秋送爽时，又是一年中最美的黄金时期。但是关雅浓家中的生活却不美，而且经济上很拮据，生活上也十分艰难。在这样的境况之下，他在婶娘的邻居管平湖先生的介绍下，先是参加了广东乐社，其后进入了北平市国学社国乐传习所。

当时的“国乐传习所”是一个专门培养研习国乐人才的地方，既管食宿又不收学杂费。它坐落在北京东城区“国子监”院内。古木参天，宽阔深远，优雅恬静的环境令人心旷神怡。传习所内的老师都是当时著名的音乐家，譬如王君谨，管平湖，刘吉典，周锡文等。这里的学生多是来自高中的在读学生或者高中毕业生。他们都是国乐爱好者且都有一技之长。为了提高学生的素养，国乐传习所还开设了古文，英文和历史等课程。由于年龄偏小，十三岁的关雅浓当时在班里不论是文化课的学习，还是专业水平的起点都远远不如那些高中毕业的师兄们，在学业上感到非常吃力，但他还是咬着牙硬学下来。

尽管如此，传习所内音乐的氛围还是始终陶冶着他的身心和性情。从晨曦到黄昏，笙管笛箫，琴瑟筝篌，丝竹金石，五音齐鸣。正是“随风潜入夜，润物细无声”。

古人云：“正理治世，清音治心。”在国乐传习所学习期间，他第一次听到了许多他未曾接触过的音乐理论，西方哲人有关音乐的净化作用、用音乐的某些旋律和节奏可以教育人的论述，隐约可以治疗人的脾气和情绪，并恢复内心能力的和谐的观点；中国古代贤哲的那些音乐美思想，仿佛把他引向了又一个新的境地，“乐者，音之所由生也；其本在人心感于物也。”“乐者，心之动也。”“乐者本于声，声者发于情。”凡此种种，那里传授的知识和提供的氛围，对于关雅浓先生一生的艺术观念、创作的方向、创作的内涵、创作的风格都产生了重要的影响和决定性作用。

3. 第三个金秋时节的机遇与转折。

1947 年的又一个金秋时节。由于资金严重短缺所带来的经济上的重重困难，广东音乐社自行解散，“国乐传习所”也不得不停办了。在所有人员各奔东西自寻活路的困境之下，关雅浓虽然历经周折终于“带艺”进入了原属于国民党青年军 208 师所辖的四维戏剧学校，由此也迎来了他人生的第三次机遇。当时的四维名誉校长是德高望重的田汉先生。从小就从哥哥口中耳闻《义勇军进行曲》的关雅浓，是怀着对田汉先生十分崇敬的心情步入四维剧校的大门的。

在关雅浓的眼里，田老正直不苟，敢于直面人生，不畏权势，敢于针砭时弊，为当时新平剧写了不少反侵略、反封建、反剥削的进步作品，诸如：《江汉渔歌》、《新英雄儿女传》、《武松与潘金莲》、《南明双忠记》、《情深》等，这些作品均被四维剧校演出。在当时的历史条件下，这些借古讽今、借古喻今的进步新平剧的上演在社会上产生了广泛的影响，其作者的精神和勇气实为难能可贵。

那时四维剧校排演新平剧可谓热火朝天，深深地吸引和影响着在此学习的每一位学子。此间校方破例允许学生关雅浓参加新排平剧《琵琶记》的音乐创作。该剧由田汉先生编创，由马彦祥先生牵头并由李宗义、梁小鸾两位老师领衔主演。尽管关雅浓在此剧音乐创作中实际上仅是个“学徒工”而已，但是能在田汉、马彦祥和杨大钧等多位名家和老师身边学习和参加音乐创作实践，对于一名学生来说实在是幸运之事，让他终生难以忘怀。为了这出戏的演出，关雅浓还拒绝了与他分别多年的兄长约他前往解放区的机会，更遗憾的是兄长自此便音信全无。

《琵琶记》于1948年冬在平津一带上演，影响颇大。但是，该剧没演几场就遭到了当局的勒令禁演，李、梁两位老师还差点儿因戏而坐牢。当时年仅十五岁的关雅浓对此事百思不得其解，朦胧中记得当时在老长安戏院演出时，突然出现的宪兵队搅和了一切……忽然，一句话令其醍醐灌顶——“声音之道，与政通矣。”大概就是这个道理吧。虽然戏被废掉，但是田汉、马彦祥老师有胆识有魄力的精神给予关雅浓的影响是永恒的，也是人生中难以获得的宝贵财富。四维剧校的校歌中也渗透着这种精神，这也是四维剧校的校魂。这校歌的词作者就是田汉先生。他率领这些学生走出了一条新平剧的大路，是学生的指明灯。这校歌也是关先生人生的座右铭。

通过少年时期三个金秋时节的机遇与转折，关雅浓在艰苦的生活之中经受了磨砺，在艰辛的学习生活中获得了艺术积累，在以田汉先生为代表的革命精神和意志的影响之下，使步入音乐殿堂的他领略到其中的博大精深和无限魅力，促进了他献身音乐艺术的理想的形成。在经历了旧中国艰难险境之后，也进一步提高了他的政治觉悟，为日后所形成的“作曲先做人”的理念奠定了思想基础。前辈们革命精神和风起云涌的革命形势，也使他清晰地感到：冬天已经过去，美好的春天即将来临。

（二）新中国的幸福与三次经历和收获

1949 年，新中国成立，北京解放了，天地换了人间，春回大地，一片生机盎然。人民政府随即接管了四维戏剧学校，并于 1951 年 1 月更名为中央文化部戏曲改进局北京戏曲实验学校。人们在欢歌笑语中欢庆胜利。让关雅浓更为兴奋的是，他所想念和景仰的当年四维学校校长田汉同志，也身着解放军灰色军装威武庄严地出现在进城的解放军队伍之中。

大约一个月之后，他当年投奔解放军的大哥也一身戎装出现在他的面前，并且告诉关老师说他已经在军委会工作了。不久文管会派来了史若虚、李紫贵、曹慕髡、刘乃崇、何海生五位老师接管四维剧校。关雅浓与他的同学们开始接受广泛而又深刻、多彩多姿的新文化教育。在学习的过程中，中外革命进步文艺作品中的许多英雄人物的生平和事迹，深深地影响着他，为他树立了榜样，也使他坚定了献身音乐事业的信念。

1. 中国戏曲学校幸福的学习生活。

1950 年，田汉出任中央文化部戏曲改进局北京戏曲实验学校的首任校长。作为首届学生，关雅浓幸福地生活在这所戏曲艺术家的摇篮之中。在学习的过程中，关雅浓认真学习政治理论、拥护党的领导、思想进步、工作积极。由于他在思想、学业和各项工作中的突出表现，他加入了中国共产主义青年团并被全体同学推选为首届学生会主席。1952 年，他光荣地加入中国共产党。

新中国成立初期，一大批从解放区进城来的文艺工作者，在北京创作并演出了许多优秀的新剧目，使得关雅浓和他的同学们大开眼界，受益匪浅。1952 年，全国戏曲观摩演出期间，关雅浓看到了梅兰芳、程砚秋、周信芳、盖叫天、阳友鹤、陈书舫、袁雪芬等诸多杰出的表演艺术家演出的众多优秀剧目，通过这次观摩学习，使他扩展了视野、拓宽了思路，加深了他对中国戏曲艺术的热爱。同时，在新文化教育之下，陶冶了他的情操，净化了他的心灵，对他艺术观的形成和日后走上音乐创作道路奠定了坚实的基础，起到了极其重要的决定性作用。

20世纪50年代，是中国戏曲学校的全盛时期，教师阵容超过以往的任何科班和戏校，王瑶卿、萧长华、徐兰沅、郝寿臣等一批名教授亲自授课，梁连柱、赵荣欣、于玉蘅、汪荣汉、闫宝泉、何启佑、马竹青、吴炳章、于善民、刘宗生等一批中青年中坚力量全天候地坐镇把关。中国戏曲学校“教学宗旨明确、教学方针准确、教学数据精确、教学方向正确”。教学成绩突出，剧目建设硕果累累，教学质量有口皆碑。关雅浓为能在这样一所学校中生活而感到十分高兴。1953年，他被国家文化部任命为监察委员。1954年，关雅浓结束戏曲学校的学习生活，毕业后留在本校实验剧团工作。1956年被国家文化部评为社会主义建设积极分子。

鉴于在学期间各方面的突出表现，关雅浓被中国戏曲学校保送到中央音乐学院进修深造。在这所大师云集的中国音乐最高学府，他学到了许多过去未曾系统研读的作曲专业知识，使他不仅在技术上上了一个新台阶，创作功力也日益增强。少年时期饱尝了旧社会生活的艰辛，青年时代享受着新中国的幸福生活，使他养成了“生活上将就”的习惯，也更加坚定了他对于“勤奋才能成才”道理的感悟。对于关雅浓先生来说，这些不仅是他人生理想和信念形成的奠基石，更是他事业的起跑线和精神的原动力。

2. 调入中国京剧院从事音乐创作。

1959年5月4日的又一个快乐的青年节之后，关雅浓实现了他盼望已久的理想，他被组织上从中国戏曲学校调入中国京剧院，开始了他专业作曲的生涯。

从中国戏曲学院调入中国京剧院，对于关雅浓先生来说实在是一件幸事，也是他艺术人生的重大转折。

中国京剧院的前身是延安平剧院。在毛泽东同志的文艺思想和党的“推陈出新、百花齐放”等一系列文艺方针的指引下，从延安到北京，从抗日战争到新中国成立后的社会主义建设时期，它不仅是中国京剧事业的开拓者，更是中国戏曲界的一面旗帜。在这个中国首席京剧院团中，汇集着全国的戏曲界的精英，可谓是群星荟萃、繁花似锦。京剧院的领导班子坚强有力，业务精通。剧院始终坚持“出人、出戏、走正路”。主管业务的马少波同志是一位戏曲事业的领导者，也是才华横溢的剧作家。在京剧院整体风气的熏陶和影响下，关雅浓如鱼得水，干劲倍增；新的工作环境和艺术创作氛围也使他的戏曲审美观念和艺术创作品位不断提高。

当时关雅浓主要负责四团的音乐创作，在这个的大家庭里，他的音乐创作得到了领导的关怀、照顾和信赖，也得到了大家的爱护、帮助和扶持，为此，他感到十分愉快。特别是在由院领导主持仪式，关雅浓拜了著名琴师费文治先生为师后，使他在艺术上“更加健康、更加规范、更加深化”地得到发展。在中国京剧院期间，他先后参加了几十出戏的音乐创作。

1976年，粉碎“四人帮”之后，“现代革命京剧样板戏”全部停演，一时间中国的京剧界没了有影响力的作品，而恰在此时，中国京剧院隆重推出大型现代京剧《蝶恋花》，轰动全国。而此剧的经典唱腔和音乐就出自关雅浓先生之手。此后，全国的京剧院团纷纷来京学习观摩，在当时的历史条件下，它的艺术价值是深远的，关雅浓多年的积累苦斗才能有些成果啊！成绩的取得使他进一步加深了对于“继承才能发展”的感悟，也更感悟到静下心来搞创作，不急功近利才能出成果。

（三）奉调回母校创建大学本科戏曲作曲专业

1983年，正当关雅浓步入创作盛年的黄金时期之际，他受命被调入母校——中国戏曲教育的最高学府，创建中国戏曲学院戏曲作曲系。

在中国京剧院工作的日子里，他勤奋工作，勇挑重担，开拓创新，成就斐然。整整二十五个春秋，对于这里的一切他是那样的热爱和眷恋；时逢创作盛年，工作是那样的得心应手。而今，就要离开他朝夕相伴的领导、老师和同事。每个人处在这样的情景之下，都会感到十分惋惜和遗憾。当时，甚至有人撰写文章说中国京剧院放走关雅浓是一个错误。然而，对于这次历史性的人生转折和即将从事的工作的意义的认识，关雅浓却有着高屋建瓴般的认识。他十分清楚面临的工作对中国戏曲事业长期发展的重要性，也更清楚他所即将担负的开创性事业的艰巨性。作为一名优秀共产党员，在个人的利益和国家的需要，自己的得失和事业的发展的天平面前，他表现出了极高的政治素养、强烈的责任意识和前瞻性的认识。

在此之后的一系列工作之中，关雅浓在文化部领导的亲切关怀和中国戏曲学院领导的大力支持下，与他的同道者张正治（作曲系副主任）、刘越（党支部书记）、任枫等一起，团结协作、艰苦奋斗、奋力拼搏，在没有任何直接参照的情况下，通过大量的调查研究和一系列努力，创建了中国高等音乐教育史上的又一新兴专业——戏曲作曲专业。

1984 年，中国四年制大学本科层次戏曲音乐专业的首届学生入校就学，在其后的几年中，又有一批批学生入校学习。在十几年潜心的教学实践中，关雅浓先生不仅刻苦钻研、精心施教，还想方设法给学生创造艺术实践的机会，他多次带领学生外出各地为各个京剧院团进行剧目音乐创作。通过一系列的探索性的课堂教学与社会艺术实践活动，培养出了许多优秀的人才。这些使得关雅浓先生进一步加深了对于“根深才能叶茂”内涵的深刻理解。他在通过创新性的探索实践活动中，推动了中国戏曲音乐教育事业的发展；他在运用全新的教育理念和新的办学方针中，提升了中国戏曲音乐人才的层次，他用创新性教学方略诠释了新时期中国高等戏曲音乐人才培养的模式和发展路径。中国戏曲学院戏曲作曲专业的创办，堪称是中国高等音乐教育史上的一个伟大创举。

二、 刻苦地创作

从 20 世纪 50 年代起，关雅浓即在田汉等老一辈戏曲艺术家的引领之下参加京剧音乐创作，截止 2011 年，他先后参加了近八十出剧目的音乐创作工作。在这六十多年的创作实践中，他经历了“三个黄金时代的欢乐与收获”（关雅浓先生语）。

（一）三个黄金时代的欢乐与收获

1. 第一个黄金时代的欢乐与收获。

20 世纪 50 年代。解放初期，一大批从解放区进京的文艺工作者创作和演出的民族歌剧，比如《白毛女》、《刘胡兰》、《小二黑结婚》、《王贵与李香香》、《赤叶河》等给新中国的文艺带来了新的气象，也使得关雅浓大开眼界。

此后，1952 年的全国戏曲观摩演出期间，他又有幸亲眼目睹了梅兰芳、程砚秋、周信芳、盖叫天、阳友鹤、陈书舫和袁雪芬等众多表演艺术家们演出的优秀剧目。通过观摩学习，进一步扩展了他的视野、拓宽了思路，也加深了他对祖国戏曲艺术的热爱，并对他的艺术观和创作思想的形成与确立起到了重要的决定性作用。当时的中国戏曲学校正处于全盛时期，师资力量雄厚。王瑶卿、萧长华、谭小培、徐兰沅、杨宝忠等一大批京剧表演和音乐名家来校任教。学校坚持正确的办学方向所形成的凝聚力和在全国所享有的声誉都深深影响了他并让他为之自豪。当时还是在读学生的他有幸参加了学校的《琵琶行》、《牛郎织女》、《党的女儿》几出戏音乐创作工作。1956 年，他又被学校保送到中央音乐学院进修深造，让他受益匪浅，也使他暗下决心“入宝山，绝不空手回”。

2. 第二个黄金时代的欢乐与收获。

20 世纪 60 至 70 年代后期。关雅浓从中央音乐学院学成归来后，组织上出于工作的需要，将他从中国戏曲学校调往中国京剧院从事长达二十多年的专业京剧音乐创作工作。中国京剧院作为全国戏曲界的一面旗帜，当时正是群英荟萃、繁花似锦、朝气蓬勃、蒸蒸日上的全盛时期。他怀着喜悦和敬慕之心，有幸参加了二十多出新剧目的创作。比如现代京剧《红色娘子军》（田汉版本）、《山村花正红》、《南海长城》、《南方来信》、《三好伏击战》、《小保管上任》、《扒瓜园》、《送粮》、《彩虹》、《英雄王杰》、《书记搬家》等；新编历史京剧《满江红》、《春草闯堂》、《三难新郎》、《衔石填海》、《虹桥增珠》、《九曲黄河阵》、《双官谱》、《锦车使节》、《雪野破蔡州》等。此外还为一些传统剧目从音乐到唱腔上进行加工整理，如《白蛇传》、《拾玉镯》、《新安驿》、《盘夫索夫》、《卧龙吊孝》、《上天台》、《白帝城》、《斩郑文》等。虽然以前在中国戏曲学校参加过《琵琶行》、《牛郎织女》、《党的女儿》等几个剧目的音乐创作，但那毕竟是在学习中的实习，算不上专业创作。然而，来到中国京剧院这样国内一流的京剧院团，在良好的环境和氛围中，有幸在领导关怀、老艺术家的培育，同行和演员们的支持和信赖之下从事京剧音乐专业创作，他的创作水平和能力都得到了极大提高。

3. 第三个黄金时代的欢乐与收获。

1976 年 10 月以后，中国进入了改革开放的新时期。在党中央的领导下，广大文艺工作者解放了思想、振奋了精神，心情舒畅、创作热情特别高涨。在此期间，他先后创作（独立作曲、创腔、配器）新剧目，主要有《蝶恋花》、《于无声处》、《延安青松》、《杨柳青青》、《深情》、《八一风暴》（张家口京剧团演出）、《一方净土》（上海京剧团演出）、《江姐》（大连京剧团演出），还有《登上天安门》、《三个孤儿盼亲人》、《桃李满天下》等几个清唱剧。

在新编历史剧方面有《李清照》、《锦车使节》、《对花枪》、《契丹英后》、《锦蝉诉冤》、《杜十娘》（中国戏曲学院演出）、《负子图》（天津京剧团演出）、《无限江山》（台湾京剧团演出）、《李慧娘》（苏州市京剧团演出）、《明月情》（锦州京剧团演出）、《赵王与王容》（佳木斯京剧团演出）、《尤三姐》、《三关宴》、《郝瑶旗》、《晨钟惊梦》（北京京剧院演出）、《钗头凤》（江苏省京剧院演出），同时还为全国歌剧院、团、校编创了各类剧目如《天涯归鸿》、《洛川情》、《刘胡兰》、《斩窦娥》、《西太后》、《风氏彝兰》、《雁南飞》等。

正是这三个黄金时代的欢乐与收获，使关雅浓先生经历了心灵的净化、情感的陶冶、思想的提高和专业水平、能力不断进步的历练。这是他不断进取、不断探索和不断创造的历程，也是他不断收获、不断成熟和不断发展的历史印证。

（二）戏曲音乐创作中追求“三个美质”

2006年《关雅浓京剧音乐唱腔创作选集》正式出版发行。在卷首篇中，关雅浓阐述了如下观点：

> 戏曲音乐的功能在于它用音乐的手段，推动戏剧的发展，强化和激化戏剧矛盾冲突，深化和质化戏剧内涵的延伸，要起到推波助澜的作用。用音乐的手段，挖掘人物内心世界的奥秘，展示人物风采，揭示人物命运。并以它优美动听的唱腔为主导，充分发挥其强大的震撼力、动情的感染力、丰富的表现力、激烈的冲击力来打动人心，征服观众。这就是脍炙人口的唱腔、精彩绝伦的唱腔，让人过瘾令人愉悦给人以艺术享受的戏曲声腔在戏曲音乐中的重要作用和重要功能，它是任何艺术形式所不能替代的……戏曲音乐的地位、功能和使命，绝不是任何人随心所欲而臆造出来

的，也不是从天上掉下来的，更不是谁“御赐”给它的，而是从它诞生、衍变、发展、成熟的整个历史进程中而逐步确立起来的。是人民赋予它的，也是历史赋予它的，更是使命赋予它的……

在关雅浓的京剧音乐创作历程中，对于各种知识的汲取、对于科学理论的学习、对于京剧音乐创作的理论思考始终与其创作实践活动并行，并且长期指导其戏曲音乐创作活动。他曾经写道：“世界小提琴大师梅纽茵先生曾经提出的‘艺术的第一美质在于思想，艺术的第二美质在于技巧’这一精辟、精确、精美的论断我十分赞赏……”同时，关雅浓又结合中国国情之下的艺术创作的情况，以及戏曲艺术的实践，提出了“艺术的第三美质在于形式”的观点。在关雅浓的京剧音乐创作中，对于艺术作品的思想、技巧与形式“三个美质”的追求，是其核心内容与着力点。

1. 艺术的第一美质在于思想。

1976 年 10 月，“四人帮”被粉碎，中国大陆结束了长达十年的动乱，开始逐步进入改革开放的新时期。中国戏曲事业的发展也迎来了又一个新的时代。

然而，刚结束“文革”的中国京剧界在“样板戏”被停演之后，一时间除了重新恢复演出了许多优秀的传统京剧之外，并无上乘的京剧现代戏上演。而恰在此时中国京剧院隆重推出了大型现代京剧《蝶恋花》。此剧一经上演立刻在全国引起轰动效应，一时间全国各大剧团纷纷进京学习观摩此剧，其影响遍及全国，因此也使得该剧成为继“样板戏”之后中国京剧史上的一部杰作。而担纲该剧作曲的正是关雅浓。直至今天《蝶恋花》中《古道别》依然在各种重要的京剧晚会上演唱。它已经成为了中国当代京剧音乐史上名副其实的经典唱段。

在谈到现代京剧《蝶恋花》音乐创作的感言时，关雅浓言道：“生活启迪了我对创作境界有了更高的追求。深入生活激发了我创作的热情，深入生活赋予了我写作的力量。在深入生活中吸取营养，经受一次战斗的洗礼，净化了灵魂，它为我在进行现代京剧《蝶恋花》的音乐创作中奠定了雄厚而扎实的思想基础。这就是‘艺术第一美质在于思想’这一论断在我创作实践中的重要体现，有思想、有精神、有灵魂的文艺作品是我们一生为之奋斗的首要的、重要的目标。”

关雅浓在进行戏曲音乐创作时，十分注重作品的思想内涵，也非常赞同《乐记》“乐者本于声，声者发于情”，和“乐者，心之动也”的观点。他认为：“古今中外一切优秀的、流传的、精美的音乐名作，都是作曲家真实情感的流露、人生磨难的真实写照及其对人类命运的深切关怀，也更是他们政治智慧与艺术智慧高度的统一的体现。”在他看来，贝多芬的交响曲《英雄》、《田园》和钢琴曲《月光奏鸣曲》的创作，都源于情感被触动之后所产生的深刻的思想。同样，中国的伟大音乐家聂耳、冼星海等创作的不朽之作，也首先来源于他们的先进思想。“敏锐的观察力、丰富的想象力、强烈的表现力、天才的创造力是伟大的作曲家所特有的资质，因而才能有以上这些超人的作品。”（关雅浓语）

2. 艺术的第二美质在于技巧。

关雅浓赞同“以情感人、以理服人、以技惊人”的观点，并且认为这是“文学艺术作品能够成功的三大要素、三大保证和三个秘密武器……一切文学艺术作品，你的情再深、理再通，如果没有精湛高超的技巧把它表现出来、体现出来，那么一切都还等于零。……戏曲音乐创作要紧紧抓住技巧之美，努力学习古今中外音乐艺术之精华，调动古今中外音乐艺术手段为我所用”①。

京剧《对花枪》中的老旦唱腔是关雅浓的又一经典之作。在长达一百二十句的唱词中，作曲者调动了各种技法，通过多种板式的唱腔结构，生动鲜活又恰到好处地体现了他“追求音乐形象之塑造、追求音乐品格之确立和追求音乐内涵之深化”的戏曲音乐创作又一美学原则与个性特征。杨晓辉同志在《厚积薄发清新隽永——简论关雅浓的京剧唱腔创作》一文中言道：

京剧《对花枪》里的姜桂芝。有段长达百句的大唱段，是用成套的【反二黄】唱腔抒发悲欢离合的情怀，展现人物的特定性格，揭示人物的

① 《关雅浓京剧音乐唱腔创作选集》，中国文联出版社2011年版，第7页。

内心世界。关雅浓分析了这个人物的艺术形象该是：“既有世代花枪的豪情，又有儿女情长的柔情。既有结发夫妻的深情，又有望眼欲穿的愁情。在四情之中，认定豪情是她的本质特征，就紧紧抓住了这个重点大力渲染，尽情刻画，把人物的音乐形象描绘得既鲜明突出，又通达可爱。……在《对花枪》的大段【反二黄】唱腔中，女生伴唱‘耿耿秋夜长，孤灯小寒窗。漫漫愁不断，默默盼夫郎’。这四句唱到‘盼夫郎’本来应该是下句，可作曲家为了渲染姜桂芝当年那望眼欲穿的心情，把这三个字加上重句，落音在6，前者乐思向前发展。于是引出了下面的1／4拍的【垛板】句唱的四句‘盼夫郎……’在长达数十小节的垛句【二六】唱腔中，情绪层层推进，直到‘……日日夜夜陪伴我只有我夫那杆旧花枪’再引出伴唱‘流尽辛酸泪，熬尽苦时光。离别数十年，深情总难忘。何日重相见，话别这凄凉’。在伴唱中还加入了【大锣抽头】的锣鼓伴奏，更增添了沉重的气氛。这里无论是伴唱还是姜桂芝的唱都非常感人，作曲家不但用巧妙的构思、高超的技巧把本来不大容易处理的两段伴唱和那么多剧中人的唱词在音乐上写得有声有色，张弛有致，更重要的是写出了情，伴唱的舒缓与垛句的【二六】形成了强烈的对比，把姜桂芝伤心忆往事，盼相见‘话别这凄凉’的情景刻画得非常准确。”①

关雅浓常说：“艺术的精品是艺术家经历与功力、才能与技巧、资质与劳力三者有机结合的产物。因而，才能称得上是先进的生产力。舍此内涵一切皆无矣！可以说一切文学艺术作品，你的情再深，理再通，如果没有精湛高超的技巧把它表现出来、体现出来，那么一切都还等于零。”他还主张：“中国的戏曲艺术是一门实践性极强、技巧性极高的艺术……戏曲音乐的创作要紧紧抓住技巧之美，努力学习古今中外音乐艺术之精华，调动古今中外音乐艺术之手段为我所用。提高作曲法、演奏法、演唱法之水平，这是当前戏曲音乐创作能多出好戏、多出精品的关键，万万不可等闲视之、掉以轻心哪！……纸上谈兵是无济于事的。‘要搞真功夫，不搞花架子’是戏曲艺术永远立于不败之地的

① 《关雅浓京剧音乐唱腔创作选集》，中国文联出版社2011年版，第834—835页。

传家宝……”

3. 艺术的第三美质在于形式。

2001 年，中国戏曲学院推出的新编历史剧《杜十娘》参加第三届京剧艺术节获得金奖，并获首届国家舞台艺术精品工程提名奖。2001 年 12 月 12 日金陵晚报以《高学历阵容上演新编历史剧〈杜十娘〉》为题进行了如下报道：

> 10 日晚，在人民大会堂上演的新编历史剧《杜十娘》创下本届京剧节之最：年龄最小、学历最高。此剧由中国戏曲学院师生利用课余时间编创，剧中除了四位五十岁以上的老师把关外，其余都是十八至三十多岁的中国京剧优秀青年演员研究生班的师生，李海燕、靳学斌、董德光等主演都是准硕士学历的著名青年演员。如此学院派打造的《杜十娘》自然与以往的舞台形象不一样：成了一个东方“茶花女”。

该剧的作曲和配器是由关雅浓带领学生陈建忠和李晓姝完成的。在音乐创作中，关雅浓又一次实践了他的“追求音乐意境神韵、走内涵发展的道路、追求音乐人物性格化、追求音乐之美”的创作主张。

关雅浓十分注重剧目的唱腔创作，他认为：京剧音乐创作的核心是声腔，音乐形式是揭示人物内心世界的奥妙、刻画人物性格，展示人物风采最重要的艺术手段。在历史的长河中，京剧声腔已经成为优秀的传统程式，它有着迷人的魅力。这种艺术形式的美，是京剧所独有的，是京剧之宝。所以，京剧作曲法的第一要务就是要全力以赴地写好唱腔。京剧唱腔的改革与创新、继承与发展，在戏曲音乐创作领域中无疑是首当其冲的了。它较之于京剧器乐音乐的改革与创新，相对要困难得多，艰巨得多。京剧唱腔创作从传统上要求符合京剧艺术的传统程式，从表达情感上要求符合剧中主人公各个不同侧面的心态变化，从创作上要求掌握传统唱腔的曲式旋法规律。同样，对于戏曲音乐形式美的追求也体现在京剧《蝶恋花》一剧的音乐创作中。关雅浓认为：

> 写好声腔，是京剧音乐创作的第一要务，更是塑造音乐形象的第一要

务。“向朝阳”这场戏里，杨开慧唱腔“将碧血化云霞飞向朝阳”是全剧的第一重点唱段。它的形式是【反二黄】成套唱腔的曲体结构。在“古道别”一场中，杨开慧的唱腔“我将我身献给党”可以说是与上面所讲的【反二黄】唱腔并驾齐驱、并行不悖的重要唱段，从人物出发我们化用了【四平调】、【二黄原板】等诸多音乐元素创作出了【新四平调】、【二黄清板】、【二黄新原板】、【快二六】、【垛板】、【快板】等诸多板式组合而成的一个新型唱段。……“板仓冲”一场中杨开慧的唱腔“晚霞临窗，喜看出信”是以【西皮慢板】、【南梆子】、【原板】组合而成的中小型成套唱腔。它的成分是“七分古，三分新”。“震刑庭”一场中杨开慧的唱腔“笑敌人难得逞图穷匕见”是较纯味的【高拨子】唱腔。挺拔、高亢、浓烈、醇厚是该曲式的特点与优势，紧紧地抓住这一特点，发挥它的优势，从人物出发，继承传统，突破程式，就将主人公杨开慧压倒一切敌人的英雄气概栩栩如生地表现出来了。……以上这四段唱腔为杨开慧音乐形象的塑造、音乐品格的确立、音乐风采的展示、音乐内涵的深化奠定了雄厚的基础。①

由此看来，上述唱段实例足以证明关雅浓在进行京剧音乐创作时，精于谋篇，重于攻坚，善于继承，勇于创新，集中体现了“艺术之第三美质在于形式”的美学追求，凸现了他深厚的传统积淀，异峰突起，别出心裁的创新思维和美轮美奂、大方顺畅的总体风格。

从《蝶恋花》到《对花枪》，再到《李清照》和《杜十娘》等，许多作品都有精彩唱腔呈现，使得剧目因唱腔的精彩而令人赏心悦目，唱腔因剧目的上演而流传久远。除了追求戏曲音乐创作的美学原则和特质之外。在对待传统的戏曲艺术的继承和发展方面，关雅浓又提出了：“既不要做败家子，也不要当守财奴”的观点，而大力提倡要用科学和理性的精神搞创作，要认真分析论证，要搞好继承创新，更要勇于探索和实践。

关雅浓认为，京剧音乐有它自身的美学规律和美学个性，在如何使京剧音

① 《关雅浓京剧音乐唱腔创作选集》，中国文联出版社 2011 年版，第 10—11 页。

乐与时代同步，适应当代观众审美要求的问题上，他主张“第一要民族化，第二要科学化，第三要现代化”。他说：“不继承民族艺术，不经过科学分析，是不能走向现代化的，一进门就想改造是不行的。”在创作中，他从不把传统的程式、规则作为固定不变和绝对约束力的模式，“而是从民间音乐、地方剧种乃至外国音乐中吸取营养……”①

关雅浓既是一名杰出的艺术家，又是一个共产党人。他没有辜负党对他的培养和教育；没有辜负领导和同志们对他的信任。他在学习政治理论中深刻领会着党的文艺工作者的责任，并且时刻在党的文艺方针指导下进行音乐创作；同时，他在戏曲音乐创作中感悟着中华民族的伟大精神，诠释着华夏热土传统美德的深刻内涵。几十年，他在躬身国粹艺术中，情浓意雅，勤奋奉事，他在用自己一个又一个优秀的剧目，体现着对党的忠诚和对祖国、人民真挚的爱。在《关雅浓京剧音乐唱腔创作选集》中，我们见到在卷尾篇：路漫漫其修远兮，吾将上下而求索——在京剧音乐创作生涯五十五年的概述中，从爱上音乐到爱上京剧，在讲述自己的“三个黄金时代的降临与欢乐”时，他总在用这样的话语结束：“一往情深，终生怀念。‘生活这样美好，活他一千辈子吧！’”我由衷地敬佩这位老艺术家的人生哲学观。他永远记住前苏联芭蕾舞大师乌兰诺娃讲过的一句话：“我心中只有艺术。”这是他终生的座右铭，也鼓舞他一生别无他求，只求艺术尽真善美。

三、 茹苦地办学

1983 年他奉命从中国京剧院调回中国戏曲学院组建作曲系并创办大学本科层次的戏曲作曲专业。1984 年6 月6 日，他被任命为中国戏曲学院首届作曲系主任，由此揭开了中国高等戏曲音乐教育史上的新篇章。戏曲作曲专业的创办，填补了中国高等教育中高等级戏曲音乐创作领域中的空白，体现了国家对于戏曲作曲人才培养的重视和对于戏曲作曲这一专门职业的认同，它符合教育必须要适应社会的需求和促进社会的发展这一原则，也在中国高等音乐教育史

① 傅彦滨：《从〈晨钟惊梦〉的唱腔音乐看关雅浓的创作风格》，《中国文化报》1989 年1 月20 日。

上写下了浓重的一笔。

（一）坚持明确的办学方针、策略和原则

当关雅浓时隔二十六年重新跨入母校的大门时心情异常激动，因为当年母校培养他成才，现在他就要回报母校、回报社会了。投入工作以后，他马上亲率相关老师和有关工作人员，走访全国各大京剧大区，深入各地方艺术局、艺术处进行摸底调查。又先后深入中央和地方艺术院校，参观学习借鉴经验。经过一年的全国摸底调查研究，掌握了一系列相关的信息和数据，提出了“坚定方向、艰苦创业、振奋精神、开拓前进”的十六字办学方针。此后，又紧锣密鼓地进行制定教案，设置课程，聘请老师，撰写教材，生源预测，专业补课等一系列的具体筹划工作。经过大量的劳作和精心的准备，首届戏曲作曲专业班如期上课。新的专业创立伊始，关雅浓便明确地提出了专家治学、民主治学、依法治学的办学三原则。

1. 坚持专家治学的方针。

关雅浓认为：戏曲音乐创作，不同于一般意义上的作曲专业，它既要学习基本的音乐知识，学习和掌握西方的和声、复调、曲式和配器作曲技术理论，还必须掌握中国大量的传统音乐知识，特别是对于中国的民族民间音乐中的民歌、舞蹈、说唱、戏曲、民族器乐更要有一定的积累。为了办好这个戏曲艺术发展史上史无前例的高等级专业，必须要用对上述方面拥有精深的专业知识、高超的实践技能和丰富的教学经验的专家来担当教学工作。为此，关雅浓在上级组织部门和领导的支持下，先后聘请了任枫、陆松龄等一批专家来校任教，又先后聘请了相当一批校外的专家担任客座教授，从而形成了一个专家集团，在高起点上实现专家治学的主张。

2. 坚持民主办学的策略。

作为戏曲作曲专业高等教育人才培养，可谓新中国的首创。既无先例模仿，又无经验可借鉴。教学运行之始，如履薄冰，又恰似摸着石头过河，一切都在探索性地前行，真可谓任重道远。唯有群策群力、踏踏实实、兢兢业业、振奋精神、艰苦奋斗、开拓前进。为了办好这个专业，作为系主任的关雅浓，不搞一言堂，不摆权威的架子，他能够集思广益，充分发挥大家的智

慧，理论联系实践，密切联系群众。用集体的智慧去攻克一个又一个的难关。

3. 坚持依法办学的原则。

孔子云："凡事预则立，不预则废"国有国法，家有家规，没有规矩不成方圆。办学之初，就着手制定一系列的制度措施，从教学方案到教材建设，从学科规划到课程设置，从剧目排练到演出实践。一切都在按步骤有计划地向前推进。从无到有，从小到大逐步在形成有章可循，有法可依的局面。

当中国已经昂首跨入21世纪的时候，中国的戏曲学院作曲系，已经走过了二十二年的历程，学科在丰富和扩展，师资队伍在发展壮大，招生规模在稳步增加，教学体制在不断完善。关雅浓当年所呕心的蓝图，已经显现于世；他所沥血的事业已经初具规模；他辛勤浇灌的苗圃，已经结出丰硕的果实。那些当年他所选拔和栽种的树苗，已经枝繁叶茂，茁壮地成长为中国戏曲作曲事业中的栋梁之材。费玉平、谢振强、尹晓东、陈建忠、沈鹏飞等一批经过关雅浓老师和他的战友们辛勤培养的毕业生，有的已经成为了戏曲教育事业中的继任者，还有的异军突起已经成为当今京剧音乐创作中的骨干力量。

（二）恪守传道、授业和解惑的教师职责

作为一位专家型的戏曲音乐教育工作者，他是一位不辱使命的戏曲专业音乐教育的先驱，是一名不负众望为继承和发扬中国国粹艺术舍身忘己、不畏困难的楷模，他更是胸怀大志为中国戏曲事业的发展沥血呕心的典范。如今，关雅浓虽然已经年近八旬离休在家，但他依然关注着中国戏曲音乐教育事业的发展，依然关心戏曲音乐事业后备人才的培育和成长，依然把传道授业作为自己人生目标的天职，依然对中国的京剧充满火一样的热爱和激情。为此，笔者又一次对关雅浓老师进行了专访。在讲到往事的时候他充满豪迈之感，在寄语后辈学子时更是语重心长。

1. 传道：指明道路中的道义、讲清道理。

在谈到对戏曲作曲专业的人才培养问题时，他引用了韩愈的《师说》中的观点，就个人的见解和主张作了如下阐释。他说："中国的'道'字，其本意是为首者，领路人。我们戏曲音乐事业的传道，首先是一个方向的问题，这

个问题相当重要。要让我们的学生们充分认识中国戏曲的真正价值所在，使学生们真正了解到中国京剧的博大精深之处。其次，要坚持科学、系统的教学方案，从严治教。李瑞环同志曾经说过：‘京剧不要搞花架子，要搞真功夫’，要引导和教育学生，要善于思考、勤学苦练。其三，要教育学生正确分析京剧的现状和形式，树立‘安贫乐道’思想，让他们清醒地认识到中国的戏曲不是没有出路，而是前途光明大有可为！而关键的问题在于‘事在人为’，这个‘为’，就是必须坚持方向、艰苦创业、开拓前进……”

2. 授业：传授学业建功立业钻研专业。

作为一位资深的戏曲音乐教育家，他在谈到授业的问题时，十分中肯地说道：“戏曲音乐教育事业的发展中的第二问题，就是规律问题，我们国家现在提出科学发展观，其深刻的含义就是按规律办事，要搞好教育事业，必须注重教师队伍的建设。中国伟大的教育家孔子曾经讲过：‘误人子弟，罪莫大焉’，作为教师，一定要注重教学质量”。我们的教师面对当前戏曲音乐发展的新形势，更要在传授学业的同时，引导他们为传承国粹艺术建功立业的理想与信念。要引导他们踏踏实实地刻苦钻研业务，掌握实实在在的本领。既要掌握技术、更要注重文化修养的积淀，还要不骄不躁，心中永远想着艺术的起点，永无止境。

3. 解惑：指点迷惑解除迷惑消除迷惑。

解惑的问题及教学方面的问题，也是学术方面的问题。是伟大的思想家、文学家韩愈在《师说》中谈到的另一个重要方面。学术研究是教师所必须涉及的一个重要领域。关雅浓在谈到这方面的问题时说，搞学术，贵在“持之以恒”，贵在“继承创新”，京剧作曲要在“京”和“作”字上下功夫，要在别人不敢吃螃蟹的时候，你敢于吃螃蟹。京剧从当年的“徽班进京”到现在，几百年来它最大的发展变化就是声腔，从某种意义上说，京剧音乐的历史就是声腔发展史。声腔是京剧音乐发展的基石，唱腔是戏曲音乐中最重要的基础性的创作。

总之，在茹苦办学的过程中，关雅浓始终坚持出人出戏走正路的方向，始终坚持艰苦创业，振奋精神，开拓进取方针，坚持教学、科研和创作一起抓的治学方略。当我们为这些成就而欢欣鼓舞之时，更要记住关雅浓老师和他的团队，正是这些老师们辛勤的耕耘与无私的奉献，才培养和造就了一批又一批的人才；是创办和带领这一专业前进与发展的领导班子坚持专家办学的方针、坚持民主办学的策略和坚持依法办学的原则，才使得这些青年才俊成就了事业，证明了戏曲作曲专业创办的社会价值。

关雅浓是中国当代杰出的京剧作曲家。五十五载的春秋躬身国粹，情浓意雅，勤于奉献，为京剧艺术的传承和发展，谱写了一曲又一曲优美的旋律，塑造了一个又一个性鲜明的人物，创作了一出又一出好听好看的剧目；五十五载的岁月他传道授业、沥血呕心、不畏艰难、开拓进取，从创作实践到教书育人，开创了一项前无古人的事业，填补了中国戏曲没有高级作曲人才培养的空白，培养了一批又一批的戏曲事业的高级专门人才。

在七十多年的生活中，他始终不渝地坚持“出好看的戏、作好听的曲、走自己的路”三个理想境界的追求与实现。关雅浓常记着这样的名言：“金奖银奖不如老百姓的夸奖；金杯银杯不如老百姓的口碑。”他也常说：“把最好的精神食粮献给人民是他人生主旨之一。”先进的思想行为中，体现着他学界大家的风范，也折射出他共产党人的风骨。国画大师徐悲鸿先生讲“人不可有傲气，但不可无傲骨”，他永远铭记在心。如今，他虽然年逾八旬，但依然思维敏捷、精神矍铄。他志不移、情不改，依然关注着中国京剧事业的发展，依然倾情于中国戏曲教育事业。衷心祝愿他所开创的戏曲作曲高等教育事业，枝繁叶茂、生机无限。

忠国粹至诚至爱　苦钻研文武全才

——中国戏曲学院　国家一级作曲　任　枫

任枫，中国戏曲学院著名的京剧音乐作曲家、教育家，虽然生年未过六旬便离开了他钟爱的戏曲音乐教育事业，离开了为之奉献终身的戏曲音乐事业，但是，他无愧于时代、无愧于历史。他的艺术人生道路艰苦而又神奇，他的京剧创作生涯短暂却精彩，他的戏曲音乐教学经历平凡却崇高，他的为师之道令人称道且为人敬仰。当我们走近他的世界时，历史向我们这样诉说：

一、出身梨园世家，从小历经艺人苦难

任枫，1935年出生在旧中国的一个贫苦的艺人家中，祖籍山东郯县。其父任益廷与梁益明、宋益亭等都属群益社的科班出身。梨园世家出身使得从小便经受戏曲的熏陶。孩童时代他初学老生，后专攻小花脸行当，嗓子好，老生也唱，小花脸也唱，其母高云舫专攻老旦。任枫老师兄弟姐妹四男两女共六人，任枫在四兄弟中排行老二。其长兄是荣春社的任喜春，初学老生，出科后改唱小生，文武兼备，技术全面。其夫人金少春专攻武旦。三弟任正春，专攻小花脸（曾经在京剧现代戏《节振国》中扮演叛徒，其父在剧中扮演翻译官），四弟专攻舞蹈，毕业于解放军艺术学院，妹妹是评剧演员。六个兄弟姐妹中除大姐外，都从事艺术行业。任枫的爱人安荣卿（河北团著名的刀马花旦演员），也出身梨园行，安父也是戏曲场面出身，母亲也是唱老生的，姐姐专攻青衣。

任枫的父亲与安荣卿的父亲少年时代就在一起，后又结过拜把兄弟，任枫父亲行六，安老师父亲行七，两家关系甚密，可谓世交。安荣卿打六七岁时就认识任枫。旧社会的艺人都很贫苦，没有国家或集体的供养，只能靠搭班演戏卖艺谋生。因此他们走南闯北居无定所，生活流动性很大。每逢搭班演戏，爷爷、奶奶、父亲、母亲和六个孩子全家老小一起连窝端走。患难之中，任家与安家结下了深厚的友谊，生活中他们两家也相互照应，有时任家搭演的班社生意不好了，安家就前来帮忙将其叫到自己所在班社演出，安家生意不好时任家也实心搭救。长期的交往中两家所结下的友谊更加深厚。

二、天资聪颖　学习场面刻苦用功

1940年，任枫五岁时就开始学艺，初学打小锣，为了缓解家中的生活负担，他六岁时便登台演出。当时的常规演出是每日两场，有时赶上节庆吉日或者庙会之日，还要连演三场。这对一个年仅六七岁的孩子来说怎能受得了，有一次任枫在演出中累得竟然睡着了并栽倒至台下。

本来论天资任枫应该学表演，家里也有此意，可他就是愿意学习“场面”（乐队），所以只能随他的心愿了。其实这与他父亲的影响也不无关系。任枫的父亲虽然也是学表演出身，可是，京剧的板鼓也打得特别好，由于任枫对于京剧“场面”情有独钟，后来其父的朋友王友山见了任枫这劲头，就主动教授任枫打鼓的技艺。一来二去，任枫开始对京剧打击乐兴趣更加浓烈，经常主动前往王大伯处学习打鼓，而且聪颖过人，进步很快，技艺不断提高。

旧中国的日伪统治时期，由于战乱不断，任安两家的生活飘忽不定，时聚时散，任家经常搭班在河南一带演出。从十几岁的时候起，任枫又改学打大锣，而且学得非常刻苦。据其夫人安荣卿老师的回忆：“任枫是一个很传统的人，他一般不与女孩子玩，他有自己的一帮小伙伴，我遇见到他的时候，就看他右手上经常绑个大落锤，有时遇到树时，他也上前敲击，有时碰见椅背时，他也要进行击打练习，再后来就见他自制一个圆木疙瘩，然后两端用绳子吊着经常敲击。”由此可见，当年任枫学艺之认真和刻苦钻研之程度。

熟悉任枫的人都知道他京胡拉得好，殊不知他的京胡开蒙纯属一种偶然。在他学大锣的时候，他的大哥虽然是一名演员，却经常练习拉京胡。受兄长的影响，那时的任枫便经常跟他大哥学习京胡拉奏，可是，兄弟二人并不是专工出身，于是，便经常去父亲的一位同事卢会和老师家请教。卢先生见到十几岁的任枫如此热爱京胡演奏，便经常耐心地教授他，就这样，年仅十几岁的任枫，已经是“粗通文武场面”了。

解放战争时期，任枫老师的演剧班社被国民党的部队收留，开始在河南开封一带演出，后来安家也来到了此地。1948 年，国共两军交战，国民党军队溃败将任安两家所在演出班社带到江西，又带到常州后，便扔下不管，弃城而逃。被遗弃的演出班社人员，没有经济来源，加之战乱，一时间生活陷入窘境。无奈之下他们只得外出去拾柴禾，捡菜叶充饥，又不得已到外边靠演唱、拉琴赚钱度日，在旧社会任安两家可谓尝尽了艺人的生活辛酸和人生苦难。

在一位王姓大爷的教授之下，任枫打大锣的技艺提高很快。有一次，高盛麟、唐韵笙等名家跑小组（走穴演出）到常州，找到了在当地长期演出的任枫所搭班社，请部分成员协助其演出，当时任枫老师年仅十五岁，他参加了这场演出，并有幸为高盛麟先生打大锣伴奏。演出结束后，高先生感觉配戏的这套人马挺称心，要带他们去上饶继续演出，于是任枫一家欣然跟随，而安家考虑到一家老小若随行多有不便，就仍然留在常州没有前往，任安两家再度别离。

新中国成立后，广大的民间艺人在党和人民政府的关爱与重视之下幸福生活。1952 年，一位好友（后来在京剧《节振国》中饰演节振国媳妇的演员）从上饶先回到河北省唐山市唐山京剧团工作，感觉很好，出于患难情谊，她又将任枫一家也介绍到了唐山京剧团，至此任枫一家从南方又回到了北方，结束了在旧中国的颠沛流离的生活。此时的安家也有了新的转机。就在任枫一家人去上饶之后，尚小云老师来到江苏常州演出，他慧眼识珠，发现了安荣卿之后，便收其为入室弟子，之后安家一路跟随尚小云先生演出，辗转之中又回到了阔别八年的北京城，安荣卿也成了尚派的传人。此时，已经在唐山的任枫，深感没有系统接受正规文化和专业学习的局限与苦恼，于是，他说服父母决意要前往北京投考中国戏曲学校。就这样，时隔数年之后，任枫又与安家在北京重逢了。

三、求学深造　在充满阳光和神奇的岁月中

1953 年，任枫老师带着对文化知识和专业的渴求来到了北京。经过严格的考试，他作为插班生跨入高等戏曲艺术殿堂。饱尝旧社会辛酸和苦难的他，有幸成为新中国成立后中国戏曲学校的第一届学生，心情特别激动与喜悦，由此开始了他艺术人生的全新学习生活。他暗下决心：一定要不辜负大家的期望，学出个样来！在校期间他除了专心正规、系统、全面的京剧器乐学习之外，对于文化理论知识也特别用功。

在专业上，他主修京剧板鼓，副修京胡，师承刘宗生、方富元、于善民、吴炳章几位老师，由于这些老师们的严格教诲，加之当时活跃在京剧舞台上的名鼓师杭子和、白登云、王德元、谭喜秀以及名琴师杨宝忠、王瑞芝、何顺信、沈玉才、靳文山等的示范演奏和熏陶，都使他的专业技能、学识水平有较明显的提高。

在校学习中，任枫老师始终保持着他勤奋好学的作风，不论是打鼓或是拉

琴都特别刻苦，一练就是几个小时。经过四年学习之后，任枫老师以优异的成绩毕业。

四、 离校任教　在人民大会堂指挥乐队为毛主席演出

1957年，任枫作为新中国培养的第一期“又红又专”的京剧音乐专门人才，以优异的学习成绩毕业后留校任教。在其后的五年中，作为青年教师，他把主要精力都用于艺术实践和教学工作上。特别是在舞台实践方面，这一期间他承担了大量的戏曲剧目演出的伴奏任务，经常与刘长瑜、杨秋玲、冯志孝、刘琪、李长春、俞大陆、孙岳等演员合作。通过这些舞台艺术实践，既进一步消化在校所学知识，又巩固学习成果，同时专业能力和水平又得到再提高。

20世纪50年代，是新中国成立后中国京剧艺术的大发展阶段，在全国的京剧舞台上可谓名家荟萃、剧目繁多。这样的大环境和背景下，对于一位立志于京剧音乐事业，好学上进的青年学子来说，无疑是天赐良机的幸事。他在亲书的《任枫自述》手稿中写道：“……时代使我们学多见广，作为鼓师和琴师，我所伴奏的剧目多达百余出，这些为我后来涉足创作领域奠定了坚实的基础。”

这期间，尤其使他难以忘怀的是，在1959年的建国十周年大庆纪念演出活动中，作为中国戏曲学校刚留校任教的青年教师，担当了京剧《雁荡山》和《水斗》演出中的乐队指挥，在人民大会堂指挥几十人的乐队，为伟大领袖毛主席和刘少奇、朱德、周恩来等老一辈无产阶级革命家和外国元首演出并获得圆满成功。这是他平生首次担任京剧乐队指挥在舞台上亮相，演出的成功，不仅显示了党和人民培养的新一代京剧人的实力和风采，也反映出在党的教育方针和文艺方针指导下，中国戏曲学校正确的办学方向、高超的教学水平和喜人的教学成果。除此之外，在此次演出中他还承担了著名表演艺术家俞振飞和言慧珠演出的《百花赠剑》剧目的伴奏任务。所有这些都是对任枫极大的鼓舞与鞭策。

走上工作岗位后，在教学上，他曾担负了音乐专业54班和音乐专业56班“京胡”、“板鼓”、“弦合”、“民族器乐合奏”和“即兴伴奏”等七门课的教

学任务。他所教授过的学生唐继荣、冯振霄、吴有禹、万瑞兴、张舜华、许瑾忠等，现在他们大多数是中国京剧院国家一级演奏员。在那段日子里，任枫老师虽然年轻，但是他基本功扎实、技艺高超，同时也有着从小积累的丰富的舞台实践经验，所以，学生们都很服他。教学中，他严肃认真、一丝不苟，为这些学生的成才付出了大量的劳动和心血，为此他颇感欣慰。

五、两地分居　为求更多的舞台实践和家庭团圆无奈离校

任枫与安荣卿从小青梅竹马，两人又是饱经苦难的世交之家的后代，1960年，任枫老师与刘秀荣、谢锐青、刘越、孔祥昌老师一道走出国门，参加世界青年联欢节活动。而在此时，安荣卿正随慰问团到福建前线演出，任枫回国后，在双方父母的撮合下两人终于结为伉俪。

结婚时的任枫和安荣卿俩人都已经是26岁的大龄青年了，可是，在婚后的日子里，他们一个在石家庄，另一个在北京，“劳燕分飞”两地分居。任枫是中国戏曲学院的青年优秀教师，他们从小受传统教育，服从领导、听党的话，从不敢把个人利益放在组织和工作之上，安荣卿又是河北省京剧团的台柱子，所以，尽管当时河北省京剧团的领导对她提出：“不许调走，不许生孩子，最好把任枫调回河北，否则不批准结婚”的苛刻要求，可她还是无条件地答应了领导提出的条件。除了两地分居以外，任枫总觉得自己在学校里虽然教学工作也得心应手，但是舞台实践的机会太少，对于他这样的青年教师来说，还需要在剧团通过大量的演出实践进一步积累经验，于是，他毅然地向史若虚校长提出了调去河北省京剧团的请求。1962年，尽管学校再三挽留，但是为了事业进一步得到发展，为了家庭生活的团圆，任枫回到了河北又揭开了他生活中新的一幕。

自北京调往爱人所在的河北省京昆剧团之后，一干就是二十四年。最初，任枫依旧从事板鼓和京胡的伴奏。曾先后与马最良、罗惠兰、梁庆云、罗荣卿合作完成了各类性质的演出任务。那时候，任枫在团里主要是担任司鼓，后来由于工作的需要，他又被指派去拉京胡，由于他原来就有些基础，加之喜欢，他就欣然接受了这项工作，并投入到了刻苦的练习之中。

六、 改行作曲　成为河北省京剧团全能型人才

从 1963 年起，为准备参加全国现代戏汇演，河北省京昆剧院决定排一个新剧目《社长女儿》。可是，当时剧团里没有专业作曲，于是，任枫主动请缨，向京剧作曲这门新专业，新学科挑战。团里领导考虑到他早在中国戏校学习期间就曾有过创作的尝试经历，就决定让他大胆实践，由此，在继京剧板鼓、京胡演奏之后，又开始向京剧作曲领域进军，开始了他改行第一部大戏的唱腔设计与音乐设计工作。此后，他先后担任了《丰收之后》、《龙马精神》等剧目的音乐创作工作。在《丰收之后》一剧中，任枫大胆革新，对一段【二六】唱腔进行了大胆的革新，且取得了成功。1965 年任枫又担当了京剧现代戏《战洪图》的总体音乐设计，此剧在参加华北局现代戏汇演上产生极大影响。由京剧器乐演奏转行搞京剧音乐创作，他深感自己虽然所学所演的剧目不少，这也是唱腔创作不可缺少的一部分，但是要做一个名副其实的京剧作曲家则必须增加新营养，补充新知识。

“文革”开始后，河北省京剧团的排练秩序受到了一定程度的影响，然而，作为“保皇派”的任枫依然潜心京剧音乐创作。此间他曾创作了京剧联唱《刘英俊》、《欧阳海》等作品。作为一名胸怀远大志向，对京剧艺术执著追求的有志青年来说，任枫时刻想着不断丰富自己的知识结构与提高自己的文化水平。

由于从小没有上学，他的文化知识非常欠缺。为此，从就读中国戏曲学校时期开始，除了钻研音乐知识外，他始终十分注重自己的文化知识的学习。后来由于他学习特别刻苦和努力不但文化知识丰富，而且还能经常写打油诗。为了锻炼自己，他还通过向老先生讨教和询问，手抄过许多剧本，其中有些都是些失传了老戏剧本。然而，十分遗憾的是，这些剧本在“文革”时期全都被红卫兵们抄走烧掉了。眼见得这些经过自己辛勤汗水整理出来的近乎失传的剧本，被造反派付之一炬，任枫真是心痛欲裂。可是，这些都无济于事，即使你对艺术再执著，再刻苦，只要你是“保守派”就难逃被批斗、被劳改的厄运。

1968 年，任枫遭到了那些“造反派”的人身攻击和批斗，并被下放到部

队管辖之下的农场劳动改造，并被勒令写检查材料，如此精神与肉体的双重攻击和折磨，使得他年仅三十二岁眼睛就花了。当安荣卿看到被管制的爱人戴着房东家的老花镜，没黑没白地写检查的情景时，真是心如刀绞、痛苦异常。

天地轮回、星移斗转，历尽苦难的人，又是往往因为特殊的机缘而摆脱困境。而这种机遇与任枫不期而遇。

“文革”后期，安荣卿在北京参加现代京剧《沙家浜》学习班，有一次，当时的河北省委书记兼省长刘子厚，在来北京看望省京剧团的领导和部分演职人员时，就问：“任枫哪去了？”在场的安荣卿满心痛苦和委屈，怯生生地说：“任枫……他不好，他有问题。”刘子厚书记说：“他有什么问题?！赶紧让他回来参加《红灯记》学习班。”就这样，在省委书记的直接发话后，任枫没过几天就从被管制的劳改区域来到了北京，由此也结束了他在“文革”中所遭受的厄运。从河北农村被管制境况下解救出来，立刻变成了经省委书记钦点赴京参加《红灯记》学习的人才。这种戏剧性的突变情节，尽管在传统京剧中时有呈现，但是特殊的经历还是使得任枫在短暂之间恍若隔世，不仅他自己没想到，更让当时剧团的同事们始料未及。

在学习班上，被解放了的任枫重新焕发出了艺术青春，他精神饱满、振奋，学习中特别认真。由于他精通板鼓、京胡和京剧作曲，使得他在学习过程中消化、领会得也特别深入、透彻。学习班结束后，任枫回到石家庄并在全省厅、局长会议上，受省委书记兼省长刘子厚推荐，就现代京剧样板戏《红灯记》的创作演出与推广做了非常精彩的讲演，并博得了与会领导们的高度赞扬和广泛好评。

七、赴京进修　得中央音乐学院名家真传

1974 年，当时的中央“首长”和国家文化部领导决定，为了提高京剧音乐创作的质量，在中央音乐学院成立一个“干部专修班”，从全国京剧样板团选拔五位在京剧唱腔方面有成就和潜质的人才，在中央音乐学院名家们的指导下进行为期两年的作曲专业进修学习。本来这次学习的五个名额都是给全国重点京剧院团的，开始时没有河北的份，可是，当一个名额给到中国京剧院时，

当时的院领导考虑到团里有刘吉典老师，关雅浓老师也于1959年到中央音乐学院进修学习过，就没有派人去参加。于是，文化部就将这个名额分给了离北京较近的河北省京剧团。当时的团领导接到这个指标后，就选了一位天津音乐学院毕业的女同志去参加，可是，当她去中央音乐学院报到时，因不符合“会拉京胡、会京剧板鼓演奏和会作曲的”基本条件，又被退了回来。当她回到石家庄将此情况向团里领导汇报时，团里领导便心知肚明：这是点着名要任枫呀，所以，就只好换上了任枫前去学习。这岂不是天意？

就这样从1974年到1976年，任枫在中央音乐学院度过了他最为珍贵的学习时光。与他同学的其他四位分别是：北京京剧院的陆松龄，上海京剧院的高一鸣，天津京剧院的李凤阁和山东京剧院的杨立明。同学五人中他排行老大，被称为“大师哥”。学习中，任枫与陆松龄在吴祖强老师执教下深入地学习了西洋作曲和声、复调、曲式和配器等课程。

平生能进入中国音乐的最高学府深造，对于任枫来说实在是梦寐以求的，因此他特别珍惜和重视这次难得的机会。在同来的五人中，有的原来就有些基础，有的年龄比较小，只有任枫老师年龄最大而且西洋作曲技术理论基础最差。为了不辜负领导的重托，不辜负老师的期望，任枫学得特别认真、特别刻苦。为了完成吴祖强和杨儒怀等专业老师的作业，他经常学习到深夜，有时一天只能睡上两三个小时的觉，所有的学习任务任枫都做到了按时、保质完成。有一次爱人安荣卿老师从石家庄来北京看望他，都已经是早上七点钟了，看到任枫老师一宿没睡，还在写作业，心疼之情油然而生……

功夫不负有心人，经过两年的强化学习，任枫老师确实开阔了眼界，提高了写作技能，增长了才干，获益匪浅。学习的后期，学校决定由他们五位学员，参加北京京剧院的《瀚海驼铃》剧目的作曲工作，后来又参加了现代京剧《决裂》剧目的作曲工作，并担任该剧中老旦的唱腔设计，其中有一段【反西皮二六】的唱段，音乐情感深厚，旋律感人至深，当他为领导和演员范唱时，所有在场人都被感动得流泪。可惜这部戏没能上演。但是，任枫老师的刻苦学习精神，赢得了中央音乐学院老师们的赞誉和师弟们的钦佩。

当时的中央音乐学院领导有意将任枫留校任教，并承诺将安荣卿也调到北京来工作。然而，1976年，“四人帮”倒台，干训班随之结束，河北京剧团领导强烈要求任枫回团工作。此时整个中国的政治气候发生了巨变，文化的形势也随之改变。一时间传统老戏开始恢复，全国各大京剧院团都在排演传统戏。

八、学成返冀　京剧音乐创作屡获佳绩

经过两年的深造学习，任枫的作曲技术水平又提高了一大步。回到团里后，他先后担任了京剧《逼上梁山》和《满江红》的唱腔设计和音乐设计工作，其中《满江红》一剧中唱腔与中国京剧院排演的此剧相比，尽管剧本相同，但许多唱腔都不一样，完全是经过任枫老师重新设计的。后来任枫又搞了一出《锁阳救驾》，在此剧中，他大胆出新，突破了以往【二黄导板】、【回龙】、【原板】的套路。创新性地为剧中唐王设计了言派风格的一段【西皮导板】、【回龙】、【原板】的成套唱腔，这种唱腔创意在以往戏曲音乐创作中实不多见，同时，在该剧的音乐创作中又借鉴"海派"京剧《甘露寺》的唱腔设计手法，设计了老生、老旦、旦角、花脸连弹（剧种的联唱），收到了极佳的效果。此后他又为河北省京剧团的《唐太宗》、《白蛇传》等剧目进行音乐创作工作。这些剧目的演出，都产生了不同程度的影响，受到团内和省文化厅领导、专家的肯定和鼓励。所有这些创作成果的呈现，都标志着此时的任枫已经从一名器乐伴奏人员，成长为名副其实的京剧唱腔音乐设计的优秀专门人才。

后来，河北省戏曲学校发现，当时在校学习的李胜素所在班级的学生素质较好且比较整齐，于是，就与河北省京剧院商量将任枫和安荣卿两位调到了河北省戏曲学校。此时，钱浩梁也到了河北戏校工作。于是就以安荣卿和钱浩梁为领衔，带领李胜素这一班外出演出，并准备演出回来后，以此为班底成立河北省戏曲学校实验剧团。可是后来这个计划没有实现，之后任枫被安排在戏曲研究室，安荣卿老师在艺术室工作。

九、重返母校　为培养高等戏曲作曲人才尽心竭力

1978 年以后，随着全国艺术院校的恢复与调整，中国戏曲学校也升格为

中国戏曲学院，成为中国培养京剧人才的最高学府。体制的变更决定了师资队伍结构上的变化。为此，国家文化部特别选派中国京剧院的关雅浓同志，到中国戏曲学院创建以培养京剧作曲专门人才为主的作曲系。建系之初急需优秀师资，因此，自1983年起，在关雅浓老师的提名下，中国戏曲学院开始着手调动任枫返京任教事宜。经过两年各方的不懈努力，1985年任枫终于调至北京，1987年又正式将安荣卿及孩子们调入北京。由此任枫在经过二十四年辗转之后，又重返母校回到了他阔别已久的教学岗位，所不同的只是这一次，他不再是器乐专业的老师，而是教授京剧作曲课程并担任了音乐系副主任和作曲教研室主任，协助关雅浓主任工作。

（一）撰写教材填补戏曲作曲理论教材建设之空白

由专攻京剧器乐演奏到改习京剧作曲，由京剧剧目创作转为教授京剧作曲，由教授中专学生改为培养大学本科作曲人才，这一系列的转变和一连串的问题，还没容得任枫老师仔细思量与反复琢磨，就已经刻不容缓地摆在他的面前了。创办高等级戏曲作曲专业，在中国教育史上是一个填补空白性的创举。它没有任何样板可以参照，也没有任何模式可循，更没有成型的经验可以借鉴。

在新创办作曲系所面临的种种困难中，教材建设问题首当其冲。搞大学教育不能没有教材，可是，戏曲作曲主专业主科教学，没有任何可以借鉴的书目作为参考。这个问题不仅令所有任课老师犯愁，更是难坏了担任主科教学的任枫老师。早年的时候，任枫老师还做了一些文字积累，可是，一场史无前例的文化大革命，早已把那些宝贵的资料当做封资修的东西抄走毁掉了。无奈之下，任枫老师在没有任何参照的情况下，硬是凭着顽强的意志和积累中记忆，编撰出了约十八万字的囊括京剧各行当、各流派、各种板式唱腔特征、旋法规律以及发展过程的《京剧唱腔概论》一书。从此，中国戏曲学院的作曲专业有了主科的专业教材，教师教学有了依托和参照，学生学习也有了现成的文字和曲谱可以临摹与研读。此书后来一直作为作曲本科和器乐专科学生重要的基础理论课教材。这本教材堪称填补空白性的教学科研成果，更是任枫老师对中国高等戏曲音乐教育事业突出贡献的标志。当人们读到这本教材的时候，殊不知它产生的背后，是任枫老师在不足十三平米的斗室之中，昼夜加班、熬尽心血铸就而成。

（二）教学之余依然锲而不舍地坚持戏曲音乐创作

对于任枫老师，他的老战友京剧作曲家关雅浓先生有过这样的评论：“他是一位六场通透、传统技艺深厚的高产作曲家。”作为作曲专业主课教师，任枫老师在繁忙教学和管理工作中，除全力搞好教学外，依然坚持进行新剧目的创作并取得可喜的成果。其中的主要作品有：

1. 为教学剧目《杜十娘》、《下河东》、《妈祖谣》担负作曲成品指导和毕业作品指导。

2. 1988 年，为北京京剧院新编历史剧《周仁哭坟》一剧，承担全部音乐唱腔和配器创作。荣获 1986—1989 年新剧目作曲奖；1979—1989 年优秀戏曲唱腔一等奖和配器奖。

3. 1990 年为云南省京剧院新剧目《南疆血碑》担负该剧一号人物的唱腔设计和全剧总伴奏音乐设计。为此任枫老师本人获“音乐总体设计荣誉奖”，为该剧荣获“文华奖”作出一定的贡献。

4. 1992 年，任枫老师与学生谢振强合作，为中国京剧院《承天太后》一剧担任唱腔设计和作曲。该剧在天津新剧目汇演中反响强烈并荣获“全国新剧目唱腔设计大奖”。

十、壮志未酬　师德师风激励后人

由于从小家庭困难，营养不良，加之长期的学习、工作的劳累和“文革”中身心遭受的伤害，不仅使得任枫的精神遭受了打击，繁重的教学和创作与教材的编写工作，也使得他体力出现了严重透支，身体受到严重的伤害。那时，任枫老师家住蓟门桥一带，每天往返学校都要花上一个小时的时间。长期教学和批改作业等用脑过度加之编写教材工作繁重，终于把他累倒了。1994 年的一天，任枫在完成一天的工作后骑自行车回家的路上摔倒在地，造成了颅内出血，经住院治疗一段之后恢复了工作。可是不久他又得了脑血栓，紧接着又出现了小脑萎缩。一连串的病症，一下子把任枫的美好愿望全部化为了泡影。无情的病魔却夺走了他未过七旬的宝贵生命。中国戏曲学院为之哀悼，因为他们失去了一位优秀的学生和出色的老师。中国京剧界为之悲痛，因为一位卓有成就的京剧音乐家过早的辞世了。

任枫是新中国当之无愧的戏曲音乐作曲家、教育家。为中国的戏曲音乐教育事业和京剧音乐事业的发展作出了卓越的成就。他对学生宽厚，如慈父；对教学认真，严格要求。然而，他却十分谦虚，他很少向组织上伸手要条件，在采访任枫老师的过程中，我们看到了当年他在申报国家一级作曲时的自述材料，其中的最后一段他写道：

> 回顾我所走过的五十三年，深知没有共产党，没有社会主义的祖国，没有无数老师的辛勤耕耘，无限奉献，都不会有我今天的一切。我今虽近花甲之年，且身体多病，但在改革的大潮中，为弘扬民族戏曲艺术，培养更多更好的京剧作曲专门人才我将不遗余力，鞠躬尽瘁，死而后已。综上所述，我自认为已基本具备了一级作曲的任职条件，特向院评审委员会提出申报一级作曲的申请，请领导核准！
>
> 任枫　1993 年 6 月

从上面朴实的语言中，我们仿佛见到了任枫老师的质朴情怀；从他谦逊的态度中，我们仿佛仰望到其崇高的人格魅力；从他对党对祖国的热爱中，我们仿佛感受到了他尊师爱生忠诚于教育事业的高风亮节；从他的严谨治学爱岗敬业中，我们仿佛领略到了他点燃自己照亮别人的高贵品格。任枫老师虽然未满六旬就去世了，但是，他的勤奋刻苦精神与自强正直的人格魅力永远激励着后人。

追求历久弥新　创作笔耕不辍

——中国戏曲学院　国家一级作曲　朱维英

2004年10月15日至17日，金秋的北京，天高云淡、风清气爽，中国戏曲学院迎来了来自全国戏曲音乐界的一百多位专家、学者，中国戏曲音乐学第四届年会在这里隆重举行。国家文化部和中国戏曲学院的领导也前来祝贺并出席了开幕式。中央电视台也来参加录制专题节目。在为期三天的日子里，专家们围绕中国戏曲音乐事业的中心议题，交流学术思想、畅谈创作体会、总结工作经验、憧憬未来发展；会上会下讨论气氛活跃、场内场外发言反响热烈，这是中国戏曲音乐界规模空前的一次盛会，也是面向未来的团结与胜利的大会，它为探索新时期戏曲音乐的繁荣与发展，推动戏曲音乐的创作与研究奏响了新的乐章。在本届大会的最后阶段，完成了新老学会领导的换届交接和机构重组，经过与会代表的充分酝酿和认真推选，朱维英老师当选新一届戏曲音乐学会会长。面对如此荣誉与重任，朱老师追忆往昔、浮想联翩，沉浸在对人生经历和艺术道路的回望和对于未来中国戏曲音乐事业发展的深沉思考之中……

一、 一个关东青年的追求理想的前奏曲

关东大地的松辽平原，沃野千里，一望无际。这里既有丰富的物产，也蕴含着丰富的文化资源。在这片热土上，人民豪爽奔放、朴实勤劳。然而，在那千疮百孔的旧中国，遭受外族野蛮蹂躏和国内反动统治的普通百姓，却始终处在水深火热之中。尽管如此，在这块民间音乐的热土上，还是孕育了一大批当代音乐家……

1945 年农历十二月二十日，朱维英降生在辽宁辽阳柳条寨乡金山屯村一个普通农民家里。新中国成立后的 1953 至 1959 年，正是中国的社会主义建设初级阶段，广大老百姓终于在中国共产党的领导下过上了比较太平的日子。朱家的生活也一样舒心和快乐，朱维英也幸福地走进了学堂。童年的记忆中给他印象最深的，除了来自家庭特有的亲情和充满童趣的生活之外，便是那辽南特有的民间鼓吹乐了。

十岁刚过，朱维英便开始正式拜师学器乐演奏了。虽然，他对未来没有明确的设想，但是，家传的优良品德，使他脑际中始终清晰地记住这样的理儿：凡事不做则已，做就要倾注全力。在学习中，小小的朱维英便显现出敏锐的感受力和特殊的想象力，因此，他学得特别用心也十分刻苦，唢呐、二胡、管子等乐器，他样样专心，样样钻研，几近于贪婪与玩命地去品味、去学习，“他匆匆忙忙地吸吮着，没完没了地找寻着，没完没了地去追求……”① 就这样他在本村小学读完了六年级。

---

① 《衣带渐宽终不悔　总愿旧曲翻新音——记作曲家朱维英》，中央人民广播电台空中大舞台广播稿。

也许是来自家乡文化的渊源影响，也许是来自天生的喜好，虽然没有世袭的家传，但是，朱维英却对中国的民间音乐表现出浓厚的兴趣与爱好。“他喜欢听大平原的风在空中吵打撕咬，听枣林、杨槐没完没了的絮絮叨叨，听青蛙敲鼓……”那时的他活像一段特殊燃料似的，偶然飞来几朵音符的火花，便能把他彻底点燃，几句美丽的旋律总能让他坐卧不安无数天，他到底要寻觅什么就连自己也弄不清楚。童年时代的朱维英早已记熟了数不清的旋律。“他觉得自己是用骨髓在记忆，旋律过耳便会溶入血中，驱都驱不走。”①

伴随着充满活力的音乐和“大跃进”的生活，1959—1962 年他先后在李丈人屯中学、柳条寨中学和永乐农业中学完成学业。在此之后回家务农，由于身患疾病，几乎使他丧失了劳动能力。1964 年，他开始学习唢呐与本村四个人一起，师从家乡大新庄比较有名气的乐师史维新继续学习唢呐演奏，这期间还到过沈阳学过画肖像。几年后，功夫不负有心人，他已经成为当地小有名气的演奏者。

1965 年 5 月，朱维英在沈阳鲁迅美术学院见到了中国音乐学院招生简章，获知该院要到沈阳、鞍山设点招生，于是，他急匆匆回村找大队领导准备报考，可是竟不被批准，其后几经周折才获准参加。当时交通环境极为不便，加之朱维英又腿病未愈，连续的奔波劳累，使他忍受着常人难耐的痛苦。考试过程中，尽管参加鞍山的初试、复试的考生众多，各个方面都曾有过非常不利于他考取的局面出现，但是凭着自己的坚强毅力和智慧，使得他终于克服了重重阻力，最后艰难闯关。1965 年 8 月初，当朱维英手捧首都北京发来的中国音乐学院附中的录取通知书时，他的心情是那样的激动，那样的幸福，脸上露出了胜利的喜悦与笑容！一时间，“朱家维英要上北京上学了”的消息不胫而走，乡亲们奔走相告传为佳话。

这是朱维英人生中第一个重大的转折点，也是最关键的转折，它实现了青年立志求学的梦想，为它以后的成才与发展奠定了基础。带着大东北的豪情与壮阔，他一路风尘一路遐想，带着青年的智慧与力量，从东北闯入了北京城……

---

① 《衣带渐宽终不悔　总愿旧曲翻新音——记作曲家朱维英》，中央人民广播电台空中大舞台广播稿。

二、 一段幸运而又曲折的特殊经历

来到首都北京，繁华的都市风貌和恭王府的亭台楼阁虽然令其心怡，但是，最让他得意的，还是迈入心中向往的音乐殿堂——中国音乐学院附中，师从赵春亭、赵春峰开始唢呐专业和学校的其他专业的学习。

（一）在中国音乐学院附中学习的日子里

入校之初，朱维英被分到高一（二）班，他和全体男生二十几个人住在现恭王府师大对面小院里的一个集体宿舍，经过短期的安顿之后，他们很快便开始了紧张的学习生活，每天都让他感到很充实。

命运有时会出现一些捉弄人的事情，正当朱维英倾注全力努力拼搏的时候，他明显感觉到腿疾日渐加重，以前他总认为是关节炎，所以，就没有在意。可是，当他到积水潭医院检查被确诊为右腿关节骨结核时，对于思想上毫无准备的朱维英来说，这样的诊断结果无疑使他在精神上备受打击。接下来的那段时日里他每天要打十几针，同时还要不断地吃药。如果说身体上和生活中的困难还能够克服的话，不能参加班级的一些组织活动和学业受到了影响，对一个青年学子来说痛苦和惆怅是可想而知的。但是，病魔没有把这位有志青年吓倒，他每天依然顽强地拄单拐和同学郭玉河、张永平在院内小琴房里刻苦练功、奋发学习。他辞掉了学生会生活部长的工作，把所有的苦闷的情绪都发泄在拼命地练习唢呐吹奏上。

1966 年 6 月，“文革”开始，一时间，全国高校的一切教学秩序统统都被打乱了，中国音乐学院也不可避免地卷入了“停课闹革命”的运动之中。整个混乱的局面持续到了 1968 年。尽管外面鼓噪喧嚣无奈混乱，朱维英仍然在忘我地吸吮着那无穷的音乐知识，积聚自己的智慧与力量。此间令人惊喜的是，也不知是什么原因，病了几年已经无望被医生断言要终生残废的腿病竟不知不觉逐渐有了好转，这年年底朱维英竟能丢掉拐杖乘车和同学们出外串联去了，这无疑令他万分惊喜。当时乘车先后去了武汉，长沙，韶山，又去了杭州，12 月底从上海音乐学院回到北京。“走遍了千山万水”之后，他的人生道路也出现了新的转机。

（二）参加样板戏剧团《红灯记》剧组的排演特殊经历

1967—1968 年中国京剧院排演现代京剧《红灯记》，由于该剧已经列为“革命样板戏”因而备受“中央首长”重视，当时剧组在音乐方面搞了许多探索与创新，因乐队缺少一名加键唢呐演奏员，于是朱维英被派往“样板团”参加排演。这对于当时的朱维英来说无疑是一个绝好的机会。两年来他通过参加《红灯记》、《海港》的排练和多次外出实践演出，大大提高了他参与大乐队的演奏水平，使他对戏曲音乐有了从感性到理性的认识，也从此使他和戏曲音乐结下了不解之缘，为他日后的发展奠定了基础。我们今天所见到的样板戏《红灯记》电影中，其加键唢呐演奏部分都是朱维英演奏的。由于他的勤奋与认真，出色地完成了这项任务，受到了业内人士和组织上的一致好评，参加了广交会等多场重要演出，并随剧组多次受到当时政府要人的接见。

三、一种孜孜以求开拓进取的精神与力量

1969 年中国音乐学院解散，朱维英被分配到北京市河北梆子剧团任演奏员（唢呐，双簧管）。1970—1977 年，在担当演奏员的同时，由于他热爱音乐创作，在本团音乐组老同志吕亦非、王晓一的热情指导与帮助下，先后参加了许多剧目的音乐创作工作。

（一）千里之行始于足下

在所有的音乐创作中，其中比较重要的有：1970 年，参加了《沙家浜》一剧部分音乐的创作；1972 年，参加了《龙江颂》的音乐创作与配器；1973—1974 年，参加了《云岭春燕》的音乐创作与配器；1975 年，参加了《杜鹃山》、《运马路上》、《飞夺泸定桥》几剧的音乐创作与配器工作；1977 年参加了《枣林湾》的音乐创作与配器；同年，参加了毛主席诗词《清平乐·六盘山》、《重上井冈山》的音乐创作与配器。

1978 年前，他在剧团的创作主要是写气氛音乐和为中西混合乐队写配器，此时的音乐创作，对于朱维英来说尚属刚起步的初级阶段，虽然他对于戏曲音乐的唱腔还没有给予更多的关注，但是，通过创作实践，使得朱维英对西洋管弦乐队与民乐队的性能组合编配技巧有了一定的认识和掌握的同时，对于戏曲音乐的唱腔也产生了新的理解与认识。

（二）师从张肖虎之后的成长与进步

1976—1978 年，北京市文化局在北京市河北梆子剧团举办了北京市市属文艺院团音乐工作者参加的作曲、配器训练班，为了全面提高自己戏曲作曲的业务水平和创作能力，朱维英全程参加了学习，并荣幸地得到了学识渊博的张肖虎、赵宋光等老师的具体指导与训练。通过为期三年多的学习，使他受益匪浅，在作曲理论方面收获颇大，为他日后的创作与教学奠定了坚实的基础。

创腔是戏曲音乐创作的重要环节，为了尽快熟悉传统唱腔，掌握本剧种创作规律，从 1978 年开始，在搜集传统唱腔的基础上，通过学习，他于 1979—1980 年与吕亦非等开始编写《河北梆子唱腔音乐研究》一书，对河北梆子唱腔的板式变化规律、旋律发展手法、音阶调式旋法、音程特点、转调等方面进行了初步地探索与研究，通过实例分析和理论阐述，对带有规律性的问题做了系统的归纳与总结，从而加深了他对于河北梆子唱腔音乐基础理论的认识，为日后的唱腔写作打下了坚实的基础。

在集中学习与进行音乐创作的同时，朱维英十分注重自己知识结构的全面构建与不断提高，1978 年，他结识了八一电影制片厂的作曲家巩志伟老师，并向他学习歌曲创作和配器，并为他的歌曲《相逢在北京》写配器，同时为中央人民广播电台介绍巩志伟的专题音乐会写解说词和音乐评论文章，这个节目先后在中央人民广播电台和部分省市电台多次播出。

1978 年，朱维英受中国戏曲学校音乐科约请，为当时在校的 73、74、78 三届音乐班学生主讲和声、单旋律写作与乐理课，并由此与戏曲音乐教育结下了不解之缘。1981 年，河北梆子剧团西乐队解散后，朱维英曾在文化局西乐队集训了一段之后，又参加排练了《哀格蒙序曲》、《瑶族舞曲》等几首曲子；

1981 年为铁路文工团的张海创作了笙曲《沂蒙欢歌》、《喜迎火车进山寨》等几首器乐曲。

通过以上的记述我们可以看出，朱维英在此阶段主要的创作方向是为戏曲剧目创作配乐和写配器及涉足了一些歌曲舞曲的创作，尽管他还没有更多地参加戏曲的创腔工作，但是他已经凸现了这方面创作的端倪。

四、 一位勇于开拓与创新的戏曲作曲家

1981 年底，鉴于朱维英的理论与创作上的学识经历与实践能力，河北梆子团决定调朱维英到剧团艺术室专门从事音乐创作工作。这对于朱维英来说，无疑又是一次人生的重大转折。这一段时间也是他戏曲音乐创作方面成果最丰硕的重要时期。

（一）走上专业戏曲音乐创作之路

刚到艺术室工作不久，朱维英就在很短的时间内与吕亦非创作了河北梆子《智铡赵千岁》一剧的唱腔音乐。演出后，北京市文化局为此剧的音乐创作专门组织了研讨会，专家对男生唱腔的改革给予了肯定，此剧在业内引起了强烈反响。1982 年，朱维英又与常维敬创作了《书娘》一剧的唱腔音乐，同年还与苏继宗、陈小芬合作创作了《湘水缘》一剧的唱腔音乐（此剧获北京市优秀作曲奖）；1983 年创作了《卖花女》的唱腔音乐；1983—1984 年与苏继宗、陈小芬合创了《三探圆明园》一戏的唱腔音乐，同年与吕亦非、单志才创作了《碧霞》的唱腔与音乐。

与此同时，1983 年又为北京市文工团创作了两首唢呐曲《喜悦的山乡》、《载歌载舞庆新春》，还为北京风雷京剧团排演的现代京剧《姐妹俩》写音乐和配器（此剧在评奖中获音乐奖）；1984—1985 年与常维敬创作了《杨七郎与杨七娘》一剧（同年此剧在评奖中获音乐奖）；1985—1986 年与常维敬、郭夏霞创作了《林娘》；1986 年为住宅一公司合唱队写的《住宅工人之歌》在五月歌咏活动中获作曲奖，同年还先后为《一夜皇后》及刘玉玲、李二娥录制盒带配器，为本团演员刘玉玲、李二娥、陈小芬、付忆茹、李世贵、曹友良参加

河北省举办的鸣凤奖评选唱段配器，为风雷京剧团排演的《草莽儿女》写了音乐及管弦乐队配器。

从上述一系列丰富的作品中，我们会明显地感觉到，在朱维英老师转入专业作曲之后，他的创作不仅成果丰富，获奖概率高，且创作领域比较广，并开始更多地深入到了戏曲唱腔音乐设计方面，并呈现出能够胜任戏曲作曲各个组成部分的能力。

1985 年，朱维英考入中国音乐家协会举办的中国函授音乐学院作曲专科班，1989 年以较优异的成绩毕业获大专文凭。这是朱维英老师第三次更高层次的集中学习与积累。通过这几年，他又比较系统地学习了屠冶九、牟洪、樊祖荫、李淩、赵沨一些人的作曲理论，在此期间，由剧团出资为他积累了作曲谱例和音响方面的不少资料。

1986 年，中国戏曲学院音乐系开设河北梆子作曲班，朱维英受聘为该班讲授作曲主课并负责招生拟定培养方案等工作，同时为京剧作曲班讲课。同年，还与张健民、黄平一起为中国戏曲学院音乐系举办的配器班讲课。由于他的出色成就和贡献，1986 年 5 月他光荣地加入了中国共产党，1988 年 3 月被评为二级作曲。

（二）国家一级作曲

1988 年北京市河北梆子剧团新排《孟姜女》，朱维英老师担当作曲，同年为移植剧目《双下山》作曲（《双下山》演员乔立明在青年演员调演中获奖）；1989 年带领学生张辉、张记恒为本团《点额记》剧目作曲；1990 年为庆祝河北梆子建团三十周年举行了剧团主办的专场演唱会，朱维英老师担任作曲、配器，本次演唱会在京引起了相当程度的轰动，中国剧协为此召开了座谈会；1991—1992 年为刘玉玲主演的《孙尚香》作曲，此剧的音乐唱腔在北京市年度评奖活动中获优秀作曲与优秀配器奖，艺术研究院研究员陈竹青特为此撰文《孙尚香的唱腔音乐设计及其演唱》发表于《中国戏曲》，该剧音乐在座谈会上受到了刘吉典、陆松龄等戏曲音乐家的好评；1991 年在北京市文化局、北京剧协、北京电视台联合举办的 1979—1989 年度优秀戏曲唱段评选中，他的《奴家塞上唱悲歌》获作曲二等奖，《曾记得那三月天》获配器奖；1993 年为刘玉玲参加空中大舞台和庆祝“五一”节目演出作曲。1988—1995 年一直任北京市河北梆子剧团艺委会委员，剧协音乐委员会委员。

除了戏曲创作之外，朱维英老师在理论著述方面也有许多建树，许多成果都具有极其鲜明的个性特征，有些堪称国内最具权威性。例如：1985—1987 年参加了《中国戏曲音乐集成·北京卷·河北梆子分卷》的编撰工作，两年多走访了不少在京的老艺人，如：银娃娃、刘云甫、张益吉、珍珠钻、黄少山等，记录整理了二百余段梆子传统唱腔并为本卷撰写了部分理论文章；1990 年初，参加了在天津召开的京津冀三家河北梆子声腔学术研讨会，并在会议上发表了《河北梆子唱腔调式旋法及唱腔的发展与改革》论文；1991 年参加了在武汉召开的中国戏曲音乐研讨会，并在会上发表了《河北梆子唱腔的转调手法》论文，同年完成了《戏曲志》“河北梆子音乐”条目；1992 年夏，在河北省艺术研究所主办的《艺苑论丛》上发表了《河北梆子唱腔调式旋法》一文；1993 年 1 月完成了人民音乐出版社出版的《河北梆子音乐概论》一书中的唱腔、旋律形态、唱腔调式及创作手法的章节；1993 年朱维英用梆子曲调谱写的毛主席诗词《七律·长征》出版，同年与朱行言合作撰写了论文《交加悲愤的声腔》发表在《戏曲艺术》1993 年第三期。

与此同时，朱维英老师还结合创作实践，对于河北梆子的音乐进行了理论总结，并将其中某些理论研究成果编入《中国戏曲音乐集成·河北梆子分卷》中，有些编写成了教学的讲义，主要涉及以下两个方面的内容：

一、唱腔音乐方面：

1. 《河北梆子唱腔调式旋法及唱腔的发展与改革》（论文集）；

2. 《戏曲音乐创作漫谈》（中央戏剧学院留学生，中国戏曲学院作曲系讲义）；

3. 《河北梆子唱腔音乐介绍》（中国戏曲学院作曲系授课讲义）；

4. 《河北梆子唱腔音阶、调式、调式交替、唱腔转调》（《中国戏曲音乐集成·河北梆子分卷》收录）。

二、和声配器方面：

1. 《河北梆子唱腔的和声配置》（学术论文，后编入教学讲义）；

2. 《戏曲和声漫谈》（中国戏曲学院作曲系配器干训班教学讲义）；

3. 《配器讲义》（中国戏曲学院作曲系配器干训班教学讲义）。

1993 年 3 月，经过北京市高级职称评审委员会评审，四十八岁的朱维英老师被评为国家一级作曲。

作为国家一级作曲，朱维英并没有自满于已有成果，追求更新更美创作风格是他的更高目标，他创作更加勤奋和努力，作品的体裁、题材、技法与风格更加丰富多样。

1994 年 2 月—3 月完成了为台湾陈淑珍编配的四首佛教音乐，分别为《观音圣号》、《释迦牟尼圣号》、《五会念佛》、《地芷圣号》；1994 年 6 月 24—28 日为中央电视台举办的全国戏曲电视剧颁奖晚会创作了《念奴娇 · 赤壁怀古》，由刘玉玲演唱，空政管弦乐队总政合唱队伴唱。1994 年 9 月为北京电视台十一国庆晚会作曲，创作了《银河夜》（阎肃词）；1994 年 8 月为刘玉玲与北京交响乐团演唱会创作配器了《六月雪》与《大登殿》，同年 10 月参加了演出的排练工作；1994 年底，民乐合奏《欢乐的日子》获作曲优秀奖；1995 年 1—2 月为辽宁音像社编配了六首中华古曲：《渔翁》、《阳关三叠》、《秋江夜泊》、《香妃泪》、《平沙落雁》、《梅花三弄》，并于 3 月用中央音乐学院等几家乐队在中央人民广播电台录了音，并担任指挥，同时又将那几首佛教音乐重新录音，共为其音像社录制出版了四盘民乐带；1995 年 4—5 月帮助学生张方改写了其编配的八首京胡曲，并为台湾编配了民乐曲《黄昏再会》；1995 年 6—7 月为教材编写完成了钢琴协奏曲《黄河》、舞剧《白毛女》等音乐缩谱工作，同年 9 月去电台现场讲解戏曲新编节目。

1994 年，秋季的一个夜晚，北京音乐厅里灯火辉煌，听众的激情快被炽热的音乐烧开了锅。刘玉玲正在演唱河北梆子新腔《窦娥冤》，旋律是那么美妙，设计是那样大胆，构思是那么新奇……总政合唱团的美声伴唱像潮水般起起伏伏为之衬托，强大的北京交响乐团烘托着梆子的“三大件”在大厅轰响。彩声、掌声、鲜花……台上刘玉玲激动万分，台下一位端坐的中年人也热泪盈眶，他便是北京市河北梆子剧团的一级作曲，北京剧协音乐委员会委员朱维英。多少钦佩和祝贺的眼光飞向作曲者，多少往事也渐渐涌上他的心头。

五、一位卓有成就的戏曲音乐教育家

（一）调入中国戏曲学院之后的教学与创作

1995年10月下旬，经过中国戏曲学院与北京市文化局协商，以吸收引进人才的名义将朱维英老师正式从北京市河北梆子剧团调入中国戏曲学院音乐系，专门从事培养戏曲作曲人才的教学工作。由一名专业作曲到一名高等艺术院校教师，对于朱维英老师而言，这早已是轻车熟路了，但这的确算是朱维英老师第三次人生的重大转折。

早在20世纪70年代，就与中国戏曲学院结下了不解之缘。从1994至1995年，他一直在中国戏曲学院讲授《创作分析课》，由于他知识渊博，教学效果好，待人谦逊温和，博得了师生们的一致好评，他的到来不仅是众望所归，也使中国戏曲学院音乐系增加了一员大将，同时也为戏曲作曲方面的理论研究壮大了实力。刚一到任，他就积极投入到教书育人、创作实践和著书立说三个方面之中。

1. 教学与科研方面。

他开始担任作曲专业主课戏曲作曲和作品分析等课程的教学任务；1996年4月中国艺术教育大系上马，受聘为戏曲作曲一书的副主编；从1998年12月开始利用寒暑假和教学间歇时间撰写、增补和修改全书内容，使得《中国戏曲教育大系·戏曲卷·戏曲作曲技法》全书1999年3月初步完成了的撰稿工作。从2000年开始为戏曲作曲专业和电脑制作专业讲授《戏曲作曲技术概论》这一特色课程。

他在人才培养方面也作出了卓越的贡献，受过他指导的学生有的成为了戏曲作曲家，有的成为教师，有的成为了戏曲理论研究人员，也有的成为政府部门和剧院团的管理者。他是一位和蔼可亲广受尊敬的老师，他的学生可谓桃李满天下，其中，有的已经成为各个不同的工作岗位上的骨干力量，比如：王亚勋，一级作曲，中国评剧院院长；张记恒，一级作曲，邢台市艺术研究所所长；王建伟，二级作曲，北京市河北梆子剧团团长；张辉，人民音乐出版社副编审；姚影虹，二级作曲，北方昆剧院；尹晓东，中国京剧院副院长；陈建忠，中国戏曲学院教师副教授；沈鹏飞，一级作曲，中国戏曲学院教师；马俊，中国戏曲学院讲师；韩学周，北京科技大学乐团团长。培养的戏曲作曲理论研究生有：范丹珩，河南省艺术研究院作曲；单振岳，中国戏曲学院讲师；徐锵，中国戏曲学院讲师；贺红梅，北京曲剧团作曲；王杨、齐欢，上海戏曲学院青年教师；张玄，上海音乐学院青年教师；李晓姝，中国戏曲学院讲师；邢晶，陕西省艺术研究所；刘姣，北京戏曲艺术职业学院教师；韩俞，中国戏曲学院；王楠楠，中央民族大学青年教师等。

2. 创作实践方面。

作为一名作曲专业的老师，朱维英老师始终坚持笔耕不辍，教学之余，他先后带领戏曲学院的相关教师完成了众多各级各类的创作任务，其体裁、题材形式多样，他的创作异常繁忙。如果从统计学的角度把朱维英老师1995到2006年的所有创作进行归类的话，其主要可以分为以下几个方面：

戏歌十六首：1996年6月为北京电视台创作戏曲TV《窦娥冤·六月雪》（刘玉玲演唱）；1996年9月为北京电视台国庆晚会创作《古城辉煌》（与陈建忠合作，王淑芳、陈俊杰演唱）；1997年11月为中央电视台春节晚会写《悯农》（陆地园演唱）；1997年12月初为北京电视台戏曲部春节晚会创作了三首欢歌和器乐曲：《鼓娃大拜年》、《曲牌新舞》、《小戏迷拜年》；1998年9月5—7日为北京电视台青少部十周年写戏歌《北京小唱》（菲利甫演唱）；1998年7月26—29日为中央电视台九洲戏苑主持人白燕升创作梆子戏歌《滚滚长江东逝水》；1998年11月25日为中央电视台春节晚会创作了《欢乐月宫》戏歌；1999年1月10日为301医院京歌配器录音；1999年3月28—4月8日为中央电视台地方戏名家名段晚会创作配器了《百卉争春》、《共创未来》二首戏歌（三台晚会均用此两个曲目）；1999年6月30—7月6日完成了“宝安杯”晚会的《晨练歌》、《展望新世纪》两首戏歌的创作；2001年1月8—10日为北京电视台元宵节晚会写了一首《正月十五闹元宵》戏歌。

戏曲唱腔音乐作品二十六段：1996年11—12月为河南艺术研究院、河南省文化厅主办的左齐伟音乐会做配器工作，写了《摸鱼儿》、《九里里山疙瘩》、《卖水》、《大登殿》等曲目的合唱管弦乐队和配器；1997年6月底为左齐伟老师在郑州举行的“炎黄始祖万古传”音乐会作曲，参与创作配器两首：《炎黄始祖万古传》、《阳光雨露艳阳天》；1997 年 5 月为北京电视台青少部组织的刘玉玲、古文月、管波、甄莹四人联唱编配录音；1998 年 5 月 4 日参加了中国剧协北京电视台举办的戏歌大赛，所创作的《念奴娇·赤壁怀古》获优秀作曲奖，演唱者刘玉玲获最佳演唱奖；1998 年 5 月 23—24 日为中国剧协在浙江举办的全国小梅花颁奖晚会，创作了京歌《百花盛开》与京剧联唱伴奏带；1998 年 8 月 20 日为总参王红涛写《军中骄子》戏曲联唱；1999 年 9 月 10 日北京市文化局和北京市剧协举办 1990—1999《戏曲名段》评选，朱维英创作的《窦娥冤》（1995 年创作）和《大登殿》（1994 年创作）分别荣获作曲一等奖和二等奖；1999 年 9 月 13 日开始为刘明芳编配八段京剧名段唱腔的管弦乐队谱，后录音出版；1999 年 12 月 6 日—20 日为中央电视台春节晚会创作配器了《九州迎春》（李洁，陈俊杰演唱）、《宝莲灯》（彭蕙蘅演唱）、《腾龙颂》三首新作品；2000 年 8 月 25 日—9 月 1 日为中央电视台中秋晚会编配戏曲联唱，创作配器了梆子《孟姜女》唱段；2000 年 9 月 23 日、27 日为中央电视台神州大舞台剧组编写一首京剧、戏曲、舞蹈联唱节目等。

舞台剧目四部：1996 年 11 月初为舞蹈学院创作戏曲舞蹈音乐《梨园览胜》；1999 年 5 月至 6 月为香港京昆艺术协会排演的根据雨果名剧改编的京剧《大钟楼》配器和创作部分配乐，同年 6 月 23—29 日，赴山东京剧院参加《大钟楼》全剧的练乐，12 月随剧组参加了在香港的演出；2000 年 3 月 23 日应邀为大观园排演的旅游八幕舞剧《红楼宴舞》作曲，经反复修改历时两月，完成了排练录音工作。

影视作品五部：1997 年 9 月 15 日为牛犇主演的电视剧《退休村支书》作曲；1997 年 6 月应电视剧导演郑权宝的邀请为《姜淑芹的世界》作曲；1998 年 3 月至 10 月完成了刘佩琦主演的二十六集电视剧《郑板桥外传》的作曲工作；1998 年 11 月为京剧晚霞工程创作录制了九部片子的片头、片尾音乐；2000 年 6 月至 8 月为中央电视台制作的戏曲电视剧《锁麟囊》（四集）的唱腔配器（包括片头、片尾音乐）。

其他类作品十二首：1997 年 11 月初，为台湾复兴剧校整理编配了两段民乐总谱：《梨园览胜》、《黄昏再会》；1998 年为台湾复兴剧校宋金龙老师整理编配了五首民乐曲：《庆新春》、《阳关三叠》、《平沙落雁》、《香妃泪》、《渔翁》；1999 年 11 月为北京电视台迎澳门回归节目配器《澳门你好》；2000 年 1 月为香港政府与团中央、中央电视台在长城举办的龙年万米长龙《龙腾舞》配乐；2000 年 6 月 25 日为中央民族乐团古琴演奏家于清新编配古琴曲《鸥鹭忘机》，同年 7 月在音乐厅演出；2000 年 10 月 28—31 日，为台湾复兴剧校配器《夜深沉》（用月琴主奏）。

在众多的作品中，具有代表作品有以下几部：

河北梆子《念奴娇·赤壁怀古》，这是 1995 年应邀为中央电视台举办的“戏曲电视剧颁奖晚会”创作的，旋律具有雄浑、豪放、慷慨、激昂的特点。那起伏跌宕的旋律、中西混合乐队的烘托、重点词句“卷起千堆雪”的拖腔、“小乔初嫁了”的领唱与合唱的模仿交织、花腔的运用……使苏轼词意蕴涵的复杂情感得到充分的表现。这首作品在 1998 年戏歌大赛中曾获得优秀作曲奖。

戏歌《春来了》，这首作品是 1995 年为中央电视台春节晚会创作的序曲，它的突出之处在于将歌曲创作的三部曲式结构引用到戏歌创作中来。戏歌的前段、尾段情绪欢腾热烈，对比的中段优美抒情。“桃花红、梨花白、杏花含笑”的唱腔，领唱与合唱声部形成模仿的同时，还运用了对比复调的手法，多声部不同音色的有机结合，表现了春光明媚、阳光灿烂、花儿竞相开放、争奇斗艳的美丽景色。

1998 年为中央电视台春节晚会创作的少儿京歌《悯农》，其结构又是典型的三段体。这首戏歌短小精练，第一段童声齐唱旋律清新、活泼流畅，唱腔具有咏唱相间的特点，中段的独唱则较多地保持了浓郁的【二黄】唱腔风格。第三段的童声合唱是第一段的再现与发展。这首戏歌将孩子们的欢声笑语，游戏玩耍巧妙地融合在了音乐创作之中。作品不仅保持了京剧音乐的特色，同时流露着孩子们天真活泼的童趣，听起来通俗可解。

1998 年为北京电视台春节戏曲晚会创作的《虎娃大拜年序曲》、《曲牌新舞》及京歌《小戏迷拜年》等节目的旋律既保持了戏曲音乐的风格，又富有新意。

1999 年为中央电视台录制的“99 宝安杯少儿戏曲小梅花荟萃晚会”创作的《晨练歌》，将评剧、越剧的抒情委婉与秦腔的激越、豫剧的诙谐熔于一炉予以展现。

1999 年为中央电视台“地方戏名家名段晚会”创作的《共创未来》，旋律气势磅礴一泻千里，女声领唱“载歌载舞畅心怀”的衬字高腔，婉转扶摇，直上云霄，男声独唱“姹紫嫣红永不衰”的行腔气宇轩昂，凛冽刚健，充满了燕赵之声的阳刚之气。中段“五千年厚土根常在”的唱腔迂回委婉。为这台晚会编配的另一首《百世年春》配器严谨，层次分明。

由于他的成就突出，中央电视台《九洲戏苑》制作介绍朱维英、姚明等几个戏曲音乐人的专题节目，并于 1999 年 10 月 31 日至 11 月 1 日在中央电视台《戏曲音乐人》栏目两次播出；2000 年 9 月 6 日中央电视台影视栏目又约请朱维英老师和中国戏曲学院副院长赵景勃老师，对戏曲电视剧《三请樊梨花》进行评介，并于同年 9 月 14 日在中央电视台《影视金曲》节目中播出了采访专题。

长期的劳累使得朱维英老师颈椎病日渐严重，以至好长一段时间拿笔写字困难，后来经过坚持锻炼颈椎病好转。尽管如此，他依然为中国戏曲学院音乐教育事业忘我地工作着……

（二）作为教学系部主任的一种领导者精神风范

2001 年 4 月，中国戏曲学院进行人事改革，院党委决定由朱维英老师出任音乐系主任。5 月 16 日院党委正式宣布了系新届领导班子。在领导和教师们的期望之下，他淡定而又从容地走上教学系部管理工作岗位。虽然这算不上人生的重大转折，但是，面对音乐系的情况及所要担负的责任，他还是感觉到了责任的重大、工作中的压力，真可谓“任重而道远”……

作为全国高等戏曲人才培养的重要部门，音乐系承担着打造多剧种后继音乐人才的使命，为此，他不得不投入大量的时间进行各种具体的筹划与调整。并在教学制度的制定与管理上倾注许多精力。上任后不久，即采取了一系列的措施解决教学与管理中的一系列问题。首先，他在专业课程的调整与教材建设方面做了一系列的调整与规划；其次，他在部分专业教研室主任的安排与师资的合理配备上做了调整；再次，他以戏曲作曲和京剧器乐为龙头在创作实践与演出实践方面加大了力度。在他耐心细致的积极工作之下，一系列正确的主张与措施得以贯彻，音乐系开始焕发出蒸蒸日上的勃勃生机，各个方面都取得了相当突出的成就。

此时的朱维英老师已过了“知天命”之年，三十多年的学习、创作与教学经历，使他对于中国戏曲音乐与戏曲音乐教育事业的理解与认识更加深刻。他清醒地认识到：“中国的戏曲音乐剧种繁多，传统深厚，是辉煌灿烂的中国传统音乐文化的代表。戏曲音乐的创作有着鲜明的民族特点，包含着根深叶茂的民族精神，要发展中国的戏曲音乐事业，首先必须紧紧抓住戏曲音乐创作这一中心环节不放松。”（朱老师语）

他曾言道：“在新的历史时期要想创造出具有鲜明的时代气息和高品位的戏曲音乐作品，除了应对传统戏曲音乐予以充分的继承、学习，研究掌握其内在的规律外，同时还要很好地学习、借鉴现代音乐创作的各种技法，将戏曲音乐的传统创作技法与现代作曲技法融会贯通。将古今中外优秀音乐的创作技巧吸收到戏曲音乐创作体系中来。形成开放、富有弹性、多维的创作方法。才能创作出具有动人心弦的艺术魅力，为广大人民群众所喜爱的戏曲音乐作品。”①

“戏曲音乐的创作不同于18、19世纪以来人们所说的作曲，不同于歌曲、器乐曲的创作。戏曲音乐创作的特点是新的创作发展必须在原有的程式基础上进行，新的唱腔旋律与传统唱腔旋律的关系总是在有承传，有剔除，有择取，有革新的矛盾中进行，这样才能创造出具有浓郁剧种音乐风格特征的旋律。当然，继承传统并不应该是简单地填词式、照搬、套用某些声腔曲调。”②

他在总结创作经验与体会时，曾富有见地地感叹道：“要使自己创作的戏曲音乐富有个性，在保持剧种音乐浓郁风格的同时，还要注重追求旋律美，旋律美不仅体现在对抒情场景和美好人物思想感情的刻画与描写，它应该广泛地贯穿于各种情绪性格的唱腔音乐的写作之中。要想创作出好的戏曲音乐作品，要善于根据内容合理地运用各种音乐表现手法去创作。如我写的不少戏歌都运用了合唱、伴唱等形式来烘托主旋律，以增加音乐的立体感。编配伴奏，伴唱时注意发挥和声的功能性和色彩性，注意主旋律与复调副旋律的对比；配器时在注意运用不同乐队编制组合所产生的音色、音区、音域、力度变化的同时，

①② 参见“朱维英老师工作日记”。

使用多种不同的伴奏织体以形成多种色彩的变化。为中国戏曲音乐事业的繁荣与发展，向更深与更广的领域开拓前进。”①

由此，我们不难看出，朱维英老师的音乐创作之所以纯熟、精练、获奖率高，与他平日的注重理论的思考与几十年知识的不断积淀与更新具有着直接的联系。

在繁重的教学管理工作之余，他依然笔耕不辍，继续着他所钟爱的作曲事业。下面，我们来看朱维英老师的业务记录：

2001 年暑假期间还为学院已排演的《杜十娘》修改配器，10 月任此剧音乐总监；2001 年 11 初为中央电视台的六集京剧电视剧《契丹英后》（袁慧琴、关栋天主演）开始创作音乐；2002 年 1 月 4 日完成了电视剧《契丹英后》全部唱腔音乐配器；2002 年 7 月底为京剧《大脚皇后》电视剧作曲；2002 年 11 月完成了为旅日艺术家吴汝俊排演的京剧《武则天》等管弦乐队的编曲配器工作；2002 年 9 月底应吴汝俊邀请与张建民、马俊为他出演的《武则天》配器，11 月初《武则天》配器基本完成；2003 年 3—4 月为国家精品工程参选剧目《杜十娘》一剧作曲；2003 年 11—12 月为中央电视台戏曲春节晚会创作了《年歌》、《金猴闹春》、《洪湖赤卫队》三首作品；11 月组织创作了一台纪念毛泽东诞辰一百一十周年戏曲演唱会节目的创作录音工作，并为这台晚会创作了序曲《浣溪沙》、《清平乐·六盘山》和《七律·人民解放军占领南京》几首作品（此台晚会 12 月 25 日北京电视台来院录像播出）；2003 年“非典”停课期间创作编配了两首民族器乐合奏曲《渔翁》和《采莲歌》；2004 年 6 月 11 日—7 月 9 日完成了旅日艺术家吴汝俊的《四美图》音乐唱腔编配（管弦乐队）工作；2004 年为中央电视台春节戏曲晚会创作一首以二人台曲调《挂红灯》为素材的序曲；2005 年 5 月 5 日开始忙于六集电视剧《杜十娘》的音乐创作工作，9 月开学前完成了《杜十娘》一剧的录音工作，为院里新排京剧《悲惨世界》写了合唱；2006 年 4 月 29 日—5 月 8 日参加了学院《悲惨世界》一剧的音乐创作，并随赴沪演出；2006 年 6 月 10 日—7 月 10 日完成了吴汝俊排演的《天鹅湖》编曲配器工作的任务。

---

① 参见“朱维英老师工作日记”。

与此同时，朱维英老师的社会活动开始明显增多，自2001年8月受北京电视台戏歌大赛组委会邀请做评委工作之后，担任地方省份和全国各类京剧节、艺术节、文华政府奖、国家舞台精品工程评选等各种大赛的评委；出席各种戏曲音乐创作研讨会、座谈会；参加戏曲学科检查工作；作为中央电视台《戏曲人生》的特约嘉宾参加专题节目录制；作为评委参加了北京市职称评定工作等等，显得比较紧张、繁忙。虽然这些活动，在一定程度上影响了他的专业音乐创作，但是，它所产生的影响是具有深远历史意义的。

而此时，2004年10月，倾注朱维英老师几年心血编写而成的《戏曲作曲技法》一书的正式出版发行，又为他六十诞辰增添了喜悦与欣慰。

2004年，朱维英老师年满六十周岁，抚今追昔感慨万千。他在日记中有这样一段文字：

六十有感

鸡年腊月二十（农历），是我进入六十岁的生日。人能较健康、较顺利地活到六十岁也属不易，自古以来人们都把六十岁生日做为大寿来庆贺。回首六十春秋，我是在风雨、曲折、坎坷中艰辛地走过来的，可以说是尝尽了人间的苦、辣、酸、甜，体验到了人生的百味。我走过的六十年路程可分为三个时段：即前二十年，中二十年，近二十年。

前二十年的经历不堪回首，病痛的折磨和生活的苦难贫穷使我几经身陷绝地。柳暗花明又一村的转折是在二十岁幸运地考上了北京中国音乐学院附中，这是我命运的大转折，一个缺衣少食，病魔缠身的青年人从此进入了创业、学习，摆脱疾病、贫困的人生旅途。

中二十年如饥似渴地学习知识和创作技术，又在剧团的音乐创作中不断锤炼自己，为日后的再发展奠定了坚实的基础。

四十岁后的二十年是我从事戏曲音乐创作、教学不断取得丰硕成果的二十年。四十三岁评上二级作曲高级职称，四十八岁评上一级作曲，1994年进入戏曲音乐职业创作生涯。1994年6月一曲“大江东去”为我日后进入影视界打开了新的局面。1995年正式调入中国戏曲学院音乐系做教师工作。

后二十年我创作的音乐多次获奖，1995 年至今几乎每年中央电视台春节戏曲晚会都有我创作的节目，参加了几部电视剧音乐创作，写了近百首戏歌，培养了一批批音乐戏曲创作人才。主编出了《戏曲作曲技法》一书（这是一部重头的戏曲音乐创作技术理论书，此书被北京市教委评为精品教材）。2004 年 10 月又当选为中国戏曲音乐学会会长。从 2001 年 5 月至今，担当四年音乐系主任，为学院戏曲音乐教育的发展作出了一定贡献。也多次应邀参加全国及地方性的评奖、评职称的评委工作。

送走了 2004，2005 又向他招手了，接下来的日子里，他依然坚持忙于他所钟情的事业……

六、 一份钟情于戏曲音乐事业的博大胸怀

2006 年 7 月 13 日，由于年龄的原因，朱维英老师从音乐系主任的岗位上退下来了。2001—2006 年五年多的时间里，朱老师为音乐系的建设与发展做了许许多多的工作，也受到了绝大多数老师的褒奖，学院领导十分满意，党委书记王民中在宣布院党委的决定之后，在评价朱老师时说了这样的话："做出了突出的成绩，交出了一个完整的音乐系"，此时同志们都有些恋恋不舍……

卸任后的朱老师依然显得很忙碌，除了继续担当中国戏曲学院音乐系本科生与研究生的教学工作之外，来自社会各界的邀请使得他不得不频繁往返于北京与外地之间奔波劳顿。翻开他的工作日记，我们看到他的日程依然是繁忙的：

2006 年：7 月 26 日晚乘车赴沈阳为"未来之星大赛"做评委工作；7 月 22、25 日应邀为"东方青少年"大赛做评委工作；9 月 14—24 日，应文化部艺术司邀请参加了唐山第五届评剧艺术节做评委工作，在此期间结识了多位评剧作曲家，并成立了中国评剧音乐创作研究专业委员会；10 月 9 日在北京主持召开了中国戏曲音乐学会会长会议，筹划戏曲音乐发展方面的规划。

2007 年：1—2 月应北京市河北梆子团长和好友刘玉玲之邀，重新编配了河北梆子名段《大登殿》（这是朱维英从 1994 年来第三次重新编写这一梆子

名段)；3—4 月，“朱维英戏曲音乐作品专辑”由中国唱片深圳公司正式出版，CD 专辑中汇集了多年创作中较有代表性的戏曲音乐作品十五首，曲目有：梆子《大登殿》、《赤壁怀古》、《春来了》，京剧《大脚皇后》主题歌、《武则天》主题歌、《悯农》，昆曲《九洲迎春》、《花鼓戏》、《浣溪沙》等；应邀赴合肥参加了由安徽省文化厅等单位主办的“时白林先生从艺六十周年”纪念活动，此次活动隆重，安徽省文化厅的领导专家都出席了座谈会和演出活动。我代表中国戏曲音乐学会在大会上了祝贺发言，并向时先生颁发了“戏曲音乐终身贡献奖牌”；为杨立新主演的电影《名媛名票》作曲；应上海戏曲学院、上海京剧院之邀于 4 月 19 日晚和同事一起赴上海，参加京剧作曲家高一鸣先生音乐作品研讨会，并代表学会向先生颁发了“戏曲音乐终身贡献奖牌”；5—6 月，在院录音棚完成了影片《名媛名票》音乐的全部录音；为越剧百年庆祝活动的几首曲目配器录音；9—10 月，与马骏为著名老评剧艺术家张淑贵唱腔专辑写管弦乐队配器；中国戏曲学院继续教育部与文化部教科司，策划联合举办了“戏曲作曲高级研修班”；11—12 月，担任中国第八届艺术节和第十四届国家最高奖项——“文华奖”戏曲组的音乐评委，参加了文化部组织的五人专家组，对全国十一个重点京剧院团上报排演的剧本进行筛选。经过仔细审阅剧本后，写出对每个戏的具体评语，最后投票，评选出了六个较为成熟的剧本，由政府予以扶持排演；用了五天时间与中国戏曲学院沈鹏飞一起，为中央电视台戏曲春节晚会创作了歌舞、戏歌《喜盈门》（由杜镇杰、陈俊杰、王燕、姜亦珊演唱）。

2008 年：应中国京剧院袁慧琴之邀，为她在中央电视台电影频道举办的音乐会演唱的《对花枪》选段编写双管乐队总谱。1 月 30 日去电影乐团参加了排练，配器效果很好得到高度评价；应文化部艺术司邀请为在广西桂林举办的中国西部地区戏曲音乐创作培训班的七省市六十余名学员讲授戏曲作曲创作技法；应白燕升邀请赴中央电视台录制回忆大师著名河北梆子表演艺术家王玉磬访谈节目；赴厦门参加由文化部艺术司与中国戏曲音乐学会主办的全国戏曲音乐创作研讨会，并在会上作了《新时期优秀剧目音乐创作特点》的主题发言。

2010 年：与中国戏曲学院音乐系沈鹏飞合作，为中央电视台元旦晚会谱写京歌《复兴之路》。

2011 年：与中国戏曲学院音乐系沈鹏飞合作为沈阳京剧院京剧《将军道》作曲，该剧目获得第六届京剧节金奖。

从这一系列的活动日程中，我们看到朱维英老师依然在为戏曲音乐事业而奔走忙碌着。直至 2012 年的 7 月本书定稿之时，他依然在关注着中国戏曲音乐事业、关心着中国戏曲音乐教育事业的发展。

七、写在结束前的话

历史是一条永远奔流不息的长河，人生只不过是浩瀚之中的一瞬，自强不息者往往会在不平凡的岁月里，奋力搏击劈波斩浪为时代打上动人的印记。他们有过艰辛与痛苦，有过欢乐又有过忧愁，有过失败的教训，更有过成功后的喜悦，如果说这些曾经是他们往昔的追忆的话，为了推动事业的不断前进，他们想到更多的却往往是未来。作为国家一级作曲、中国戏曲学院戏曲作曲技术理论专业研究生导师、中国戏曲学院音乐系主任、民族管弦乐学会常务理事和现在中国戏曲音乐学会会长，他所关注的依然是中国戏曲音乐事业的发展。

回眸朱维英老师所走过的艺术人生之路，可以清晰地看出，无论命运如何坎坷，他始终坚韧不拔地去求索，无论遇到任何困难，他从未放弃不懈地奋斗；不管他的工作环境如何变化，他始终牢牢抓住戏曲音乐创作这一核心；虽然他已经具备了一定的知识与能力，但是，他还是会利用各种机会来不断地充实与丰富自己；即便是已经在本专业上取得了一定的成就和收获，如今，他已经有上百部的音乐作品流传于世，可谓是名副其实的中国戏曲界国家级专家了，然而，面对功成名就的现实，他依然永不满足，始终在不断地探索与追求，这不禁让我想起了“老骥伏枥，志在千里”诗句，衷心愿朱维英老师历久的追求青春常在，不辍地耕耘结出丰硕的果实。

忠厚待人义无悔　勤奋为乐曲永存

——北京京剧院　国家一级作曲　陆松龄

北京京剧院国家一级作曲、著名京剧音乐作曲家陆松龄先生，也是享受国务院政府津贴的艺术家。自从少年步入戏曲音乐殿堂起，曾先后担任乐队演奏员、乐队作曲和指挥。由他独立或参与创作的剧目有七十多部，其中有20世纪70年代家喻户晓的京剧现代戏《沙家浜》；90年代在意大利引起轰动的京剧《中国公主杜兰朵》和在中国香港地区、新加坡得到广泛赞誉的《风雨同仁堂》等；由他参与创作的剧目曾经先后五次获得文华奖，他本人曾三次荣获戏曲作曲最高奖项——文华音乐创作奖。此外，由他担任作曲的一些剧目，还先后获得了全国京剧汇演“优秀音乐创作奖”；中国京剧节“金奖”；“优秀音乐唱腔配器奖”；中宣部“五个一工程奖”；中国艺术节“优秀唱腔音乐配器奖”以及全国各省市颁发的优秀作曲配器奖等等……

除了戏曲音乐创作之外，陆松龄先生还曾经担任《中国戏曲音乐集成·北京卷》编委和主要撰稿人，也曾多次在报刊发表戏曲理论文章，以独到的戏曲音乐创作理论获得戏曲音乐研究优秀论文奖。当我们展开他的戏曲音乐艺术人生画卷之时，那一幅幅富有诗意的美丽画卷，那一件件生动鲜活美丽动人的故事，便清晰地展现在我们眼前……

一、 艺术人生中的成长经历与深厚的学识积累

（一）出身梨园世家　酷爱京剧艺术

陆松龄，1936 年出生于北平梨园世家，父亲陆永福是梨园行内的全才，他既能在乐队中“六场通透”，又能编剧，同时也是演唱京剧老旦的名手。母亲赵伴云（艺名鑫小樵）是京剧“奎德社”的著名老旦演员。在家庭环境的熏陶和影响之下，陆松龄从小酷爱京剧器乐演奏，孩童时代即师从李德山、王瑞芝等著名琴师学习京胡演奏，又师从于齐善华老师学习京剧乐队其他乐器的演奏，比如：笛子、三弦、月琴和唢呐等。

陆松龄九岁之时，便已经能够熟练地掌握京胡和京剧乐队其他乐器的演奏技巧了。从小学到中学期间，陆松龄愈加热爱京剧艺术，“几乎到了离不开的程度”（陆松龄语）。除了学琴之外，陆松龄还学习了两出传统戏京剧，其中有老生行当的《洪羊洞》、花脸的《铫期》。涉足京剧的表演实践经历，为他日后的胡琴伴奏增添许多知识和启示，也进一步增长了他生活的阅历，使他对于京剧艺术有了综合性的体验和认识。他在投身于京剧艺术的同时，又师从于当时华北大学艺术系的一位教授学习了几年的小提琴演奏，这些都为他后来的戏曲音乐创作提供了基础性的条件。

（二）勤奋好学踏实　进入专业京剧团

1950 年上中学的时候，陆松龄便参加了由谭富英、裘盛戎创办的民营公助的太平京剧社的演出活动，后来太平京剧社又演变为太平京剧团，该剧团其后又演变为北京京剧二团。1952 年，马连良京剧团合并到北京京剧团，成为北京京剧院的前身——北京市京剧团的最初构成单位。1956 年，张君秋京剧团又并入北京市京剧团，1960 年，赵燕侠剧团又合并到北京市京剧团。在此期间陆松龄参加了北京京剧团的各种演出活动，他既拉京胡也演奏其他乐器。曾先后为言慧珠、丁志云、杨荣环、梁小鸾、陈永玲、李玉芳、小王玉蓉和南铁生等等许多演员操琴。

1952 年，陆松龄与裘盛戎、谭元寿、言慧珠随北京京剧二团入朝参加慰问中国人民志愿军代表团的演出，并为言慧珠操琴。四个月的战火中的演出，使陆松龄的心灵受到了震撼和洗礼，更加坚定了他热爱祖国，献身于京剧艺术事业的信心与意志。自 1950 年至 1958 年为止，陆松龄一直参加乐队的伴奏工作，曾经先后为谭富英、裘盛戎、马连良等名角伴奏，有时拉京胡，有时拉京二胡，繁忙的演出活动，不仅使他熟悉了各个行当与流派的演唱风格，也为他进一步了解和掌握戏曲声腔打下了初步坚实的基础。

（三）推展知识技能　尝试戏曲作曲

1958 年，在全国高唱“大跃进”的年代里，全国各个剧团都在搞现代戏。北京京剧团自然也要紧随时代脉搏。搞现代戏需要有新的思维与视角，旧有的老路和模式自然不符合时代要求。考虑到年轻人具备敢闯敢干的特点，当时北京京剧团的领导经过认证研究，决定让陆松龄这样的又懂得传统老戏，又有新思想、新意识和新知识的年轻人参与现代戏的音乐创作。

在这样难得的机会到来之时，陆松龄一边在乐队担当乐队伴奏员，一边参加当时北京京剧团《青春之歌》、《党的女儿》和《智擒惯匪座山雕》等一系列新剧目的音乐、唱腔的设计创作工作，例如：当时为《智擒惯匪座山雕》的主演马长礼、谭元寿和小王玉荣等设计唱腔，这些唱腔不仅受到了演员们的欢迎，也博得了观众们的喜爱，产生了良好的社会影响。1960 年，又参加了李玉芳和小王玉蓉主演的《幽闺记》的音乐唱腔工作。此外，还有《女驸马》等戏的音乐创作工作。通过以上这些新剧目的创作实践，使陆松龄在京剧音乐和唱腔设计方面又积累了一定的实践经验。

（四）追求更高理想　考入中国戏曲研究院

1960 年，中国戏曲研究院成立中国戏曲学院（只招一期）并对外招生（即现在的中国艺术研究院），梅兰芳担任院长，张庚担任副院长。该院当时设有文学系、导演系、音乐系、美术系等。音乐系主任由马可担任，担当副主任的有：舒谟、张雨慈、黄源律、何为。带着对戏曲音乐的热情和喜爱，也带着亟待解决许多剧目音乐创作实践中的作曲技术理论问题的渴望，更是带着对于西洋作曲手段和技巧学习和探求的向往，陆松龄报名投考并被录取。

进入学院以后。他在导师的教导之下，如饥似渴地投入到了紧张的学习之中，经过几年的系统学习深造，1963 年，系统地学习了西洋的作曲理论，并掌握了一定的西洋作曲技法之后，他回到北京京剧院，继续拉琴，同时担任北京京剧院的作曲。此时他已经成为了一名既懂传统戏音乐套路，又能运用现代作曲技法的全能型戏曲作曲人才。而这在当时可谓“凤毛麟角”。

（五）在中央音乐学院作曲系干部进修班

1974 年，陆松龄受组织安排又入中央音乐学院作曲系干部专修班学习，成为全国选拔的五位“重点学员”之一。与其同学的有：来自上海京剧院的高一鸣、来自河北省京剧团的任枫、来自天津京剧院的李凤阁和来自山东京剧团的杨立明，在为期两年的学习中，他师从于主科老师吴祖强、配器老师陈培勋、和声老师吴世凯、曲式老师杨儒怀和牟洪等教授，比较系统地学习了西洋作曲技术理论，对于和声、复调、曲式和配器有了更加扎实的深入的理解和把握。

二、艺术创作中丰富经历与突出的成就

作为一位戏曲作曲家，陆松龄的主要成就体现在他的戏曲音乐创作方面。

几十年来他创作的作品有七十多部，其中主要有：《沙家浜》、《芦荡火

种》、《红岩》、《逼上梁山》、《三打祝家庄》、《三请樊梨花》、《望江亭》、《年年有余》、《司马迁》、《三打陶三春》、《东邻女》、《药王庙传奇》、《雪宝公主》、《焦裕禄》、《北国情》、《戊戌变法》、《风雨同仁堂》、《千古一人》、《马夫掌鞭》、《凤求凰》、《梁红玉》、《六宫粉黛》、《春秋霸主》、《卢沟晓月》、《石龙湾》、《春秋霸主》、《少帝福临》、《雪映古城》、《薛涛》、《律川英子》以及川剧《四姑娘》等等。其中《焦裕禄》、《少帝福临》、《风雨同仁堂》、《石龙湾》、《春秋霸主》都曾经获得过文化部颁发的文华新剧目奖，同时，《焦裕禄》、《少帝福临》、《风雨同仁堂》分别获得文华音乐创作奖，《风雨同仁堂》连获第二届京剧节金奖、优秀作曲唱腔配器奖、中宣部颁发的“五个一工程奖”三个奖项。《春秋霸主》也曾获得中国戏剧节优秀音乐唱腔配器奖。

（一）20 世纪 60 至 70 年代的京剧音乐创作成就

1. 现代京剧《沙家浜》唱响中国大江南北。

在中国，大凡 20 世纪 70 年代对于京剧能有清晰记忆的人，每当人们说到京剧《沙家浜》时，都会自然地想起其中的经典唱段“智斗”、“朝霞映在阳澄湖上”和“要学那泰山顶上一青松”。但是，在那个“拔白旗”、“打倒学术权威”和反对“三名”“三高”、反对个人名利主义的年代，凡剧都必须以“集体创作”的名义出现。在那个特殊年代，不是熟悉内情的人，是很少有人知道其内部的创作“分工”的，更很少有人知道该剧音乐创作的重要成员——陆松龄。但是，今天，当我们讲述京剧样板戏《沙家浜》当时创作背后的故事的时候，必须记住陆松龄在《沙》剧作曲中的贡献。当时这位虽然年轻，却已经是一名参与了众多京剧剧目的音乐创作，有着非常熟练的操琴实践经验，又在国内最高音乐学府中央音乐学院受教于名师，系统学了西洋“四大件”（和声、复调、曲式、配器），刚刚学成归来的年轻的大学生。就是这位当时风华正茂的二十多岁的小伙子，不负领导的重托和希望，凭着自己的真功夫，不但独立完成了“朝霞映在阳澄湖上”和“要学那泰山顶上一青松”等唱腔的设计，还与李慕良先生及其他的创作组的同志一道，出色地完成了《沙》剧的全部音乐创作任务。

当时《沙家浜》的音乐创作情形是这样的：1963 年，原北京京剧院将上海人民沪剧院演出的沪剧《芦荡火种》改编为京剧《地下联络员》，此时陆松龄刚从中国艺术研究院音乐系毕业，便参加了该剧的音乐唱腔设计工作。在大力提倡现代戏的氛围之下，剧团的领导想在该剧中尽多地体现出创新之处，因此，对于该剧的音乐唱腔设计也要做到更新、更美、更精炼、更动听和更有感染力。该剧全部搞完之后，虽已经过彩排，但经过相关部门的审查，觉得尚存许多不完善之处，要求剧团继续修改，因此该剧没有对外公演。经过一系列修改之后，京剧《地下联络员》易名为《芦荡火种》，作为北京京剧院的新剧目参加了全国现代戏汇演。此剧一经推出便在社会上产生了深刻影响。

1964 年，毛泽东主席在观看了现代京剧《芦荡火种》之后，指出该剧要突出武装斗争，剧名要改为《沙家浜》。这样就要求现代京剧《沙家浜》一剧的主题思想、剧本结构和舞台美术等都要有相当大的改动。音乐唱腔部分更要有一个“质”的变化，因此要求该剧的幕前曲、幕间曲、场景音乐伴奏音乐、合唱以及所有的唱腔、音乐及配器既要突破传统，具备强烈的时代感，又要不脱离京剧特点，唱腔要符合人物特征的总体要求。此外，由于传统的京剧乐队及其音乐、唱腔和板式等，不能适应该剧思想内容展现的需求，也完成不了该剧音乐要表现的创新精神，所以，整个乐队也由传统的组合形式，改为“中西合璧”混合的编制。

现代京剧《沙家浜》，无论从主观还是从客观角度说，都是广大观众所喜爱的优秀现代剧目之一。经过历史的沉积和检验之后，广大的观众对于《沙家浜》一剧中的许多经典的唱段还是十分喜爱的，因为从本质上说，这是包括陆松龄在内的艺术家们智慧的结晶。

2. 在完成京剧《沙家浜》唱腔和音乐创作中的贡献。

《沙》剧音乐一系列的全新要求提出之后，就要求作曲者既要有传统京剧音乐底蕴和创作新腔的能力，同时又能够熟练地掌握和运用西洋的作曲技法的作曲家来担负这样的创作任务。而能够胜任这项工作的人选，就必然地落到了陆松龄肩上。由于他九岁操琴，十四岁入剧团，二十二岁便涉足京剧音乐唱腔设计，又刚刚从中国艺术研究院音乐系学成归来。所以，经过当时的北京剧院党委书记徐元厚，党委副书记肖甲（《沙》剧的编剧之一、总导演）的研究决定，把这部戏音乐的创作任务交给了陆松龄同志。于是，陆松龄满腔热情地和同志们一道投入音乐创作。

当时领导对于京剧《沙家浜》全剧唱腔和音乐创作提出的具体要求是：唱腔要好听、流畅、观众要耳熟，要有时代感，唱腔要在不失其传统京剧的风格的基础上，要发展要创新，要以音乐形象来塑造人物。要争取创作出能够在广大的观众群体中流传，并保留下来的唱段。经过院领导和创作组成员的一致讨论，在达成共识的前提下，音乐的创作工作就全面展开了。作为一名刚刚毕业的大学生，他风华正茂，才思敏捷，能够得到院党委的如此信任，自然充满了创作激情。

在详细研究阅读了相关资料之后，陆松龄又随同主要编创人员来到了江苏常熟市采风和体验生活，当他置身于阳澄湖上，看到朝霞映入湖面，江南水乡一片生机盎然的美丽风光之时，不由得心旷神怡、乐思涌动，优美的旋律瞬间在脑海中浮现。经过进一步修改和润色之后，便形成了后来脍炙人口、广大观众耳熟能详的“朝霞映在阳澄湖上”的精彩唱段。直到现在在中国的广大地区，这段唱也一直被广大的观众所熟知、所喜爱、所广泛传唱，优美动听，历久不衰。

在以往的传统京剧音乐唱腔中，是没有这样的新颖的大段的前奏的，但是，作为现代戏的音乐表现形式，在表现军民鱼水之情的意境之时，如果能有一段优美动听，舒缓自由的透着江南水乡灵秀之气的旋律作为前导，先把观众带入富饶辽阔的江南鱼米之乡的自然美丽风光，然后再通过赞美自然推及到军民的鱼水之情，岂不是绝好的音乐构思。这段唱腔的音乐设计，既没有脱离京剧【原板】的基调，又充分展现了现代京剧音乐的时代性特征，深刻地展现了新四军指导员郭建光对祖国大好河山的深情厚谊。唱腔通过旋律和节奏的变化交代了时代背景，也表现了革命战士对侵略者和反动派的仇恨。充分地揭示了郭建光这个人物的内心世界，成功地塑造了郭建光这一英雄人物的形象。

此外，郭建光在“奔袭”一场中，在旋律与唱法上吸收了以往传统的杨派武生的特色，同时也有谭派唱法中高亢激越的运腔。比如：“此一去”的嘎调，即吸收了谭派嘎调激越的特点，“遥遥在望”的行腔中吸收了杨派的特色等。通过演员的表演动作与音乐唱腔的结合，使得郭建光既有传统的唱法，又体现了极其鲜明的人物个性特征，很好地表现了郭建光的英武气概。

《沙剧》“智斗”一场中的三人对唱，在《芦荡火种》之中原是阿庆嫂和刁德一两个人的对唱，改名《沙家浜》之后又加入了胡传魁，形成了三个人的对唱，这段经典唱段的创新之处在于它丰富的板式变化上，它是由【摇板】、【流水板】的交替变化使用而构成的，在旋律上它使用了【正西皮】和【反西皮】的往复交替运用。通过这种对比手法的运用，一方面展示了阿庆嫂的沉着冷静，另一方面也表现了刁德一的阴险狡诈、胡传魁的鲁莽残暴。在连环套式的旋律与节奏变幻中，三位人物的内心活动和性格被展现得淋漓尽致。在传统的京剧唱词上下句结构之中，一般都是由七字句或十子句较多，《智斗》的后半部分采用了带有革新色彩的五字句，这种新的构思也为唱腔的创新提供了较好的条件。在这一段唱腔设计中，陆松龄从李慕良等老艺术家的创作思维和手法中受到很多启示。

3. 合唱《要学那泰山顶上一青松》的创新之处。

在过去的京剧中是没有合唱的，而由陆松龄创作的京剧合唱《要学那泰山顶上一青松》，不仅与剧中的情景水乳交融丝毫没有“别扭”之感，而且起到了烘托气氛、振奋精神、激发斗志、凝聚团结力量的极佳效果。这段融入西洋作曲技法又具有京腔京韵特点的经典合唱，成为了深受广大观众喜爱的一个重要合唱段落。在这段合唱的创作构思中，陆松龄当时考虑的核心问题，就是如何将该场推向高潮，怎样将新四军十八位伤病员坚贞不屈的英雄形象刻画出来，于是，他转化了创作思维，大胆地吸收和运用了西洋作曲技法，例如，运用了进行曲的节奏，在旋律上运用了模进的手法，在板式的运用上，先由郭建光的【导板】引出，紧接着【流水板】的合唱跟随，在速度、板式的交替运用中既展现了新四军战士不屈不挠的大无畏的英雄形象，又为我们展示了现代京剧音乐创作中可以突破和创新的广阔空间。

客观地说，当年对于在现代京剧的音乐创作中如何在保持剧种原有声腔特色的基础上改革创新，是没有成功的经验可供借鉴的。经过《沙》剧的大胆的、带有突破性的创作实践，在这方面闯出了一条新路，积累了一系列丰富、可资借鉴的创作经验，而在这方面陆松龄功不可没。之所以能够取得这样的成就，是与他从小受家庭环境熏陶，在父母的言传身教之中耳濡目染京剧艺术，少年时期打下了坚实的基础，青年时期系统学习了作曲技术理论以及长时间参与剧团戏曲音乐创作实践，积累的丰富经验分不开的。

从一般意义上说，戏曲作曲的创腔与音乐是分别完成的，作曲者把唱腔写出来之后，要教演员练唱（过去叫坐唱），演员练好之后，导演开始排戏，在导演开始进入执导设计之后，会根据舞台场景和剧情发展的需要，与作曲者会商设计音乐，此时导演会把他需要的音乐设想说给作曲者，然后作曲者再根据这些条件进行编配主题音乐、背景音乐、过场音乐等等。所以说戏曲作曲的创腔和音乐是不能混为一谈的，在现代京剧《沙家浜》一剧的作曲之中，创腔与音乐就是分开完成的。

在《沙家浜》成为现代京剧样板戏之后，整个的排练之中，要求是十分严格的，每天陆松龄都要指挥乐队对腔或练乐，其精细认真程度前所未有，遇到的困难也是非常之多的，为此他和剧组的同志们都倾注了巨大的努力。每天上午，每个行当的每一段唱腔，都要在作曲、指挥的指导和乐队的配合下反复磨炼。在排练的过程中，如果出现演员的动作与唱腔音乐对不上，或者不协和之时，陆松龄经常会针对个别情况或动一点唱腔旋律，或加点锣鼓等加工修改工作，力争做到“天衣无缝”，达到理想要求。

乐队的练习也是一样，头一天演出哪点出现了差错和疏漏，第二天要立刻把问题找出来，反复进行纠正性练习，直至问题得到根本性解决。比如合唱“要学那泰山顶上一青松”一段，它的突出之处在于不是传统意义上的随着唢呐曲牌完成演唱的一般唱段，而是在吸收了西洋合唱技法的基础上的新创唱段，整个旋律的发展运用了模进手法和进行曲的节奏，强调逻辑重音、突出乐句的强拍韵律。另外，这段合唱不是由幕后的合唱队来完成，而是要舞台上的演员在演唱的同时还要完成大强度的各种队形变换和表演动作，而且作为现代戏的“合唱”曲目，它要求演员在没有“拖腔保调”乐器的伴奏之下，不但准确地唱出各个不同声部的和音，还要唱出新四军伤病员的豪迈精神来，那种在配合表演动作的身段和各种锣鼓节奏之中达到的整齐划一、完美和谐是比较困难的。

过去的演员接触的都是一些传统的老的唱腔、节奏四平八稳。对于接受这种新的合唱形式是一个学习和锻炼的过程，既表现了人物，也增加了新的知识，陆松龄在指挥排练的过程之中，点滴入微地讲解，一句句地教唱、纠正，倾注了极大的精力和劳动，那种精神即便是在当今也是很难达到的，真可谓是细致入微、精雕细刻、精益求精。通过这样的创造性的排练，不但使演员们接受了新的音乐知识，锻炼了他们驾驭现代戏新的演唱形式的能力，也开阔了他们的音乐视野，提高了他们的综合音乐素质。

在《沙》剧搬上舞台的整个过程中，陆松龄既创腔，也写音乐，全剧的唱腔和音乐的配器工作是由他完成的。1964 年下半年，经过艰苦细致的努力，《沙家浜》正式搬上舞台与观众见面了，在接下来的演出过程中，深受广大观众喜爱，在社会上引起了强烈的反响。

（二）在交响音乐《沙家浜》和电影《沙家浜》音乐创作中的贡献

1965 年初，原中央乐团（现在的国家交响乐团）要将京剧《沙家浜》改编成交响音乐《沙家浜》，中央乐团的团长、著名指挥家李德伦先生找到北京京剧院的党委商谈此事。经过北京京剧院党委正副书记商量，决定由陆松龄给予全力配合，其后李德伦先生又亲自到陆松龄家中商讨具体创作事宜，自此之后，陆松龄与李德伦等人合作完成了交响音乐《沙家浜》的音乐创作。

在整个交响音乐《沙家浜》的完成过程中，开始的序曲合唱（【高拨子】唱段）、中间的女高音唱段和尾声合唱部分，是由陆松龄创作的。另外整个交响音乐的结构布局也是由陆松龄安排的，在排练的过程中，陆松龄每次都要到现场去参与具体的指导，参加了整个的排练过程。有一次周恩来总理前来北京京剧院观看中央乐团的排练，当他听到由陆松龄创作的合唱段落“三九年……”时，非常欣赏，给予了高度评价。中央乐团把京剧音乐融入到交响音乐的创作之中，这在当时是一个创举，其后陆松龄又随中央乐团赴重庆体验生活，参与交响音乐《红岩》的创作。

1970 年至 1971 年，中央决定将京剧《沙家浜》拍摄成舞台电影艺术片，整个剧组从北京来到东北长春电影制片厂投入拍摄过程，前后长达十一个月的时间之久。当时上级的要求是“还原舞台、高于舞台”。拍摄之中要先期录音，这就要求乐队和演员不但要高质量地完成演唱和演奏，同时还要求录音师的录音效果也要达到最佳。这就给所有参加工作的人员提出了更高更难的标准。在完成拍摄的过程中，经常遇到许多具体问题和困难，比如，当时的录音设备达不到标准要求，可是要求的效果却比较高。那时的录音设备要想完成一个“延时”和“回响”的效果（当时叫做“钢板残响”）都很难，所以，要经过录音师反复的长时间的研究与操作实践才得以实现。在录音的过程中，无论演员、乐队演奏员，在录音的过程中都表现出对艺术的高度负责精神，有些演员为了高质量地完成任务，不惜几次、十几次地反复录制以求得最佳艺术效果。

作为乐队指挥的陆松龄，更是异常操劳和辛苦，他不仅白天一整天要参与录音，晚上也要继续录音。录音顺利的时候工作要往下进行，遇到不顺利的时候，无论熬到多么晚，也必须要完成规定任务。这样高强度繁忙的录音工作，如果在短期内完成尚可，然而，持续长时间地反复录制，确实在考验着每一位演奏员的意志和品格。然而，陆松龄和他的同事们凭着一颗甘为党的京剧音乐事业而献身的精神，经过长时间艰苦的努力，克服重重困难，终于高质量地完成了先期录音任务。

先期录音工作完成之后，陆松龄还要参加分镜头的工作，并要到拍摄现场协助导演和摄影完成电影画面与音响对接的拍摄工作，由于电影导演和摄影并不十分熟悉整个京剧音乐的节奏和韵律，所以就要求陆松龄形影不离地跟随在摄影师边坐在摄影车上，指挥着推车人员调整速度的快慢，并不时提示导演与摄影师进行拍摄。这番工作也是相当熬人的，经常进摄影棚是夜幕降临的时候，而出棚的时候天已破晓了，上午休息几个小时后，下午和晚上依然要继续战斗。

录音、拍摄工作完成之后，陆松龄还要到剪接室参加后期制作中音乐的剪接和整个片子的剪接工作。当整个拍摄工作完成，拍摄“大部队”全部返京，组织上只将陆松龄留下，配合长影厂完成整个影片的全部合成工作，具体指点画面与音乐的准确无误的编辑，应该说，在现代京剧《沙家浜》电影的拍摄过程中，除了全体演职人员的努力之外，陆松龄为此作出了杰出的贡献。时至今日，当亲历京剧《沙家浜》创作的艺术家们，追忆起《沙》剧从戏曲舞台剧到交响音乐，再到完成电影拍摄的整个过程之时，无不为之欣慰和自豪。尽管经历了时代的风云变幻，这部五十年前浸染着陆松龄和众多京剧艺术家心血的经典京剧，依然绽放着她青春的魅力。

每当陆松龄听到人们再传唱这些唱段时，他的内心充满了激动与快慰，也感到特别亲切。昔日的青春年华没有虚度；昔日的艰难岁月陶冶了他的情怀；五十年前的往事历历在目；半个世纪的变迁近在眼前。让陆松龄欣慰的是——经过他与同事们的辛勤耕耘，终于结出了丰硕果实，为历史留下一个难以磨灭的光辉印记。它不仅是陆松龄个人的荣耀，也是中国京剧音乐界和中国文化界的骄傲，它像一道亮丽的风景线永远在中华民族的大地上闪烁。

（三）20 世纪 80 至 90 年代的京剧音乐创作

进入 20 世纪 90 年代，由陆松龄担任作曲的几出大戏先后在国际国内产生广泛影响。这不仅进一步证明了京剧音乐家陆松龄的创作实力，也标志着他在新时期的京剧音乐创作中又结出了丰硕的成果。

1. 京剧《中国公主杜兰朵》在意大利广受人民喜爱。

意大利是地中海沿岸风光秀美的国家，那里蕴含着古希腊和罗马帝国的强势文化。在 17 世纪初叶，那里诞生了后来影响整个欧洲乃至全球的歌剧艺术，其歌剧作曲家罗西尼、威尔第和普契尼及其歌剧作品更是享誉世界，其中，普契尼的歌剧《图兰朵》便是以中国民间音乐“茉莉花”调为主题音乐的一部重要歌剧。而在遥远的东方古国，华夏大地，也同样具有丰富的文化艺术资源。1993 和 1994 年，带着加深中意之间的友谊，促进中意之间文化艺术交流的美好意愿，由陆松龄参与创作并担任作曲的京剧《中国公主杜兰朵》以迥异于西方歌剧的全新形式，作为中国艺术的代表，先后两度赴意大利演出，用东方文明的艺术形式重新诠释着意大利作曲家美学观念。令观众为之赞叹不已的是，陆松龄在该剧音乐创作中大胆地吸收了普契尼歌剧中“今夜无人入睡”唱段的旋律，将它融入京剧唱腔之中，非常自然妥帖，优美动听。该剧在意大利各个主要城市巡回演出，受到了意大利人民的热烈欢迎。

2. 京剧《少帝福临》和《风雨同仁堂》在全国产生广泛影响。

1994 年由陆松龄担当作曲的京剧《少帝福临》在全国引起轰动，该剧获“文华新剧目奖”；1997 年，由陆松龄担任作曲的京剧《风雨同仁堂》在第二届中国京剧艺术节上获得金奖、中宣部“五个一工程”奖、文华新剧目奖。该剧是北京京剧院在新时期影响广泛的一部力作。1999 年 10 月 21 日《光明日报》在《京剧〈风雨同仁堂〉为何能演出百场》报道中说：“近年来，京城京剧院总是老戏老演、老演老戏，寥寥几出新戏往往演过即收。而最近，北京京剧院获中国京剧节金奖的新戏《风雨同仁堂》却演出超百场，收入过百万，创下了近年来京城京剧新戏演出场次及收入之最，成为京剧界的一件盛事。……《风雨同仁堂》的成功，还在于它很好地处理了继承与创新的关系，以较高的艺术质量赢得了新老戏迷。年轻人喜爱它节奏快，故事性强，且全剧念京白，比较好懂。老戏迷认为它仍是老唱腔，京味浓，比较耐听。中国戏曲学院音乐专家孙松林说：程砚秋先生曾说过，一出戏的唱腔要‘又熟悉，又新鲜，又好听，又好学’，《风雨同仁堂》基本上做到了这一点。他认为新编京剧要成功，唱腔是很重要的方面。”通过上述评价，可以得知该剧在音乐方面的突出成就所在。该戏一经上演，不仅得到了文化部专家与领导的一致好评，也受到了社会各界的广泛赞誉，在业界和社会上产生了广泛的影响。不仅如此，该剧在香港地区与新加坡演出时也产生了轰动效应。

除了舞台上的音乐创作之外，陆松龄还在多部影视作品中担任音乐创作，其中主要有：《三打陶三春》、《风雨同仁堂》、《孔雀胆》和传记片《张君秋大师》等。

三、 艺术思维中的民族情节与个性特征

自幼来自家庭环境的熏陶和从少年到青年社会环境的影响，培养了陆松龄钟爱中国民族音乐和献身于国粹艺术的情怀。多少年来，他信念坚定、始终如一的为中国京剧音乐事业的发展辛勤耕耘、尽心竭力。在长期的艺术创作实践中形成了深厚的民族音乐情结也形成了个性鲜明的艺术思维特征。

1952 年，随中国艺术代表团入朝慰问中国人民志愿军；1957 年，世界青年联欢节在前苏联举办，中国京剧界挑选尖子人才前往参加，陆松龄、杜近芳、关肃霜、李少春等一批风华正茂的演员和演奏员被录取，并有幸参加了该年度世界青年节的演出活动。世界联欢节结束后，一部分演员回国，陆松龄和一些演员奉命组成“中国青年艺术团”在前苏联各个加盟共和国进行了为期

四个月的巡回演出；1970年、1971年北京京剧院带着中国京剧《沙家浜》和《智取威虎山》到朝鲜访问演出，陆松龄作为乐队作曲和指挥随团前往；20世纪90年代中期，北京京剧院出国赴意大利演出他创作的新剧目《中国公主杜兰朵》，受到良好的评价，与此同时，他作为该剧的作曲应邀到意大利DULING（都灵）大学戏剧电影系讲学。所有这些经历，都使他不断加深对中国京剧艺术魅力和价值的认识，也进一步增强了对于中国民族音乐艺术的钟爱和自豪感，更激发了他继承祖国优秀的文化遗产、终身从事京剧音乐事业、矢志不渝、勇于探索的坚定信念。

在繁忙的创作之余，陆松龄经常思考戏曲音乐创作的理论问题，并撰写文章阐发个人的艺术见解。1964年5月30日陆松龄在《北京日报》上发表署名文章《〈芦荡火种〉音乐设计札记》，此后他又先后在《中国戏剧》和《中国京剧》上发表《创造人物个性唱腔的尝试》与《浅谈京剧音乐的继承发展与创新》等理论文章，对新时期中国京剧音乐的继承与发展等方面的问题作了多方面的阐述；2005年，他又撰写了《浅谈张派声腔艺术的特点》（载于《中国戏剧》2005年第3期）；同年在华北五省举办的第一届戏剧理论研讨会上他又发表了《谈戏曲音乐节奏》（该论文后被评为优秀论文奖）。除此之外，他还担任《中国戏曲音乐集成·北京卷》编委和主要撰稿人等。

鉴于他在中国京剧音乐创作方面的突出成就和贡献，中国戏曲学院特聘请他为授课教师，讲授京剧作曲专业知识指导学生创作实践。国家文化部和各省市的文化部门也多次邀请他出席重要的学术会议和担当重要赛事的评委。

陆松龄，是中国当代京剧音乐史上贡献卓著的作曲家。他艺术人生中的成长经历与深厚的学识积累，值得我们追忆和效法；他艺术创作中的丰富经历与突出成就，值得我们敬佩和学习；他艺术思维中的民族音乐情结与个性特征，值得我们思考和借鉴。

由于多年的劳累和个别特殊原因，2009年12月，他不幸患肺癌去世。得知噩耗，生前的亲朋好友与同仁无不为之悲痛和惋惜。

立志钟情不悔　奋斗天道酬勤

——北京京剧院　国家一级作曲　朱绍玉

朱绍玉，中国当代著名戏曲音乐家，北京京剧院国家一级作曲。现任中国戏剧家协会理事，中国音乐家协会理事，中国戏曲音乐学会副会长，中国戏曲学院客座教授。曾担任青海京剧团作曲指挥及副团长，青海省剧协常务理事，福建省京剧团作曲指挥及副团长等职。自20世纪80年代开始，先后为《夏王悲歌》、《格萨尔王》、《山花》、《党的女儿》、《黄荆树》、《拜相记》、《甲申祭》、《圣洁的心灵——孔繁森》、《宰相刘罗锅》、《蔡文姬》、《洛神赋》、《中国公主图兰朵》、《香江泪》、《妈阁紫嫣》、《沧海系忠魂》、《钗钿情》、《廖添丁》、《郑成功》、《牛郎织女天狼星》、

《未央天》、《完颜金娜》、《天马歌》、《天鹅宴》、《丹青魂》、《马前泼水》、《阎惜娇》、《张协状元》、《霸王别姬》、《下鲁城》、《响九霄》、《大漠昭君》、《风雨杏黄旗》、《北风紧》、《嫦娥》、《古寺圣火》、《大足》、《丝路花雨》、《梅兰芳》、《袁崇焕》、《建安轶事》、《汉苏武》、《宋家姐妹》、《重瞳项羽》等不同风格，不同题材的新创剧目作曲。其中多部作品荣获文华大奖、文华作曲奖、“五个一工程”奖和中国艺术节、中国京剧节、中国戏剧节金奖和优秀作曲奖等多项国家级大奖。

一、 大西北三十年独特的人生轨迹

当我们透过他闪光的业绩，走进他的生活探寻他背后的故事时你会深切地体会到：他的成才，来源于艰苦的磨砺与恒久的追求；他的收获，来源于几十年生活中的深厚积淀；他的成功，来源于数十载实践上的艰苦奋斗；他的风采，来源于不断地将继承与创新有机结合。贴近他的艺术，你会明显地感悟到：他的坚韧，使他不断地崛起；他的勤奋，使他取得了一个又一个骄人的成绩；他的勇气，为京剧界的同仁所折服惊叹；他的开拓精神，为中国京剧作曲事业的发展注入鲜活的动力。

（一）北京来的“朱小傲”

1946 年 12 月 1 日，朱绍玉出生于辽宁山海关一个普通百姓之家，其后迁居北京，住在城南陕西巷。他的父亲是会计，母亲是照相技师。在朱氏兄弟中，他排行老三，两个哥哥“大哥爱吹黑管、学吹横笛和打扬琴，还都不错；二哥唱歌，音乐感觉很好”①，这些对朱绍玉都有一定的影响。与许多作曲家相比，他并非出身梨园世家，也没有从小师从名家的特殊经历，他独特的京剧艺术人生，是在新中国成立后的那个特殊年代和特殊社会背景之下开始的……

童年的朱绍玉聪敏伶俐，那时，皮影戏在北京很流行，那种动画的表演和

① 安瑞：《民间走出来的作曲家——朱绍玉》，《朱绍玉京剧音乐作品集》，中国戏剧出版社 2002 年版，第 345 页。

独特的音乐特别吸引孩子们。年幼的朱绍玉初次接触皮影戏就对此产生了浓厚的兴趣，与此同时，风靡京城的京剧和其他地方音乐也开始深深地吸引他，在他上小学的时候，还演出过黄梅戏《打猪草》。当时，朱家有个邻居，是个旗人票友，对传统的京剧特别擅长，每当朱绍玉听见他的演唱时就不自觉地前往观看，一来二去，长时间的耳濡目染，他已经能够有板有眼地哼唱几段了。后来，在朱绍玉八岁的时候就直接拜这位邻居为师，开始接受传统京剧艺术的培养，由于当时旦角名声大，所以朱绍玉在这位旗人票友的传授下学了许多旦角戏。

1959 年，年仅十二岁的朱绍玉，被青海省京剧团来京招人的工作人员，以“风光秀美，自然景色好”等华丽之辞“忽悠”到了青海。自此他背井离乡，从中原的京城，来到了大西北地区的青海省。入团以后他开始先工老生，后工小生戏，由于“他天资聪颖，扮相好、嗓子亮，每场演出时的开锣戏非他莫属”[①]，这期间，他还自觉不自觉地练习过京胡演奏。当时他的业务很精，悟性也很高，而自己也有些自负，所以人称外号“朱小傲”。然而，作为一名从小就学戏的演员来说，“倒仓”是一件十分可怕的事情，而这可怕的事，却偏偏与有志于戏曲表演事业的朱绍玉遭遇了。

（二）从“倒仓”的演员到伴奏乐队的“多面手”

对于一个演员来说，“倒仓”之后的烦恼是非常无奈的。不甘心退出舞台的朱绍玉虽经几番调试训练，可是往日里高亢嘹亮的嗓音一时间不见踪影了。这对于立志献身于京剧表演事业，并且已经取得了一定的成绩的朱绍玉来说，无疑是一个不小的打击。然而，面对残酷的客观现实，他也只能无奈的顺其自然，就此将心爱的表演艺术生涯告一段落。

在那段失落的日子里，闲来无事中的朱绍玉难以排遣寂寞，使得他不得不转换脑筋想起了以前当演员时拉胡琴的事，平时给演员吊吊嗓子的“副业”此时却派上了大用场。由于他有了这些“粗通一二”的实践积累，团里决定

---

① 安瑞：《民间走出来的作曲家——朱绍玉》，《朱绍玉京剧音乐作品集》，中国戏剧出版社 2002 年版，第 345 页。

调他到乐队工作。从此他开始与器乐演奏结缘，操练起了弹奏三弦、大阮，拉奏大提琴、二胡的伴奏员行当，这一练就是十年。十年之中，他不仅熟练地掌握了各种乐器的演奏技巧，而且对于各种乐器的性能也了如指掌。从演员到乐队伴奏员，他的角色转换应该是顺畅且出色的。在一般人看来，这已经是很不容易的收获了，朱绍玉刻苦钻研和勤奋实践的精神，使他不仅在演奏技术方面提高很快，同时也成了一个文武场精通的全面手。然而，朱绍玉并没有以此为终极目标，在他的心里，又一个新的追求与愿望产生了。

1964 年，由他毛遂自荐担当作曲的一出大戏——京剧《草原银河》，被青海省京剧团选为进京参加全国现代戏调演的剧目，初出茅庐年仅二十八岁的作曲者朱绍玉随团参加演出，这次进京，是他阔别童年故地的首次回归，也是他以戏曲作曲者的身份首次亮相于京城。由当年京城里热爱京剧的孩童，成长为一名能够独立完成戏曲作曲，并与他所尊敬的良师益友齐聚一堂竞技交流，实在是不容易。通过这次的汇演交流，不仅开阔了朱绍玉的眼界，使他知道了大西北以外戏曲界的精英队伍与精彩剧目，也激发了他的创作激情与信心。团内的领导与同行们在为朱绍玉感到欣喜之余，院领导开始关注到他展露出的作曲才华，并决定选送他到专业院校进修学习。

（三）云南艺术学院的作曲专业学习生活

1974 年，经过青海省京剧院领导一番研究，决定选送朱绍玉到云南艺术学院音乐系进修作曲。之所以到云南还有其另外的原因。当时的青海省文化厅厅长与云南省文化厅厅长是要好的朋友。于是，通过这层关系朱绍玉很幸运地走上了专业作曲技术理论学习的道路。

在云南艺术学院进修的日子里，朱绍玉得到赵宽仁老师的亲授，赵老师当年与作曲家吴祖强先生是一同留苏的同学。四年的时间里朱绍玉系统地学习了西洋作曲理论和大提琴等乐器的演奏。同时，身处云南这个多民族地区，又使他亲身感受到了云南少数民族地区丰富多彩的民间音乐，为他日后的创作又积累了丰富的音乐素材……

（四）走上专业作曲和指挥道路

经过四年专业的锻造，真可谓“如虎添翼”，朱绍玉已经是身怀多种技艺了，回团后即被任命剧团作曲兼指挥，开始在繁忙的音乐创作与指挥工作中大显身手。在此期间，他先后创作了《宝珠寺》、《绿原红旗》等大型剧目。由于他的工作表现好、业务能力强，青海省文化厅任命朱绍玉为青海省京剧团副团长。1979年由他担任作曲、青海省京剧团排演的大型新编历史戏《格萨尔王》进京演出并获奖，由此，朱绍玉的名字引起了戏曲作曲界的关注，也奠定了他成就戏曲作曲事业的基础。这一年他三十三岁。

从演员到乐队伴奏员，再到专业作曲和指挥，他在人生最美好的三十年中实现了三步跨越，西部的艰苦环境练就了他的坚韧品格，西部丰富的民族民间音乐文化滋养了他热爱艺术的心田，西部人民的纯朴与善良使他树立了正确的人生价值观，西部充满神秘和诗意的人文魅力激荡着他的创作情怀……

二、 奔走于内陆沿海十年独特的创作经历

理论家安瑞在《民间走出来的作曲家——朱绍玉》一文中言道：“纵观朱绍玉的艺术经历和创作活动，我认为他是‘民间’这块丰厚的沃土培育出来的作曲家，他既有丰厚的文化底蕴又受过专业作曲技法的培训，成就了他作为当今舞台上最活跃的戏曲作曲家。他的智慧来自于民间的滋养，唯其这样似乎才能解释他何以创作这样丰厚、这样活跃。”①

担任青海省京剧团担任专业作曲之后，正值盛年的朱绍玉内心不断燃烧和涌动着澎湃的创作激情。怀着一颗感恩得心，不辜负领导对他给予的厚望，不辜负同事们对他得期望，全身心得投入到戏曲音乐创作之中，在此期间，为青海省京剧团接连创作出了一部又一部得优秀作品，其中不乏《宝珠寺》和《绿原红旗》等影响广泛的作品。

---

① 安瑞：《民间走出来的作曲家——朱绍玉》，《朱绍玉京剧音乐作品集》，中国戏剧出版社2002年版，第345页。

(一)《格萨尔王》在京城一炮打响

1979 年，在他担任青海省京剧团作曲指挥及副团长期间，由他担任作曲，青海省京剧团的一部力作《格萨尔王》进京演出并引起强烈的轰动。英雄史诗《格萨尔》，神奇的故事情节、栩栩如生的人物形象，生动地反映了中古时期藏族社会的风貌和人民对美好理想的热切追求。格萨尔王是勤劳、勇敢、智慧的藏族人民理想的化身。要把这样一部巨型英雄史诗在一出戏中表现出来，是比较困难的。青海省京剧团的编剧根据史诗中《霍岭大战》、《赛马封王》、《平复霍尔》等部分章节改编而成的《格》剧，一改过去许多戏剧中把少数民族作为反面人物及入侵者的形象呈现于舞台的惯例，首次站在全新的角度来讴歌藏族人民古代的英雄形象，这对扩大京剧的创作题材，促进京剧改革将起到积极的作用。

在这部作品的音乐创作过程中，朱绍玉将大量藏族的曲调与京剧曲牌融为一体，使之既有藏族风味，又使人耳目一新，同时，根据不同的场景环境的需要，采用了不同的乐器来加以表现。例如：突出煨桑时的森严气氛分别使用了大号、大鼓、大锣；表现战斗场面的时候，便将唢呐、寺院大号和打击乐等交织在一起；当表现格萨尔、珠牡、贾察等人物的各种复杂心理状态和思想感情时，则使用弹拨与二胡、高胡等乐器，收到了较好的效果。

在唱腔设计方面，也大胆出新突破了一些传统的规律，例如：该剧的第五场，为了表现贾察牺牲后珠牡的悲痛欲绝，在唱腔设计上采用了【二黄摇板】，同时加入梆子双鼓槌交替来打，加大力度的打击乐的运用与【二黄摇板】的结合，就使得珠牡的悲恸心情和舞台上的紧张气氛表现得淋漓尽致。此外，为了更好地表现《格》剧中广阔无垠的碧绿草原，奇伟壮丽的冰峰雪岭以及藏族人民的深沉、激越、豪放等多种情绪，在第一与第七场中运用大嗓唱昆曲和在昆曲中糅进藏族的“拉伊”旋律，演唱时给人以悠长、浑厚有力之感，收到了较好的效果。随着该剧在京城的成功演出和音乐方面的不同凡响，朱绍玉的名字开始格外引人注目。

20 世纪 80 年代中后期，随着港台音乐进入中国大陆，刚刚复苏的中国传统京剧再度受到前所未有的冲击，一时间，全国各个京剧院团演出场次迅速锐减，剧团的业务工作和职工的生活音乐都受到了不同程度的影响。面对这种局面，除了上级领导的谋划之外，依靠内部的挖潜也是一条有效的途径。在此期间，一向恪守京剧为本思想的朱绍玉团长，又主动迎接挑战，客观冷静地面对现实，放下架子，挑起轻音乐团的大旗，带领大家走南闯北成为“穴头”。在一班人看来，这可能是对于京剧艺术的“离经叛道”，殊不知，恰恰就是这番不寻常的特殊经历，使他了解了改革开放后的中国演出市场，认识了当代青年的审美取向，练就了他多面手的本领，丰富了他的立体创作思维。

在那段日子里，作为一团之长的他，不仅要担当吉他、贝司演奏员，还要打着架子鼓独唱歌曲，乐队和演员他全都胜任，甚至在一次救场之中，神奇地完成了魔术表演。这番经历令他辛劳但是快慰，这番努力使他收获不小，表面似乎暂时背离了京剧事业，其实却是为日后更高层次的音乐创作做了进一步的铺垫和积累。

（二）青、闽两省争夺的“精英人才”

首先要来“抢人”的便是福建省京剧团，他们起初是以合作的方式邀请朱绍玉为其“帮忙”作曲、配器，待发现朱绍玉敏捷的才思和娴熟的作曲技术之后，剧团和省文化厅的主管领导先后几次找他谈话，并给出优厚条件希望朱绍玉能够来福建工作。俗话说：“人往高处走，水往低处流”，客观地说，当时的福建是开放沿海特区，各个方面条件都比青海省强得多，如果从个人角度思考，面对如此机遇谁都会动心的。然而，当他获悉虽然福建省已经将他的人事档案调入本省，省京剧团的同事们都在热切期盼他的到来，可是青海省的领导十分不愿放他出省时候，朱绍玉在理解和感谢福建省文化厅领导的盛情邀请的同时，毅然做出了舍弃个人利益继续留在青海工作的抉择。那时候他想到更多的是“青海培养了我，我不能忘了这份情感”。就这样他继续留在青海，直到 1988 年才从青海省正式调入福建。

（三）从京剧《山花》开始了闽地的九年艺术人生

来到福建省京剧团以后，他依然担任作曲、指挥和剧团副团长。为报答福建团的知遇之恩，他埋头苦干、勤奋工作，作品迭出、硕果连连。他先后创作了京剧《山花》、《五颗明珠》、《围城记》，闽剧《天鹅宴》、《丹青魂》和电视剧《孟丽君》等剧目的音乐。

1992年，福建京剧团的一出革命历史题材的大戏《山花》在业界引起不小的轰动，此剧由著名导演林兆华执导，这是林兆华导演第一次上手导演京剧，朱绍玉担任作曲和指挥，朱、林二人在各自领域都是勇于变革的实践先锋，由于他们在艺术理念上有许多相通之处，使得这次合作非常成功。

在音乐方面，朱绍玉又突破人们的惯性思维，为了突出地域风格，不仅从地方音乐中提炼元素，而且，还不失时机地让各种民间乐器大放异彩。剧中音乐不仅有闽西民歌，还第一次把当地流传的“树叶”吹奏用以贯穿全剧，这种奇思妙想在京剧中的运用，不仅突出了该剧的独特魅力，也使“吹树叶”的人给观众留下了深刻的印象。事后林兆华感慨言道：“一部好戏要流传开去、留存下来，难道不就是靠好的唱段吗？京剧的革新绝不仅仅在戏剧文学上、导演手法上等形式方面的东西，一剧之本还需一剧之魂，戏曲离得开曲吗？”①

（四）京剧《夏王悲歌》音乐创作所引起的轰动性效应

1994年，由甘肃省京剧团陈霖苍主演的京剧《夏王悲歌》堪称是朱绍玉的巅峰之作。当陈霖苍试图将西部充满活力的本土资源，运用于京剧音乐创作之中，用鲜明的个性化表现打响西部京剧品牌，实践西部京剧理念时，在作曲方面，他首先想到了最能体现和发挥这一独特优势的作曲家朱绍玉。陈霖苍与朱绍玉有着三十年的交情，当初他俩一个在青海，一个在甘肃，同处于大西北地区。“铁哥们儿”交情的背后，不仅有他们理想志趣的相通，更体现在他们艺术思维的相近，由此构成了他们通力合作之下的《夏》剧，这部作品给京剧界带来的又是一种别样风情，也勾起了观众由剧中主人公悲剧命运而引发的长久而心酸的回味。而这一切都与本剧独具特色的音乐创作紧密相关。

构思《夏》剧之初，朱绍玉便和主创的编导演员等各路人马沿河西走廊搜集素材，当他们重访丝绸古道和大漠敦煌，造访西夏王国的遗址以及夏王李

① 紫茵：《背后闲话朱绍玉》，《朱绍玉京剧音乐作品集》，中国戏剧出版社2002年版，第332页。

元昊的陵地之后，十多天的采风已经使他在脑海里暗自形成了清晰的主题音乐。回到兰州，朱绍玉已经很快把一路上哼唱的小曲化作【四平调】音乐的唱腔演唱出来了。“二月里大雪满天飘，小哥哥骑骏马过石桥，走（哎），走远了，红梅花儿开哎开了又谢了（哪）……”当这段意味深长的唱词伴着这段优美的旋律被朱绍玉饱含深情地唱出的时候，大家无不为之惊奇，为之鼓舞！

实际上，艺术家独特的创作思维，往往源于特殊情境之下对生活的切身体验。

朱绍玉之所以创作出如此短小精悍的主题音乐，绝非十几天的“体验生活”所形成的创作灵感，而是来源于朱绍玉当年的一段特殊的经历。

当年，朱绍玉来到大西北腹地的农村搞“社教”，60 年代西北地区的贫瘠荒凉和稀少的人迹交流，对于任何人来说都应该算是难耐的，尤其是对于一位出生在城市的文艺工作者。当他终年劳作在不见人迹的荒原上时，不能不算是一种痛苦和煎熬。有一次，一位朋友特意来看望他，惊喜之余那种喜悦和感激之情真是难以言表，他急忙嘱咐房东做些好吃的来招待来访客人，然而，由于当地的贫困端上饭桌的也只能是几个煮熟的土豆，特殊年代的窘境没有阻隔两位“战友”的倾心相诉，本想尽情地聊个畅快，可是由于路途遥远，朱绍玉担心朋友回去走晚了会被野狼伤害，于是，就在难舍难分之中，送了一程又一程地与朋友分别了，当他站在土坡上，直至朋友的身影渐渐变成一个小小的黑点消失在他的视线之中时，那颗孤独的心充满了心酸的哀怨与惆怅。正是有了这份刻骨铭心的亲身体验，才使得他在《夏王悲歌》的主题音乐创作中，是那样动情，那样感人……

《夏》剧的音乐有许多新的尝试，例如：京剧中糅进花儿、敦煌古曲和藏族蒙古族风格的音调；民乐队中加入藏族的法号；打击乐中板鼓加梆子；板式上一板四眼的节拍运用；和声的运用上主要以传统和声为主，但根据国五声调式的特殊性，在许多段落中采用了四五度叠置的办法；在织体上突出伴奏的方针等都取得了成功的经验。

由于《夏》剧在全国引起轰动，更加引起戏曲界对于朱绍玉的广泛关注。1992 年北京京剧院创排京剧《党的女儿》，邀请朱绍玉担任音乐创作。该剧在当年“纪念七·一”演出上受到了北京戏曲界普遍的好评并引起了一定的社会反响。该剧之所以成功，唱腔和音乐创作在其中起到了重要作用。在此之后，北京京剧院又搞《拜相记》，也请了朱绍玉作曲。此后两出剧目在天津举办的“全国京剧青年团队创作剧目汇演”同时获奖。除了为北京京剧院创作了两个剧目外，他还为福建京剧团创作了京剧小戏《成佛记》，也获得了“演出奖”。在本次汇演中朱绍玉一个人获得四项奖。这样他在京剧界的知名度和影响力又得到了进一步的提高。

当时，国家文化部艺术司的领导找朱绍玉沟通，希望他调入中国京剧院工作，与此同时，北京军区战友京剧团和北京京剧院三家都在筹办调动朱绍玉进本单位的工作。在此过程中，北京军区战友京剧团曾按副军级待遇商调朱绍玉入该团，但是，由于需要上报总政治部批复，耽搁了一段时间。在此期间，北京京剧院以优惠条件商调朱绍玉进京。尽管后来解放军总政治部批复了调朱绍玉的报告，但是考虑到已经答应了北京京剧院，朱绍玉最终还是进入了北京京剧院并与院方签订了内容包括：“十年之内不能离开北京京剧院”的合同，就这样朱绍玉一家三口，于1998年正式进京。

历史的变迁常常演绎着自然的酸甜苦辣，时间的延续往往会营造出人间的峰回路转。经历了四十年的“大游历”，朱绍玉带着来自西北荒原的豪放和东南沿海的壮阔，穿过满眼新绿的山峦，踏过湛蓝的碧海，带着四十多年音乐的深厚积淀和三十年的京剧音乐创作实践，重返了阔别四十载的首都，又回到了他走上京剧艺术之路的故乡——北京。

三、 重返京城后京剧音乐创作的独特风格

20世纪90年代末叶，中国的国家社会环境和首都北京的文化氛围，为他的戏曲音乐创作注入了前所未有的活力，他的充满个性化的艺术构思开始在京城展现，他的蕴含独特风格的音乐创作呈现于国都的戏曲舞台。由此他进入了一个京剧音乐创作自由驰骋的“高产时期”。

调入北京京剧院后，他继《党的女儿》、《拜相记》之后，又先后创作出了京剧《圣洁的心灵——孔繁森》、《黄荆树》、《白蛇传奇》、《梅华香韵》、《甲申记》、《袁崇焕》、《梅兰芳》、《蔡文姬》、《孔雀东南飞》、《洛神赋》、

《下鲁城》、《武则天》、《铸剑情仇》、《驿亭谣》、《闯王进京》、《妈阁紫烟》、《碧波金鳞》和连台本戏《宰相刘罗锅》（一至六本）等剧目，同时还应邀为台湾国光剧团大型京剧《郑成功》、《廖添丁》、《长生殿》作曲。这些剧目的创作无论从数量还是质量方面，又有新的跨越和提高，而在这实质性的跨越中，勇敢的开拓进取与无畏的创新精神是值得记述的。

2001年12月，朱绍玉担任作曲的两部戏：京剧《洛神赋》和《蔡文姬》在第三届中国京剧艺术节上分别获得金奖和优秀剧目奖。此后又为多部京剧新创剧目作曲，并荣获“文华大奖”、“五个一工程奖”等多个奖项。他为连台本戏《宰相刘罗锅》一二三四本和小剧场京剧《马前泼水》所设计的音乐与唱腔，更是引起轰动。

在上述剧目的音乐创作中，朱绍玉没有走“样板戏”音乐创作的思路。也没有为创新而“别出心裁”，而是以传统京剧音乐为核心要素，在充分吸收借鉴中国民间音乐诸要素中，力求返朴归真的京剧音乐本质特征和独具个性的韵律美。使老观众在传统的音调中感悟到新创音乐美妙之处。

（一）交响诗句《梅兰芳》中的大胆出新

2004年，由朱绍玉担任音乐创作的大型京剧交响剧诗《梅兰芳》在北京公演，业内外产生广泛影响，一时间好评如潮，有多家媒体报道。有业内人士认为：该剧之所以成功，音乐中极具震撼力的交响性和唱腔创作创新，是其中的突出亮点。同年5月贾薇、刘福民在北京日报发表的《朱绍玉临危受命，营造〈梅兰芳〉音乐画境》文章中言道：

> 大型京剧交响剧诗《梅兰芳》在京公演获得好评如潮，其成功的音乐和唱腔创作功不可没。为《梅兰芳》创作音乐的是北京京剧院的金牌作曲朱绍玉。朱绍玉接手《梅兰芳》可以说是“临危受命”，原定的“大腕”作曲家因种种原因没到位，而圈定朱绍玉进入主创班子时离开排仅有一个月。从主演各具特色的唱腔，到全剧恢弘浪漫的音乐，工作量巨大。但是，朱绍玉二话不说就进入了创作，因为在他心里能参与《梅兰芳》的创作对每一个戏曲人来说都是一种荣幸。

给戏曲音乐人的主创地位正名是朱绍玉的一贯主张。他认为，一出新戏的音乐唱腔，绝不仅仅是演员或乐手的帮衬，而是从总体布局、风格把握到声腔起承、韵律转合，都必须契合整出戏的主题呈现和艺术风格。每接一戏，朱绍玉必定先把剧本情节、人物命运、导演意图、主演特长都“吃透”，然后再用曲谱“化出来”，他追求既不能偏离京剧音乐本体、符合现代审美时尚，又要从人物的典型性格出发，发挥演员个人及流派特色，而且还要不重复自己做到“一戏一招”

老生于魁智如何出演旦角梅兰芳？曾是公演前让所有观众都十分好奇的一个问题。朱绍玉为于魁智谱写的梅兰芳唱腔，紧紧把握住柔中见刚的整体格调，大段的【二黄】、【反二黄】成套唱段，糅进了许多旦角、京韵大鼓、北方曲艺的声腔元素，但不显山不露水，婉转迂回跌宕起伏的一唱三叹中，尽显余派老生“既有骨头又有肉”的神韵特色。胡文阁演唱的几段梅派经典，朱绍玉看似不经意间地伸手拿来，其实那里面在布局剪裁上的独具匠心上很费了一番心思。

不仅于魁智、胡文阁如此，其他主演的唱腔也让老戏迷们大呼过瘾。李胜素饰演的福芝芳以梅派特色为基调，情动于中展示人物身份特征；赵葆秀饰演的老夫人明亮酣畅，表现的是性格中的刚强直爽；孟广禄饰演的褚民谊和陈俊杰饰演的齐如山都是裘腔裘韵，但前者是居心叵测的大汉奸，“浓酽”中略现夸张，后者是志士仁人，“淡抹”处中正大气。

剧诗风格强调意境的营造。在《梅兰芳》的音乐构成中，《霸王别姬》的【南梆子】、【夜深沉】、《天女散花》的【导板】、《贵妃醉酒》的【四平调】等最具梅华香韵的乐句，演绎成交响化的吟唱、合唱，在戏的关键情景中反复迭现，使梅大师“一个艺术家的抗战”的心史历程，幻化为“天地为之久低昂”的音乐震撼，成了该剧的一大亮点。朱绍玉说，这样的处理是充分利用交响乐的丰厚表现力来激活传统使之升华，让现代观众在难以抵挡的听觉冲击中，感受到梅兰芳艺术之魂、操守之魄金子般的价值所在。

当朱绍玉历经艰辛与困难，终于见到《梅兰芳》呈现于舞台，他兴奋而又感慨地说，交响诗剧《梅兰芳》是一部舞台巨作，它有别于传统的京剧形式，也不是靠写实表演来处理，而是运用了交响乐作为舞台音乐手段，突出主题思想，歌颂梅兰芳的艺术造诣和思想精神，把舞台上表演的元素通过音乐，进行写意化的处理，增强舞台的表现力与震撼力。这样的形式在从前还没有人完成过。演出之中还加入了合唱队的伴唱，使得音乐的动力更强。而中国的民族乐器也将会少量在演出中单独出现，从而和气势磅礴的西洋乐器的演奏形成鲜明对比。而在配器上，也强调了音乐的厚重性和流畅性，用一种内在的交响意识去烘托梅兰芳“上善若水”的精神性格①。

（二）新编历史戏《武则天》对于民间说唱音乐的吸收与借鉴

在新编历史剧《武则天》这部戏中，朱绍玉创新了一种以前京剧没有过的“京调”。这种京调吸取了北京的单弦、北京琴书等元素，和京剧唱腔融合形成了一种【二六】板，在京剧史上还没有过。它的特点在于旋律优美，说服力比较强，当人物进行叙述时很有说服力，也很好听。另外，为了表现武则天登基这关键的一场戏，朱绍玉还为王蓉蓉设计了成套的【娃娃调】。这种唱腔以往都是由小生演唱，王蓉蓉还是首次尝试运用到她的张派青衣表演中。该剧的音乐配器也独具匠心。因为描写的是发生在大唐长安的故事，所以整出戏的音乐主调选取了陕北关中风情的旋律为元素，浓郁苍茫有唐风古韵，婉转迂回把人物心曲和京剧声腔本色自然接合，又给人以新意迭出的听觉快感。

该剧在音乐上吸收了秦腔、碗碗腔、西部民歌和仿唐音乐的素材，有一种浓郁的陕西味道。对于两个重点人物武则天和骆宾王，朱绍玉分别用琵琶、管子来刻画，两种乐器曲调对比，两种旋律相互呼应，形成了强烈的戏曲音乐冲突。整个乐队虽然总计不过二十来人，而整体营造出的音乐效果却是磅礴气度的大格局。武则天的登基大典，三把唢呐齐鸣引领，奏出昂昂然的穿云破雾之声，电子合成器的铺衬雄浑厚重，把女皇威仪和盛唐万千气象渲染得酣畅淋漓，起到了“以少胜多”的效果。

此外，在《武则天》所设计的音乐格调中既有张派的声腔特色，又能够

---

① 杨申：《朱绍玉谈京剧〈梅兰芳〉交响乐成就舞台史诗》。

发挥王蓉蓉的演唱特长；能让观众在品味丰富的古典音韵美的同时，又能感受到本剧的奇妙之处。

（三）在京剧《袁崇焕》一剧中的“新眼睛、旧耳朵”理念

在这一阶段中，朱绍玉在《袁崇焕》一剧中的音乐创作，也有独到之处。朱绍玉谈到《袁崇焕》一剧的音乐创作时说：“在这出戏上，唱腔方面本着‘新眼睛、旧耳朵’的观念去创作。为什么说是‘新眼睛、旧耳朵’呢？这是我这么多年对观众的审美的研究后所产生的新想法。很多戏曲观众，他喜欢听一些自己熟悉的唱腔和音调，不喜欢听在唱腔里有很怪的东西，但是，眼睛喜欢看舞台上花花绿绿的，比如布景、服装，包括舞蹈，舞台上非常新鲜，观众喜欢看这些。本着这种思想，在这出戏的唱腔设计上尊重传统，我把很多传统戏中优秀的唱腔旋律纳入到音乐设计中，但是又不是套腔，不是生搬硬套，每段戏的唱腔都有革新之处，也有不同于老戏的唱腔。比如这出戏最大的创新是于魁智在刑场一场的唱腔。这次我重新设计了这段【高拨子慢板】。据我所知，老生的【高拨子慢板】的使用，在历史上也是第一次。【高拨子】过去有【导板】、【散板】、【摇板】，但是没有【慢板】。这是我第一次写【高拨子慢板】，这也是该剧在板腔上一次突破。在音乐方面我强调了民族化，其中使用了管子、琵琶、二胡、笛子等乐器，它们都有独奏的地方，也有这些乐器施展它们的特色的地方，能够给观众们带来强烈的民族感觉。

“《袁》这出戏是个悲剧，选用了河北的《小白菜》为音乐主题，这首河北民歌在全国基本上是家喻户晓的，是个古老的民歌，它是中国四句头的典范，起承转合，只有四句。这首民歌非常古老，而且比较沧桑。将其音乐素材放到《袁崇焕》这出戏中作为它的主题贯穿于戏中并通过各种音乐形式来表现。比如有器乐奏出来的《小白菜》变奏，有人声唱出来的《小白菜》旋律，使得《小白菜》的旋律在这出戏中起到一个重要作用。我想，观众看完了这出戏以后，对《小白菜》这个旋律会有绕梁三日的感觉。”

（四）在京剧连台本戏《宰相刘罗锅》音乐创作中谋篇布局。

北京京剧院是一个名家荟萃、英才辈出的国家重点京剧院团，其每一出戏

的推出，往往具有引领潮流的创新性。1998 年由该剧院推出的京剧连台本戏《宰相刘罗锅》，在全国的京剧界引起了不小的轰动，这出戏从策划到演出历时不算漫长，却在剧本、导演、表演和唱腔上独具特色。戏如人生，人生如戏。《宰》中朱绍玉的作曲技法，更是标新立异、独出心裁，实现了雅俗共赏，经济效益与社会效益的双丰收。中央戏剧学院教授、著名戏剧理论家、导演齐致翔先生在《怎不见那山外青山楼外楼——京剧连台本戏〈宰相刘罗锅〉音乐赏析兼评朱绍玉曲作之个性》一文中，论述了他对该剧的众多印象，归纳起来可以概括为以下几点：

> 印象之一，《宰》剧音乐的清与浊。音乐是一种戏的载体，也是戏最活跃的因素。它可以唱、奏出各种人物思想情感韵味风格流派。它能体现出传统的丰厚。又能辉映出时代的光焰，因而，它有鲜明的个性和与时俱进的变异性。明人王骥德说声腔三十年一变，今天更需主动求变。我说《宰》剧清，是因为我看到了它的源头的活水。我说《宰》剧音乐浑，是因为它积蓄太久，它过于丰盈。
>
> 印象之二，《宰》剧音乐的新与旧。一至六本开场都用一样的【小开门】，一样的【朝天子】，老曲牌，老味道，一点儿味没变，用它来迎来送往很合适——皇家礼乐，百姓心声，普天同庆，其乐融融。观众赏心悦目，盖因故友重逢。
>
> 《宰》剧刻意营造一种氛围，一个时空，把酒东篱下，悠然见南山——那时人们见惯了的山，是为旧。最后一本结束前，乾隆命乐队伴奏，他用英文唱起欢快的《生日快乐》而六王爷把 Happy birthday to you，听成偷油。和珅立刻解释为：此乃陛下《偷油诗》，被西洋人发现编到小曲里，才传唱开。观众欢笑。这是《宰》剧送别观众的最后一个噱头。“西歌中唱”是《宰》剧音乐平民化风格不可或缺的点睛之处。《宰》剧音乐做到了——好听、好看、好玩儿，且曲中有戏，乐中有人，山外有山，庭院深深。
>
> 印象之三，《宰》剧音乐的变与不变。最大的变。如果把朱绍玉的六本《宰》剧看成是一个整体，演员的变换特别是声腔的变化应是它最大的变数。他为《宰》剧音乐的总体构思提供了多元和多变的妙想。演刘

墉的演员“两本一变”甚至“一本一变”，朱绍玉借此将《宰》剧一至六本的音乐做成了一个姹紫嫣红、繁花争艳的完整乐章，而将主人公刘墉音乐做成一首情生一念、韵出多门的特性主旋。刘墉“变脸”复又“变声”，三度贺岁，“麒”“余”“马”“杨”。一个角色多人演，你方唱罢我登场。一样的背驼胸张，其貌不扬；一样的风骨奇清，气度不凡；一样的机敏过人，绵里藏针；一样的为猫做鼠，以鼠戏猫。声腔各异，竟承风流。没有这个“变”，《宰》剧将难以卒演。

最大的不变，诱惑与困惑同在。朱绍玉要展示不同流派风格、唱法，又要塑造……变的根本。《宰》剧音乐因多变而丰采，因不变而统一。朱绍玉正在从理念上突破戏曲音乐固有的经验性和重复性变化的传统作曲法，而代之以崭新的开放和创新性变化的现代作曲法。他没有离开传统，而是以新的视角重新审视传统，激活传统，使其焕发新的生命力。因而，他能以“变”统领“不变”。这是他成功的关键。

著名理论家紫茵老师在《背后闲话朱绍玉》一文中有这样一段话：

如果用四个字来概括朱绍玉的戏曲音乐创作，那就是“新”、“奇”、“高”、“妙”。“新”在朱绍玉没有取捷径，穿新鞋走老路，而是另辟蹊径，穿旧鞋走新路……每出戏都有别人想不到、做不到的新招；“奇”在朱绍玉并没有以新换旧，而是旧中有新，新中有旧……“京剧姓京”他未敢忘。所以演员一开腔，【西皮】还是【西皮】，【二黄】还是【二黄】，【原板】、【流水】、【四平调】、【南梆子】、【高拨子】哪个也不能说它不是。但，这些传统的声腔曲牌，却又改头换面，旧貌换新颜；“高”在朱绍玉将多种音乐元素熔于一炉，配方独特，出神入化，激发手段运用娴熟精到；“妙”在朱绍玉的音乐唱腔能让“派性”十足的“角色”，既显神通，又天成契合。

这一时期，朱绍玉在京剧音乐创作中的特出特点是：

1. 始终践行“一曲贯穿全剧”京剧音乐创作新理念。

在传统的戏曲音乐中，由于没有明确的作曲理论体系指导，戏曲中的唱腔和音乐，往往都是由演员或琴师按照一些世代承袭的惯例，在模仿与变换之中发展前行的，戏曲艺术的典型特征是大量运用了传统的曲牌体和板腔体音乐，因此，传统戏曲中，一曲多用的音乐表现手法便被大量地运用。其优长之处是如同脸谱一样，只要音乐一出现，便使人对于人物和场景一目了然。但是，其陈旧、絮烦的弊端也是显而易见的。当这一延续几百年的戏曲音乐手法，遭遇近代以来传入中国的西方音乐理论体系之后，新中国戏曲音乐的改良与改造，便应运而生了。

新中国成立以后，“改人、改戏、改制”政策的实施，“三并举”戏曲政策的实行，使戏曲音乐的题材、体裁和表现方式向前大大地跨越了一步。1964年的全国现代戏汇演中出现的新的戏曲音乐表现形式，应该说是对于旧有传统戏曲音乐的历史性的革新。在其后戏曲音乐创作中的各种探索与尝试，特别是“样板戏”中人物音乐贯穿与主题音乐的双重呈现的出现，为戏曲音乐的表现又注入了新的生机，一时间成为中国现代戏音乐创作争相仿效的对象。随着时代的发展，人们审美意识的转变和更新，又为新时期京剧音乐创作提出了更高的要求。

朱绍玉曾言道：“我是一个‘不安分’的人，总想出新活、出绝活儿。可新活、绝活儿总不是那么‘招之即来’，经常是，思路卡壳在那里……我将继续做一个‘不安分’的人。拼搏创新是我的个性，我将继续选择这样‘艰苦’奋斗的生活，因为它是我一生的追求。”① 经过多年的实践，朱绍玉吸收和借鉴了电影和电视剧音乐的创作成功经验，尝试着采用了“一曲贯穿全剧”手法。即：以一段固定的主题音乐，在不同的场次和场景中反复出现贯穿全剧，形成一剧中最明显的主题音乐风格。这种新的探索，应该说是当代戏曲音乐创作中比较少见的、新的大胆尝试。

他对于推动剧情、深化主题、烘托气氛、刻画人物内心活动、强化民族风格、强化地域特色都能发挥积极能动的功效，还能促使全剧风格更完

① 齐致翔：《怎不见那山外青山楼外楼——京剧连台本戏〈宰相刘罗锅〉音乐赏析兼评朱绍玉曲作之个性》，《朱绍玉京剧音乐作品集》，中国戏剧出版社2002年版，第387页。

整统一；同时，也使观众能对这出戏的音乐或某段唱腔留下美好的记忆，甚至当他们走出剧场时已能默念于心或争相传唱了……①

从以上这段话中，我们看到的是朱绍玉敢为人先的勇气，善于标新立异的思维方法和开拓创新的艺术追求。艺术创作贵在出新，新颖别致表现手法永远是艺术的生命力所在。

2. 始终恪守“京剧音乐要顾及更广泛的观众”的创作新思维。

当京剧艺术步入后工业化时代，面对全球多元文化的环境，在传统与现代的杂糅相济中生存之时，它在继承传统的同时，不能不考虑到它的接受群体，不能不考虑光顾它、欣赏它的观众群体。但是，当某一部戏曲新作面世之时，总是会招来“保守”或“革新”派们的批驳和抨击。这些评头论足的“评判家”们，往往令创作者们无所适从，左右为难。但是，一个真正的艺术工作者，他必须正确分析形势，关注观众的审美取向，要了解和顾及更广泛的观众群体的需求。要打破不符合时代要求的种种“清规戒律”和不合实际的“条条框框”。朱绍玉这样做了，而且做得非常出色。音以传情，曲以达意，是朱绍玉作曲追求的一种境界。朱绍玉坦言：我不主张一曲百用。音乐旋律既要继承京剧传统，又要紧贴现代人的审美情趣和心理节奏。既要抓住老观众又要吸引青年人，否则就站不住脚。

3. 始终坚持“京剧音乐艺术要面向未来”的新探索。

著名戏剧理论家齐致翔在谈到朱绍玉的创作个性时言道：“朱绍玉的创作个性：求新求变。朱绍玉的思想方法：异性思维、开放思维、辩证思维。变是绝对的，不变是相对的。异性思维的实质是叛逆，是超越。没有叛逆和超越就没有真正的艺术家。从现实生活的源头去寻求至清至圣的活水，从人物生命的源头去感受至真至善的灵性，朱绍玉得到的不只是素材和音乐，人们听到的也不只是刘墉和【四平调】。”② 一切活的有生命力的东西都能融入传统，比如

① 安瑞：《民间走出来的作曲家——朱绍玉》，《朱绍玉京剧音乐作品集》，中国戏剧出版社 2002 年版，第 345 页。

② 齐致翔：《怎不见那山外青山楼外楼——京剧连台本戏〈宰相刘罗锅〉音乐赏析兼评朱绍玉曲作个性》，《朱绍玉京剧音乐作品集》，中国戏剧出版社 2002 年版，第 354—386 页。

歌，比如叫卖声，因为传统也是活的，有生命的，那么，还有什么“生活”不能被传统接受呢？这些革新之处都集中地体现在一点上，那就是顾及到更广泛的观众需求。

2002年9月21日的中秋夜，朱绍玉作品音乐会在长安大戏院举行。作为一名京剧作曲家，在文化多元化的京城举办个人作品专场音乐会，实不多见。其主要在于展示历年来京剧音乐的创作成果。朱绍玉在总结近年来的京剧音乐创作时说：“戏曲这些年来也有很多变化，我觉得这些变化是根据人们的审美情趣不断变化而来的。就像唐装一样，原来就有，但是最近时兴的唐装不是简单地把过去的唐装原封不动穿上了，而是或者袖口绣个花，或者衣服胸前有个图案，或者样式上也有很多新的变化，它是一种升华了的审美变化。那么戏曲音乐要像唐装一样，在保持其最本质特征之外，经过很好地提炼和加工处理，使之成为一种精品，从而让现在人们更加喜欢。”

著名戏曲音乐理论家汪人元先生，在谈到朱绍玉的戏曲音乐创作时有这样的概括：“第一是努力张扬个性……与其说表现了他在艺术上不甘寂寞、充满活力，莫若说他具有强烈的张扬艺术个性的理论思考。用他自己的话说，就是要‘孜孜不倦地探索戏曲音乐改革的更新、更理想之途径’。因此，在继承传统的基础上力求作品性格毕现，戏戏不同，一戏一招，绝不安分。不似他人，也不重复自己。”“第二是摸索创作规律……一般人总容易把丰富的技术技巧看做他创作成功的根基，特别是把他受过专业作曲训练视为关键。其实更重要的是艺术素质，是他丰富的人生经历和艺术经历。由此而构成的修养和素质属于那种同艺术相关的技术、知识乃至学问全然不同的东西。前者是一种以生命燃烧作为根基的艺术文化修养，而后者则多为客观、外在的创造工具式的技能。”①

客观地说，上述分析和评价，是不足以全面、准确概括和总结朱绍玉该时期的京剧音乐创作的成就的，仅以此达到以一斑而窥全豹的目的而已。对于相关的问题尚需经过历史的沉淀和检验之后，方能得出正确的公正评价。

---

① 参见汪人元：《戏曲作曲家的使命》，《朱绍玉京剧音乐作品集》，中国戏剧出版社2002年版，第3—9页。

四、进入京剧音乐创作巅峰期的个性特征

多少年来，朱绍玉一直在大胆尝试新的表现手法，不少戏曲音乐的创新在他实验之后，不到几年就在全国流行开来。例如他在1979年，曾经把电声乐吸收到京剧的演奏当中，四年后京剧界就接受了“南腔北调”的说法。京剧样板戏曾借鉴西洋歌剧中“主题音乐贯串”的做法，朱绍玉在此基础上，推出“一曲贯串全剧”的音乐手法，1994年在新编历史剧《夏王悲歌》中大胆尝试后，产生了很好的演出效果，为戏曲界所承认和赞赏……

（一）京剧音乐界的“获奖专业户”

近年来，由朱绍玉老师担任作曲的京剧舞台剧目频频在国内艺术节与京剧节上获奖。2008年，在第五届中国京剧艺术节上，音乐创作出自朱绍玉之手的剧目竟达十一台之多。在国家文化部主办的第五届京剧节评审活动中，获金奖剧目四出：北京京剧院的新编历史戏《下鲁城》、战友京剧团的现代京剧《红沙河》、大连京剧团的新编历史戏《风雨杏黄旗》、甘肃京剧院的新编历史戏《丝路花雨》；获银奖剧目七出：福建京剧院《北风紧》、河北京剧院的《响九霄》、河南京剧院《嫦娥》、重庆京剧团《大足》、青海与浙江京剧团联合推出所谓京剧儿童戏《藏羚羊》、内蒙古京剧团《大漠昭君》、沈阳京剧院《古寺圣火》。这些剧目在业内引起了强烈的反响。当那些关注、褒奖与诧异评说尚未平歇之时，朱氏的又一部力作——大型京剧《赤壁》在国家大剧院隆重上演又引来了广泛的轰动性效应。

为此，朱绍玉成了众人关注的“获奖专业户”。面对他的“多产”和“多奖”现象，众说纷纭，褒贬不一。如果我们十分理性地思考和分析的话，仅从朱绍玉走南闯北，不断地为全国各大京剧团进行京剧音乐创作，充当京剧传播艺术实践使者这一现实来看，就具有突出的历史贡献和史学价值。他的“获奖专业户”现象也十分值得我们思考。透过这些作品，我们会清晰地看到他不断变换路数，为京剧音乐的创新和发展呕心沥血。他始终在追求多变的风格与不变的精髓；求索植根乡土和采集于民间新方式；探寻继承传统和大胆革

新的新途径。

朱绍玉言道:“我不主张一曲百用。”“音以传情，曲以达意”是他的一直坚持和追求的创作原则。对于搞京剧音乐创作，对于京剧声腔、曲牌要有深厚的积累；对于各种流派要心中有数；对于民歌和曲艺要有所积累；对于西洋的四大件也要有所了解。对于这些要有积累、要认真琢磨、要有悟性，对于一个素材，要通过作曲手法运用出来。有的人作曲专业理论知识很厚、技术也很到家但是他就是作不了曲，就是缺少灵活运用的能力。

（二）为国家大剧院大型京剧《赤壁》作曲火爆京城

在国家大剧院推出的大型京剧《赤壁》的音乐创作中，朱绍玉的音乐创作主旨便是:“既像新知相见，又似旧友重逢。”当有记者请他概括一下这次京剧《赤壁》整体的音乐特征时，他答曰:“立足传统大胆创新，这种创新吸收了地方戏曲、民间音乐和西洋歌剧的手法，甚至用了二声部、三声部的轮唱合唱，与京剧的板腔体结合，使板腔体更活跃，我要激活它。让观众一听就知道是京剧，但又感觉非常的新鲜；让观众找到一种‘既像新知相见，又似旧友重逢’的感觉。”

朱绍玉说:

> 国家大剧院版《赤壁》整体是恢宏气魄和史诗气质，规定情境是在东汉，我利用了些古曲的因素。汉代的音乐只存留在文本中，没有录音，是哑巴音乐。人们对于音乐最早的破译也是在宋代，因此只能找找感觉。我听了《酒狂》、《胡笳十八拍》、《广陵散》等，想到了用吟咏的方式。据说从屈原的《九歌》、曹操的《短歌行》到汉乐府，唐诗宋词在古代都是可以吟咏歌唱的。我想这跟京剧的引子能有所关联。比如《四郎探母》中杨延辉吟诵的引子:“金井锁梧桐，长叹空随一阵风。”梅派名剧《宇宙锋》中赵艳荣的引子:“杜鹃枝头泣，血泪暗悲啼。”前半句是富于情感的韵白，后半句是悠扬婉转的吟唱，颇能打动人心。
>
> 在《赤壁》里，开场的序曲是曹子建的《铜雀台赋》:“建高门之嵯峨兮，浮双阙乎太清……”我就想这里可用大大小小几面鼓，仿效古代

"羯鼓"，化用京剧锣经中【滚头子】的节奏，去掉锣鼓点中的铜器（大锣、铙钹、小锣），只留下鼓，时而低沉时而激越，鼓点敲在舞者的脚步上，敲进了人们心里。

在"泛舟借箭"中，一段长达八分多钟的联弹，可以说是京剧舞台首创，悦耳动听又极具气势。观众听着很过瘾，诸葛亮、周瑜、曹操各表胸怀，老生、小生、花脸同唱。这一段作者在剧本提示中给出了明确场景，舞台上层为曹军大营，帆樯如林，下层为滚滚长江，白露横江，水光接天。楼船之上，志得意满，豪气纵横的曹操正与众将夜宴，一叶扁舟载着诗酒酬唱的孔明与周郎飘然而至，微醺之中借箭来也。浩渺烟波之中如何通过唱腔表现曹操、孔明、周瑜三位同具诗人气质，性格又迥然不同的人物，我想起了歌剧中的轮唱三部和声。

曹操第一句"大江流洪波涌日落月升，二十年不解甲东讨西征。"我借鉴昆曲《单刀会》中关羽吟唱的曲牌【新水令】的旋律风格表现他的骄狂，不可一世。孔明"结成了孙刘盟抗曹之阵，定下了破敌策火烧连营"化用了马派经典《借东风》。为了让小生周瑜能和老生孔明、花脸曹操合得起来，我吸取了昆曲《牡丹亭》中【皂罗袍】的旋律与京剧小生相糅合写了"议定了决战计临危受命"这四句。最后才能让三人同时开唱时，根据不同的唱腔来表现曹操的汪洋恣肆，孔明的足智多谋和周瑜的雄姿英发。

在"舌战群儒"一场中，诸葛亮与群僚顶着唱、连着唱、咬着唱，时松时紧，时快时慢，七十多句唱一气呵成。同时，多种板式集体亮相，【西皮原板】、【西皮快板】、【西皮流水】、【西皮摇板】等变化多端，妙趣横生。而剧终，诸葛亮"把酒祭江"的大段【反二黄】，豪迈悲怆，韵味悠长，一动一静的处理让人难忘。

最后一场孔明三杯酒祭江的二十二句唱，我尝试了一曲八板的综合板式来表达这段复杂深刻的情感。虽是大获全胜却是"一将功成万骨枯"，并萌生再度归隐的念头，音乐也要有这样的起落，留有绵长的余味。第一句"月迷离星明灭雁声凄凉"用【散板】起，接着安排了【回龙】、【慢板】、【摇板】、【吟板】、【原板】、【宽板】、【垛板】完成了这个核心唱段的设计。当唱到“三樽酒酹江涛珠泪盈眶”时，安排了一个长达二十小节的大甩腔，旋律起伏跌宕，如江河奔腾，一泻千里，意蕴悠远悲凉。“普天下谁不想太平安享，读书人本应当礼义兴邦。怎奈何逢乱世满途荆莽，也只能羽扇纶巾驱虎狼。”这几句处理为【原板】转【垛板】。结尾的“诸葛亮再归隐躬耕南阳”一句【散板】拖腔好似有力的豹尾一气呵成。这些点点滴滴都是在传统的基础上创新的结果。

戏曲音乐包括声腔和板式两部分，在戏曲创作中，两者都会根据剧情和唱词来设计，从而巧妙地处理情节的起承转合和人物的情绪变化。一般来说，一出戏的音乐创作程序相当复杂。首先要吃透剧本内容、事件、年代和人物，再根据人物性格确定行当。以《赤壁》为例，诸葛亮属老生以唱功为主；曹操为铜锤花脸；周瑜是小生等等。行当区分完，要寻找时代特色。《赤壁》发生在汉代，音乐应该融合进汉代的感觉；再后来，就涉及全剧的音乐布局。布局声腔和板式，这就好比为建筑立柱，好坏成败，立马看得出来。

（三）第六届中国京剧艺术节再获金奖头名

2011 年，音乐创作几乎囊括了国内所有奖项的作曲家朱绍玉，在第六届中国京剧艺术节上又获得了喜人的佳绩。由他为湖北省京剧院作曲的京剧《建安轶事》获得金奖榜首，此外，由他作曲的京剧《汉苏武》（中国京剧院）也获得了金奖，《宋家姐妹》和《重瞳项羽》获得银奖。

从这四部剧目来看：虽说获奖数量上比上届京剧节减少，但是，其创新之处，依然让人称奇。比如在谈到《宋家姐妹》一剧的音乐创作构思时，他说：“这样一出现代戏最好能有一个主题，为此我看了很多资料，包括辛亥革命时期的，包括宋庆龄平日里喜欢听的一些外国音乐。有一天夜里睡觉，我忽然想起了一个主调，觉得很适合宋庆龄这个人物，既有女性的感觉又带有时代感。”在朱绍玉看来，这出戏唱腔设计的总体思维是中西合璧。“大幕没有开启前，乐池先升起，一把京胡和一把大提琴，两个人以独奏的形式互相呼应，一个深沉、一个明亮，缓缓地把序曲引出来，序曲不断通过主题的发展、变化而逐渐形成高潮。”将世界名曲的旋律运用于京剧中也是朱绍玉此次创作的一个尝试，“不管是斯美塔那，还是柴可夫斯基，或是德沃夏克的音乐，我们都在曲子中加了一些打击乐。”至于以悲剧见长的程派如何在声腔上展现国母宋庆龄的形象，朱绍玉解释说：“这就要求在继承程派唱腔的基础上发展韵律，要让观众觉得程腔听起来很熟悉，但又是新鲜的，就像常说的那句‘又似新朋初见，又似旧友相逢’。”多年来，朱绍玉创作的现代戏不在少数，音乐其实是写情，无情不动人是他一直坚持的。《宋家姐妹》也不例外，唱腔上都是围绕一个“情”字去展开，也正是因为此，这出戏给观众带来了与以往看现代戏截然不同的感受。

尾声：继承创新　再谱华章

朱绍玉，自从十二岁考入青海京剧团起，攻表演、练乐器、转作曲，几次转折，他越转志越大；几番变化，他越变越精彩。在他艺术人生的经历中，青海、福建、北京是三个重要驿站，也是他艺术创作中三个重要的落点，更是实现他艺术追求跨越的三个台阶。三十年的西部音乐文化使他在戏曲音乐创作上打下了坚实的基础；近十年的沿海地域创作实践又为他积累了丰富的创作经验；四十年后他又凭借着出色的成就回转故地，一出又一出不同凡响的力作奠定了他在中国当代京剧作曲界的突出地位。

截至目前，在人生旅途的三大重要阶段中，他创作各类作品近百部。他曾六度喜获“文华作曲奖”，由他作曲的中国京剧和音乐作品不仅在中国戏曲界产生了广泛的社会影响，并博得了业内专家和广大戏迷们的普遍好评，更称得上现代戏曲音乐经典之作。历史在不断的发展中延续，京剧艺术也在时代的变革中继续前行，愿朱绍玉老师多变的美学追求永续，在不变的京剧情结之下再谱华章！

鼓声铿锵风骨健　乐音飘缈萦纡梁

——天津京剧院　国家一级作曲、鼓师　李凤阁

李凤阁，是天津京剧院“全能型”的音乐家。他从七岁偶然步入戏曲艺术行列开始，凭着勤奋好学和永不满足的精神，几十年中，从一名打击乐演奏员，到乐队的贝司手，指挥，再到一名作曲家，他的艺术人生，充满着许多神奇的色彩；他的成功之路，蕴含着许多动人的故事。1995 年，他以戏曲小品《水涨船高》的音乐创作获中国剧协 95 重钢杯小品大赛“音乐奖”；1996 年以京歌《继往开来》获中华戏曲新歌大赛“一等奖”；2001 年又凭借京剧《华子良》一剧的音乐创作，在第三届中国京剧艺术节中获“优秀音乐设计奖”。

由于他的出色成就，2005 年被评为全国文化系统“先进工作者”，享受国务院政府津贴。如今，“耳顺”之年的他，依然是精神矍铄，思维敏捷，精力充沛，他的性格是那样乐观、开朗、豁达，他的情感是那样直率、热忱、真诚，带着许多未知的期盼，我走近了这位神奇的艺术家。

一、童年时期偶然“入道”

李凤阁的父亲李树屏，1946 年出生在天津市静海县一个普通农民家中，由于家贫，后流落到天津开始学艺，到李凤阁出生的时候，他已经是一位颇有名气的鼓师了。凭借着他高超的技艺，曾先后为当时天津许多出名的京剧演员打鼓，由于业务好又为人谦和，与之交往的朋友也特别多，父亲的性格和生活中的许多趣事，给幼小儿子的心灵上打下了深刻的烙印。

儿童时期的李凤阁上小学时有些顽皮，由于学校是半日学制，只有每天上午上课，所以，下午的闲暇之余，他常与同龄的小伙伴去河里洗澡，去野外捉蜻蜓，到河边逮蛤蟆，没少惹是生非。那时，荷塘里经常出现意外溺死人的事情。为阻止儿子涉险，担惊受怕的母亲，打骂之后想尽各种办法，没少费力操心。后来，父母想出了一个办法，每天下午把李凤阁带到父亲所演出的剧场去看戏，这下可乐坏了孩子。当时的剧场每天演两场，下午一点半和晚上七点半开演，每天都有猴戏，那一出出翻跟头、舞棍棒、锣鼓铿锵、生动有趣的戏曲表演，深深地吸引住了这位出身于鼓师之家的后代。

李凤阁七岁那年，天津的夏天特别热，剧场里闷得令人难耐，但是，他每天中午放学回来，吃过中午饭之后，照例由父亲带着到剧场去看戏，天天如此。一来二去，剧场的人都熟了，后来，他就自己每天往剧场跑。暑热之中又是下午，剧团连续演出，乐队中不免出现困倦现象，当时有一位打小锣的，困倦难耐，就对站在乐队后边聚精会神看戏的小凤阁说：“来，替我打一会儿。”“我不会。”他怯生生地说。“不可能，李先生的儿子怎么能不会打小锣呢？来！”就这样，他被推上了伴奏的位置操起了小锣，在鼓师的领奏下，他点儿不在点儿的完全出于朦胧中，机械地敲击着。每当敲错的时候，还不时会引来台下观众的哄笑。但是，当观众看到是七岁的小孩在打小锣的时候，非但没有怪罪，反倒为之新奇。乐队中，碍于是老资格的鼓师李先生的孩子，也不敢说三道四。当时，每场演出分前后部分由两位鼓师轮流打鼓，李凤阁的父亲是每天下午三点半上场打鼓的，当他见到自己儿子在打锣的时候，有些责怪地说："谁让他坐那儿的，他嘛也不会，赶紧接过来……"

那时的剧团属私营性质，自负盈亏，实行的是计分取酬，像赵松樵那样的主演每天是十二分，李凤阁的父亲每天是八分，如果年景好，演出场次多，每一分核算为一元钱（当时天津市的最低生活标准是每个月八块钱），这样看来，他父亲的收入就不算少了，家里的条件也比较好。

不久暑假到了，学生都放假在家，父亲见儿子有些钟情于戏曲打击乐，于是，上午没事的时候就对他说："过来过来，你昨天打那个《钓金龟》教你一个旦角上场，再教你一个【凤点头】……"就这样每天教俩点儿，等下午李凤阁进剧场再接过小锣的时候，就是经过"点化"粗通技艺，再不是从前那样茫然了。这样他从刚开始不会打，经过一个暑假父亲的教练和实习，他已经基本上能够"应付乐队的小锣了"。

这一应付不要紧，他的热情就来了，暑假开学之后由于教室紧张，学校依然是上午上课下午没事，于是李凤阁就每天下午到剧场练习打小锣，有时，下午演出完之后，跟爸爸要一角钱，简单吃点晚饭后，晚上继续参加演出，就这样，不觉中他连续坚持了两年，此时的他已经九岁了。剧团团长杜富隆，是一位富连成科班出身的全国有名的小生演员，他见李凤阁经常参加团里的演出，就说："这李先生的孩子，在咱这干了一年多了，咱也不给人家钱，这不合适啊，咱得劳有所得……"于是，就与李凤阁的父亲商量给钱的事宜。可是，李先生却表示坚决反对，说："不能要钱，就让他在这打着玩儿吧。"团长说："不行，这事您甭管了，我做主了！您也别嫌少，小孩儿嘛，给点钱我们心里也踏实。"那时的头旗儿龙套拿一分五，于是，团长也就给李凤阁定了个这样的标准。当时作为一个九岁孩子，这收入就不少了，如果赶上演出场次多，李凤阁每天就能挣一块五。一个月四十五元，而这相当于政府机关中一名正科长的工资。

二、 少年时期得名师真传

1958年2月，天津戏校京剧科建立之初试招了一批学习表演的学生，当年李凤阁所在剧团的团长杜富隆，此时被调到戏校当老师并参与招生和教学，由于当时许多学生是带艺上学，所以开学不到四十天，许多学生就能登台演戏了。可是，由于招生太仓促，大多文武场的伴奏员尚不能胜任排戏时的伴奏任务。在这种情况下，杜团长就打电话，请李凤阁的父亲从剧团带一堂打击乐前来支援，于是，李凤阁就随父亲等几位打击乐手，开始参与天津戏校京剧科的排练和演出。看着与自己同龄的在校学生们多彩的校园生活，李凤阁不免心生羡慕。

说来也巧，看到经过几个月的教学演出实践所收到的良好的效果，天津戏校决定京剧科于1958年7月正式招生。那年，年仅十二岁的李凤阁，心怀喜悦独自一人来到了戏校的考场，当他拿着准考证出现在考委面前时，大家都乐了，因为此前多次参加京剧科的排练和演出，老师们几乎都认识他，并且对他的业务水平也都了解了，于是，他被免试录取为天津戏校京剧科首届打击乐学生。1958年8月31日他独自一人扛着铺盖卷等简单的生活用品，带着坚定的志向和对未来的憧憬，步入了正规的专业学习的生活。不久，经过杜富隆老师的劝导，李凤阁的父亲也调到了戏校担任打击乐教师。

其实，对于李凤阁辞去较高收入的剧团职业，许多人和邻居们都很惋惜，一般人在利益面前可能会出现犹豫和彷徨，但是，心怀大志的李凤阁却在人生的关键时刻，果断地做出了选择，而这个选择却成为后来李凤阁先生取得辉煌成就的一个重要契机。

校园的学习生活是紧张而愉快的，李凤阁每天在他父亲的教导之下，与同学们一道勤学苦练，技艺水平不断提高。入校两个多月的一天上午，他父亲正在给他们上课，忽然，学校校长领着一位老人走进了教室，校长对李凤阁的父亲说："李先生，你看谁来了？"李先生抬头一看，是中国京剧界著名三大鼓王之一的周子厚先生，赶紧迎上前去，"哎呀，周先生"，校长说："从今天起，周先生就是咱学校的正式教师了。"李先生说："太好了！太好了！……"

校长带着周先生离开教室之后，李先生就对孩子们说："给你们请来好老师了，周子厚。"就这样，一周之后，班主任通知李凤阁和他的同学们说："周子厚先生就给你们这班上课，你们要照顾好周先生的起居。"

当时，周先生住在学校，李凤阁和他的同学们每天要早早地起来等在周先生寝室门外，听到屋内有起床的动静之后，进屋来，给先生倒尿盆儿、端洗脸水、打水、涮蝈蝈葫芦、给他沏茶，都完事之后，他喝着茶，闻着鼻烟，然后，学生们给他买早点，天天如此。

打那时候起，李凤阁他们的课程就有了变化，早上六点半开始练早功，八点吃早饭，八点半开始到十二点上三节课，午后上两节文化课，之后再由李凤阁的父亲带他们练功。

周先生上课时，要求李凤阁他们班都从小锣开始，通过打小锣让他们熟悉大量的牌子，所有京剧那些混牌子，八个干牌子，作为一个打击乐手，你的能耐的大小，关键看你的曲牌会多少，周先生之所以有名，关键在于他会一肚子东西，他的胸中装着大量的昆曲牌子。这些东西如果你不是从小学的话，半截绝对弄不了，如果是剧团的团长看到你能打这些东西肯定就要涨钱，你的地位也就随着提高。那时周先生就能系统全面地将目前剧团经常使用的曲牌，连唱词带打，这是戏曲里最难做到的。嘴里头唱，手里头打，一点都不能错。李凤阁当时才十二三岁，他与师兄弟们跟周先生学的不仅是技艺，实在地说，世界观的形成都与周先生有着直接的关系。过去的老先生，你想从他那里学出戏太难了，周先生则不然，他为人性格开朗，大度，好交朋友，从不保守，无论是老师或学生，他都能打成一片。教学中很少摆出师道尊严的架势，生活中学生们常去老师的寝室玩耍，摆弄老师的蛐蛐、蝈蝈，老师常常与学生们开个小玩笑，师生关系很融洽。

但是学东西时绝不含糊，那时，全国各地的京剧团都巡回演出，外地的，甭管哪个剧团，只要到天津，首先必到天津戏校。先看周先生，有时还请周先生给剧团的全体演员讲课，讲解作为一名好演员应如何正确地要锣鼓，如何按照打击乐的程式规律与乐队配合等。针对有些演员随便要锣鼓的情况，周先生仔细讲解戏曲锣鼓的章法，每一出戏的锣鼓应该怎样打等，不是演员想要什么就打什么。连唱带打、念白，甚至连动作都带上，就这样耐心细致地进行讲解。

周先生对同行从不保守。朋友见面聊不了多少闲话就开始聊戏，年轻人来拜见周先生的时候，周先生总是拉开他办公桌的抽屉说："来，你打打看……"随之非常平易地与之切磋起技艺来。由于经常有人来，日子长了他的办公桌的抽屉都被打出缺口了。遇到来拜访周先生的年轻人基础比较差的时候，周先生就让李凤阁给他们连做示范带讲解，所以，他这种有教无类的宽容大度的精神，潜移默化地影响着李凤阁，直到现在，经常有年轻的骨干在排新戏时，如果遇到不会的地方，找到李凤阁的时候，他总是热情地说："来，我马上教你……"现在，他在教授拜他学艺的学生时，每次上课门总是开着的，谁愿意听就听，从不介意，他在以这样的做法承袭着周先生博大的胸怀。

在周子厚老师的系统教学下，天津戏校还形成了一个非常规范的风气，即：乐队武场和演员能够有机配合的机制，演员绝不随便向乐队要锣鼓，所有的老师在排练新剧目的时候，在构思完表演的思路之后，都要先请周先生指点武场的配合的套路。而现在，在某些剧团经常会出现主演不按规律行事，强求司鼓的跟随，至使乐队打击乐在配合上不讲究章法，随便乱来影响乐队的伴奏，甚至出现发生争执和矛盾的现象，而当时在天津戏校，这种现象绝不存在。周先生打下的科学、系统、规范的教学程式，给当时只有十二岁的李凤阁打下了坚实和深刻的印记。

在跟随周先生学习半年之后，由于"周先生做了一件惊天动地的大事情"，使得李凤阁及其同学都得到了鼓界大师杭子和的真传。

那年，由于厉慧良与杨宝森两位团长之间的矛盾，在天津京剧团工作的著名鼓师杭子和先生，随杨宝森、杨宝忠两位离开天津京剧团回了北京，可是，已经七十多岁的著名鼓师杭先生回到北京之后，却没了工作了。正在这节骨眼儿上，周子厚先生找到当时的天津戏校校长鲁杨同志说："咱能不能把杭先生、杨先生请到咱戏校来当老师？"鲁校长说："那太好啦，人家能来吗？"周先生说："我去一趟北京吧。"就这样周先生来北京见杭先生。说明来意后，杭先生欣然接受了邀请，高兴地说："行啊，我嘛条件儿没有，就是每月回一趟家，你那边给我弄个单间。"当问到杨宝忠的时候，他说："我已经在中国戏校教课了，但是，我能去，我在北京教一个月，在天津教一个月。我有一个条件，我的工资必须是每天十块钱，一分不能少。”周先生回天津将情况汇报给鲁杨校长之后，鲁校长坚定地说：“全都答应他们，你把他们接来吧。”就这样，那年冬天，李凤阁及其同学们将乘着三轮车，穿着大褂，戴着疙瘩帽和墨镜的名师杭子和，迎进了天津戏校。

杭先生来学校之后，主要是教早课，每天六点半开始。因此，李凤阁和他的同学们，边学习边照顾两位先生，也就显得很忙碌。杭先生最大的特点就是打老生戏那是一绝，也就是板功好，所以杭先生给李凤阁他们教授的重点就是板鼓，每天的两个小时早课所有学生全部练板功，并且，在杭先生的教导之下练习鼓套子。经过《击鼓骂曹》、《失空斩》等一系列剧目的训练，李凤阁练就了一手打板的好功力。直到如今，无论什么样的板，只要到了李凤阁的手里打得就是“特别有味儿”。

这样就形成了早饭前跟杭子和练板功，上午跟周先生练曲牌，下午两节文化课之后，由李凤阁的父亲教练双鼓楗，专练武戏（李先生武戏特别好），一天经过三个老师的调教，名师出高徒，经过昆曲曲牌、鼓套子等文戏、武戏的系统学习，使李凤阁及其他的同学们的业务提高很快。天津戏校打击乐班的李凤阁的同期同学们基本上文武都行，个个都比较出色。

后来，天津戏校又成立了一个昆曲班，将一些基础较好的人调去，李凤阁在其中打鼓，他在实践的过程中，经常遇到在排练一些老戏的时候，没有老师教授的情况，于是，他就运用以前老师教授的基础知识，在没人指点的情况下又开始大量研读工尺谱，并为他日后的教学和演出乃至作曲都打下了坚实的基础。就这样，他从 1958 年 9 月时的十二岁进学校，直到 1965 年十九岁，得天津戏校的名师真传，勤学苦练八年，毕业后留校任教，年轻的李凤阁成为了一名戏曲艺术教育工作者，开始了他又一阶段的生活。

三、 青年时期的特殊机缘他成了乐队贝司手和指挥

早在戏校学习打击乐的时候，尽管师从于三个老师，可是，李凤阁依然觉得还有许多剩余时间，看着学习文场器乐演奏的同学们的精彩表演，他不免有些心动，看着人家吹笛子、吹笙、弹琵琶、拉大提琴他都眼馋。于是，他就

想，应该利用空闲时间再学一些东西。就这样人家练时，他也跟着练，开始了非正式的学习。起初，他喜欢弹琵琶，后来弹琵琶的老师说他手指短，不适宜这种乐器，吹个管乐器还差不多。于是，他就偷偷摸摸地到乐队那屋，关上门，“瞎吹”起笙来，一来二去，他找着音了，这个是“do”，那个是“ra”，于是，就用橡皮膏按每个音符粘贴标注经常练习。后来，学校昆曲班的乐队人员增加，有点小民乐队的规模了，当大家排练时见到李凤阁能在其中吹笙时，都很惊奇并对他的学习精神和多才多艺感到佩服。就这样，通过吹笙，李凤阁在固定音高与和声的音准训练方面打下了一定的基础。后来，学校搞大乐队，乐队的人数增加了许多，除了大提琴之外，还需要一个贝司手，李凤阁首先提出拉贝司的要求。可是，当时天津戏校没有贝司，最后商定：谁能借到贝司就由谁拉。当时，正赶上天津市搞工人业余文艺汇演，其中有一个单位有一个类似贝司的中国低音乐器革胡。于是，李凤阁打听到拥有这种乐器的是天津市冶金配件厂，第二天，他就到学校办公室开了介绍信，跑到了该厂见到了工会主席，说明了来意之后，那主席说：“有介绍信吗?”“有。”说着李凤阁递上了介绍信，“好，那你就扛走吧”。就这样，李凤阁喜出望外地扛着大革胡坐上公共汽车就回到了学校，到了排练场他得意地说：“革胡我借来了!”就这样，李凤阁在大乐队的排练中担任低音拉奏乐器演奏员。

由于李凤阁识谱，乐队所演奏的曲目又大多是配器谱，逐渐地就使他对低音的走向有印象了，此前的吹笙又使得他对和声有了一定的认识。再加上李凤阁平时十分爱听交响乐（尽管他当时不是很懂），后来“样板戏”兴起，天津戏校开始排练，当时的样板戏伴奏全是民乐，只能买到上海等地灌制的唱片，见不到总谱，于是，李凤阁就听唱片扒谱子。每次进行时他先将主旋律听写出来，接着，开始听记低音，然后，一小节一小节按谱标出，然后在各种演唱会中照谱拉奏。

“文革”后期，天津京剧团的乐队成员中大多年龄偏大，经过当时团长的再三请求，李凤阁于1968年从天津戏曲学校调入天津京剧团，主要任务是司鼓，与此同时，又调来其他几位乐队演奏员。当时的样板戏排练全是民乐队，一到排练时，没有人拉贝司，于是乐队队长就让李凤阁拉。由于平时李凤阁注重对样板戏音乐部分的钻研，在乐队排练中，他已经能够清晰地分辨出乐队的配器，并结合总谱准确地把握各种乐器的演奏效果。当初他是以鼓师的身份调到京剧团的，可是到了剧团之后他却拉了一年的贝司，从学校到剧团的贝司演奏经历，为他日后作曲起到了至关重要的作用。直到现在，无论是民乐或洋乐，经他配器的乐谱低音部分，演奏员都觉得特别顺手，这与他当年的工作经历有着直接的关系。

过了一段时间，“样板戏”的伴奏由民乐队改洋乐队，大家都感觉比较振奋。李凤阁又回到乐队中打板鼓。遵照当时天津市革委会文艺组（相当于今天的市委宣传部）的指示，天津歌舞剧院支援天津京剧团，必须把“样板戏”排出来。于是，歌舞剧院的管弦乐手和指挥来到京剧团参加排练和演出，可是，一遇到歌舞剧院演出的时候，来支援的乐手就都得撤出，这给当时京剧团的排练和演出带来了一定程度的影响。后来，从天津音乐学院毕业的一批学生被分配到京剧团乐队，解决了这个问题。排练的过程中，担任乐队指挥的是天津歌舞剧院刘德裕老师（后到中央歌剧舞剧院任指挥），司鼓是李凤阁。当时乐队没有总谱，于是，李凤阁就利用他与上海京剧院的一些关系，利用“特殊时机”将总谱“偷”出来，通过照相机进行拍摄，而后带回天津放大洗印。

从“样板戏”排练的第一天起，李凤阁就在感悟交响乐队整体的演奏效果，注视着指挥的每一个手势和动作，分辨着每一件乐器的名称和音响效果。小时候，李凤阁就特别喜欢交响乐，可是，苦于没有更多的接触机会，一直没能谈出个究竟。这回通过“样板戏”精雕细刻长时间排练，使他对交响乐队的整体效果有了清晰的理解。

在有了样板戏《智取威虎山》三个月的排练经历之后，从头到尾这出戏的整个音乐，谁出谁进完全清晰印在了李凤阁的脑海之中，并且有些乐器的音调他还能哼唱出来，虽然他当时对五线谱的调式和谱号等专业术语了解得还不清楚，但是，在排练中乐队里边若有哪个乐手、哪件乐器出了错音他能立刻分辨出来。从 1969 年开始，李凤阁参加了天津京剧团的全部排练演出，坐在指挥旁边的李凤阁已经把乐队指挥的全部套路了如指掌。

1972 年的一天，当时的“军宣队”领导突然找到他说：“我们的指挥刘德裕老师患病住院了，今天晚上的演出乐队没有指挥，要不我们就回戏。”当时“样板戏”的演出非常火爆，观众为了看天津京剧团的《智取威虎山》，常常要提前几个小时排队购票，真可谓是一票难求。为了不让观众失望，李凤阁果断地向军宣队说：“别回戏，我能指挥！”就这样，当天晚上李凤阁走上了指挥台，仿照刘德裕的指挥套路超水平发挥，圆满完成了演出任务。而且，由于他是司鼓出身，在指挥管弦乐和打击乐音响传输的时间差上，在给指挥手势上，与演员的配合上显得很贴切，演员反应更“顺溜”，收到了特别好的效果。

由于他的这次出色表现，加之原指挥的久病不愈，当时的“军宣队”领导就决定由李凤阁担任乐队的指挥，负责排练其后的《红灯记》、《沙家浜》、《海港》等一系列样板戏剧目。这下可难坏了李凤阁，因为样板戏《智取威虎山》的成功指挥套路和动作，完全是在观看和体会刘德裕的排练过程中的固定模式，耳濡目染之下形成的，不是专业指挥，对于总谱尚不能全面把握，新剧目的排练又没有了参照，对于李凤阁来说，要想担负起交响乐队的排练和演出任务并非易事。当他把自己的为难情况说于领导的时候，得到的答复却是一番热情的鼓励和坚定的支持，无奈之下，李凤阁只好硬着头皮，怀着忐忑的心情拿起了指挥棒，在排练的过程中，虽然不能看总谱，但是，李凤阁耳音特别灵敏，每逢遇到乐手吹错音的时候，他马上就能听出来，并及时纠正。就这样，他在乐队首席和队员的配合之下，凭着他的聪明才智，靠着细心钻研的精神，硬是把整出的《红灯记》、《海港》、《沙家浜》等样板戏搬上了舞台。

四、从中央音乐学院干部进修班开始转向音乐创作

1974 年夏季，天津市“革委会”文艺组的负责人王曼恬给天津市京剧团来电话说：“中央音乐学院要成立干部进修班，全国只有五个名额，我好不容易从中央要来一个名额去北京学习，但是，前提是去学习的这个人必须是拉胡琴的。”当时京剧院决定选派京胡演奏员王绍奎去学习，可是，王绍奎怕因为搞作曲影响他喜爱的京胡演奏，而向当时的领导提出不愿意前去。得知这一情况之后，李凤阁主动找到军宣队提出自己愿意去学习的想法。可是，军宣队的领导说上边的要求是要拉京胡的。李凤阁建议说您们给他们去封信，说你们已经有四个拉京胡的了，我们送一个打鼓的行不行？中央音乐学院在讨论时觉得

这建议也好，就同意了。就这样，李凤阁因为这个主动争取到的特殊契机，在已经娶妻生子，成家立业之后，又像从前一样，自己扛着铺盖卷，高高兴兴地跨入了中国音乐界的最高学府，第一个来北京报道，开始了他作曲专业的学习生涯。

当时，中央音乐学院的这个干部班各方面都非常重视，师资力量配备也特别强。具体负责人是吴祖强老师和牟洪老师，任课教师除了钢琴老师之外，由吴祖强、牟洪、黄国栋、陈培勋、吴式凯、杨儒怀、段平泰、王光亚、黎英海九位老师教授李凤阁、陆松龄、高一鸣、任枫和杨立光五位学生作曲理论课。

第一节课上的是和声课，由黎英海老师教授，因为是名师指教，还有包括本院青年教师在内的许多人来旁听。当课程讲完之后老师说："同学们有不明白的地方可以提问。"黎老师说过之后，没有一个同学吱声。后来，当时的中央音乐学院院长罗青说："黎老师，我提个问题，您能不能先问问他们听懂了没有。"当了解到都没有听懂的时候，黎英海老师在黑板上写出了音程，让他们辨认，当时，除了以前学过一些作曲知识的陆松龄回答正确以外，没有人回答上来。见此情景，黎老师说："院长，这不是和声的问题，他们连基本乐理知识还不会呢！"当时院长决定说："和声课马上停，从明天起给他们补三个月的基本乐理。"

当李重光老师开始讲授基本乐理之后，李凤阁如拨开乌云见太阳般豁然开朗，大三和弦，小三和弦……结合平时的艺术实践，经过这番理论讲解，许多原来认识不清的问题就迎刃而解了。经过李重光老师一个多月基本乐理课的讲授之后，由吴式凯老师讲授和声课程，吴老师当时在教授工农兵学员本科，教授干部班时，针对这些以样板戏为主的特殊学生，又重新编写了教材进行教授。经过三个月的精辟讲解，给李凤阁打下了十分深刻的烙印，直至现在他对那时所学到的和声知识依然记忆清晰。由于李凤阁是带着问题而来的，他已经有了实践的基础，就缺乏这样的系统学习，所以当听到吴世楷老师把他以前所遇到的比较迷惑和困惑的问题都清晰地揭开之时，心灵就仿佛打开了一扇窗户，顿时明亮起来，"那感觉，就像一个人，炎热夏季干渴之中，突然喝到了清凉的泉水一样痛快。"（李凤阁语）

一学期之后，干部班的学生开始分专业老师，由学生自己选定一个老师进行作曲专业课程学习。李凤阁在杨儒怀老师门下，杨老师家在天津，当时住校，他在中央音乐学院讲作品分析课，他的曲式课讲授全国出名。李凤阁在跟随杨老师之后，每天上午在学校学习样板戏音乐方面的东西，晚上，他到杨老师的寝室看完电视中的新闻联播之后（当时中央音乐学院只有几位老师有电视），杨老师把门一锁，从床底下拿出外文的原版教材，重新把白天所学过的知识，详详细细地又给李凤阁复习一遍，每天从晚上七点半开始，直到九点半之后，他再回教室做作业，天天如此，就这样，李凤阁实际上等于幸运地在杨儒怀老师的亲授之下，比别人多学了一遍作曲理论知识。等到第二天回课的时候，所有的作业都能够顺利通过，因为他的作业都是经过杨老师修改并经过实践的。所以，从那时开始，李凤阁觉得突然间对于和声知识就渐渐地全部理解和掌握了。等到再上课的时候，李凤阁就能够带着问题去向更深层探索，并主动提出一些问题。

李凤阁原来没有学过钢琴，但是，他学习起来非常刻苦。中央音乐学院对干部班待遇特殊，其他学生都是几个人一个琴房，而干部班学员却是每人一个琴房。李凤阁坚持每天早起，利用早饭前练上一段时间，午间休息时，他稍睡一会儿就起来到琴房练琴，一练就是一下午。就这样一个学期下来，他已经能够弹自己的和声作业了。

在音乐学院学习期间，他就利用干部班的特殊待遇，听了大量的传统戏曲音乐唱片，其中包括老曲艺等。后来，在北京京剧院实习期间他又借来大量的交响乐唱片来听，以此丰富他的创作思维，这个做法对于李凤阁后来的音乐创作，也起到了相当重要的作用。

一年之后，李凤阁他们这几名干部班学员到北京京剧院实习，第一个实验剧目是《瀚海驼踪》，内容是描写我解放军在中苏边境的沙漠上抓特务的故事。唱腔部分由高一鸣来写，李凤阁负责整个的舞蹈音乐和配器。剧中有一场解放军骑着骆驼抓特务的情节，在演员编排舞蹈动作时，李凤阁就用锣鼓点一一记下，在此之后将音乐贯穿其中，在这场音乐中，李凤阁充分地运用了打击乐的特色，将音乐与演员的表演动作和打击乐伴奏巧妙地融合在一起，并将打击乐部分一一标出。当时在排练中还有一个故事。当胡炳旭指挥乐队按照配器谱排练的时候，剧中解放军骑着骆驼抓特务一段音乐的打击乐，鼓师由于技术方面的问题打不上，并向指挥提出异议。按照当时的规矩，总谱中只写音乐部分，涉及打击乐一般由鼓师自行编排。当指挥把这一情况说与李凤阁时，第二天，他来到了排练现场，亲自司鼓与乐队一起把这段音乐完整地表现了出来，那位鼓师很惊讶，他没想到在西洋味儿十足的中央音乐学院里，竟然有对中国京剧打击乐这样精通的学生。当他知道李凤阁不仅会打鼓，还是名师的高徒之时，脸上露出了佩服神情。并由此与李凤阁结为好朋友。

通过这出戏的练兵，使率队的吴祖强老师增强了信心，接着他又让同学们创作一出较大的新戏——《决裂》的全部音乐。其中“马尾巴功能”的精彩片断应该是尽人皆知。剧本是由原北京京剧团一些人集体编创的，音乐和唱腔方面，由北京京剧院的两位老师与李凤阁他们五个人分别各自完成两稿。然后，将两稿分别拿出，由专家审定，并将两稿好的部分融在一起。五个学生用了两个多月时间完成了整出戏的创作，李凤阁在其中担任舞蹈音乐创作、幕间曲和所有的配器任务，其中许多是别人应该完成却不能胜任的工作。当时李凤阁他们刚开配器课，但是，由于在此之前，李凤阁在剧团有拉贝司和排练样板戏的经历，加上他平时就注重配器方面知识的学习，所以，他对于配器方面的工作悟性比较高。当这出戏第一次连排接受正式审查之后，还没有来得及评说音乐，却因为剧本有问题而搁浅了。而就在此时，1976 年，京津地区发生了大地震，再加上周总理、朱老总、毛主席先后逝世，中国发生了一系列重大的事件，学校无法正常上课，干部班陷入混乱之中，李凤阁谢绝了北京京剧院盛情的挽留和中央音乐学院劝其留校任教的好意，毅然回到了养育他的故乡，回到了那一片印证他成长经历的热土，回到了练就他成才的心爱的地方——天津京剧团。

五、 新时期他成为了一名全能型的京剧音乐家

有人说李凤阁先生应该是一名鼓师，然而我认为，他完全可以称得上是一位全能型的戏曲音乐家。

两年的中国音乐最高学府名师指导之下的专业学习，对于李凤阁的业务方面来说简直是换了一番天地。士别三日当刮目相看，当他重新回到天津京剧

团，重新操起指挥棒和进行创作时，真可谓得心应手，无所碍滞。

“四人帮”倒台后，样板戏停演，恢复传统戏，洋乐队演奏员没事干，当时天津人民广播电台少年合唱团有一批少儿歌曲，需要由钢琴伴奏改为交响乐队伴奏，得知这一消息后，一向讲义气的李凤阁，利用他与电台的良好关系，将那些单旋律的歌曲，全部写成交响乐队的配器谱，然后练乐录音灌磁带，每周录几段，其中还有许多歌曲通过唱片得奖，比赛得奖。那时候这个举动收到了很好的效果。也算是增加了李凤阁除去戏曲音乐以外对艺术歌曲配器方面的积累。

当时，天津京剧团乐队的许多乐手业务都是很棒的，可是，却没有用武之地。看着他们只能跟着他干点为儿童歌曲伴奏的小活，身为乐队指挥李凤阁很是为他们着急，当后来天津乐团成立，一下子以往朝夕相伴的同志，绝大多数都奔向了天津乐团，面对此景李凤阁的心里是那样难舍和留恋。不久，团里乐队的人出国的出国，当老师的当老师，原来庞大的中西混合乐队，只剩下寥寥数人，他这个指挥也是名存实亡。

改革开放的新时期，传统戏刚恢复的时候，观众们是比较喜爱的，几乎是演什么都受欢迎。在这种情况下，李凤阁给自己重新订计划，利用恢复传统戏的时机，重新捡起了打鼓的老本行。于是，他每天报过到之后，就开始把自己关到屋子里，腰部围上干围巾开始练功，几个小时下来，腰上的围巾都是湿透的。就这样经过短期的恢复训练之后，他重新开始司鼓，第一个演员就是张世麟，之后就是厉慧良，几乎所有厉慧良的戏都是李凤阁打的鼓。然后是杨荣环，还有丁至云。由于李凤阁从小就受父亲的影响，武戏打得特别好，所以，当时天津京剧团的两位主要演员张世麟和厉慧良都喜欢李凤阁来为他们司鼓。两位演员都喜欢创新，这一点与李凤阁很对路，每当他们有什么新的想法时，只要一说，李凤阁保证与他们合作得非常默契。

任何事物的发展，都有兴衰的过程，当传统戏经过一段时间的兴盛之后，老百姓又觉得不解渴了，于是剧团开始创编新剧目，创作新戏，这样必然得用作曲和配器。李凤阁作曲技术又派上了用途。在厉慧良主演的《关羽之死》一剧中音乐和部分唱腔是李凤阁完成的。紧接着还有邓沐玮主演的《一代元戎》的全部音乐配器，杨荣环主演的《昭君出塞》中的全部音乐、配器，李荣威导演的新编历史剧《护樱记》的全部音乐、配器和其中的昆曲唱腔部分都是李凤阁完成的。后来，在冯荣焕老师导演的《香妃》一剧的音乐创作中，在唱腔设计孙荣惠老师编的唱腔的轮廓写出之后，李凤阁根据新疆少数民族音乐的特点，运用传统【南梆子】的曲调与新疆的特殊节奏相结合，用手鼓为香妃的唱腔伴奏，令观众耳目一新，受到了一致的好评。开幕曲是一个既有【朝天子】音调又有西域风格的音乐，就这样，李凤阁一口气写了五个戏。

当时这几出戏的演出效果相当不错，于是，1987 年就选了《一代元戎》、《香妃》和《昭君出塞》进京演出，进京之前李凤阁又重新为这三出戏进行了配器。天津京剧团的这三出戏一上演便轰动了京城。当时的中国剧协等单位给予高度评价，先后举行了各种宣传活动和座谈会，通过这几出戏的创作成功，李凤阁总结出的经验就是：要想创作一出好戏的音乐，必须要有大量的传统与现代音乐知识的深厚积淀。就在天津京剧团在京演出获得成功，回到天津的后一天上午，李凤阁由于连续的劳累过度突然晕倒在卫生间里，等他苏醒过来的时候，他已经在医院里了……

进入 20 世纪 90 年代，电声音乐等新的事物开始流行，从 1991 年开始，李凤阁开始接触 MIDI 音乐，当他接触电脑和音源的电子设备的洋字码时，看到一个人经过一番操作，就能将旋律做成大乐队的效果，他感到十分新奇，从此，已近知天命之年的李凤阁又向前跨越了一步，开始迷恋和钻研 MIDI 音乐，一发不可收拾。在此期间他为中央台、天津台和外省市等单位创作的京歌全部用 MIDI 制作，而且做出来的效果与众不同。说到这一点，还要提及到与李凤阁合作的一位 MIDI 制作高手左孝煌，他会弹钢琴能拉小提琴，还能作曲指挥，电脑和音源的操作技术好，作曲观念也比较新，每次合作的时候，都能与李凤阁配合得很完美。这样，李凤阁又成为了 MIDI 音乐“大家”。

1995 年是李凤阁 MIDI 音乐创作丰收年。首先，在天津举行的第一届中国京剧节时，开幕式晚会上的全部九十分钟的音乐都是李凤阁用 MIDI 创作的。当然，这其中的音乐元素是相当丰富的，其特点是利用老的音调与现代的音乐要素相结合，比如开幕曲使用的传统戏曲《连环套》行围涉猎的部分音乐就是用当年关汉卿《玉兔记》中音乐成分和昆曲音乐等配成合唱，演唱中不光是简单的旋律，里面有和声分部和新创意，引起了同行的强烈反响。

其次，第二十六届乒乓球世界锦标赛开幕式晚会，请李凤阁创作一段京剧音乐为武术表演伴奏时，他灵机一动，仅使用了【二黄】中的几个音，5、6、1、2、3、6、5 与打击乐配合，就完成了十一分钟音乐的写作。由三个花脸演唱，一个孩童领舞，二百个小孩一同配合表演，整个演出音乐的震撼力大，后来这段音乐还获得了奖励和证书。

再次，在同年天津京剧团编排的《水涨船高》讽刺小戏音乐创作中，李凤阁用一个晚上，就将整出戏的全部音乐和唱腔完成。该剧获中国戏剧家协会优秀戏曲小品奖和唯一的一个音乐奖。还有，在山东济南举行的京歌大赛中，凭借一曲《继往开来》的京歌，获全国京歌大赛一等奖。2002 年，由他作曲的大合唱参加了在韩国釜山市举办的国际奥林匹克合唱节，与世界各国的合唱艺术家的比赛中李凤阁一曲《盛世梨园情》荣获六个金奖中的第一名。在颁奖仪式上乐队高奏中华人民共和国国歌，现场升起了五星红旗，为祖国为人民争得了荣誉。

李凤阁讲义气，重感情。无论是戏剧圈里，还是影视圈结交的一大批朋友，都有求必应，从来不讲条件。近年来，不管是河北梆子演员，还是评剧演员，相继找上门来，请李凤阁为其创作音乐。因此，他也显得特别忙碌，先后又为多部剧目进行音乐创作，其中京剧《巾帼红玉》、评剧《雷雨》、京剧《雷雨》、京剧《玛祖》、京剧《华子良》、京剧《护国将军》和京剧《盘江屋的女人》等均具有比较鲜明的特色。2001 年，又在第三届中国京剧艺术节上，以京剧《华子良》一剧的音乐创作，荣获“优秀音乐设计奖”。

李凤阁的艺术人生之路是平坦的，他出身梨园名门一个幸福美满的家庭，少年得名师指点，青年又接受名师真传。一路走来福星高照，成就颇高。同时，他在献身戏曲艺术上下求索的征途中又是艰辛的，为了实现理想和抱负，他抛弃了优厚的待遇，又辞别过心爱的妻儿，专业几番转向，社会几度变迁，一路走来九曲回转，感慨万千。然而，变化的始终是那些外在的客观世界，而恒定的是他那历久弥坚、百折不挠的意志和开拓进取、勇往直前的精神。我们敬仰他的睿智，我们更敬佩他的情怀。如今，他依然在充满活力地向着未来，坚定地前行，我们祝他好运！

南方·沪苏鄂地区

孜孜不倦上下求索　历经沧桑无悔无怨

——上海艺术研究所研究员　黄　钧

一、 伴随战火成长的特殊经历

（一）祖籍北京却出生在河南许昌

黄钧，祖籍北京，父亲早年在武汉无线电技术专科学校学习，刚刚毕业，身在北京的母亲临产前乘火车赴汉探亲，途中于河南许昌生下黄钧。由于出生在许昌，父亲为他起名叫“黄许生”，这一天是1932年3月29日。百天之后，妈妈抱着黄钧来到武汉。虽说是北京人，可他自降生之后，却没有真正意义上在北京生活。

自幼年起，黄钧先后随父母自武汉开始，辗转到南京、安庆、黄川等地。他三四岁的时候，在安徽陆安（又称六安）进了幼稚园，开始接触唱歌、跳舞。此时父亲所在的国民党军部队中有一个京剧团，再加上北边的戏班有很多流落到南方演出，黄钧便开始接触到京剧。1937 年“七・七”卢沟桥事变后抗战全面爆发，年仅五岁的黄钧便随父亲所在的国民革命军第十一路军第十五军，向陕西撤退，途经安徽蚌埠时候，全家险些被日军的轰炸机炸死。后来，他们撤到了甘肃的天水，又由天水回撤到西安。可是由于日军轰炸他们又撤到宝鸡，结果同样遭日军轰炸，最后在宝鸡附近的小镇——虢镇落下脚，就住在农村惠家湾祠堂隔壁的房子里。一待就是八年。

五岁的黄钧接近学龄期，可是当地只有一所私塾，而且教授的内容都是针对十多岁的孩子，无奈之下黄钧只能“跟着混”，因为老师所讲的好多内容，对他一个年仅五岁的孩子来说根本听不懂。幸好 1936 年，在虢镇出现了一所“商丘扶轮小学虢镇分校”，原来是由于遭受日军侵略，由河南商丘搬迁到此地的学校。该校只招收陇海铁路员工子弟。原本并非铁路子弟的黄钧，恰巧因为伯父（逃难之中一直随行，并照料黄钧）此时在铁路帮忙，由于这样的关系黄钧便进入了该小学读书。

（二）小学期间，开始接触进步歌曲和民间音乐

小学在读期间，众多任课老师的渊博知识都对他产生了深刻的影响（这其中，尚有部分在读大学生由于战争而肄业，到本校就职）并为黄钧打下了坚实的文化基础。通过音乐课，黄钧接触到了《黄河大合唱》等爱国歌曲，当时有位郭戴芸老师喜欢唱京剧，黄钧也喜欢哼唱，同时也拉拉胡琴，所以，他经常去郭老师家。老师的进步思想和音乐才华都对年纪尚小的黄钧产生了重要的影响。

抗日战争中的“中条山战役”之前，他本该读小学三年级的时候，黄钧的父亲因为想念孩子，非要把他接到中条山脉一个叫做间底（此地有上间、中间和下间）的部队驻防地。当时的军队中有京剧演出团体，平均每周要演出一次。当时的部队官兵十分喜欢京剧，黄钧的父亲更不用说了，他是北京人，又喜欢唱小生。除了京剧之外，黄钧还接触到了诸如陕西秦腔、眉户、山

西梆子、河南梆子等地方戏和民族音乐，比如当时著名的秦腔兴汉社、易俗社和河南梆子演员陈素真、常香玉、翟爱云的演出都曾看过，陈素真的演唱给他留下了特别深刻和良好的印象。与此同时，还接触到了许多歌舞音乐。有一次，一个穿着灰色军装，但是没带部队番号的演出队到了山西间底。当时，黄钧在当地上小学。他们发现帅气的黄钧很有些文艺气质，就拉他参加了小型歌舞《葡萄仙子》、《张阿大》等节目的排练演出。其后，黄钧又平生第一次登台演唱京剧《三娘教子》。但是，当时的黄钧并没有从事文艺的想法，他的志向只有两个：像父亲一样从事无线电等科技事业，另一个则是从事土木建筑业，修路造桥（因为幼年黄钧在惠家湾生活时民间有一个说法：铺路造桥是积阴德的）。后来，中条山战役开始，黄钧被迫辞别父亲，离开部队驻地又从间底撤回到虢镇。本该接着读小学四年级，可是负责的学校老师说外地的教学质量不行，让黄钧重读三年级。

1942 年，扶轮学校在陕西宝鸡组织了一次各地分校（除沦陷区外）的歌咏比赛，黄钧在这次比赛中所演唱的儿童歌曲独唱《小飞机》获得第二名，为虢镇分校赢得了荣誉。那时，黄钧又在学校郭老师爱人的单位，看到了无声电影和初期带有配乐的有声电影并聆听到了部分中外音乐，这使他感到很新奇。

（三）军队无线电训练班的小学员

1945 年春节，抗战胜利之前，黄钧父亲所在部队移防到河南新乡的赵店。父亲想儿心切又要黄钧到他身边来。当时火车不通，从陕西偏远的虢镇到河南的赵店可谓路途遥远，黄钧和妈妈时而乘马拉木轮车时而步行翻越秦岭，一路颠簸，又要躲避日机轰炸，费尽周折，用了一个月的时间终于赶到了父亲所在部队的驻地。可是隔半个月，日本鬼子又进犯豫西，军情紧急，父亲随部队开赴前线，他和母亲躲避到伏牛山脉的深山中，后来到了桑米坪的地方。此时黄钧已经到了上中学的年龄，可是，偏远的伏牛山脉，又逢战时哪里会有中学可上。无奈之下，父亲命他进入部队所办的通讯训练班学习。原定的学习时间是一年半，当时的课程除无线电技术外，还有数学、语文和外语，黄钧在这里也学会了收发电报、装修设备等专业基础知识。

1945年8月，父亲所在部队又转战到栾川，十三岁的黄钧正同十七八岁的战士们一同在无线电训练班学习的时候，经常通过电台收听延安广播。有一天晚上，黄钧父子在家中，通过无线电设备收听到了日本天皇宣布的停战诏书，获知日本战败投降的消息时，高兴得一夜未眠。当时的喜悦和激动令黄钧至今还记忆犹新。

（四）受“老钧台”典故的影响而改名

抗战胜利后，黄钧被送到了中国军队收复的河南禹县就读于“钧台中学”。当地有一个地方叫“老钧台”，其中有一个直径很大的井。进而有一段传说：“当年大禹治水，治到最后就是在钧台收场的，最后一条孽龙，就被锁在老钧台。当地的老年人说，过去那口井的四周有几根粗大的石柱，每根石柱子都有锁链伸到井内。有好事者拉着锁链向探望井内时，会看到水中的血沫子。”这只是一个传说，但是，夏禹治水在老钧台胜利收工，却赢得了一代又一代人的崇敬。由于被大禹治水的精神和气魄所感动，在没有征得父母意见的情况下，毅然将“黄许生”的名字，改成了现在的“黄钧”。后来他辗转在几个中学读书，最后到了洛阳的河洛中学就读。

1946年，蒋介石撕毁停战协议，内战爆发，在国共两军的交战中，黄钧父亲所在的部队被中国人民解放军第二野战军打垮，黄钧的父亲作为通讯技术人员被留在二野司令部，从此参加了革命，在共产党所领导的人民军队中从事通信等工作。当时，黄钧和母亲及伯父尚在国统区，对于父亲参加解放军的事情全然不知。由于父亲的人缘较好，在国民党军队中知道父亲情况的人不但不传，反而暗中接济黄钧母子。但是黄钧的母亲坚辞不受，因为，她依然在领受丈夫的军饷。当时黄钧在河南开封就学，又辗转回到洛阳。洛阳解放后，父亲随军南下，他们全家再一次团聚在一起，享受着胜利的欢欣和幸福。此时正值黄钧读高中的年龄，他已经报考了当地高中。但是父亲对他说：“你还是跟我走吧”。就这样，1948年8月，黄钧随父来到了宝丰，中国人民解放军第二野战军司令部的驻地，踏上革命道路。

二、 革命队伍中成长起来的文艺战士

（一）进入中原大学第五队学习

宝丰当时是中国人民解放军二野司令部的所在地。此刻黄钧已经是中原大学第五队的学员。有一次，刘伯承、陈毅、邓小平等来到中原大学，与中原大学的师生见面并讲了话。当时主持会议的是时任二野参谋长的李达。陈毅首先讲话，他操着浓重的四川方言说："你们晓得我是哪个？我就是'陈匪！'（当时国民党对于共产党的领导人的诬称），就是蒋介石悬赏几百万拿脑壳的陈毅！"这样风趣、幽默而又生动的开场白，一下子引来了刘伯承和邓小平等首长和全体在场学生们的哄堂大笑，也一下子拉近了官兵之间的距离，使得包括黄钧在内的学员们感到既亲切又轻松。这是黄钧首次见到共产党领导下的军队"大官儿"们的风采，看到曾经指挥千军万马的"大首长"，竟是这般着装朴素、平易近人与和蔼可亲。联想到他们领导和指挥的工农子弟兵，打败蒋家王朝八百万军队的英雄壮举，再对比以往在国统区所见到的国民党军队和地方官吏们装腔作势、耀武扬威的派头，他十分感慨，打心底里对共产党充满了敬佩和热爱，也极大地激发了他为了革命事业努力学习和奋斗的热情！

黄钧在宝丰期间，多次观看了部队文工团演出的歌剧《血泪仇》和《白毛女》等。加入中原大学以前，在部队参加过一些宣传工作。当时的革命形势发展很快，有时一个城市获得解放的标语刚刚贴出，又解放一个城市的消息便传来了，于是他们马上就要重写和张贴，显得十分忙碌，这时，黄钧灵机一动出了个主意：只重新刷写"地名"，而不换其他，这样就大大减少了重复性的劳动，也提高了新消息宣播的速度和效率，获得了大家的一致赞扬。由于黄钧见多识广，加之头脑聪颖，虽非专工，但在各种文艺活动中能拉会唱，表现不俗。于是，被二野文化部的一位副部长看中，想让他进入二野文工团。可当时黄钧一心想学习，"组织观念也并不强"，他说什么也不去。离开家的时候，除了行李衣物之外，还带了《几何》、《代数》、中华书局最新出版的《四用英汉词典》和《古文观止》等及其他好多书，一心想学出个名堂，所以，任凭

别人怎么劝说，甚至他父亲直接出面也不行，最后此事只好作罢。

据黄钧说：组织上原准备把他送到革命老区延安根据地去学习，可是，由于国民党王凌云的部队又把黄河风凌渡一带的渡口封锁了，相当一部分地区还被国民党的军队占领着，豫中地区国共军队呈犬牙交错势均力敌态势，延安去不成了。接下来在二野所辖的解放区里，刚刚办起“中原大学”和“中原军政大学”，可当时在黄钧的意识中，只要是穿军装和从事文艺工作他是坚决不去。最后，父亲的战友，这位二野文化部副部长给开了介绍信，让黄钧到中原大学报到。中原大学的工作人员见到此信，搞不清黄钧是什么来历，热情非常，未经考试就将他分配到了学员五队，由此黄钧开始了在中原大学的新生活。

中原大学的创办者是刘伯承、邓小平、陈毅等，首任校长由陈毅同志担任，继任者是范文澜先生，第三任是潘梓年（潘汉年的弟弟）。教务长是孟夫唐（新中国成立后曾任湖北省省长）。这些学识渊博的校领导、导师，对于学生们的影响很大。当时，在中原大学学习的学生穿的是绿军装，而黄钧却穿着二野新发的灰色军装，当时的队长和指导员都不清楚黄钧的来历，同学们以为他是部队的战士。在学期间，无论是扭秧歌还是演节目，黄钧都是个活跃分子，因此显得很出众，经常被指派为领舞或摆在显著位置，其后经常被老师们叫去参加娱乐活动。后来，中原大学由宝丰移至开封，组织五个梯队，黄钧被编入第一梯队。在向开封的进发中，中原大学同样组织了各种宣传队，一路行军，一路宣传，由于黄钧年纪尚小，赶不上“大同学”身强力壮，所以，在行军的过程中差点掉队，幸好遇见了老炊事班长赶的牛车，最后他乘车才如期赶到了目的地。进入开封之后，落脚在当时已经停止招生的河南大学校址。不久四个月一期的学习生活结束，等待分配。

有一天，五队的指导员让他晚上到指定房间去。当时黄钧追问：“什么事啊?”回答说：“去了你就知道了”。结果他去了以后，见到两位穿着灰色军装的干部，一是李斌（诗人，长诗《刘胡兰》的作者），另一位是辛坚（作曲家）。后来黄钧才知道了，当时由戏剧家崔嵬，带了一批文艺工作者从冀中南下，来到了中原大学，成立了一个文艺工作室，开始进行文艺教育。李斌对黄钧说：“要办一个文艺训练班，你们队里领导认为你很出众，所以推荐了你。”

黄钧一听这事，说道："就这事呀，我不愿意！"看到这种情况，李斌就对黄钧做思想工作，尽管没有完全说服他。后来李斌问他："你会唱秦腔吗?"黄钧说："会。"于是他就唱了几句。李斌是陕北人，对秦腔非常熟悉，听到黄钧准确的演唱，当时就说："好，你就准备进文艺训练班啊，等通知。"黄钧一听还是让他干文艺，就急着追问道："啊！进文艺训练班干嘛?"李斌说："留下来，继续学习！"一听说留下来学习，黄钧就很快答应了，因为，他此刻一心想的还是要学习，只要是学本事，他就愿意。就这样，他进了中原大学文艺训练班一班一队。

（二）在文艺训练班的难忘岁月

进人文艺训练班以后，教他们乐理的是张星原（原名张达观，作曲家），黄准的同学，冼星海在延安鲁艺的学生，他所创作的歌曲《军队和老百姓》、《这一仗打得好》和《打过长江去》在当时都是流传很广的作品。可是在中学时，黄钧已经掌握了这门知识。不仅如此，当年读小学的时候，郭戴芸老师就曾教过他识简谱，而且还教授他工尺谱。

在文艺训练班的老师们，他们大多经受多年的锻炼，是从延安和东北解放区来的文艺干部。文训班当时排练了许多节目，如：《夫妻识字》、《兄妹开荒》、《王大娘赶集》等秧歌剧，在其后他们又排演了大型节目《周子山》等。黄钧此时在乐队中担任伴奏员，他拉二胡、吹笛子、弹三弦，打鼓、打锣等样样都干过。同时他与文训班的老师们、同学们，共同到街头演出、宣传。从此他违背初衷地干起了"文艺行"。

黄钧在文训班学习期间，淮海战役已打响了。许多"大同学"们，都到前线进行战地宣传或其他工作，而他则因年龄小而被留下。文训一班结束后，成立了以文训班为基础的中原大学文工团。1949 年 5 月随解放军南下部队一路走，一路搞革命宣传来到了汉口。此前，蒋介石下野，李宗仁代总统搞假和平谈判。黄钧和战友们通过文艺的形式，揭穿国民党反动派的阴谋。当时，国民党的敌特分子经常搞破坏活动，崔嵬的警卫员在黄陂时被敌人暗杀，尽管当时的社会治安形势严峻，但是，十七岁的黄钧依然按照领导的指示从事革命宣传工作。

随中原大学文工团进入武汉不久，黄钧便和文工团员们前往武昌两湖书院参加宣传、接管工作。其后中原大学全校迁来武昌。当时中原大学扩编，成立了文艺学院、财经学院、政法学院等。新中国成立后，中央设立大区，中原大学撤销，分别建立了中南政法学院、中南财经学院和中南文艺学院等。后来，受前苏联文艺体制影响，中国开始撤文工团搞剧院化，此刻中原大学文工团撤销，成立了中南文艺学院音乐工作队、戏剧工作队、舞美工作队，实际上这已是剧院的雏形。在文工团、音工队期间，黄钧主要是参加乐队的演奏。南下期间，他们接受了国民党军乐团的一部分乐器。由于当时会这种乐器的人比较少，于是就派黄钧和乐队的战友学习演奏，黄钧主要学习单簧管演奏。后来又接收了湖南的一个艺术院校，在崔嵬的领导之下，当时的中南文艺学院，聘请到了包括夏之秋（小号演奏家、作曲家）、巫一舟（钢琴家）、张少甫（大提琴家）、盛雪（小提琴家）、黎英海（音乐理论家、教育家）等在内的很多音乐家。从1949年起，他在夏之秋的教授之下，一直在乐队中担任单簧管演奏员。期间，他先后参加过武昌山坡、洪湖一带的土地改革工作，1951年曾随谢觉哉任团长的老革命根据地访问团，访问赣中、赣南老根据地以及访问少数民族地区等。

三、 在革命文艺团体中走上创作道路

（一）第一个处女作品歌曲《坚决镇压反革命》

1950年，黄钧十八岁创作首个作品：《坚决镇压反革命》，这部作品的突出之处在于，它非同一般的歌曲，而是采用了曲艺中的大鼓、单弦等曲调，运用湖北语言音调写作而成。当时的老前辈张星原看了之后说：“好！很好，你能搞出这样的作品很不容易呀”。得到了前辈的认可，黄钧十分感激，他问老前辈说：“您看，我能不能干这个呀?”张星原说：“可以，可以，怎么不可以呀!”得到老前辈的鼓励，黄钧萌生了从事音乐创作的自信心。其后，他去听黎英海老师的和声课，向夏之秋老师请教配器法等。后来他所创作的这首歌被选演出，由老战友朱全维（歌唱家、合唱指挥家）首唱，受到好评。后来这

位歌唱家每每谈到他的歌唱艺术生涯时便说道："我第一次独唱的歌，就是黄钧的作品。"而这首歌曲也是黄钧所写而公演的处女之作。此后他边工作边学习，有了初步的作曲基础，并开始了他的演奏、作曲、指挥的艺术生涯。

新中国成立后，革命事业的发展急需人才。周恩来总理提出，要从参加革命比较早的、年轻的、有培养前途的人中，一点点抽出来培养，不但要在国内培养，还要送到国外去培养（大意）。1952 年夏天，黄钧所在的音工队选送了郑小瑛（指挥家）和梁沛新（小号家）两位同学到中央音乐学院学习。一向渴望学习的他很是激动，于是他立即找到崔嵬说："崔院长，我也很想学习。"见到黄钧的激动情绪，崔嵬对他进行了说服教育，同时答应他再有机会便送其学习。此时更加强调专业化，乐队分工也比较细致，黄钧在乐队担任单簧管演奏员。从那以后黄钧渴望外出学习深造的想法更加浓烈。

1952 年底，武汉的几个艺术团体及艺术学院的部分人员合并，成立中南人民艺术剧院，定址在汉口，崔嵬担任首任院长。剧院领导根据中央的统一部署，号召党的文艺工作者要向民族民间艺术学习，特别是要注重继承中国的优秀民族艺术传统。当时，崔嵬等领导同志经常把武汉的汉剧、楚剧、京剧、昆曲等老艺术家请到剧院来讲课，或派出学习（即请进来，派出去的方法），让大家了解和熟悉中国的民族民间艺术。同时，还请部分艺术造诣较高的各个剧种的艺术家们来指导，排演了京剧《拾玉镯》、《武松打店》；豫剧《断桥》、《花木兰》等剧目。其后，由于排练比较忙碌，黄钧由乐队转到歌剧团工作。当时，他接触到了许多老艺人，向他们学习、讨教传统的梅花大鼓、京韵大鼓等曲艺和京剧及地方戏曲剧种的许多经典曲目、剧目。此间，也时常担任京胡、四胡伴奏，又兼打鼓。

1953、1954 年黄钧先后两次随团访问朝鲜。1953 年初，尚未停战，由于中朝军队没有制空权，赴朝的车队只能夜行晓宿。主要在朝鲜中、东部（平壤到元山）的前线部队和各级指挥机关演出慰问。当时，元山已经被美军毁灭性的轰炸夷为平地，以至于女同志解手方便时，都找不到一个遮挡的残垣断壁，几乎全在坑道里进行慰问演出和休息。黄钧曾随小分队到前沿演出。亲眼见到、听到志愿军战士们的可歌可泣、生动感人的故事，深受感动。1954 年，朝鲜停战以后，黄钧再一次随团赴朝演出慰问中立国。先后到平壤和志愿军政治部、司令部演出，其中在开城演出时间较长。

1955 年，中南人民艺术剧院改称为武汉人民艺术剧院。此时的黄钧已经对于古代的戏曲音乐文献和古音韵、字韵的知识着迷，并经常到街上买旧本线装书。有一次他与前辈艺术剧院的作曲家张星原谈到了想外出学习的强烈愿望。这位虽然年龄不比他大多少，但却对他非常诚恳的师辈，对他说："此刻剧院的工作这么忙，你如何走得开，要想出去，只能先跳出剧院。"这番话，对黄钧是个启发。于是，他在工作之余时常琢磨此事。这期间，他边在外面创作边学习和寻求着途径。一个偶然的机会，他遇到了在中原大学五队时的同学周巨光，他当时担任楚剧团的副团长。同学见面很是亲切，经过一番交流，黄钧谈到了要外出学习的愿望，作为老同学他当然积极支持，并提出先来楚剧团工作。黄钧当即表示，调到楚剧团工作可以，但是，如果有专业深造的学习机会，单位一定要支持，不能阻拦。在双方达成共识后，黄钧就从武汉人民艺术剧院"借调"到了武汉楚剧团。这一天是 1955 年的 5 月 1 日。为了纪念这个日子，黄钧特地到商店买了一支"金星"牌钢笔，并且刻上了字作为纪念。不到半年，周巨光就把他的调离手续全部办好了。

（二）在楚剧戏曲电影艺术片《葛麻》中担任音乐写作和乐队指挥

到楚剧团之后，黄钧的主要工作是作曲兼指挥。这期间搞了几个戏，但大多数是配合政治运动而搞的戏，比如《两兄弟》配合合作化、《海滨激战》、《经理与骗子》是配合肃反运动的。黄钧都能够认真对待，积极完成。那阶段他除了搞创作就是看戏，看楚剧、看京剧、看汉剧，着实大大丰富了自己的戏曲剧目的积累。当时，武汉有几位著名的戏剧家，如：龚啸岚、吴一天，徐慕云等，这几位老师学识渊博，功力很深。黄钧清晰地记得当年过春节，武汉市文艺界搞了一个联欢会，其中有对春联游戏活动，其中一个上联是：高百岁　扮千岁　山呼万岁。一位老先生对的下联为：写一年　排一月　只演一天。见到这样绝妙的对子，黄钧打心眼里敬佩他们。许多知识都是书上没有、报上看不到、杂志上也没有登载的。但是，在这些老先生的口中能够听到。从他们那里，黄钧获得了许多相关的戏曲文化知识。比如在这些老先生的指点之下，他读了齐如山等前辈的许多重要的著作。作为一名年轻人，在那个年代能够关注这些领域的实不多见，由此可以看出黄钧刻苦钻研的精神。

1956年的春节过后，上海电影制片厂来了两人到武汉，一个是导演张天赐，另一个是制片。与领导交谈说要把楚剧《葛麻》拍成戏曲电影艺术片。《葛麻》本是一出传统戏，经崔嵬导演后，在第一次全国戏曲汇演大会上获了奖。成为楚剧的经典剧目。但是，此剧唱腔、音乐并不多。当时，剧团领导十分重视，于是派易佑庄（楚剧音乐作曲家）和黄钧共同担当该剧电影片的音乐创作工作。按照分工，黄钧主要负责写音乐搞配器，同时指挥乐队先期录音。在上海电影制片厂，武汉的楚剧《葛麻》与上海京剧院周信芳主演的《四进士》几乎同时拍摄。在音乐上，黄钧在传统的乐队中曾经使用了木管、弦乐等西洋乐器，但是依然感觉不足，于是又请上影乐团派来了44321单管编制的乐队加盟，使得乐队达到了好的效果。对于黄钧来说，尽管在乐队搞演奏和在剧团搞戏曲音乐并不陌生，但是，写电影音乐，对他来说还是头一回。而此时，上影派来了著名的音乐家黎锦晖先生亲自指导。老先生对《葛麻》的电影音乐给予了充分的肯定。在与黎的交谈中，那豁达的胸怀和幽默的语言，丰富的音乐创作经历，都给他留下了极深的印象。

在拍摄电影《葛麻》的过程中，他看到了上海音乐学院招生的广告，于是他立刻与有关领导联系，在取得领导的同意后，他又拿着武汉市文化局开具的介绍信，到上海音乐学院报了名。此时，已进入6月的暑热季节，上海的天气十分闷热，在电影《葛麻》即将拍摄完毕之时，黄钧一边完成后期工作，一边投入到了紧张的复习、应试之中。在考学的过程中，上海音乐学院几位老师对他的影响和帮助令他难忘。黎英海老师便是其中的一位，当年他在中南文艺学院音乐系教和声。还有韩宏夫老师，他对于中国的民族民间音乐十分热爱。黄钧考学期间在上海音乐学院住了三个晚上，韩老师看到黄钧对于中国的民族民间音乐比较熟悉，与他谈了两个晚上。另外还有海鹏汉（上海音乐学院作曲系56届毕业生）、滕永然（后来的同学）等，他们也十分热爱中国民族民间音乐，而且与黄钧谈得很投缘。

功夫不负有心人。在经历了漫长的等待之后，当年的8月黄钧终于接到了上海音乐学院的入学通知书，他如愿地进入到了上音作曲系干部进修班学习。

（三）学习期间参加京剧表演

黄钧在校期间，上海音乐学院为了适应革命形势的需要，共办了四期作曲系干部进修班。黄钧是第二期，也是所有进修班中人数最多的一期。对于黄钧来说，其中大部分学员是老前辈，革命资历长，贡献大，政治、业务水平高。如左江（红军时期参加革命）、关鹤岩（时任西北音协主席）、丁鸣（时任东北音专教务长）、肖民（时任广州军区文工团团长）、牛畅（时任空政文工团副团长）、宗弼（时任上海管乐团团长）等。他们对黄钧的关爱和影响很大。1957 年，孟波调入上海音乐学院担任副院长兼党委书记。他对于进修班的教学十分重视，甚至在由于政治运动而导致本科教学秩序失常期间，进修班除了参加学院的重大活动之外，依然照常上课。

反右运动结束之后，为了缓和一下当时由于政治运动所带来的紧张气氛，上海音乐学院提出了举办"庆祝上海音乐学院建院三十周年"系列活动，为此学院的党政工团各组织派代表召开联席会议商议此事，黄钧作为进修班的代表参加了此次会议。会上在商定活动内容和具体任务分配时，他被点名要求演唱一段京剧清唱。年轻气盛的黄钧说道："既然唱了，何必唱一段呢？干脆唱一出吧！"

黄钧虽然没有正式学过京剧表演，但是，从小耳濡目染，和长期在文艺演出团体中的熏陶与影响，使得他积累了一定的京剧表演知识，虽然并非真正科班出身，但他还是较好地完成了此次任务。他和当时在上海音乐学院的几位爱好京剧的老师、员工、同学合作，排演了《打严嵩》、《古城会》、《打渔杀家》等剧目。

据黄钧说："在学期间，他得到了丁善德（教配器）、钱仁康（教曲式）、邓尔敬（教作曲）、桑桐（教作曲）、杨嘉任（教指挥）、马革顺（教合唱指挥）、汪培元（教和声）、黎英海（教和声）、陈铭志（教复调）、冯文元（教赋格）等名师亲授，学习十分刻苦。可是，刚入学时，由于他选修的课程太多，对于知识的学习"太贪婪"，加之又参加了众多的各项活动，因此也影响到了专业课的成绩。比如他在和声课的上半学期，成绩仅得了"3 +"。后来有了改变，学习成绩明显提高，如曲式课程的考试中，包括同期学习的本科生、进修班生在内，他得 5 分，另一位同学戴鹏海（音乐理论家）得 5 -。当时，黎英海老师为进修班专门开了《汉族民族调式与和声》课程，影响很大，连校外的作曲家瞿维、黄准、吕其明等也来听课。复调老师陈铭志对于黄钧的学习是比较满意的，当时在完成复调作业时，黄钧将湖北民歌《鹞子翻身》改写后作为一个声部，配写了另一声部，所有技法都符合复调写作要求，后来此作业曾被老师作为教学举例。

1958 至 1959 年，当时上海音乐学院搞了“六边”活动，就是由老师带着学生们利用假期，分赴外省市的工厂、农村、部队等地开展边学习、边演出、边劳动、边改造、边体验生活、边创作等教学实践活动。此活动收到了良好的效果，著名的小提琴协奏曲《梁祝》和大合唱《幸福河》便是在“六边”活动中，打下了创作的基础。在此次活动中黄钧参加了浙江、河南队的活动，赴东海舰队以及杭州、温州、黄岩等地演出。

经过三年的努力，黄钧顺利完成学业，被留在上海音乐学院任教。

1963 年底，孟波调任上海市文化局局长，其后又担任中共上海市委宣传部副部长兼任文化局长。有一天，黄钧接到学院的通知，让他晚七点在学院门前等孟局长，什么事当时的黄钧尚不知情。晚七点他按时等在学院门前。不一会儿车子来了，孟局长叫他上车。之后他才知道，是让他陪着去上海京剧院审查几个新排的折子戏。这是他第一次进入上海京剧院。

在车上，孟局长就对他说：“现在京剧院在搞新戏，你对京剧音乐比较熟悉，你看能否帮他们搞搞唱腔和音乐。”黄钧对于孟局长很尊重、也很敬畏，但是还是敢于向他说心里话。于是婉拒说：“我不行，我哪能干这个。”孟波说：“哎，你不干谁干？不熟悉能干吗？还得从头学呀。”见到领导这样信任，黄钧便答应说：“那就先试试吧。”于是，受上海音乐学院领导指派，黄钧来到了上海京剧院报道。

当时的上海京剧院的一出新戏《送肥记》（导演金素雯，主演童芷苓、沈金波、李多芬）由于剧本改动，增加了唱词，就让黄钧担任该剧的唱腔和音乐的写作。1963 年底至 1964 年初，该戏排出并请相关领导看过之后，大家一致感觉很好。其后，上海京剧院决定将淮剧《海港的早晨》改编成京剧《海港早晨》，编剧何曼（剧作家、评论家）、郭炎生（剧作家、教育家），导演杨村彬（剧作家、话剧导演），主演童芷苓、赵文奎、小王桂卿、李多芬、李炳淑等，又让黄钧参加该剧的音乐创作。在经过上海市的领导和“客人”（当时江青的代称）审查之后，本来决定作为上海代表团的参演剧目赴京参演，到北京后，又决定不参演。于是，参演剧目只有一台大戏《智取威虎山》和几台小戏，即《送肥记》、《审椅子》（李玉茹主演）、《战海浪》（小武戏）和上海戏校的《柜台》（言少朋、张少楼、王健英、李炳淑主演）。

（四）参加全国京剧现代戏汇演

1964 年，赴京参加京剧现代戏汇演时，上海代表团中，除演出团外，另有一个观摩团，黄钧就在其内，其主要任务是观摩学习、讨论评析。在此次观摩活动中，黄钧每场必看，有的剧目甚至看两遍。中国京剧院的《红灯记》、山东京剧团的《奇袭白虎团》和云南京剧院的《黛诺》等戏演出之后，令他振奋和高兴。他立即把黛诺的经典唱段找出来和演员演唱，得到很大启示。

参加汇演回沪之后，京剧《海港早晨》一剧在上海公演。当时的节目单上写着：作曲：顾锦歌。这是四名作曲的合称，“顾”代表两位，一是取黄钧笔名“顾言”、二是月琴琴师顾永湘，“锦”代表京胡琴师马锦良，“歌”是代表上海戏曲学校音乐教师吴歌。在完成了临时借调上海京剧院的创作任务之后，黄钧回上海音乐学院把自己的工作做了如实地报告。在钟望阳书记的指点和安排之下，黄钧把参加全国京剧现代戏汇演的情况，向院内有关的党委委员做了汇报，同时又为全院的共青团员做了一次报告。此后，按照领导的意见，黄钧又返回到上海京剧院，不久他被安排参加京剧《平原作战》的创作组赶赴河北采风。此间，他结识了电影《平原游击队》中李向阳的原型抗日英雄甄凤山和郝庆山。参观了当地的抗战时期的地道和保定、定县一带的相关遗迹，知道了许多鲜为人知的故事。还未进入创作，他因为接到家中电报请假回了成都，返回之后，他又被宣布与刘如曾一起，到京剧《智取威虎山》剧组参加音乐创作。

（五）在京剧现代戏《智取威虎山》音乐创作中的贡献

1. 进入京剧现代戏《智取威虎山》剧组。

1965 年初，为重新修改京剧《智取威虎山》（以下简称《智》剧），在上海文化广场（位于陕西南路，现已拆毁另建）舞台后面二楼的一个小化妆间里，召开了一个小会。会上宣布《智》剧工作组正式成立，并宣布各组负责人名单：工作组（后来有时与创作组混同）组长兼编剧组组长章力挥、舞美组组长辛熙、音乐组（起初仅指作曲组，后来包括乐队在内）正副组长刘如曾和黄钧、导演李仲林。此任命名单，自此会后，至1966年10月期间，只有音乐组设有副职，工作组及其他各组均未设，如1966年8月起，先后增加了导演马科（上海京剧院导演，1966年元旦后离开剧组）、关尔佳（上海青年话剧团导演），从未宣布过孰正孰副。再如，1966年5月，刘如曾调回上海戏剧学院后，当时任中共上海京剧院党总支书记言行和工作组组长章力挥，命黄钧主持音乐组的工作，而职务未公开宣布明确改变。

2. 参与《唱段（腔调、板式）安排的方案》的制定。

据黄钧讲，实际上在此会之前，《智取威虎山》的编剧组已经成立了，其中有章力挥、陶雄、丁国岑、刘梦德（上海京剧院编剧）、高义龙（上海京剧院编剧），并工作了一段时间。因为那时刘如曾和黄钧被指定到编剧组（当时工作的所在地，位于永嘉路上的一座花园别墅，原书法协会旧址，即现译制片厂附近）去上班，任务是参加剧本的讨论，边熟悉剧本边拟定音乐创作方案。首先是搞出一份《唱段（腔调、板式）安排的方案》（以下简称“方案”）。这一方案也是全剧音乐的总体布局和构思，是由刘如曾、黄钧共同商议后，由刘如曾起草誊写，并于1965年4月27日以前送审。与此同时，新剧本也基本完成一并送审。

这一方案在创作中起了一定的作用，尽管在其后的创作实践中，某些腔调、板式安排上发生了一些变更，但它是个基础。在制定这套方案时，除腔调、板式安排外，他们拟用《解放军进行曲》、《三大纪律八项注意》的主题，分别代表剧中解放军“小分队”和主人公杨子荣、少剑波（参谋长）。这一音乐总体构思，由于思考时间有限，具体方案尚欠精细，但是，就当时条件而论，总的设想还是基本得当的，可以说为以后的音乐创作奠定了一定的基础。后来的创作实践也证明了这一点。

《智》剧的音乐，是边创作边排练而成。写唱腔之前，刘、黄二人曾商定过一些创作的设想（这些设想在作曲组中曾反复说明过）其中之一是：由于

《智》剧中的主要人物（杨子荣与少剑波）都由生行演员扮演，这在传统戏和现代戏中也都是比较少见的，所以在唱腔上设计上必须加以区别。经过商定，他们一致认为杨子荣的唱腔音乐形象要突出刚劲、坚毅和豪迈的气势；少剑波的唱腔则突出沉稳、宛转的特点。另外，在唱腔创作中使用舞台语言音调（即声韵）方面，开始一阶段，为了保持京剧传统风格，要求多使用湖广音、中州韵。后来发现这样所写出的唱腔陈旧感比较强，为此，他们决定改变这一作法，即用北京音与湖广音相结合的办法，来处理唱词在唱腔中的音调走向。

黄钧说，在创作的整体过程中，他和刘如曾既有分工又有合作。自剧组搬到绍兴路上海京剧院旧址排戏时起，作曲组逐步形成了一种制度，即重点唱段，由一人或二、三人合作起草，全组（包括编剧、导演、主演）讨论通过，被戏称“过堂”。而音乐创作的全面掌握是刘如曾和黄钧，全剧音乐（包括唱腔、配乐、配器）也是由二人负责统稿。对于该剧初期某些唱段如“迎来春色换人间”、“朔风吹林涛吼峡谷震荡”、“共产党员”、“甘洒热血写春秋”、“胸有朝阳”等唱段的创作情况，刘、黄二人比较清楚。全剧的配乐、配器部分绝大部分是刘、黄所作，1965 年以后，沈利群等加入其中，完成了后期许多唱腔和音乐的创作和修改工作。1966 年“文革”开始，不久，刘如曾被调回上海戏剧学院后，仅由黄钧统稿、排练乐队。如 1966 年 11 月油印出的全剧总谱，就是根据刘如曾、黄钧统过的稿，由黄钧整理、保存的乐谱，并请谢家国（当时任琵琶演奏员）清理后印出的。①

---

① 1965 年《智》剧新改本第一稿投入排练时，练乐指挥以刘如曾为主，偶尔由黄钧担任，因为那时他的精力主要集中在唱腔创作上。在上海艺术剧场排练阶段，由刘、黄共同负责。1966 年元旦过后，搬到儿童艺术剧场（延安中路）排练，此后，练乐指挥基本以黄钧为主，刘如曾偶尔担任，此阶段他的精力主要集中在配器的写作。1966 年 4 月，内部演出的最初几场，由于全剧刚刚排出，乐队人员增多，乐手、演员皆未熟练，凡与音乐相关的环节以及整体音乐节奏的把握之处必须加以提示，因此必须要由对于京剧比较熟悉的黄钧担任现场指挥。当时，为了练乐，特别是现场指挥，黄钧整理了一份完整的总谱。这可以说是那时唯一的一份总谱。连续演出几场之后，黄钧就不再做现场指挥。1966 年“文革”开始不久。刘如曾被调回上海戏剧学院参加“运动”，言行、章力挥决定，音乐组由黄钧全权负责，但他曾表示这样做不合适，因为刘如曾尚在剧组。1966 年 6、7 月间，剧组也曾一度停止业务活动，进行“运动”。约于 1966 年 8 月，剧组恢复排戏。那时，黄钧已风闻将调《智》剧赴京演出，所以他将仅有的一份总谱，交给谢家国清理、校对，然后由他复校，以备油印及赴京演出使用。这就是后来封面上标示“智取威虎山上海革命京剧文工团演出 1966 年 11 月”的油印总谱。

3.“迎来春色换人间”一段唱腔的创新思维。

京剧现代戏《智取威虎山》全剧第一次投入全面排练，大约于1965年3月至5月进行，其地点是常熟路上海歌剧院小剧场。这次排了一稿，也可以说是新改本的第一稿彩排本。“迎来春色换人间”是《智》剧第五场，即“打虎上山”中的一个唱段。它是此阶段排练中新增加的唱段。那时的唱词是：

穿林海跨雪原银浪漫漫（1965年6月24日以后，改为“穿林海跨雪原气冲霄汉”），面对着千难万险只等闲（约于1966年4月改为“抒豪情寄壮志面对群山”）。愿红旗五湖四海齐招展（排练中改为“五洲四海”），为人类求解放勇往直前（约于1966年8月改为“哪怕是火海刀山也扑上前”）。恨不能急令飞雪化春水（排练中改为“恨不得”），迎来春色换人间（此句先改为“迎来春天”，毛主席看过戏之后，复改为“迎来春色”）。党给我智慧给我胆，火海刀山扑向前（“扑向前”曾改为“扑上前”，约于1966年4月改为“千难万险只等闲”）。为剿匪先把土匪扮，似尖刀插进威虎山。誓把惯匪座山雕（创腔中改为“誓把座山雕”），彻底埋藏在天险（创腔中改为“埋藏在天险”，后又改为“埋藏在山涧”）。凌云壮志撼山岳（创腔中改为“壮志撼山岳”），革命雄心填深渊（创腔中改为“雄心震深渊”）。待等那小分队会师百鸡宴（后“小分队”曾改为“追剿队”，约于1966年8月改为“待等到与战友”），捣匪巢定叫它地覆天翻。①

黄钧说，当时，根据作曲组内部的分工，决定由他起草这一段唱腔，并且按照原定“方案”，全唱段使用的是【二黄】腔调。第一句用【导板】，唱词是“穿林海跨雪原银浪漫漫”；第二句用【回龙】，唱词是：“面对着千难万险只等闲”（以上两句与后来的定稿不同）；第三句至第六句用【原板】（第六句与定稿不同）第七句至最后一句中，写了一段【二黄快板】。此稿除了【导板】、【回龙】和【二黄快板】外，其第三句至第五句的唱腔，后来稍加修改后，把它们保留在定稿里。那时，杨子荣由贺梦梨扮演，童祥苓尚未调入

---

① 这一段唱词是以黄钧仅存的，当年供排练用的乐谱为依据，加上回忆而列出的。这些乐谱包括：1966年1月油印的总谱、1966年3月公开演出说明书上的附谱、1966年4月的录音记谱、1966年11月油印的总谱、1967年12月油印的总谱。

《智》剧组。由于当时赶忙排戏，“过堂”制度尚未形成，他将唱段写出后，仅请刘如曾看过一遍，即立刻投入排练（其他人起草的唱段，由刘如曾、黄钧看过，即可投入排练）。这一“纯【二黄】”的方案，在排练中被否定。对此段唱腔的主要意见是：前半段【导板】缺乏气势；后半段【快板】力度不足；【原板】部分还可以，要求再改一稿。经刘、黄二人商定，立即又由黄钧改写一稿“纯【西皮】”的唱腔方案（这也是“纯【西皮】”的第一稿），实际上是重新写了一稿。针对提出的意见，当时只考虑解决唱腔力度与气势的问题，所以决定改变腔调，用【西皮】腔调写一稿。格式是：第一句用【导板】，第二句至第六句用【原板】，第七句至十六句用【快板】。

主演贺梦梨工武生，扮相英武、挺拔，身段好看，武功底子扎实，但是嗓音音域较窄。自排练工作一开始，他曾多次嘱咐：“千万少用高腔，最好不用。”但是，这一“纯【西皮】”稿，还是用了少量的高腔，所以贺梦梨唱得费力。

1965 年 6 月某天，进行了一次彩排，领导看了戏。这次彩排，此唱段用的就是这段“纯【西皮】”的唱腔。彩排后，剧组内部各组，对全剧展开讨论，提了许多建设性意见，同时，剧本（特别是唱词）也要修改。1965 年 6 月 24 日，针对此稿的彩排，领导讲了一次话之后，进行了新改本的第二次大规模修改、排练。此时，剧组已搬到上海艺术剧场（今“兰馨”）排戏。

此段仍由黄钧修改。可是，写此稿时，他已知道将要更换演员了，但是，领导决定换上哪一位，当时还不知道。所以，写这一稿时，他基本上没有什么顾虑。唱腔用的音域较宽，难度也比较大，为了增强唱腔的力度和气势，技术上采取了一些措施，如增多跳进音程、唱腔旋律音域加宽等。这一【西皮】稿，已是“纯【西皮】”方案的第二稿。唱腔写出后，请刘如曾看过。他对前半段提了一些意见，对后半段基本肯定，要黄钧再考虑修改。此时，童祥苓已到剧组报到，扮演杨子荣。

就在刘如曾看过这一稿后的一两天里，黄钧反复思考，最后，想出采用“【二黄】转【西皮】”，即前半段用【二黄】，后半段用【西皮】的办法。【二黄导板】借鉴传统戏《战太平》中“头戴着紫金盔齐眉盖顶”一句的唱腔。想法形成并已有腹稿之后，他立即将这一想法提出来与刘如曾商量，刘当时表示不同意，并说："前【二黄】，后【西皮】恐怕不行，再说，我们不是早已商量好了，将《战太平》的腔用在第八场（当时第八场剧本正在修改中，唱词尚未定稿）的重点唱段吗？第五场用了，第八场怎么办?"刘当时的想法确实有一定道理，因为早在贺梦梨担任主演的排练初期，童祥苓尚未加入剧组之时，刘、黄二人曾经议定，在第八场的重点唱段中，借鉴《战太平》的这句【导板】。由于第八场的剧本，特别是唱词，迟迟未定稿，所以还没有用上。但是，黄钧仍想说服刘。他说"【二黄】转【西皮】"的办法可以试一试，至于这里用了《战太平》的腔，就顾不得那么多了，等第八场剧本定了的时候，再想别的办法（大意）。他们谈话过程中，陈立中（京胡琴师，作曲组成员）也参加进来，并未明确表态。这次商谈的结果是，他们之间谁也说服不了谁。最后，刘、陈表示合作写一稿"纯【西皮】"的唱腔。

在当时的情况下，黄钧感到压力很大，因为作曲组内部，在这一问题上他是少数。而高一鸣（二胡琴师，作曲组成员），在这一唱段出现了"纯【西皮】"和"【二黄】转【西皮】"两个方案有争议之际，正在为李仲林另外搞着一套唱腔方案，在黄钧和刘如曾、陈立中讨论此事时，他也不在场。

就在这次谈话的当晚，黄钧将此唱段写了出来，而且很快完成。因为用不着一句一句地写。"【二黄】转【西皮】"的一稿，是用他原先起草的"纯【二黄】"唱腔与两次起草的"纯【西皮】"唱腔，三者合并而成。即：用"纯【二黄】"唱段的前半部分，加上"纯【西皮】"（基本上是第二稿）的后半部分，加以合并、联结，将【二黄导板】、【回龙】、"迎来春色换人间"等句唱腔加以改写而成。写此稿时，在这几句唱腔上，他思考得最多。特别是【导板】，不能照搬《战太平》【导板】的唱腔，必须加以改写；而"迎来春色"一句，因为它是一个承前启后的关键唱句，所以黄钧在改写中，将"迎来春色"四字，处理为中性的音调，即：在【二黄】、【西皮】腔调中皆可用，而"换人间"三字，采用了纯【西皮】色彩的音调，使得腔调转换很自然，没有生硬之感。

第二天上午，黄钧有意识地主动找童祥苓谈话，想取得他的支持，如果他支持这一方案，就有希望，就可将写出的唱段拿出来，唱给他听，听取他的意见，否则，黄钧也就坚持不下去了。因为在作曲组内部他是少数，如果主演者也不支持他，与其他部门的主创人员就更无法谈起。这次谈话，是黄钧被借调到上海京剧院工作后，第一次和童祥苓面对面地讲话。也可以说此前，他们互相没有打过交道，更不了解对方的秉性、脾气和艺术观。所以，谈话之前，黄钧思想上已做好了两种准备，或成，或败，在此一举。两个生疏人之间第一次谈话，讲了几句寒暄语之后，当他把“【二黄】转【西皮】”的方案一讲出口，童祥苓立即表示赞同，支持。黄钧当时兴奋的情状，至今历历在目。为此，在以后的排练工作中，直至“文革”初期，他们的关系一直很好。当时，黄钧立即将谱子拿出来唱了一遍，童未加思索地表示“我学，我学”。由于当时他们都很忙，工作很紧张，特别是童祥苓，刚刚加入剧组，立即投入排练，可以说忙得透不过气来。除了要背台词、练身段、记走位之外，还要学唱腔、练唱，可是，他那时又缺乏读谱能力，必须要人家一句一句地教唱，特别是新搞出来的唱腔，好在他有一部盘式录音机，据说是北京生产的鹦鹉牌录音机，帮了他不少忙。黄钧曾多次去他家（那时他家在五原路上，离黄钧家很近）录音，从此，他用“跟着录音机学唱腔”的办法，解决了读谱的困难。

此时，刘如曾、陈立中合作写出了纯【西皮】的唱段，于是形成了同一段唱词，谱为两种唱腔的两个唱段并存的局面，而且这两个唱段都投入了排练。可能这是“样板戏”创排史上，绝无仅有的现象。在持续了一段时间后，领导要审听《智》剧的唱段，不得不将全剧重点唱段进行录音。其他唱段好办，“打虎上山”这一唱段怎么办？黄钧建议两个方案的唱段都录音送审。1965 年 10 月，领导明确表态，选用“【二黄】转【西皮】”的方案。自此，两个方案共存的局面终止。

4.“文革”中被隔离审查退出《智》剧音乐创作组。

史无前例的“文革”运动开始后不久，黄钧便“靠了边”，紧接着被打成“牛鬼蛇神”。他曾遭遇三次抄家，多年积累的宝贵资料也几乎全部丧失。仅“隔离审查”就经历了“三关三放”，时间总计近四年之久，这期间被批判、斗争难以计数，后被下放农村、干校劳动“改造”。在此期间，他结识了上海文化界许多著名的“牛鬼蛇神”，如赵丹、巴金、富华、吴强等。黄钧被“隔离审查”期间，最多时有四个人看管，至少时两人。后来巴金曾逗趣地对他说：“你比我强噢，你有两个‘警卫员’，而我没得……”一直到 1975 年，才以“犯有严重政治错误”的结论，将黄钧“解放”，但是仍然不给予正常工作，再一次下放到干校，充当炊事员。如此遭遇，他经常是处于愤愤不平之中，可是干校养猪棚劳动的赵丹悄悄开玩笑地说：“知足吧！你在喂人，我在喂猪，比我强噢。”

三、 跨入新时代在艺术事业方面的贡献

1976年，粉碎“四人帮”，黄钧得到彻底解放。

此后，重新获得解放的上海文艺界有识之士纷纷议论，堂堂上海竟然没有艺术研究机构，应该成立一个艺术研究所，甚至应该成立一个艺术研究院。经过相关部门研究之后，组建了成立上海艺术研究所的筹备组，章力挥为筹备组组长，此时的黄钧，在上海歌剧院完成小歌剧《春风亭》等之后，研究所尚未正式成立之际，便调入所中，并参加了筹备阶段的工作。1979年7月14日，上海市艺术研究所正式成立，黄钧担任第二任所长。自入所起，直至1997年正式离休，他所做的主要工作有如下几方面：

一、通过录音、录像，整理、抢救、保存老艺术家珍贵资料；

二、举办京剧知识系列讲座，在上海广播电台播出后，又被其他省市电台播出；

三、主持上海艺术研究所学术委员会工作，任主任；

四、任第二届副所长兼学术委员会主任；

五、主编《中国戏曲音乐集成·上海卷》；

六、主办内刊《戏曲音乐资料汇编》；

七、主编《中国京剧文化辞典》；

八、为京剧《雨夜访贤》、京剧电视剧《双重枫叶红》、《三家村》作曲；

九、创办上海计算机音乐协会，任会长；

十、主编《京剧小辞典》等。

作为文化艺术科研单位，在包括黄钧在内的各届领导班子的正确管理下，上海艺术研究所的各项研究工作都得到了惊人的战绩。聊聊万言难以述尽老艺

术家的成就与艰辛，区区一孔难以窥见老前辈的沧桑和磨难。历史是一面镜子，它的公正和客观会使得每一位经历时代变迁的人，在现实生活中，看清事物的最本质规律。历史是一条川流不息的长河，它冲击着一切污泥浊水，奔涌向前，给人带来勃勃生机。如今世界在多变中又创造了新的奇观，但是，黄钧，作为一个经历了革命战争血与火的锤炼的老艺术家，他的意志品格依然如故；当下，国人也许忘却了那段癫狂的年代，然而，黄钧对于往昔的追忆和回味，依然是那样豁达和率直。他的精神值得称道，他的业绩值得弘扬，他的意志值得学习，他所创作的音乐会永载京剧音乐史册！

爱京剧情愫隽永　志高远情怀浩荡

——上海京剧院　国家一级作曲　高一鸣

高一鸣是中国当代著名京剧作曲家、上海京剧院国家一级作曲，现任上海戏剧学院戏曲学院音乐系主任。早年师从于著名琴师黎秋觉学习京胡演奏，其后从事京剧唱腔设计。20世纪50至60年代，他先从事京剧器乐伴奏，其后参加了上海京剧院及国内部分京剧院团的音乐唱腔设计。主要代表作有：京剧现代戏《智取威虎山》、《龙江颂》、《磐石湾》等。1976年，中国进入改革开放的新时期，他先后又担任了新编历史剧《曹操与杨修》、《乾隆下江南》、《贞观盛事》、《廉吏于成龙》等七十多出剧目的唱腔设计。作为海派京剧音乐的代表人物，他的作品数量多、质量高，个性鲜明，成就卓著。他的作品也在中国当代京剧音乐史上产生了重要的影响。

一、 钟爱执著 立志献身于京剧音乐艺术的情愫

俄国教育学家凯洛夫曾言道：感情有着极大的鼓舞力量，因此，它是一切道德行为的重要前提。谁要是没有强烈的感情，他就不会有强烈的志向，也就不能够热烈地把这个志向体现于事业上。

（一）从学唱京剧表演到改拉京胡

高一鸣，1939 年出生，江苏靖江人。自幼喜爱京剧。七岁随京剧著名老生陈秀华先生学习老生。当时陈先生门下学生很多，包括谭富英先生、李少春先生都曾向陈先生求过艺。可是，天公不作美，高一鸣先生十三岁那年“倒仓”了。因为特别钟爱京剧，便改学京胡。其后又跟上海著名的琴师赵济羹学拉京胡。赵济羹的艺名叫“赵喇嘛”，他能左手拉琴，备受京剧器乐界推崇。

高一鸣老师当初最早是跟赵济羹的一个名叫马金庸的弟子学习拉琴，两年后，开始转到赵济羹门下求艺。其间他先后共在赵先生门下学习了三年左右。靠着勤奋刻苦的努力和天赋，高一鸣先生进步很快。十七岁左右便能独立操琴伴奏，到各地巡回演出。

二十岁左右的时候，一个偶然的机会使高一鸣先生进入了上海新民京剧团。当时，有一位唱老旦的演员被新民京剧团看中了，于是便应招参加入团考试并约请高一鸣老师为其伴奏，曲目是《钓金龟》。在应试过程中演唱和伴奏者都可谓全神贯注，然而，作为考官的团长、副团长和团里主要演员，在对演唱者关注的同时也对伴奏者给予了高度的关注。考试结束后，几位主考官都觉得操琴者高一鸣“手里不错”，拉得也是“满宫满调”的，就同高一鸣老师说：“你愿不愿意到新民京剧团来？”因为考虑守家在地，又不离开上海，高一鸣便欣然同意，就这样高兴地加入了新民京剧团。当时的上海新民京剧团虽然是一个区一级的剧团，但是，这里却云集着京剧界的众多名流，剧团的实力

相当雄厚，其中演员阵容中有：言慧珠、黄桂秋、迟世恭、马世啸、艾世菊、萧德寅、小王桂卿、陆正红等等。

20世纪60年代，新民京剧团并入上海京剧院。此时，高一鸣已经拜著名琴师黎秋觉为师，又先后为黄桂秋、迟世恭、纪玉良、夏慧华等著名演员伴奏。同时由于他勤奋刻苦，谦虚好学，又先后得到了徐兰沅、杨宝忠、王瑞芝、李慕良、贾贤英、汪本贞等名师的指导。其中使他受益最大的是王瑞芝先生。那时，他还潜心学习余派唱腔达十年之久。

（二）从琴师到专业京剧作曲

1964年，为参加全国京剧现代戏汇演，高一鸣在上海京剧院除了担任京胡伴奏以外，曾经在几出现代戏中兼任唱腔设计。其中参与创作的主要剧目有：《智取威虎山》、《龙江颂》、《磐石湾》等，这些剧目不但在“文革”期间被定为“样板戏”，在经历了历史的考验之后，他的音乐依然被业界的专家和学者所称道，其中的许多精彩唱段依然被广大的观众所喜爱。

二、 潜心钻研　探索京剧音乐创作奥妙的情结

1964年全国京剧现代戏汇演大会之后，上海京剧院就开始着手加工京剧现代剧目《智取威虎山》（以下简称《智》剧）。高一鸣在回忆当时的情形时这样说道：“开始时，我记得是上海音乐学院贺绿汀院长，带着当时上海音乐学院民乐系系主任到上海京剧院来，就几出京剧现代戏音乐创作怎样搞的问题，与上海京剧院的领导和创作班子一同策划、研究。并就《智》剧的创作问题与相关人员商谈、讨论。其中包括当时的副院长、编剧陶雄先生和我。”自那次会议以后，上海京剧院便把京剧现代戏的创作和修改工作，列入了重点工作日程。

（一）在《智取威虎山》音乐创作中的贡献

在上海京剧院现代戏的音乐创作中，刘如曾、黄钧、高一鸣、陈立中、沈利群、于会泳、龚国泰等一批音乐家与京剧现代戏《智取威虎山》的音乐创

作工作。当时，在具体分工上，作为一个创作群体，他们共同完成了《智取威虎山》的三场、四场的音乐创作，其中在四场中，“朔风吹林涛吼峡谷震荡”一段唱腔，是特别邀请北京京剧院的李慕良先生来修改完成的，而“几天来”一段，是由高一鸣老师独立创作（这一段唱腔也是高一鸣先生的处女作），此外，在七场“军民一家”和八场的“劈荆棘”等，这些《智》剧中比较重要的唱段，高一鸣先生均参与其中。

（二）参与《龙江颂》和《磐石湾》创作中的艰辛

除了京剧现代戏《智取威虎山》外，后来在《龙江颂》一剧进入最后阶段时，高一鸣先生又被调到了《龙江颂》剧组，创作排练夜以继日，吃睡在上海市儿艺剧场的休息室里达两三个月之久。那时，为了赶排《龙江颂》一剧，几乎是全负荷地工作。有一次，吃完了夜宵之后，高一鸣还被安排给乐队排练，从午夜一直到第二天凌晨三点钟，在谈到那时的排练工作时，高一鸣说：“那时的工作精神，现在回忆起来，好像都是不太可能的事情。大家就是一门心思的把戏搞好，什么价钱都不讲。”

当上海京剧院搞第三出京剧现代戏《磐石湾》的时候，高一鸣又被调去参加唱腔设计工作。高一鸣在回忆那段经历时说：“这出戏的音乐创作工作前后进行了一个多月。每天从早上起来，一直搞到晚上很晚，这当中，还有琴师蒋阿炳先生和陆在易也参与其中。《磐》剧中‘望海空，星移斗转，月西沉’就这两句【摇板】，足足改了几十稿。从早上起一直写到晚上十一点多，将近十二点的时候才把它定稿。那时的创作真是玩命一样干，非常非常认真，而且，这一稿的《磐石湾》创作已经是修改的第八稿了，此前，已经搞了七稿，包括电影那一稿。”

这些只不过是高一鸣在艺术创作中的一个缩影，透过他的孜孜以求、锲而不舍的艺术实践经历，我们仿佛感悟到了他那钟情于京剧现代戏的音乐情结。

三、勤奋刻苦　自强不息努力钻研作曲理论的情思

20世纪70年代，针对当时全国京剧音乐作曲人员普遍存在的实践经验比

较丰富，而专业作曲理论知识不够系统、全面或者说不够完善的现实问题，考虑到戏曲音乐中西结合在现代京剧中的重要性，同时，也为了培养更加全面的京剧作曲人才，1974 年，中央音乐学院抓了一个特殊进修班，从全国重点京剧院团作曲队伍中，挑选出了五位优秀者，到中央音乐学院进行为期两年的作曲技术理论进修学习。其目的就是要把西洋的四大件与中国戏曲音乐有机地结合在一起，进一步提高整体创作水平。

鉴于高一鸣的各方面资质，都具备了上级选派条件，上海京剧院决定推荐高一鸣前往北京学习深造。如此，高一鸣怀着激动的心情和对未来的憧憬跨进了中国的最高音乐学府，开始了他“特殊”的学习生活。然而，尽管高一鸣通过参与多个京剧剧目的唱腔设计工作，已经表现出他在京剧创腔方面卓越的才华，但是，用他自己的话说：“那时的创作完全是凭着一种经验、一种灵感。严格地说，那时对西洋的和声、复调、曲式、配器等专业作曲理论并不是很熟悉。”

对于已过而立之年的高一鸣来说，初进中央院，学习西洋的“四大件”和五线谱、钢琴等科目并不轻松，有时应该说是“比较艰难”。但是，对于具有顽强意志和品格的高一鸣来说，没有克服不了的困难。在整个学习的过程中，他和几个师兄弟都特别认真，他个人做和声题经常是从头一天晚上的八九点钟到第二天天亮，早上用冷水洗个脸，然后到食堂买个馒头，边嚼着馒头边往课堂走。那时，唯一的感觉就是时间太短，尽管他只争朝夕，可还是感到时间不够用。回忆起这一段难忘的经历，高一鸣说：“我在刻苦努力和勤奋中度过了两年，使自己在作曲知识各个方面都提高了许多，系统知识的学习，使我以后的创作带着一种理性指导。”

当时，中央音乐学院精选了几位大师级的作曲家为该班授课，比如吴祖强、吴式凯、杨儒怀、牟洪等，这些知识渊博、技术技巧娴熟的教师所讲授的西洋作曲技术理论，不仅开阔了高一鸣的视野，使他获得了许多过去从未涉猎到的知识、解决了他以前在创作中曾经遇到过的难题，而且，对他的后半生的京剧音乐创作实践都产生了很大影响。这些知识的学习，也为其在日后的剧目音乐创作中，从整体上更好地把握和塑造好剧中人物形象、把握作品的艺术风格、主题音乐的贯穿以及全剧的整体构思都起到了重要的作用。

两年的学习结束后，高一鸣先是留在首都，为北京市京剧团搞了一段时间的创作，此后，他回到上海京剧院继续从事专职作曲工作，而操琴则作为兼职。同时，他还担负着给上海京剧院的演员们教授唱腔、训练京剧乐队等项工作。

当我向高先生问到作为一位亲历者，您如何认识“样板戏”时期京剧音乐创作的问题时，高一鸣冷静而又客观地说：“在戏曲音乐改革方面，‘样板戏’的音乐创作在京剧史上应该算是一个里程碑。从客观上看，它改革的步子之大是前所未有的，这其中包括对西洋音乐的大量学习和借鉴等等。但是，‘样板戏’也有塑造英雄人物追求高、大、全和政治性太强，人情味、人性味比较淡化等突出问题。这是我们现在所不可理解的，其中包括表演动作上的夸张，也包括音乐语言上的那种激昂，真可谓激昂有余而抒情不足。这种受到特定历史条件限制的模式化创作是有一定的局限性的。但是，京剧‘样板戏’在唱腔创作上确实迈出了改革的一大步，许多经典唱腔是集众人的智慧，经过前后反复磨炼所创作出来的，是集体智慧的结晶。”从这些坦言中，我领略到了高一鸣作为一位艺术家公正客观的学术风范和唯物主义的思想品格。

四、 开拓进取　追求更新更美的京剧音乐创作情感

从20世纪70年代后期起，直至90年代，伴随着中国改革开放发展战略的全面实施，中国京剧事业的发展也面临着新的机遇和挑战。在此期间高一鸣又参加了许多新剧目的音乐创作。其中影响较大的有：童祥苓主演的《甲午海战》（1978—1979年）；《金玉奴》、《勘玉钏》（改编）；张学津主演的《东进序曲》、《刑场上的婚礼》；童芷苓主演的《大闹宁国府》；上海戏校演出的《红楼十二宫》；王珮瑜主演的《剑阁闻铃》；关栋天主演的《乾隆下江南》（上、下集）；言兴朋主演的《曹雪芹》（电视剧）；尚长荣、言兴朋主演的《曹操与杨修》；尚长荣、关栋天主演的《贞观盛事》、《廉吏于成龙》；宋长荣主演的《紫钗记》；孙毓敏主演的《痴梦》（昆曲改为京剧）；耿其昌主演的《瘦马御使》等。除此之外，他也曾应邀为全国多个省市院团（包括台湾的艺术团）创作过新编历史剧、现代剧，并多次随团出国访问。这些剧目不仅在几届艺术节与京剧节上都获得了中宣部和国家文化部的各种荣誉，也使得海派

京剧艺术再现昔日的辉煌，成为业界关注的焦点并以其新时期的个性特征在中国的京剧界产生广泛影响。

（一）对京剧《瘦马御史》剧本修改提出独到见解

高一鸣在参加京剧音乐创作中的突出特征是十分注重对剧本的研究。他说：“徐兰沅大师曾经说过：‘剧本剧本，一剧之本’，剧本在剧目形成中十分重要，这个问题应该引起我们戏曲音乐工作者的关注与重视。有些从事戏曲作曲的同志，拿到剧本之后由于没有很好地读剧本、研究剧本，没有很好地与编剧和导演切磋剧本就匆忙进行戏曲音乐创作，这样的成功率不会很高。剧本与唱腔音乐的关系，就相当于鱼和水、皮和毛的关系，如果没有好的剧本，音乐创作再努力也不会成功，因此，作曲者要积极地参与剧本结构的研讨，要参与对于剧中人物性格发展的设计与剧情的发展构思。这对于剧目的唱腔、各种场景音乐的安排是非常关键的。有些剧本就是这样，该唱的没有唱足，没有描绘足，有些不该唱的，或者可唱可不唱的地方反倒比比皆是，这样就分散了人物塑造的力量。不能够很鲜明、很突出地完成人物性格的塑造，展开剧情和升华主题。”

几十年来，高一鸣为众多戏曲院团写戏，与众多的编剧导演合作，作为一个戏曲作曲者他是比较挑剔的。有时候，在剧本大的构思都搞好之后，他对剧本中大的结构、唱词的文学性、唱词的多少等，在动手之前都要参与意见。这些思考和分析工作要占去相当大的一部分时间，有时甚至到一半然后才能谈到创作。但是他在音乐创作中一贯坚持这一原则。他始终认为只有在此前提下，音乐创作才能在剧本中得到很好的发挥和体现。一部戏在酝酿和定夺之中，音乐创作人员要从戏曲音乐表现内容、形式以及手段上，与编剧、演员、导演沟通。在这方面他有许多成功的案例。他说道：“前几年，我为中国京剧院搞《瘦马御史》，这部戏是著名编剧盛和煜先生的作品，剧本写得很成功。在我的印象中这部戏他似乎是给滇剧写的，该剧作为滇剧的演出剧目已经得了文化部的文华奖了。后来，耿其昌先生把这个剧本寄给我，在反复阅读和思考之后，我便产生了对该剧结构进行调整的想法。不久耿其昌先生打电话来问我对剧本的看法，我对他说，剧本当然是好剧本，但是，从音乐的角度上讲，还有大量的工作要做，还要做大的调整。如何修改剧本，等我到北京之后，我们再进行详细商讨。”

此后不久，高一鸣应中国京剧院之邀，从上海来到北京参加《瘦马御史》剧目研讨会。在来北京的头一天晚上，高一鸣大半宿没有睡觉，他又对剧本再一次进行了认真细致的推敲。到京的第二天，中国京剧院召开了剧目专题研讨会，而且要先请高一鸣先生发言。高一鸣说：“我要先听各位的意见，等到十点多钟的时候，请给我一个半小时的时间，我来专门阐述我的见解。”

待到高一鸣发言时，他从人物的性格分析入手、结合剧本的结构谈了唱腔与音乐的安排。他说：“从结构上说，该剧中最大的唱段在第七场，叛徒浦霖做内心的思想斗争，到了第八场当一号人物钱南园与浦霖对簿公堂的时候，迫于和珅的压力，浦霖突然叛变了，这给钱南园带来巨大的意外打击，从情节发展上来看，从塑造人物来说处在这样的关键时刻，此时一定要为一号人物钱南园安排一段像样的唱段，可是原剧中却没有这样的设计安排。另外，该剧的第一场中和珅出场后的八句唱词，都是一般性介绍与交代性的唱词，因此我认为在这种可唱可不唱的节点上，没有安排唱段的必要。相反该剧的第二场中，钱南园与母亲的一段对唱中，盛和煜先生的安排中，是老旦的母亲的先唱，而后儿子钱南园接着只有六句唱词，然后，又是母亲的十多句唱词。在唱腔布局上母亲唱词过多，而主人公钱南园的唱词却相对较少，应该突出主人公的唱词地位。另外，主人公当时只有九岁，可原唱词中却出现了‘与贪官污吏不共戴天’，语句似乎与年龄段不太相符，历史上虽然不乏少年甘罗、周瑜这样的英才，现实中数学、物理等天才也是常见报端，这些可能是由于天赋、偶发等因素形成的，然而，一个世界观的形成和对于某些问题的思想认识，是需要一个长期演变过程的。钱南园的成长中应该和他的母亲对他的教诲有很大的关联，所以唱词中一定要把他的母亲前期怎样对他进行教育表现出来。所以应该重新调整。”

在充分陈述了个人观点之后，高一鸣又拿出了自己编好的新唱词，他从音乐的角度建议把主人公的唱段增加到十六句，他认为这样调整原剧本中唱词的结构，会使其达到更加合理状态，为音乐的整体设计和唱腔的合理安排拓展了空间。在唱腔的布局上，开始部分用了一个【原板】，然后转入一个弹唱的

【清板】，把他的父亲怎样惨死的情景生动地描绘出来。通过这样直接参加剧本的讨论，并直接进行剧本结构的调整之后，该剧的唱腔布局更加合理，不仅很好地达到了塑造人物、展开剧情的目的，更为该戏的上演的完满成功起到了关键性的作用。后来该剧目创排尊重了高一鸣的意见，收到了很好的艺术效果。

（二）在京剧《曹操与杨修》的唱腔设计中大胆创新

在新编历史剧《曹操与杨修》一剧中，第一场曹操到郭嘉墓上香，没有唱段，第二场中，曹操上场，剧作者在原剧中把曹操所作原诗“慨当以慷，忧思难忘，何以解忧，唯有杜康”作为唱词。为此主演尚长荣先生找到高一鸣说：“一鸣兄，初次上场，我想唱【西皮原板】，花脸的【西皮原板】比较好发挥。您看唱词上是否有什么困难，咱们是否另写一段唱词。”高一鸣说：“您容我考虑一下……”在此之后他反复思考，还是觉得如果重新写一段唱词倒是可以，但是难以超过曹操原诗的意境，于是，他决定还是采用原词。可是，原唱词的格律又与【西皮原板】的格律不太一致，传统的【西皮原板】唱词大都是七字句和十字句的结构。可原诗总共只有十六个字，如何在这十六个字的结构中展现京剧【西皮原板】的韵律？高一鸣在反复的构思之中，创造性地运用了赋格的形式，把“慨当以慷、忧思难忘”作为一个上句，将“何以解忧，唯有杜康”作为下句，构成了两句【西皮原板】，然后，用一个过门儿转入弹唱，而且把主题融入到唱腔里边，这样一变化，在高一鸣创造性的构思之下，既保留了曹操的原诗，又跟传统的花脸的【西皮原板】的唱腔结构形式融合到一起了，这样新颖独特、运腔巧妙的经典唱段自此诞生，由此看出高先生过人的创作思维、创腔中的精到布局。

又比如在第四场的时候，原来曹操与杨修争执完了之后，曹操有一段唱腔是叙述他对错杀了孔文岱的一种悔思，有十几句唱词，后来，在该剧立起来之后，大家在讨论中认为，这一段唱有点游离于曹操与杨修争论的热线。节奏也有些拖沓，决定把这段唱腔拿掉了。建议改为：杨修拂袖而下之后，便是倩娘送寒衣了。可高一鸣认为，这样的结构又似乎过于陡短，总觉得似乎缺少东西，但一时还说不清楚。回到家中后，他反复琢磨着一个问题：曹操在与杨修争执以后，他在思考着什么？冬夜的上海天气清冷清冷的，在寒冷中想寻找答案的高一鸣冻得睡不着觉，于是他从床上起来，披上大衣坐在取暖的小火炉旁。他想：当时的曹操一定是很痛苦的。他求才、爱才、怜才又恨才，他一定在想：我求才、爱才，好不容易弄来的才，为什么这么“各色”，这么“难弄”呢？他为什么尽是揭我的短处呢？我“谎称梦中失手”，你装装糊涂不就过去了么，为什么非要把我点穿？这时曹操肯定会在怨恨之中，慨叹求才之难、求才之不易。于是，他提起笔来伏案写下了“寂寞三更人去后，雪上加霜愁更愁，我谎称梦中失了手，杨德祖咄咄逼人不罢休。求才难啊，难求才”，通过增加这六句唱词，就把曹操与杨修争执之后的心情写出来了。唱词写出来之后，他又考虑使用什么板式。

从一般意义上讲，花脸这一行当都是比较粗犷豪爽的。在传统的唱段里面，没有太慢的板式，一般采用【原板】节奏，再就是【流水】、【快板】、【二六】、【散板】、【摇板】。没有【慢三眼】的节奏，可是高一鸣在进行唱腔设计时觉得，在这个地方可以安排一个【反二黄慢三眼】。因为从曹操来说，他不同于一般的人，是一个大军事家、大政治家、大思想家，他应该有着深刻的思想内涵，唱腔设计上应该充分展示他内心的思想活动。于是他就大胆设计了这段花脸的大段【反二黄】唱腔。该剧正式上演之后，这一段唱腔深深地感染了观众，每次演出，都引起观众的强烈反响。这一段唱腔从词到曲，再到板式都是那么贴切，从技术上说，他也开辟了花脸行当的新板式。所以说，一个作曲者参与剧本的构思与创作，对于唱腔设计与音乐设计来说尤其重要。

在《曹操与杨修》中，杨修有一大段的【反二黄】，唱腔就安排得非常好。“百年好终须一别，我死不必棺木载，我死不必把孝戴，亲朋问我今何在，你就说我远游未归来。”剧中的杨修说到这一段话的时候，是很伤感的，起初杨修一角是由言兴朋来担任，高一鸣在设计该唱段时，充分发挥了言派京剧的演唱风格，所设计的旋律走向与传统的就不太一样，从高音到低音旋律进行之后，又从低旋律再上扬至高音，一波三折，起伏跌宕，逶迤婉转，凄楚惆怅，淋漓尽致地刻画出了杨修当时的复杂心情。之所以这样设计唱腔，主要是发挥言派唱腔用字突出的特点，使湖广韵得到更淋漓尽致的发挥。高一鸣认为：突出湖广韵的特点也好，体现言派的风格也罢，一定是在特定情境下的需要。能够把这两个因素结合起来才是最好的效果。如果是单纯为了突出言派风格而故意为之，倘若用得不是地方和火候，就会有牵强和做作之感。

高一鸣在戏曲音乐创作上有一个核心的理念：不管创作手段如何，不管是采用什么板式，也不管用什么手段，创作的重心始终要注重一个“情”字，从“情”字出发调动各种的手段。托腔也好，舒展也罢，就如同做文章一样，既要惜墨如金，又要泼墨如云。该要抒情的时候，要淋漓尽致，可描绘也可不描绘的时候，就要留下笔墨，以便于用到点子上去。要从塑造人物入手，要始终在“情”字上下功夫。

五、 融会贯通　善于继承传统与激活传统的情志

高一鸣认为，从他新时期的戏曲音乐创作经验来看，新编历史戏的音乐创作，首要的问题是不要脱离传统，必须在充分掌握和运用传统唱腔结构形式的基础上加以改革创新。无论是主题、旋律、板式，不要为了创新而创新。对于不适宜创新的地方，不能牵强附会。要根据题材而综合考虑音乐、唱腔的整体风格和布局。

（一）在京剧《廉吏于成龙》中融会贯通巧用曲牌

在《廉吏于成龙》这出戏中，除了唱腔之外，在如何设计情景和过场音乐上，主创人员动了许多脑筋。经过反复考虑之后，决定原封不动地选用了十个传统京剧曲牌应用其中。除个别曲牌中间部分加以变化之外，有些曲牌几乎是原样照搬。比如：【鹧鸪天】、【斗蛐蛐】、【八岔】、【水龙吟】等曲牌。

在该剧第二场中，关栋天扮演的康亲王上场时的音乐，就运用了传统曲牌【水龙吟】的旋律，在起唱之前再转到【西皮慢板】上。当时有人质疑这样使用曲牌，是不是有些老旧？高一鸣说，这个曲牌比较适宜这种情景，加之【水龙吟】这种曲牌以往用得也不多，在该剧中不是整个曲牌的搬用，而是选取一段，这样就正好与戏中武士们上场的情景相吻合。在“监狱”一场中，根据人物、剧情和身段的需要，又配合了一些打击乐，对传统的曲牌子也进行了改造，其主要目的在于继承传统与激活传统。在“斗酒”一场中，【西皮原

板】之后，在两个人饮酒尽兴达到高潮的时候，在打击乐上运用了“棒子顺”的东西，因为于成龙是山西人，所以戏中大量运用了梆子腔的旋律和节奏，以利于刻画人物。

除了曲牌之外，该剧的唱腔在板式上也有许多革新之处。例如，《廉吏于成龙》中“人生一世，草木一秋”整个唱腔似唱似说，有些人也一时说不出其板式来，但又觉得特别顺。再如于成龙的唱腔中夹杂地方方言的念白，并将晋剧音调融入其中等都是新的尝试。剧中“饮水”一场，采用了【吹腔】，后来有些人问高一鸣：“传统意义上的【吹腔】只有上下句，怎么您用的【吹腔】如此丰富啊？”高一鸣回答说：“我管他叫‘吹腔四平调’，我是把【吹腔】与【四平调】融在一块了，所以听上去就比较丰富。”由此可以看出，在高一鸣的京剧音乐创作中，有继承也有创新，旧中有新、新中容旧、老树新花、融会贯通是其又一鲜明个性特征。由此可以看出高一鸣开阔的创作思维和丰富的想象力与创造力。

（二）在京剧《乾隆下江南》中唱腔旋法上的突破

在《乾隆下江南》里边有两个小唱段，高一鸣在音乐创作上就打破了以往的格局，运用了新的创作手法。比如：“此曲只应天上有，缘何遗落在人间”两句唱词，从一般意义上说，【二黄】与【四平调】的上下句落音正好相反，【四平调】的上句落2，下句落1，可是在该唱段的创作中，下句却落到了6上，之所以这样用，就是因为这种羽调式的感觉，给人一种不稳感，一种迷惑的感觉，引发人的思索和疑问。如果按照老的结构形式下句落到1上。虽然符合【四平调】的常规，但却没有了落到6上那种悬念感和思索感。高一鸣认为，作为一名创作者虽然要懂得以往的规律，但是切不可被这些规矩束缚住。要知道哪些地方是可以破的？为什么破它？自己要多问几个为什么。

在谈到此问题时高一鸣说：“我自己就经常给自己出题目，为什么要破？怎么破？在哪里破？也就是继承传统与激活传统的关系，比如说【小拉子】这是一个传统的曲牌，虽然很古老，可是运用好了却非常有新意。你可以把它加以放慢，也可扩展变化。这种用法在京剧现代戏中就运用过，例如《红灯记》等剧目中就有这种运用方法。再如在京剧现代戏《智取威虎山》中的第七场，下面弦乐群就运用了【小拉子】的曲牌，又有一个木管演奏《三大纪律八项注意》副旋律的主题音调飘在弦乐群的上方，这样就形成了传统曲牌与新的音乐元素的有机融合，形成一种复调音乐形式，效果非常好，给戏曲音乐创作赋予了新的生命力。还有《贞观盛事》一剧中，有一个【八岔】曲牌，这种老的曲牌在剧中的运用，特别适合表现皇家的气派。可是，剧中有一个西域女子的出现就与这个音调不适宜了。于是，就运用了复调的音乐形式，在【八岔】曲牌演奏的同时，上方衬托着一个西域特色较强的跳跃性音调，两条旋律线巧妙结合，将当时的情景与人物性格恰如其分地表现了出来，效果极佳。”

在谈到戏曲音乐的继承传统问题时，高一鸣又说道：“我们尊重传统、认识传统、研究传统，是为了真正继承传统。但是不能被‘传统’的东西所束缚，我们还需要不断地改革。我这几十年创作的体会就是要‘激活传统’。即：把传统的东西与新的作曲手法融合在一起，汲取新的营养，就如同我们喝牛奶一样，主要是增加身体的抵抗力，并非使自己变成牛。乳化营养这句话，其实就是中国戏曲学院首任校长田汉提出来的。‘入水之盐’，表面上一样，然而，水的味道却变了。”

六、 继往开来　为培养京剧音乐后继人才不遗余力的情怀

如今他虽然年近七旬，但是依然精神矍铄、壮心不已，依旧思维敏捷、豪情四射，依然在京剧这片沃野上辛勤地耕耘。在我看来，他的人生经历体现着一位艺术家对京剧艺术的执著，也印证着京剧界前辈在艺术创作上的不断追求。然而，更让我为之感动的是他对京剧艺术那永恒不变的真挚之爱和深厚情怀……

（一）应邀到中国戏曲学院进行学术交流和专题讲座

2006 年 6 月，应中国戏曲学院音乐系主任朱维英教授的邀请，高一鸣从上海来到北京为音乐系的师生讲学。在各种学术报告、专题讲座和业务交流过程中，除了专业知识以外，他还从一个老艺术家的角度，结合自己的创作实践

客观实在地谈了他对中国戏曲音乐在当前的商品经济大潮中如何发展的问题。他说："由于新媒体和各种新的传播手段的介入，出现了中国当今社会各种艺术形式对中国戏曲的'冲击'和'影响'，这是客观的必然；如今，政府对中国传统艺术继承与发展的扶持力度前所未有；中央电视台戏曲频道的开设，更是继承和发展中国戏曲事业的喜事；京剧事业的发展既要靠扶持，更要靠我们戏曲人在改革中的不断开拓进取。作为戏曲作曲专业的学生，在学好作曲的专业知识和技能的同时，还要广泛学习各方面的文化知识以丰富自己的创作思维……"他精彩的学术报告博得了师生们的广泛赞誉。此后，他又先后到北京与中国戏曲学院的师生们交流。

（二）在上海戏曲学院精心培养京剧乐队演奏员

近年来，高一鸣应上海音乐学院之邀，为上海音乐学院作曲系本科生教授戏曲作曲课程，同时，又应上海戏剧学院戏曲学院之邀，担任该院音乐专业的负责人，在这期间，他又先后培养了两名京剧演奏员。作为一名作曲家，高一鸣老师的戏曲音乐视野特别开阔；作为一名老艺术家，他对京剧音乐事业的责任心也特别强；作为一位长者，他对于后辈也给予了无私的传授和真诚的帮助。在高一鸣十余年的教授之下，涌现了许多优秀的青年演奏家、伴奏家，有的弟子已经誉满大江南北，有的正在迅速成长之中。

上海戏剧学院戏曲学院音乐专业，在经过高一鸣老师和其他老师们的共同努力之下，各个方面都有了长足发展和进步。该院继京昆剧团成立之后，又成立了上海戏曲学院民族乐团，该团成立之后便转入正规的系统训练和常态化的排练之中，先后有多种不同形式的音乐会在音乐厅和上海东方文化中心上演，受到了上海广大观众的赞誉和爱戴。

（三）创立上海戏曲学院戏曲作曲专业

面对近年来上海戏曲音乐界所普遍存在着的严重的青黄不接的现象，上海市委宣传部十分重视，先后组织有关专家分析论证，座谈讨论，并决定组织学养深厚的老一辈艺术家出任教师，倾力打造后备人才。在经过一系列深入细致地调查研究、分析论证和精心筹划与细致准备之后，2009 年 2 月，上海戏剧学院戏曲学院作曲专业开始招生，这不仅打破了只有中国戏曲学院开设戏曲作曲专业的格局，也开辟了继北京之后，上海市也培养高等戏曲作曲人才的新局面。经过严格的筛选，首界作曲班招收八名学生入校学习。在接下来的四年里，将由高一鸣先生和他的老战友以及相关的教师团队，为这批学生精心授课，传授技艺。

高一鸣执教于上海戏剧学院戏曲学院，对于以上海为中心的南方的戏曲作曲专业的发展，对于海派京剧事业的不断延续，对于新时期中国戏曲音乐事业的发展，都具有极其重要的现实意义和深远的历史意义。我们有理由相信，经过高先生的辛勤浇灌，上海戏曲学院将会绽放沁人心肺的花蕊，海派京剧的未来定能鲜花烂漫、英才辈出、硕果累累！

往昔的岁月里，高一鸣献身于京剧音乐事业，数十年辛勤耕耘可谓硕果累累、成绩斐然。跨入新世纪，志存高远的他心底里又涌动一种强烈的使命感和责任意识。面向未来，他要为弘扬中国的国粹艺术而不遗余力、培养后人；他要为传承中华文明的优秀成果而鞠躬尽瘁、继续攀登。他坦言道："戏曲音乐的关键在唱腔，一出戏，如果没有好的唱腔流传于世就不算成功。戏曲音乐的创作，要特别注重一个'情'字，即：创作上要有激情，要讲究煽情手法，要让观众动情，豪情也在其中，同时，唱腔也要抒情、委婉、悦耳动听、扣人心弦，使观众产生共鸣。"

一个"情"字说不尽高先生的艺术生涯，一个"情"字也不足以概括他的人生，他的京剧音乐作品恰似意韵深远的故事，余音绕梁、耐人寻味；他的音乐仿佛是充满神韵的天籁之音，荡气回肠，气宇轩昂；他的生活好像是一条如歌彩练，韵律优美，激情四射；他的精神宛若一颗永不熄灭的火种，让人敬仰，光芒四射；他的理想和信念蕴涵丰富的人生哲理，客观实在，全面深刻，掷地有声。

岁月如梦，人生如歌，高一鸣自从少年投身于京剧艺术之始，半个多世纪以来，他情系国粹矢志不渝，无论时代怎样变迁，不管处境如何艰难，他钟情于戏曲音乐事业的情愫依然、情怀不变、情结不改。当年激情澎湃立志献身于京剧艺术的热血青年，经过数十载春秋的磨砺之后，已经成为中国京剧音乐界的杰出人才。从京剧现代戏《智取威虎山》、《龙江颂》、《磐石湾》，到《乾隆下江南》、《贞观盛事》、《曹操与杨修》，再到《廉吏于成龙》，他的唱腔设计之精妙、技术水平之高超、震撼力之强劲、影响力之广大，足以令人倾心仰慕，令人赞叹不已。用他的不懈追求与奋斗，用他的作品为中国的京剧音乐艺术的传承又抒写了浓重的一笔；他的精神又为中国京剧音乐的发展留下了一份令人回味的宝贵财富。我们期待着这位中国京剧音乐界成就卓著的艺术家的成功经验，不仅为京剧界同仁以参考和借鉴，而且能够给京剧音乐界的后来者以深刻的启迪。

乐扬黄浦梨园行　曲荡华东上海滩

——上海京剧院　国家一级作曲　金乐华

金乐华，国家一级作曲，上海京剧院乐队指挥。长期从事京剧音乐的作曲、配器和指挥工作。曾参与作曲、配器及指挥的主要剧目有：京剧《大风歌》、《血滴乾清宫》、《侠女十三妹》、三本《封神榜》、头本《水浒》、《汉武哭灵》、《胭脂》、《鬼怨》、《六月雪》、《潘月樵传奇》、《扈三娘与王英》、《十五贯》、《狸猫换太子》、《映山红》、《宝莲灯》和《风雨督陶路》、《秋风赋》、《大唐贵妃》、《秀色江山》、《阎罗梦》、《北风紧》，昆曲《上灵山》、《白蛇传》、《司马相如》、《牡丹亭》，越剧《状元未了情》、《迟到的春天》，淮剧《抉择》，锡剧《荒唐王爷》，话剧《归来兮》，戏曲电视剧《潘月樵传奇》、《狸猫换太子》、《锁麟囊》。其作品曾获得“中国戏剧节优秀剧目奖”、文华新剧目奖、国家舞台艺术精品工程提名剧目等。

一、 特殊的机缘与机遇

1945 年，金乐华出生于在上海，那一年日本人投降，举国欢庆，华人尽享胜利后的快乐，所以父母为之取名叫金乐华。童年和少年时期他在上海市闸北区的幼儿园和第一中心小学就读，在上海市北中学读初中二年级时，上海戏曲学校来他所在的中学招生，因为金乐华笛子吹得很好，经常代表所在中学参加汇演和比赛等，所以，考试的时候学校的音乐老师将他推荐给拉京胡的倪秋平老师，当时倪老师给了他两个谱子让他吹，也让他拉奏二胡，由于金乐华识谱比较好，所以很顺利地就演奏下来了。之后，搞表演的老师又教他做做戏曲身段等等，考试就结束了。当时的金乐华尚不知道考试的结果如何，更不知道这次考试将对他的艺术人生产生多么重要的影响。这一年春节过后，他接到了上海戏曲学校的录取通知，心生愉悦的他于 3 月 8 日跨入上海戏校的大门，这一年是 1959 年。

二、 在上海戏曲学校学习的日子

入学报到的时候，还有一个曲折的故事，当时送他上学的妈妈和大姐看学校的条件和学校的课程，觉得不太随心，还哭了一场，妈妈和姐姐甚至想让金乐华退学。其实金家都是爱好艺术的，但是大家不想让他搞戏曲。可戏校教导主任坚决不同意让金乐华退学，还劝金乐华的家人放心、安心。校方好言相劝、态度坚决，金乐华家人难却情面最后只好不再坚持退学，回家去了。从此金乐华在戏校学习，开始了艺术人生的道路。

（一）由吹奏昆曲曲牌开始戏曲音乐的学习

当时上海戏校所招的学生几乎全是以表演为主的，只有金乐华一个人是学音乐进戏校的。随着学习生活的开始，学生们按照各个不同的专业方向开始学习了。由于金乐华要学的是音乐，于是他就一个人一个班，平时和音乐一班在一起。在这个班上，其他同学都是年级比他高、年龄比他大很多的学生。由于金乐华笛子吹得好，老师就让他吹笛子并经常让他进行昆曲曲牌的吹奏。当时的上海戏校里有一位曾经给梅兰芳吹过昆曲的许百遒老师，他笛子吹得很好被称为笛王，昆曲曲牌会的很多，这让好学上进的金乐华很是受益。在金乐华所学的课程中，除了专业课之外，还有基本乐理课和相关的文化课、京剧打击乐等等，学习内容比较丰富。很快一个学期时间就过去了，这一年的 7 月戏校招生音乐二班，到 9 月新学期开学金乐华进入音乐二班学习，原来一个人学习的生活就这样结束了，进入一个集体的学习环境。

（二）自学作曲技术理论课程

上海戏曲学校招的音乐二班，叫做“京昆音乐班”。经过一段专业学习之后，金乐华平时喜欢欣赏交响乐和新文艺作品，他觉得昆曲比较单调，他更喜欢规模宏大的音乐场面，于是，年轻的金乐华萌发了一种想把戏曲和交响乐结合起来的意念。于是他就去书店买了和声学、曲式学和复调等教材（当时都是苏联的教材），开始在家里自学，他自己边看书、边做题、边思考。在勤奋、刻苦的学习中，他做了很多作曲技术理论练习题，因为喜欢听了很多音乐，其中有交响乐、室内乐、贝多芬、莫扎特、柴可夫斯基的作品以及中国民族音乐独奏和合奏的作品和中国的各地各民族的民歌。有时候音乐在脑子里萌动就拿起笔写出来之后还经常按照规则写一些小乐队的东西，并经常叫音乐班的同学们演奏、排练。1964 年全国学雷锋他写了一个大联唱由戏校音乐二班和昆曲二班联合排练。后来参加上海市中学生文艺汇演获得一等奖。

随着学习内容的不断丰富和知识的不断积累，金乐华作曲的意识和能力逐渐提高，他在这方面的倾心程度和投入精力也比较大。金乐华博采众长、刻苦钻研，当时，在上海举办的各类音乐会和交响乐他都去观看。

（三）得到多位作曲家的指导

1963 年的时候，金乐华参加拍摄戏曲电影片《墙头马上》的时候，在长春电影制片厂结识了作曲家雷振邦，金乐华经常写一些作品向雷振邦请教，雷振邦总是仔细、耐心地教导一个声部一个声部、一个和弦一个和弦、一个旋律一个旋律，金乐华获益很多。1964年时上海市文化局成立文化工作队，戏校安排金乐华参加了这一组织，同时参加的还有上海合唱团的梁志咏（指挥）等，于是每当工作闲暇之时，金乐华经常写一些东西拿给他看。在文化工作队大约半年时光里，写了很多东西。文化工作队结束时排了一个大联唱，梁志咏作曲，也邀金乐华参加。在创作实践中梁志咏带、帮、教，在这段时间里，金乐华所学的东西使他受益匪浅，对他日后的帮助也很大。

金乐华在上海戏校学习进入高年级的时候，昆曲班的排演传统戏很多，后来，上级部门要求排演现代戏，剧本有了，但是唱腔没有人写，于是大家就推荐金乐华写，正值风华正茂的他，在得到“高人”指导之后，创作水平和能力都有显著提高，于是他先后创作了作为教材的昆曲小戏、《一心为革命》（唱腔和音乐）、《草原英雄小姐妹》等等。那时候的金乐华还是个学生，写的时候也没想太多。后来京剧也要排现代戏，70年代创作排练了《难忘的战斗》，唱腔是言少朋老师、李盛泉老师写的，金乐华担任配器和配乐。

三、上海戏曲学校的专业教师和上海京剧院的专人作曲

1965年金乐华以优异成绩顺利毕业后留校任教。在此期间，他先是作曲后又担任了乐队指挥。

（一）作曲与指挥兼及的双料人才

当时学校的昆曲班经常排演新戏，有些戏的音乐都是金乐华写的。1966年“文革”开始，上海戏校完全不能执行正常的教学秩序，金乐华曾一度下乡劳动。但那时，他依然笔耕不辍，经常写一些歌曲，其中有一首不仅在同学中传唱而且当时在上海广播电台播出。

“文革”期间，全国排演现代戏成为一种潮流，上海戏曲学校成立了一个排演现代戏剧组，起初排演《沙家浜》，当时担任乐队指挥的老师很忙，而金乐华不仅喜欢而且擅长，于是就顶上了指挥的工作，后来戏校排演《奇袭白

虎团》一剧时，金乐华依然也担任指挥工作。其后，上海戏曲学校剧组到北京学习样板戏的时候他一直是指挥的身份，学习了《平原作战》。后来又排练了《八·一风暴》，由此，金乐华在上海戏曲学校的剧组一直担任指挥的工作。其间还排练了京剧《红灯记》以及京剧《红色娘子军》的片段。

在创排《难忘的战斗》时，金乐华担任音乐和配器写作，他的作曲和配器功力完全是靠自学成才的。他曾说："我自己研究管弦乐，我自己看总谱，看管弦乐研究，我也自己了解各种乐器，配器都是自己来担任。那时，上海音乐学院开学，有正式招生的时候，就去旁听刘福安老师的和声、复调，茅于润老师的管弦乐法、民族器乐概论等课，夏飞云老师是上海音乐学院的指挥教授，也懂京剧，他也是京剧《智取威虎山》的指挥。金乐华向夏飞云教授学习指挥。作曲专业的课程从大一到大四，正规地学习了一番。把过去不懂的东西都学了一遍。"通过这些叙述，我们不仅可以清晰地看到了金乐华老师当年学习作曲和指挥的方法和路径，更感悟到了他那种坚定的信念、坚强的意志和锲而不舍与持之以恒的精神。

（二）调入上海京剧院担任作曲与指挥

1978 年，十年"文革"结束，中国进入了改革开放的新时期。此时上海戏曲学校剧组解散，金乐华被分配到上海京剧院担任作曲指挥。他上任后的第一个戏是《大风歌》，其主要工作就是唱腔配器和乐队指挥，那时的演出场次很多。

这期间，他先后担任了京剧《白蛇传》、《封神榜》与《伍子胥复仇记》等剧目的创作工作。其中最早的剧目是京剧《盘丝洞》，该剧弄了很多稿，金乐华只参加了一稿到五稿的修改工作。后来他就去参与《潘月樵》剧组的工作了。

2005 年，上海京剧院推出的《成败萧何》获得了金奖。这出戏的音乐部分是由金乐华与金国贤合作完成的，金国贤担任唱腔设计，金乐华担任配器并指挥工作。

在几十年的工作实践中，金乐华积累了许多配器方面的经验。他认为：配器不能只增加厚度和力度，他的配器有竖的和弦，横的复调和各种乐器的安排。他要在配器里面把唱词要表达的内容和丰富内涵表达得更加细致更加丰满，要通过配器和乐队演奏把人物更加立体化，剧情发展更戏剧化。金乐华一直觉得配器和大乐队不能只是增加厚度没有把乐队丰富的表现力体现出来，音乐表现的内涵怎么在唱腔里面更丰富和立体化，通过音乐把剧情、人物与配乐更有机地结合在一起，一直是他追求的东西。他认为：把唱腔里面有机的有个性的音乐元素在配器中有序地呈现并使之更丰富，这才是理想中的戏曲音乐的交响化。

金乐华的音乐创作有各种题材，他的配器有很多自己独到的理念，他认为配乐必须要时代感强烈。这其中一是要把握好当时的剧情环境，二是要把百姓的生活情景体现得更好，三是要抓住地方风格和地域风格。比如在京剧《映山红》的配乐里面，他联想到江西革命老区的环境，联想到了老区人民对党的热忱和热爱，联想到了当时地域风格最浓郁且最具有表现力的江西民歌《兴国山歌》、《十送红军》，那两个民歌在他脑子里立体音乐的感觉立刻盘旋萦绕。这两个乐曲随着剧情的发展，随着场景的变换，在激越昂扬和延展抒情的时候，都可以昂扬或者舒缓起来。于是，他把这个戏的两个侧面在唱腔的配器和配乐里面很好地交织在一起，人物的立体感就出来了，在唱腔的旋律中，把这两个民歌的旋律作为复调丰富在里面。这些创作理念和手法，在他的新编历史剧中也是这样的，用音乐来进一步烘托人物的立体效果，金乐华老师始终坚持把交响的多层次发展和张弛有序、动静结合，运用得十分贴切和恰到好处。

四、在新编历史剧《成败萧何》与电视剧《锁麟囊》中的贡献

新编历史剧《成败萧何》，是2005年上海京剧院参加第五届京剧节时推出的一部力作。此剧上演之后，立刻博得业内外的一致好评。各大媒体纷纷报道。最后，该剧荣获第五届京剧节金奖。在这部戏中，金乐华老师担任音乐、配器和指挥。

（一）新编历史剧《成败萧何》中的创新手法

当初在策划该剧的时候，还没有成型的剧本，金乐华只是听院长跟他讲了这个萧何与韩信的故事。他听后说了两个字：悲怆。当时这是个悲情剧目，可是金乐华在音乐的构思上，把该剧的音乐基调定在了具有历史厚重感、深沉悲怆的音乐气氛上。其中在调式上也运用中国民族调式的商调式和羽调式，更创作出了悲怆的氛围。在调式音阶上也跳出五声音阶，在民族调式中采用调式移宫以及加临时变化音级使调性布局上及音乐氛围更富有张力和色彩。所有这些音乐手法都为了烘托萧何跟韩信的人物命运结局是历史的无奈，这种历史的无奈在曲调上体现了出来，主基调是那种既有悲怆，又是无奈的主题。

在该剧的音乐创作中，金乐华从传统曲牌里面找来了【粉蝶儿】加以改造使原来旋律既慷慨激昂又悲凉委婉。他在找和弦的时候不但有调性功能又有气氛色彩。特别考虑到萧何是个忠诚的丞相，不能只是悲情的演唱，要有萧何忠于大汉民族的大局气魄，剧情表现的是当时刘邦建朝开始的故事，该剧所蕴含的历史意义很深刻。金乐华采用传统曲牌【粉蝶儿】使《成败萧何》剧情发展更深化。该剧的序曲音乐中，古代乐器埙和汉朝古琴的运用，将观众带入汉朝的特殊情境之中，忠诚与和平两个主题都得以在序曲里呈现。萧何出自内心的矛盾的那种张力在其中充分地表现了出来。

（二）传统曲牌是我们的文化遗产

金乐华老师忠于传统曲牌音乐比较多，但是，有些曲牌要继承又要有所发展。他认为在学习时，对于京剧的曲牌不是只停留在一般的机械记忆上，而是对他们有一些更深入的分析和理解。他认为：老的曲牌不是随便哼唱出来的，是经过历史沉淀的。仔细分析起来，其结构与旋律走向和一般的作曲法则一样，都是一个完整的曲式结构。它也有重复和展开，一个乐句或一个乐段，都可以无限的展开，成为一个完整的音乐形象。所以他说完全应该把传统的老曲牌拿来分析，很多曲牌都是重复和展开出来的，比如：传统曲牌【朝天子】、【老六板】、【夜深沉】等等。我们传统的东西要加于分析和发展。

在分析传统曲牌时，他说【朝天子】这个曲牌第二句是展开，第三句就是高潮，第四句就是结束句，是一个很完整的曲体，假如把配器手法加进去，同样可以体现出皇帝登殿、百官朝拜的宏大的气氛和场面。金乐华认为原来的老牌子有很好的内涵，运用得恰当就能更好地为剧情服务。有的牌子一点都不需要改，传统曲牌也能创造戏剧音乐的精品。原来的东西真的很有价值的，不能随便就定义成没用的了。

五、创作感悟

（一）作为戏曲作曲家要提高综合素质

金乐华在戏曲音乐方面已经积累了许多的经验。然而，为了加强自身的素质，他始终在不断地思考与实践。他说："我搞的是戏曲音乐，作为一个戏曲音乐的作曲和指挥不但要有一般的作曲、指挥的能力，另外一定把戏曲音乐学习，分析，理解得很透彻，自己在工作要尽心尽职。"金乐华对昆曲也有自己很多的想法，昆曲不是没有章法，写到哪儿是哪儿，曲牌为什么叫【懒画眉】、【新水令】，不但是唱词有格律，每个曲牌的腔格都有自己的旋律，也就是每个牌子都有自己特定的音调，也就是主腔，每个曲牌都有自己的总腔，他把所有的牌子都弄出来分析，曲牌的特定的东西都是什么，他发现每个曲牌真的都是不一样，像京剧【西皮】、【二黄】、【反二黄】、【四平调】它们都有自己的个性和规律，金乐华认为搞戏曲音乐一定要把这些都掌握透，每个流派都要了解，都是不一样的，不能一概而论，要"因派制宜"。配器要掌握好，各大流派都要配，在配器上也要做到更好地体现各种流派的特点和韵味，也就能突出人物，作为我们的本体，我们要想把本体体现好，要做的工作太多了，交响乐，古典交响乐，现代的交响乐，总谱和钢琴谱的分析，和弦，声部，乐器安排等等。要多学，掌握更多的东西，把能用到的东西都学过来用，什么乐器的谱子和各种乐谱如五线谱，简谱，工尺谱甚至古琴谱都要知道，才能把工作做好，金乐华认为作为戏曲音乐的指挥和作曲的必备基本功，音乐到底体现了什么，要发掘的是什么，另外对于中国的民歌在戏曲音乐里面要有很好的应用。很多戏用的就是民歌，要对各个地域的民歌都要知道，民歌的调式和曲体都要认真地分析掌握、深刻了解，用的时候都拿出来用，不是到时候才去找素材，找的只能是很表面的东西。

（二）作为戏曲乐队的指挥要有广博的积累

金乐华认为：戏曲乐队还是需要一个指挥，单靠打鼓指挥还是少了很多东西，乐队指挥在调动乐队情绪方面的作用是鼓师代替不了，转换和弦的时候司鼓也是代替不了，指挥的多功能独特作用是不可忽视的。戏曲乐队的指挥要把原始的总谱变成作品演奏，单靠司鼓也是不行的，因此乐队必须要有一个指挥的人。他要把眼睛看到的变成耳朵听到的，他要兼顾乐队与戏曲打击乐与演员几方面的合作。

在从事几十年的戏曲乐队指挥中，金乐华有着更多的体会与认识。他认为：戏曲指挥不同于一般的乐队的指挥，首先他必须要懂得京剧的鼓套子。一名戏曲乐队的指挥，只有谙熟各种鼓点子，他的指挥手势才能给到点子上，所以，他必须要把各个戏曲剧种的打击乐掌握好。其次，他要懂得这个剧种的主奏乐器，而且要会演奏。比如京剧的京胡，昆曲的笛子，一定要掌握。再次，他还要懂得演员的身段。这个音乐是怎么写，指挥上怎么指挥，要在找演员的动作点，台上的表演跟指挥怎么配合都要掌握好，要具备导演的思维。这不是一般人能具备的。除此之外，指挥基本的本事还要有，耳朵要好，感觉要好，要跟乐手们合作，手势的肢体语言代替嘴巴跟乐队说话，能鼓动乐队的情绪，把音乐的气氛渲染到位，能帮助戏剧矛盾展开和人物性格体现。

（三）与搭档金国贤的合作与创作体会

作为同道者，金乐华与金国贤既是校友，又是很好的同事。他们在几十年的工作中也结下了深厚友谊。在谈到金国贤的时候，他深情地说："我们已经合作很多年了，从上学的时候，我们彼此取长补短，我们希望将来能有一个人把我们两个人的活儿都干了，我们期望在教育方面能培养新型的复合人才，这是我们两个老人对新人的期望。"

金乐华认为：我们很多事情也都是历史的原因造成，京剧的音乐创作，应该给作曲更充分的时间，可是现在的情况是一出戏从唱腔设计，到完成音乐写作和完成配器和演员坐唱以及指挥乐队排练，只有三四十天的时间。工作很繁琐，时间明显不够用。从唱腔一直到配器不是能短时内完成的，因为那样会很粗糙，现在所有唱腔设计的人才寥寥无几，能够配器的也是很少，音乐学院的老师，也分工很细，分门别类，可谓各有所长。金乐华是搞配器的，完成唱腔的辅助工作。他看唱腔看得很仔细，重点在哪里，突出在哪里，感情在哪里，这个服务工作一定要做得很到位才行。戏曲音乐旋律是灵魂，配器也是灵魂的一部分。他经常抓住里面的动机，把旋律和配器织体写出来，发展出来，把唱腔里面的东西变成他配器里面的东西。这样整个儿音乐都完整统一了，不会显得突兀。

金乐华，是一位为了海派京剧辛勤劳作、默默奉献的京剧音乐家，他将全部的青春和热血都倾注在了所钟爱的事业上，他是中国京剧音乐史上杰出的音乐家。愿他的音乐和身姿青春永驻，魅力永存！

执著铸就辉煌　精神谱写华章

——上海京剧院　国家一级作曲　龚国泰

龚国泰，上海京剧院国家一级作曲，著名作曲家。上海京剧院乐队常任指挥。中国戏剧家协会上海分会会员、上海音乐家协会会员、上海戏曲音乐学会会员、中国广播电视学会电视戏曲艺术研究会研究员。1966 年毕业于上海音乐学院附中，此后长期在上海京剧院从事京剧音乐创作工作。20 世纪六七十年代曾参与《智取威虎山》等现代京剧的音乐创作。“文革”结束后，他先后为上海京剧院上演的《曹操与杨修》、《盘丝洞》、《贞观盛事》、《廉吏于成龙》等剧的音乐作曲或配器。其作品曾获第三届、第四届中国京剧艺术节优秀作曲奖，第六届中国艺术节优秀作曲奖，第八届中国戏剧节优秀作曲奖等全国和省市级各类奖项。

一、 上海音乐学院附中专攻小号演奏

龚国泰，1946 年出生在重庆，后来到上海。在兄弟姐妹当中他是长兄。少年时期的龚国泰在上海虹口区第一中心小学，那时他就十分热爱音乐，并开始迷上了铜管乐器小号的演奏，后来他以优异的成绩考取了上海音乐学院附中。

1958 年至 1960 年间，中国大陆连续三年遭受自然灾害，粮食短缺成为中国城乡的最大难题。面对困境中央发出《关于全党动手大办农业、大办粮食的指示》，同时关、停、并、转许多企业，动员城市市民回乡务农。1961 年，在中国工商银行上海市杨浦支行工作的龚国泰父亲龚海平先生，响应党的号召携全家从上海人民银行退职返乡。

在做出举家回乡决定之中，父母决定将在上海音乐学院附中的儿子龚国泰一人留在上海。戈扬在《用音符奏响人生乐章——记上海京剧院作曲家龚国泰》中写道：

> 那天早晨，淫雨霏霏。住在四川北路 85 号大桥大楼（当年的日本侵华司令部大楼）7 楼的国泰全家 8 口人，匆匆乘电梯下楼，坐上出租车来到火车站。文世清叔叔、文妈妈、钟鸣哥哥等邻居也前来送行。朝夕相处十几年的邻居们，说不完的惜别情。列车就要开动了，一起从四川重庆落户上海的文叔叔、文妈妈再三对母亲宋邦英说：“侬回乡下了，国泰留上海读音乐学院附中，有阿拉在，侬就放心好了！”“这孩子以后就全靠侬了，拜托啦……”母亲早已泪流满面。……十六岁花季正是在父母呵护下成长的年龄段，然而，国泰就这样与阿爸、阿妈从此分居两地，走上了艰难的求学之路。

二、 经历痛苦之后毅然改习作曲

远离父母的龚国泰没有辜负父母的嘱托和期望，学习十分努力，几乎每天是第一个起床，刻苦地练习小号吹奏的基本功，但是，由于当时的专业教师在实施“实验教学”方面存在问题，致使学习了几年小号演奏的龚国泰的专业非但没有进步，反而退步了。当龚国泰得知其真正的原因时痛心和悲伤之情难以言表，在经过了痛苦的思索之后，他毅然做出了放弃小号的抉择，开始转向作曲专业知识的学习。于是他开始“留心学习作曲法、和声学、乐器法、配器法、复调、对位等乐理知识；只要有空，就一头钻进图书馆大楼，在充满音乐氛围的艺术殿堂里，在民乐教师于某、著名作曲家王酩的精心培养下，国泰如饥似渴地吸吮知识的甘露，从博大精深的民族音乐和丰富多彩的西洋音乐宝库中领悟艺术的真谛，进一步在作曲、配器技巧与音乐素养上获得全面的发展，为他后来的音乐创作奠定了坚实基础。”①

有一次，他把所创作的《革命音乐主题随想曲》作品拿给副校长看时，副校长就带他到上海音乐学院给一位作曲系的老师看了看，那位老师见了他的习作后就告诉龚国泰说：“附中毕业后可以免考直升作曲系。”可是，后来史无前例的文化大革命开始了。

1966 年 7 月龚国泰临近附中毕业，接下来的路该如何走？是继续升学还是找工作就职？着实令他犯了难。于是，他给远在河南新蔡县的父亲拍了封电报。由于在那个特殊年代里整个国家的经济形式很差，国民生活的水平也很低。生活在县城的龚家仅靠父亲一人挣钱养家，经济状况实在有些窘迫，如果继续供养他上学有些力不从心。无奈之中父亲只好复电让他放弃升学及早工作以便减轻家中负担。就这样，龚国泰只好放弃了继续深造的机会，服从组织安排被分配到上海京剧院乐队担任小号演奏员。

---

① 参见戈扬：《用音符奏响人生乐章——记上海京剧院作曲家龚国泰》。

三、进入上海京剧院工作

刚到上海京剧院工作，他被分配到乐队担任小号演奏员。1968 年秋，上海京剧院排演的革命现代京剧《智取威虎山》准备赴北京拍摄彩色影片。全剧的音乐部分也进行了调整，乐队编制方面由单纯的民族器乐伴奏改为中西混合的交响乐队伴奏。为了加强乐队力量，组织上决定将上海音乐学院附中的一批毕业生充实到上海京剧院。当时的负责人说需要年轻人加入创作团队，但是要经过选拔考试。于是龚国泰和他的一个同学就被推荐了上去，团里组织了相关的考试，其内容先是民乐队的配器，之后又让在此基础上加几个铜管乐器。龚国泰写了配器谱之后，领导觉得还可以，就把龚国泰吸纳进了现代京剧《智取威虎山》的创作团队。后来他和刘庄、军驰等同学都参加了《智》剧的音乐设计方面的工作。从此，国泰正式调到上海京剧院院部创作室作曲组工作，开始了他的专业作曲、配器音乐艺术生涯。

1968 年上海京剧院创作上演《智取威虎山》之前，是让中国京剧院修改《奇袭白虎团》，那个时候让龚国泰参加了《奇袭白虎团》的音乐创作。乐队编制是用民乐队加铜管的混合编制。后来决定把《智取威虎山》和《红灯记》拍成电影，在创作《智取威虎山》一剧之前，有关领导已经让中央乐团的交响乐团担任《红灯记》的伴奏了，可是在审查以后，他们觉得乐队的音量太强，有些压唱，就考虑重新确立乐队编制。于是到《智》剧上演的时候，就组成一个混合乐队。原来的编制比较大一点，是两个长笛，一个双簧管，两个单簧管还有一个大管，两个圆号两个小号两个长号，还有一个键盘排笙。

（一）对现代京剧《智取威虎山》音乐创作的贡献

龚国泰在《智取威虎山》一剧的音乐创作中主要是搞乐队配器，其具体工作就是按照一个缩写谱放大成一个总谱。在《智取威虎山》一剧的音乐创作中，龚国泰主要是为第 3、4、5、8、9 场配器。

在 1968 年 5 月，上海音乐学院组织一批音乐学院附中的学生去北京排练，最早是在人民剧场旁边一个地方，指挥是胡炳旭，由于在乐池里面出现音墙，就把乐队弄到台上去了，坐在下场门的位置，但是三十多人显得十分拥挤，最后又弄了一个乐楼，打击乐在楼上，铜管木管在下面，学员在前面，后来就去掉了一个黑管，去掉大管，又去掉一个长号。弦乐大概就是43211编制（四个一提，三个二提，两个中提，一个大提，一个贝司）。最后就形成了两个长笛，一个长笛兼竹笛，一个双簧管，双簧管兼唢呐，黑管兼竹管，大管没有了，两个小号，一个长号，两个圆号，低音鼓，吊镲，键盘排笙，就组成这么一个规模。

《智取威虎山》没用竖琴，像《海港》和《龙江颂》、《杜鹃山》里面都用了竖琴，就形成了现在演出的一个规模。由于键盘做和声效果很好，所以最后又去掉了黑管，再去掉一个长号，再去掉一个大提。民乐器都是兼任的，除了琵琶，板胡和二胡都是兼任的，这样台上就已经坐得很满了。由于打击乐的声音比较响，所以就需要减轻它的音量，当时虽然尝试过改良乐器，后来发现声音小了会没有劲头，就采用了一块玻璃板以减少打击乐的音量。在创作中，首先要注意突出京胡，然后突出弦乐，然后是木管铜管，在配置上要讲究层次。配器过程中主要避免“洋，重，怪，乱”，“洋”就是创作的手法很西式，“重”就是配的很重很厚，“怪”就是出现不正常的怪异音响形式，“乱”就是没有层次感，杂乱无章。样板戏的和声基本是传统的和声，也要避免平行四五度，平行八度。

弹指一挥间，四十年过去了。网友是这样评价京剧“样板戏”的：“打虎上山音乐是样板戏中最成功的音乐和唱段……一改传统戏的旧模式将【导板】变成动态的，再加上管弦乐队雄壮的伴奏极大丰富了京剧音乐的表现力，使京剧音乐形象化了，小提琴群的快速演奏，及大段跳弓的运用给人以强烈的动感，圆号的旋律仿佛把人们带进了山谷，和舞台上高山松林背景融为一体，童（祥苓）先生急促的【导板】演唱，进一步增加了动感，给人以真的在飞马奔驰的感觉……整段伴奏、演唱、表演、布景、灯光，都达到了极致，真是太美了！”①

---

① 参见戈扬：《用音符奏响人生乐章——记上海京剧院作曲家龚国泰》。

（二）在《海港》、《磐石湾》和《杜鹃山》音乐创作中的业绩

《海港》一剧中的乐队配器基本都是由龚国泰完成的。在《龙江颂》一剧中，龚国泰主要配了八个主要唱段。而《杜鹃山》一剧的音乐绝大部分都是由龚国泰写的缩谱，并为乐队配器。在《磐石湾》一剧的音乐创作中的全部配器都是龚国泰写的缩谱。《战海浪》一段的唱腔也是由龚国泰写的缩谱。凭借着年轻人的锐气和敬业精神，龚国泰工作起来十分认真而且效率很高。在现代京剧“样板戏”的唱腔和板式中，【散板】、【摇板】、【慢板】不像传统戏那么多。在配器中，龚国泰运用了多种手段和技法，比如讲究层次，用混合音色，有些地方突出民族乐器，讲究节奏音型，讲究复调穿插等。一般情况下一个大唱段大概需要配三天，并需要不断地修改和完善，缩谱不能混乱，内声部和外声部要同时进行，要能够经得起推敲，讲究声部搭配等。

1. 《杜鹃山》一剧中的配器。

在《杜鹃山》一剧的集体创作中，具体的音乐配器工作由龚国泰来完成。在该剧的配器中龚国泰针对该剧采用了湖南的特型音调，主题音乐贯穿全剧的歌剧式写法和唱腔音乐写的都很轻，还有很多地方剧音乐掺杂其中，比如“乱云飞”一段中的老淮调，后来又拐到京剧上，此外里面还有评弹的成分等特点。龚国泰在该剧的配器上运用了各种乐器灵活配合的手法，使得色彩突出、浓淡相宜、层次清晰。上述的配器原则和手法，在该剧的其他唱腔和音乐部分中均有所体现。比如“三声黎明”、“怒火烧”、“大火熊熊”三段唱腔中，特别注重“浓淡相宜”。柯湘的“无产者”一段唱腔的配器，特别强调了乐队全奏的张力和震撼性所觉效果，以突显共产党人的英雄气概。而“普天下”一段唱腔的配器是开始比较清淡而后半部分渐强，到高音时乐队全奏，前后形成强烈对比。心情沉重的时候都是用弦乐伴奏，全剧以柯湘的人物主题音乐为全剧的主题音乐。

2. 《杜鹃山》的出新之处。

《杜鹃山》在音乐方面的突出成就之一便是全剧的主题音乐写得比较好。从作曲和配器的角度看，《杜》剧的突出特点是每个人都有一个主题音乐。它的主题音乐和剧中的人物和情节能够有机地结合在一起，融合得很好。由于情节跌宕起伏、矛盾冲突连绵不断，人物性格个性鲜明，在唱腔和音乐的创作

中，基本的思维方式是：过门老一点，唱腔新一点；唱腔老一点，过门新一点；音乐和唱腔融合在一起；配器要根据情绪的变化有所变化。因此，唱腔的伸缩也比较多，快慢的处理也比较多。正如戈扬在《用音符奏响人生乐章——记上海京剧院作曲家龚国泰》一文中所述：

> 龚国泰在参与“样板戏”音乐创作中，与同仁们一道积极探索，在他参与的京剧《智取威虎山》、《海港》、《龙江颂》、《杜鹃山》、《磐石湾》等“样板戏”的作曲和配器中，既保持了传统京剧音乐浓郁的风格，又在传统的基础上有了较大的突破和发展。它的意义不仅仅在京剧本身，同时也为整个戏曲音乐的改革、发展，积累了许多宝贵的经验。他和同仁们共同探索的那形象鲜明的主调音乐贯串、各具特色的音乐旋律创作、变化无穷的和声色彩运用、遥相呼应的复调穿插和娴熟的配器手法，曾风靡全国。

（三）京剧配器是一项复杂的创新性工作

从现代京剧“样板戏”开始，龚国泰投入到了一种传统与现代唱腔相融合、东方与西方音乐融通的戏曲音乐配器工作之中。这是一种全新的探索性音乐创作实践活动。其涉及题材之广、剧目之多在戏曲音乐界实不多见。经过几十年的不懈追求和探索，龚国泰老师不仅积累了相当丰富的创作经验，也在业界产生了广泛的社会影响。他在总结其京剧配器工作的实践经验时说：“京剧配西洋乐器不是简单的1加1的混合，这是一项极其困难的创造。京剧韵味和西洋乐队的音色原本是互相排斥的，要做到真正的融会贯通，令西洋乐队丰满京剧韵味，需要创作者不仅对京剧音乐具有相当高的造诣，同时也要谙熟交响乐的和声及配器技巧。现代京剧《智取威虎山》、《海港》、《龙江颂》、《杜鹃山》，不愧为中西混合乐队成功出演的范例。”

> 可见京剧“样板戏”的音乐改革、创新是多么的深入人心，这些艺术经验里，凝结了龚国泰这样一批敢于创新、勇于实践的年轻作曲家几多

心血和几多汗水。然而，在大批“三名三高”的年代里，他们这些幕后英雄们连署名权都被剥夺了。为此，后来国泰在评高级职称时，还带来了一些麻烦。高级职称评审委员会要署名的“样板戏”作品，到哪儿找去？最后只好以原始的作曲手稿和配器总谱为凭证，才理所当然地评上了国家一级作曲职称。①

陈汝陶在《“样板戏”的唱腔、器乐的创新和发展》一文中写道：

京剧“样板戏”的唱腔，很值得我们在创新和发展京剧艺术的探索实践中记取的：

画龙点睛主调贯串　为了使剧中人物的音乐形象鲜明突出，京剧“样板戏”普遍借鉴了歌剧音乐创作中一个常用的手法——即为剧中主要人物设计一个颇具性格化的人物主调音乐。

手法多样妙用转调　京剧“样板戏”音乐创作中转调技法的大量运用，不仅增强了音乐本身的色彩对比性，也丰富了京剧音乐的表现力。

突破传统格局改革乐队伴奏　打破了一百多年来京剧乐队伴奏的传统格局，探寻出一条崭新的路子——即在保持以传统的“三大件”为主奏乐器组的基础上，大量引进西洋管弦乐队和中国民族管弦乐队中的各种乐器，组成一支音域十分宽广、音乐色彩甚为丰富，表现力很强的中西混合型乐队。传统的“三大件”以及其他民族乐器与众多的西洋管弦乐器水乳相融地结合在一起，令人耳目一新。

绚丽多姿的配器手法　丰满瑰伟的和声、复调，挥洒恢宏的织体效果，为立体化地塑造各种典型人物形象、细腻地刻画人物复杂的性格、酣畅地抒发人物丰富的内心情感，以及形象地描绘各种特定场景、准确地烘托戏剧气氛、有力地推动剧情的发展等等，都起到了十分重要的作用，这些，绝不是京剧舞台上传统乐队可以比拟的。……随着岁月的推移，将会

① 参见戈扬：《用音符奏响人生乐章——记上海京剧院作曲家龚国泰》。

逐渐被更多的人所认识和重视。①

从上述的论述中，我们不仅更加清晰地认识到了京剧“样板戏”在音乐方面的突出特点，也进一步加深了对龚国泰老师京剧音乐配器艺术特点的感悟。因为在那些精彩唱腔和优美音乐的背后，是包括龚国泰老师在内的所有京剧音乐家们的执著追求和献身精神。

四、新时期音乐创作的新成就

1976年，随着中国大陆十年动乱的结束，文化艺术领域又迎来了“百花齐放”的新时代。在戏剧戏曲界，优秀的传统剧目恢复上演，经典剧目复出更是在广大的观众心中引起强烈的震撼。此时期戏曲界突破“文革”时期的种种藩篱，以《蝶恋花》为代表的新创剧目更是不断地涌现，其中也包括龚国泰作曲、唱腔设计、配器、指挥的京剧《闪光的果子》、《刑场上的婚礼》和神话京剧《火凤凰》等。

（一）新时期的戏曲舞台剧方面的成就

粉碎“四人帮”之后，上海京剧院推出了一系列的剧目，比如《曹操与杨修》、《廉吏于成龙》、《贞观盛世》、《乾隆下江南》、《刑场上的婚礼》等。在新时期的创作中，龚国泰老师是如何突破以往“样板戏”的音乐创作风格与模式，完美地实现新时期大众的审美要求呢？其中注重剧本和人物，注重剧情和演员的要求；注重丰富和声与巧用复调手法，突出浓淡相宜，突出强烈的对比；摒弃了一味慷慨激昂的风格；注重在传统的基础上敢于创新等是其主要特征。在新上演的剧目音乐创作中，许多唱腔和配器风格都是剧组创作人员一起商量，最后由龚国泰老师来写。龚国泰几乎承担了所有上演剧目的配器工作，也展示着他新的创作理念和多样的艺术特征。

---

① 陈汝陶：《“样板戏”的唱腔，器乐的创新和发展》，《时代国粹·京剧课堂》2002年6月14日。

1. 配器手法因戏而异。

在龚国泰老师所担负的新剧目音乐创作中，由于乐队编制不同，因而配器手法和风格也必然不能雷同。乐队编制中有的是混合乐队，有的是民乐队，民乐和西洋乐队的写法有着特殊规定性，二者绝不能混同。《曹操与杨修》是混合乐队的，而《贞观盛世》全部采用洋乐队。《廉吏于成龙》最后也是改成了民乐队。如果说《廉吏于成龙》是突出了地域、历史、民族等特色的故事，那么《贞观盛世》里面的铜管乐队，则给人恢宏的感觉。这些新剧目中的音乐基本上是以改编曲牌为主的，有很多不是完全重新创作的，它们有的是从唱腔里面拿出组合，有的是完全照搬曲牌，有的则是从地方音乐中引入的，由于差异性较大，因此，在配器手法上采取了“因戏而异”的方针。

2. 唱腔的配器突出“服务”功能。

在配器的原则上，龚国泰有他个人的理念：为人物的思想感情服务，为升华唱段和丰富意境服务，不是为了个人的炫耀。一个唱段拿来要先考虑高潮在哪里，要平中出奇，要有层次，有变化，需要有特殊效果的地方要突出，让观众对唱腔有印象，另外也不能太洋，和声用和弦要用对地方，不能乱用。铜管的运用也要慎重，不能用得太多，显得太重。确定唱段的高低起伏，加上意境。配器中要避繁就简，既要突出要紧的部位，又要给演员一个自由展示的空间。

3. 丰富的和声运用。

在“文革”时期，龚国泰老师在为“样板戏”音乐的配器中，和声基本是比较传统的，而在新戏的配器过程中，由于题材的不同，和声的运用上也比过去要丰富许多。特别是新编历史戏在和声的选择和运用上都需要仔细揣摩和拿捏。有时候要突出它的唱腔，不像“样板戏”那样每个小节都需要配东西，这样就显得很清淡。此外新剧目中应用了古琴、萧、埙等特色乐器，这就在一定程度上使得民族化的成分更加浓重，也使得特定的意境和地域表现得更加充分。在具体的写作过程中，哪些是高潮点，哪些低潮点，他都要在考虑成熟之后动笔。在每一出戏的配器中，龚国泰老师一般都是按着先考虑和声，然后写低音，再写内声部和复调这样的步骤进行。期间密集和弦和开放和弦都要按规律进行。在唱腔和音乐的写作方面，一般是先配好唱腔，再根据导演的要求完成配合和音乐写作。

4. 巧用复调手法。

在过去的“样板戏”音乐中复调手法并不多样，而在新剧目的创作中运用了两声部和三声部穿插，在手法上强调唱腔内容和思想变化，有时候是中音区，有时候是高音区，有时候是低音区。比如《廉吏于成龙》一剧中的最后那段唱，要紧的部分铺了和声，复调穿插上去。期间用了电子琴，主要起和声的作用，用了一个分解和弦。《贞观盛世》也有类似的地方，唱和复调穿插，洋乐器运用的也比较多。在复调的运用上，有时候就是一个主旋律，有时候用两声部一个复调，有的时候也用混合音色，有时候运用比较强烈的低音，并低音旋律化。复调选择的乐器也很有讲究，复调在下，和声在上，和声在下，复调在上。支声部错开主要音区。

（二）新时期的影视音乐创作方面的成就

置身于改革开放的新时期，龚国泰的创作热情和积极性得到了进一步的提升。除了戏曲音乐之外，他广泛地涉足其他音乐体裁和题材并取得了非凡的业绩。比如他先后为中央电视台、上海电视台、上海电影制片厂电视部、江苏电视台等十多个单位所拍摄制的电视剧《藏金记》、《邻里之间》、《第七个售货亭》、《见报以后》、《失去的和弦》、《远航归来》、《爱的隐瞒》；电视连续剧《堂堂男子汉》；京剧电视连续剧《乾隆下江南》、《曹雪芹》、《红楼十二宫》、《盘丝洞》等作曲、配器。

（三）创作交响叙事曲《长恨歌》和《琵琶行》

1995 年，龚国泰接到旅居法国的校友，著名花腔女高音歌唱家张庄声打来的约见电话。两人见面之后，张庄声说明了来意。原来她于 20 世纪 80 年代在法国定居后，在她的脑际一直萦绕着一个梦想：将白居易的《长恨歌》和《琵琶行》以咏叹调的声乐形式搬上舞台。在她看来，白居易的《长恨歌》和《琵琶行》两部著名诗作，是中国古典文学的经典之作，两部诗作富有强烈情感，最适合于大段咏叹调情感的抒发，一定要回到祖国找一位精通中国民间音乐，且在民族音乐创作方面功力深厚的作曲家，来完成作品中戏曲风格唱腔的设计和交响乐章的作曲、配器工作。经过多方探寻，最后在音乐界同仁的介绍之下，终于找到了龚国泰。

当龚国泰听了张庄声直率的阐述之后，心中充满了激动和兴奋，他说："老祖宗为我们留下的文学宝藏和艺术遗产真是灿烂辉煌，但多年来似被遗忘。年轻人更是被淹没在流行音乐的浪潮中。咱们把白居易的《长恨歌》和《琵琶行》用声乐形式表现出来，确实意义深远。"接受委托之后，龚国泰手捧诗稿，反复地朗诵、思忖。从"汉皇重色思倾国，御宇多年求不得。杨家有女初长成，养在深闺人未识……"的诗句中，他被那无限的爱恋所感动，又被那绵绵的遗恨所哀伤。龚张二人经过反复商讨之后最终拟定以古曲《霓裳羽衣曲》、道教音乐的音调和太空音响为素材，创作这部东方大型声乐交响叙事曲。他们谈了很久很久……庄声被作曲家丰富的感情和对诗作的深刻理解以及对整部作品的谋篇布局、配器手法的独到所折服。临走时，庄声握着国泰的手说："看来，我选你合作选对了！"①

经过废寝忘食的艰苦鏖战，通过多少次越洋电话沟通，又经历了多少次的彻底否定，经过龚国泰七易其稿所创作的具有典型东方神韵的咏叹调《交响叙事曲·长恨歌》和《交响叙事曲·琵琶行》，终于由著名指挥家陈燮阳担纲指挥、张庄声演唱和上海交响乐团激情演奏隆重上演并录制成激光唱碟。此后中国唱片公司慧眼识珠，鼎力支持这部作品的制作和发行并买下了激光唱盘的专利在全世界发行。中国文学泰斗冰心老人听了这两部作品之后，感慨万分地说："把中国文学艺术的精粹，以声乐形式呈现于世界，做了件大好事。"《欧洲时报》社社长桔子听了这两部作品后，在该报题为《魂魄东方梦，朝暮游子情》一文中这样写道："把中国雅乐的精华古曲、道教音乐、昆曲和西方现代的太空音乐自然地融合穿织在一起，乐章以排山倒海之势掀起我心中的感情巨浪，我仿佛坠入那无限深沉的音乐之海，无穷无尽的美感享受之海，虽然离乡万里，但能与之同醉《琵琶》、《长恨》，也消他乡之愁，我不知还能说些什么。"②

与此同时，他还先后为十多家唱片公司、音像出版社出版的唱片、音带、

①② 参见戈扬：《用音符奏响人生乐章——记上海京剧院作曲家龚国泰》。

CD 音碟作曲、配器包括京剧交响组曲《智取威虎山》、《沙家浜》、《杜鹃山》、《中国戏曲明星汇唱》、《尚长荣现代京剧选段》、《关怀现代京剧专辑》、《吴琼黄梅戏专辑》、《蔡虹虹演唱专辑》、管弦乐组曲《苗岭音诗》、管弦乐《彩云追月》、《六月茉莉》、《闯将令》、《将军令》、《江河水》、交响大合唱《我是军人》、俞逊发笛子独奏曲选《妆台秋思》等近二百多部作品。

五、 辛勤的耕耘金色的收获

从 1958 年步入音乐殿堂，十六岁在上音附中学习小号演奏开始，直至 2012 年，在五十四年的岁月里，龚国泰老师畅游在音乐的海洋里，在辛勤地耕耘与默默奉献中迎来朝阳，又送走落日。在近半个世纪的音乐艺术人生中，他创作了近千首（部）作品，荣获国家级各类奖项数十次。他将无悔的青春奉献给祖国的戏曲音乐事业，他用美妙的音符奏响人生的华彩乐章；他用激荡的情怀谱写了时代诗篇，他用不懈奋斗的精神铸就了事业的辉煌。他把音乐敬献给伟大的祖国和人民，也获得了社会和人民的褒奖。改革开放后，由龚国泰担当作曲、配器、唱腔设计和指挥的剧目不仅为广大观众所喜爱，也在京剧音乐发展史上留下了深深的印迹：

1978 年，京剧《闪光的果子》和现代京剧《刑场上的婚礼》（配器，作曲、唱腔设计）荣获上海戏曲汇报演出创作演出奖；新编历史京剧《乾隆下江南》，在第三届上海戏剧节分别荣获创作演出奖和“花冠探索”奖；

1984 年，沪剧《姐妹俩》（作曲、配器）在全国现代题材戏曲、话剧、歌剧观摩演出中，荣获优秀音乐设计奖；桂剧《泥马泪》（作曲、配器），在广西第二届戏剧展览演出中获“桂花奖”第一名，并获音乐奖；

1995 年，新编历史京剧《曹操与杨修》（配器）荣获首届中国京剧艺术节唯一大奖——程长庚金奖；

1996 年，京歌《充满希望的中国》（作曲、配器）在上海“立邦杯”第三届戏歌大赛中荣获金奖；

2001 年，新编历史京剧《贞观盛事》（作曲、配器、指挥）在第三届中国京剧节荣获金奖和优秀作曲奖，2003 年荣获第八届中国戏剧节金奖、优秀音乐奖，并被选为国家戏曲十大精品之一；

2001 年，京剧《瘦马御使》（配器）在 2001 年第三届中国京剧节中，获优秀配器奖；同年 5 月，他配器的唢呐与铜管乐队《百鸟朝凤》，在第十四届世界管乐大赛上荣获金奖。

此外，他还为沪剧《寻娘记》、《姐妹俩》，滑稽戏《三毛学生意》，越剧《溜冰场上》、《浪荡子》、《第十二夜》、《瓜园曲》、《长乐宫》、《真假驸马》、《杨贵妃》、《梨香园》，评弹《金陵十二钗》，锡剧《珍珠塔》，淮剧《孔雀东南飞》等地方戏剧目作曲、配器并担任乐队指挥，获得国家和省、市级各种奖项。

2005 年 4 月 27 日至 30 日，由北京艺都国际传媒有限公司与中国爱乐乐团、中国京剧院、中国戏曲学院通力合作，“第三届北京国际戏剧演出季”在北京隆重举行。本次演出季的一大亮点便是调动了话剧、京剧、交响乐、合唱艺术等诸多艺术门类的精英。闭幕演出上隆重推出了龚国泰和著名作曲家赵季平、导演林兆华、指挥家余隆等携手创作的交响京剧《杨门女将》。

随着指挥家指挥棒的挥动，激越的序曲奏响，观众立即被带入了一个荡气回肠的传奇故事之中。艺术家们的精彩表演，不仅再现了杨门女将们的飒爽英姿，也出神入化地刻画了巾帼英雄们的爱国精神。现场观众为之动容、为之震撼、为之鼓舞。他们用无数次热烈的掌声为艺术家们喝彩。演出结束后，《人民日报》、中央电视台等各大主流媒体纷纷做了详细报道。该作品获得巨大成功，龚国泰高超、精湛的配器功不可没。

龚国泰老师在从事戏曲音乐创作的同时，也比较重视理论著述，他撰写了《谈〈火凤凰〉音乐创作》已由中国戏剧出版社出版，另外还撰文《谈京剧〈廉吏于成龙〉音乐创作》。近年来，龚国泰先生的音乐社会活动频繁，经常外出参加各种学术会议，奔赴云南、昆明、武汉、锦州、沈阳、福建，业内的人士都知道，他与著名京剧作曲家高一鸣是一对老搭档。除了在国内参加重要的创作和演出活动之外，他还先后几次走出国门进行国际间的艺术交流活动。比如：1976 年应邀随团赴日进行艺术交流；1990 年应邀随团赴前苏联进行艺术交流和友好访问；1997 年 5 月再次随团赴日进行为期四十天的演出；同年 11 月，又随团赴香港演出现代京剧《智取威虎山》等。

如今，龚国泰先生已近七旬，但是他依然如故地默默耕耘，勤于奉献，笔耕不辍，也许在电视和广播之中，你比较难见龚国泰的身影，可是，倘若你近距离接触到他本人，便会感悟到他对于事业执著追求的情怀和敬业精神，你更能体会到，那些成功作品的背后，浸染着龚国泰多少辛勤的汗水和心血。我衷心期望他永葆艺术青春！

历经辗转情不悔　曲映浦江壮歌飞

——上海京剧院　国家一级作曲　金国贤

金国贤，上海京剧院国家一级作曲，中国当代京剧音乐作曲家。现任上海京剧院创作部作曲。上海戏剧家协会会员，上海音乐家协会会员。自20世纪60年代后期起，在担任上海京剧院琴师的同时承担京剧唱腔设计工作。曾先后参加六十余部作品创作（包括与他人合作的剧目）。主要代表作有：《龙江颂》、《审椅子》、《黑水英魂》、《孔雀东南飞》、《七侠五义》、《八仙过海》、《鬼怨》、《真假美猴王》、《六月雪》、《曹雪芹》（十集京剧电视连续剧）、《风雨督陶路》、《扈三娘与王英》，新编京剧连台本戏《狸猫换太子》、《十五贯》、《映山红》、《大唐贵妃》、《成败萧何》、

《王子复仇记》、《情殇钟楼》等。另外还有由台湾国光剧团演出的《秀色江山》、《阎罗梦》。1995 年创作京歌《我是中国人》经上海新闻媒体向社会推出后，在市民中广泛传唱，收到良好的社会效果，并因此在全国戏歌大赛中获作曲奖。2000 年，世界华人交流协会授予他“国际杰出专家委员会荣誉博士”称号。

一、 从小热爱京剧艺术 少年踏上艰苦的学习之路

金国贤，1948 年生于上海，祖籍上海宝山，笔名丝竹。他的学习京剧艺术的过程有点戏剧性。他是地道的上海人，曾祖父叫金子都，由于子孙较多，大家都管他叫“金子多”。老人家性格倔强，日本人打上海的时候，大家都纷纷逃难，可他就是不走，后来被日军炸死在自家的宅院中。祖父在家乡也很有声望的，直至今天，在上海宝山县罗店的老人们都知道“金家宅”。金国贤的父亲曾在房地产公司工作，由于受到公司老板喜欢京剧的影响，他也很喜欢京剧。他的母亲和舅舅都是戏迷，母亲还曾经请老师专门教过他京剧，受到如此家庭环境的影响，金国贤从很小时候开始就随大人看京剧。

（一）幼年，跟着留声机模仿余叔岩唱段与京剧结缘

说起金国贤走入戏曲行，还有一段故事。当年金国贤的父亲在一家房地产公司工作。老板是个戏迷，借给他两张京剧名家余叔岩的唱片，他有时听完之后，就放在了家里的老式手摇留声机上面。金国贤小时候很喜爱摆弄这些东西，有一次，父亲不在家，他就把那两张唱片拿下来放在唱机上听，听着听着就把其中的唱段学会了，但是，他没有告诉父亲。那时候的金国贤，还没有上小学，字也不认识，唱片里怎么唱，他就怎么开口，完全是一种模仿。后来有一天，他正在家中津津有味地唱着余叔岩的唱段《搜孤救孤》，被提早下班回家的父亲听到了。父亲感到很奇怪，就问他：“你怎么会唱这个?”金国贤指着老式留声机说：“我跟它学的呀。”父亲特别高兴，于是就把他带到房产公司的票房去了，对大家说：“你们听听我儿子唱得怎么样?”这一听，可就炸了窝了，见到小小年纪学唱得有滋有味，大家都惊叹金国贤小小年纪竟然唱得

这么好，纷纷对金国贤的父亲说：“老金，给你儿子请老师，让他学京剧。”这一下就定了金国贤的终身了。此后，金国贤的父亲就请他们房地产公司票房的琴师兼指导老师，每周去家里给金国贤吊嗓子连教戏。就这样，在没有考入上海戏曲学校之前，金国贤在家里着着实实地学了几十出老生戏和一些身段，其后又在父亲的督促之下学习了一段时间中国武术的拳法。这在他念小学的四年中从未间断过。当时的金国贤俨然是一个“小明星”，逢年过节经常被许多单位和企业请去演唱京剧。

（二）少年，两次投考进入上海戏曲学校

1959 年，在他读小学四年级的时候，他报考了上海市戏曲学校。为什么小学没读完就报考戏校呢？这其中也有一段小插曲。原来在金国贤学戏的同时，一个街坊家的小朋友也跟他同在一个老师门下学唱花脸，当时上海市戏曲学校有一个规定，如果有极具戏曲天赋的孩子，可以破例提前入校学习。于是这个小伙伴就在 1959 年的春天作为插班生进了上海戏校。获知此事后，金国贤的父亲想到自己的儿子演唱京剧老生也很有天赋，在征得儿子同意后，就也带着金国贤参加考试。可是当时老师说金国贤的脸圆、眼睛也小，学老生扮相不好看，嗓音也不是特别好，而且还有个教武功的老师摸了摸金国贤的胳膊和关节，竟能说出他受过伤搞武戏也不行，当时听到老师们的这番鉴定金国贤很懊丧，只好带着十分难过的心情回去了。

可是，追求执著、心有不甘心的他，在这一年的暑假，上海戏校正式公开向社会招生的时候又来了。在他去报名的时候，有一位老师竟然就认出他来了。在众多考生的比较之下，金国贤还算是比较有天赋的，于是，这一次他如愿地被录取了。

（三）学表演，幸运之中又遇无奈

入校后不久，有一天学校通知全体新生们去开会，而没有让金国贤和另外十六个同学参加，当时他们心里还犯嘀咕，刚刚入校，我们没有犯错误呀，为什么开会不让我们参加？后来听开会回来的同学说：“你们很幸运，是京剧班，我们这些去开会的都是昆曲班……”后来他才知道，当年的招生主要是

招昆曲专业，可是当时由于昆曲还不被人们所认识，怕招生时说明意向，会有很多学生不来报名，于是就在学生入校之后才分专业。当然，这其中如果有比较适合学习京剧的，也可以补充到京剧班。就这样，金国贤和另外十六位新生幸运地作为插班生进入了“京剧二班”。

起先金国贤被分在花脸组，在三个月的时间里他也学了不少戏。可是，老师后来觉得他不是花脸的嗓音，于是，三个月之后他又到了老生组，并很幸运地师从于产保福老师，产老师是一位非常有经验、有阅历、有成就的老师，他培养出了许多学生，周信芳的儿子周少麟也曾跟随他学习。产老师的教授，对于金国贤在老生行当里的专业学习起到了非常重要的作用。同时，他也向张文娟老师学过戏，也非常幸运地跟陈秀华老师学过一段时间。由于他从小对老生行当的唱腔比较熟悉，加上已经学习了一些唱段，所以，在老师们教授的过程中，理解得比较快，掌握得也比较好，进步也比较快。可是，两年半之后他进入了变声期，他“倒仓”了。那一阶段的他特别无奈、特别苦恼。

眼见得他的嗓子没有回复的迹象，老师只好做他的工作，劝他改学“场面”。当时的他还有点不服气，总认为自己的演唱技巧和韵味以及吐字都比同学好，怎么就不行了呢？但是，这一现实已经无法改变了。1962 年的时候，甄别期到了，学校给他三个选择：第一是改学京剧器乐，第二是学习舞台美术，其三回社会念书。面对这样的抉择，金国贤实在感到委屈和不甘，为此，他哭了三天。班主任也苦口婆心地找他谈话，这其中所讲的有一个道理在他的心理上产生了很大的影响。班主任老师说：“历代的名琴师，名鼓师，大部分都是演员改行的，正是因为学过表演，所以在演奏和音乐方面更有所造诣和成就。”听了这番话他觉得茅塞顿开。

（四）改学京胡，奋起直追挥汗如雨

改学京剧器乐专业之后，金国贤的主课是学习京胡演奏，先后得到倪秋平、吴大泉、卢文勤三位老师之亲授。初来到京剧音乐班一看，与他一同入校学习京剧器乐专业的同学，经过两年半的学习都已经能够在场上伴奏了。而他要从零开始，感到压力特别大。但是，他有一股不服输的韧劲，拼命似地往前赶。有时练琴简直像虐待自己一样。在学校练，回家也练。改学京胡的第一个

暑假期间，上海的夏天特别炎热，那时家里是没有空调的，吹风扇又怕影响拉琴的音质，在酷暑难耐之中，金国贤每天挥汗如雨地练琴，十分刻苦，以至于他练琴时所坐的琴凳下的地板，由于被汗水所浸透，好长时间都不干。就这样他坚持了两年。

拉琴不但要练技巧，还必须得“背戏”，这是京剧行里的规矩。金国贤学琴的时候也是如此。当时没有录音机，书店里关于京剧音乐的书籍、京剧的音响资料又很少，有些戏的曲谱只能在上课时听老师拉琴时，记录下来，然后下课去再整理和总结。有时曲谱要一遍一遍地听，一遍一遍地记。就这样，他硬是将老师所教授的曲目和许多七十八转的粗纹胶木唱片的曲谱都记下来了。通过这样艰苦的锻炼，他记谱的功夫也就是这样练出来的。

在谈到当初他学琴的背谱经历时，金国贤感慨地说：“我有个老师，他不识谱，但是他有一肚子的戏，拉什么有什么，全是用耳朵一遍一遍听记下来的戏。老一辈艺术家对京剧的追求也付出了很多，让我们很敬佩，我们也经常觉得有很多距离。倪秋平老师当年拜师王少卿，是王少卿的大弟子。起初他给梅兰芳先生吊嗓子，通过梅先生介绍拜师王少卿。倪秋平老师在教我们拉琴的时候，他把戏曲音乐里的规则、规律，以及台上操作方面的很多技巧、原则和诀窍都传授给了我们。而且，倪老师在年轻的时候还研究西洋理论，他用西洋理论解读京剧音乐，所以，我在跟他学习拉琴的同时，也从他那里学到了很多音乐理论和京剧音乐理论知识，进一步提升了我的音乐素养。那时，我在他的教导之下，也自学了一些音乐知识，尽管很肤浅，但是，对于我很受用。”

俗话讲：只要工夫深，铁杵磨成针。功夫还是没有白费，金国贤的学习成绩突飞猛进。但是，那时他登台伴奏时还是很紧张。1963 年，上海市文化局组织演出队去工厂、农村和部队等地去演出。老师对他说：“你已经掌握了一定的演奏技能，应该增加舞台实践锻炼。”于是就让他参加“文化工作队”，到基层演出实践。在那段时间里，金国贤跟随工作队到最基层的地方，几乎天天在台上演出，三天两头换地方，自己背着行李卷，拿着乐器，来往于农村的大队、生产队之间，有些地方甚至没有电，是打着汽灯照明来演出。虽然条件艰苦，但是通过演出实践不仅使他的思想得到了陶冶，更使他的舞台上伴奏能力得到了极大的提高。在谈到这段经历时他说：“那是一段难忘的日子。那时我才十五岁，与同学、师哥师姐在一起、跟本校的老师在一起，还有其他各行各业的老师，特别开心。除了拉京胡经受舞台上的锻炼，还为沪剧等地方戏和歌唱节目伴奏，搞些小节目，还在当地采风。初次登台伴奏的时候，我还不免有些紧张，通过这番历练之后，掌握了相当舞台实践经验以后就不再紧张了。当我三个月后回到上海拉琴时，老师和同学们都对我刮目相看。这次经历给我一生的艺术道路起了良好的开端，奠定了扎实的基础，而且很多创作实践也是从那个时候开始的。”

那时的学校比较注重学生文化知识的学习，也开了音乐理论课。为了培养好这些京剧事业未来的接班人，还特意从上海音乐学院请来许多老师给金国贤他们上音乐理论课。著名的音乐家、上海音乐学院民族音乐系主任胡登跳也曾来上海戏曲学校讲学。那时这些知识对于金国贤都产生了非常深刻的影响。

就这样，金国贤经过玩命儿似地勤学苦练，他硬是用三年半的时间完成了六年必须学完的知识和技能，临近毕业时，他的专业水平已经与其他同学不相上下，顺利通过毕业考试。

在回顾自从 1959 年跨入上海戏校到现在的五十几年的经历时，他感慨地说：“在当年同班的同学中，在这五十年间出现很多有成就的演员、演奏员、编剧，也有的当了单位的领导或企业家。但不管大家后来都干了什么专业，在戏校八年受到的启蒙教育和熏陶，对我们后来的发展都起到了非常重要的影响作用。只要是扎实地学，都会有所收获。”

二、 生逢乱世之秋　青年自强不息涉足京剧音乐作曲

1964 年全国“京剧现代戏观摩演出大会”之后，各地都在强调现代戏的创作和演出，老戏都不能唱了。从那时起，上海戏校也创排一些现代戏，金国贤虽然还是学生，但是也被学校吸纳参与其中，并参加了华东地区的汇演创排工作，以及到工厂、农村和部队的慰问演出。

1966 年，“文革”开始后，整个社会处于混乱的状态，上海戏曲学校也开始“停课闹革命了”，此时正是金国贤他们这一届学生毕业之际。然而，由于全国处于比较混乱状态，学生毕业一时没有地方可去。所以这批学生就留校组

织宣传队搞演出，这一留就是三年。

（一）在交响乐队伴奏《沙家浜》的创作排练中锻炼自己

在上海戏校学习期间，金国贤在学生当中还算有些号召力。毕业之后，在“红卫兵大串联”的环境形势下，他和几位同学倡议用交响乐队来为京剧《沙家浜》伴奏。于是他与音乐学院附中的学生串联，请他们来和上海戏曲学校的学生一块合作。当时上海戏曲学校参加排演的用交响乐队伴奏的京剧《沙家浜》的演职人员，虽然都是小字辈，不是什么明星。但用交响乐队伴奏却因为是一个新的尝试，效果也是相当好，所以引起社会各界极大的关注，受到欢迎。为此他们不但在正规剧场演出很多场次，还曾先后到部队、工厂等地的剧场演出，初次尝到成功的喜悦。后来金国贤得知上海歌剧院演出过《沙家浜》，又去歌剧院借来了总谱，利用自己在学校所掌握的尚比较浅薄的作曲知识，自己改编配器，写出了能够适合本校同学四十多人的民族乐队的总谱，并自己担任乐队指挥，进行了好几个月的排练。之后又到很多其他地方演出，持续了很长一段时间，当时在上海很有影响。

（二）在京剧《龙江颂》剧组中进一步经受历练

1969年的夏天，他接到上级的通知，到上海文化系统《龙江颂》剧组报到，担任B组京胡伴奏员。当时A组的琴师是朱文龙。在那个年代，能够进“样板戏”剧组担任琴师是一个非常大的荣誉。因为要求的条件是比较严格的。一是要政治上没问题，二是业务方面具备一定的水平和素质。当时上海从事京胡专业的演奏员不少，能进三个剧组的琴师只有六位，竞争的优势则是除上述政治和业务两个条件外，还要具备创作能力。

那时，京剧《龙江颂》还没有成为“样板戏”，但是，大家都很团结，大家都有一个愿望就是要把《龙江颂》也搞成跟《智取威虎山》和《海港》一样的“样板戏”，也享受样板团的待遇。所以，从金国贤参加《龙江颂》剧组，参与此剧的第二稿开始，又先后经过了六次大的修改。到第八稿的时候，才最后定稿。在整个剧目的反复修改过程中，金国贤学到了很多东西，也经受了京剧音乐创作方面的历练。对他以后进行京剧音乐创作起到了非常重要的作用。当时的领导对于金国贤特别信任和重视，虽然他才二十几岁，但是没有把他当做小字辈轻视他，而是放在“风口浪尖上”去培养、锻炼。在伴奏方面，他与学兄朱文龙各拉半场戏。在创作方面也让他参与其中，作为剧组的主要业务骨干使用和培养。

当时的创作班子可谓高手云集、实力雄厚，团队中作曲组有胡登跳和沈利群等几位专家参加。金国贤跟着前辈老师在其中是边学边做，按着责任分工担负相应写作任务，然后拿出来统一讨论、研究，并在讨论中得到大家的帮助和指导，进一步修改提高。让他特别高兴的是在该剧三至六稿的修改过程中，他所创作段落得到使用。甚至在第八稿定稿的时候，仍然保留着他创作的一小部分唱段。

从 1969 年 7 月金国贤进《龙江颂》剧组参加创排的修改，直到 1971 年该剧拍成电影，在整个剧目的音乐创作之中，他接触到了戏曲界、京剧界的精英，对他的锻炼非同小可。

1976 年，“四人帮”倒台后，“样板戏”一时间被停演。金国贤的音乐创作也进入了新的时期。从 1978 年到 1988 年间他又先后参与了许多剧目的创作工作。

三、跨入全新时代　京剧音乐创作成就喜人

当中国进入改革开放的新时代之后，上海京剧艺术的发展也迎来了前所未有的机遇和挑战。对于金国贤来说，他也经历了音乐创作上的转型。过去在搞“样板戏”时，创作之中有老专家、老前辈指导，可是此时以往的“集体创作”的模式没有了，现在的剧目创作完全是凭着个人来独立完成，这是包括他在内的所有创作人员所面对的和必须适应的新环境。1988 年，在“全国新剧目汇演”中，上海京剧院推出新编历史剧《曹操与杨修》一剧名震菊坛。那一年，在这次汇演中，由金国贤承担音乐创作的一台小戏之中的一出《六月雪》也获了奖。这一剧目的音乐创作实践，实际上是他进入新时期从事新编历史戏创作的前奏曲。

（一）京剧《狸猫换太子》喜获第五届戏剧节音乐创作奖

从1994年起，金国贤开始独立担当京剧新编剧目的音乐创作，第一个剧本是《狸猫换太子》（头本）。初次担纲，他没有辜负大家的期望，该剧参加第五届中国戏剧节获得“音乐设计奖”。在此之后的1995年担当京剧《狸猫换太子》的二本的音乐创作，1996年又担任该剧三本的音乐创作任务。

在此之后，金国贤又先后承担了京剧《大唐贵妃》和《阎罗梦》（由台湾国光剧团演出）等剧目。使他的京剧音乐创作水平和能力又得到了进一步的提高。

（二）新编历史剧《成败萧何》荣登国家“十大精品剧目”榜首

2008年11月由上海京剧院创作演出的《成败萧何》在第五届京剧艺术节上获新编历史剧一等奖（金奖）第一名，此后又获得中国戏剧节优秀剧目奖、中国京剧艺术节一等奖、中宣部“五个一工程奖”、文化部“文华大奖”和2008—2009年度国家舞台艺术精品工程“十大精品剧目”（榜首）、中国戏曲学会奖等国家级重要奖项。被认为是新编历史剧创作中又一成功的里程碑，并与《曹操与杨修》一并誉为“新时期历史剧创作的双子星座”。而该剧的音乐主创人员之一便是金国贤。这也是金国贤从事京剧音乐创作以来，让大家认为有突出亮点的一出剧目，更是他与老搭档金乐华和续正泰老师共同完成的成功之作。

该剧的启动实际上是2003年由上海京剧院院长提出的，其后又请了相关专家进行了充分论证。看过剧本之后，金国贤随即产生了很强烈的创作冲动和欲望。他认为该剧的立意深刻，富有能够引起人们思考和联想的内涵，所以他积极拥护并满腔热情地支持，并表示要参加这部戏的创作工作。经过上海京剧院领导研究，决定该剧的音乐由金国贤、续正泰和金乐华（该剧配器）三人共同完成。在工作分工上，金国贤负责萧何与其他角色的全部唱腔写作，续正泰老师主要负责花脸唱腔的写作，金乐华负责音乐设计和配器工作。在整个音乐创作过程中，他们三人的创意、切入点和方法以及采用什么样方式呈现，音乐采用什么主题贯穿等等都经过了非常周密的切磋，使得该剧的音乐比较和谐、统一。金国贤与续正泰老师互相提示、互相帮助，他们与担任音乐设计和配器的金乐华配合默契，合作愉快。

金国贤在该剧的创作中的亮点，主要体现在为陈少云所创作的唱腔上，其他演员唱腔数量虽然不是太多，但是也对其人物性格和演唱风格进行了准确地把握和定位。比如说剧中的吕后的唱腔，金国贤提出应以梅派青衣为主，但不能过于柔媚，尽量在唱腔中加入一些坚定的音调，以突出吕后的特殊身份和她作为女强人隐藏在内心深处的坚强性格。在演唱中要通过旋律和唱法来充实和展示的人物性格特征；对于钟离昧要用京剧武生的唱腔元素，以突出他的豪爽义气等等。这些人物的定位准确，因此在唱腔创作中没有遇到更多的困惑，进行得都比较顺畅。而剧中的主要人物萧何的麒派唱腔是他所下功夫最多的方面。

剧目演出之后，大家都觉得该剧的麒派唱腔设计得比较好，没有想到金国贤对于麒派唱腔了解得居然还蛮多蛮深刻的。不知何故？说到这一点，要追溯到当年金国贤在上海戏曲学校学习的那段经历。当初金国贤倒嗓之后，曾误认为“嗓子哑了可以学唱麒派老生”而曾经对麒派唱腔进行了一番潜心钻研。虽然事后他觉得当初的想法有些幼稚，但是那一段对于麒派唱腔的钻研却使他受益匪浅。没有想到的是小时候学的麒派唱腔，居然到老时用上了。所以，除了《成败萧何》之外，他在《狸猫换太子》一剧中也用了许多麒派的唱腔。甚至用了麒派很多比较冷门的板腔。

周信芳的麒派唱腔在南方有些观众熟知，但总不如余派、杨派、马派那么为人所熟知。而在北方了解的人则更不是很多。总觉得麒派是做工老生，应该侧重他的表演和念白。其实不然，周信芳的演唱虽然声音有些沙哑，但是他的风格和演唱方式也是非常能够动人的。可以说他做到了“声情并茂”。在《成败萧何》一剧萧何的唱腔设计中，金国贤运用麒派唱腔的众多板式，可以说是集麒派唱腔之大成。之所以如此，用金国贤的话说：“完全是逼出来的。因为，搞新编戏最忌讳唱腔在板式和音调上的雷同，要求每一段唱腔都要有新颖之处，所以，我必须要有变数。于是，【西皮快板】、【西皮流水】、【西皮散板】、【西皮摇板】、【二黄原板】、【二黄三眼】、【四平调】、【反四平调】、【高拨子】、【清江引】……除了【吹腔】没用，几乎全都用上了。所以，每一段唱腔都有新的调式、板腔，不重复，让每一段唱腔都给听众和观众以新鲜感。”

当然我们看到，在金国贤为该剧萧何所创作的唱腔中，也进行了很多新的改革与创新，其中包括变异、重组与整合。他力求达到让观众有“似曾相识又有不同”的感觉。突破原来的固定程式，使有些唱段的起承转合更多样，层层推进更丰富。调用新的结构手法，达到了对原有的传统音乐元素的重新整合。比如传统戏中【清江引】的音调，用【垛板】形式呈现以及哭腔的运用等等。

在《成败萧何》四年多的创作排练过程中，让金国贤尝到了改革创新的快乐。他与老同学金乐华在配器方面的密切合作以及续正泰老师的加盟，达到了上海京剧院预期的目标。有媒体在报道中写道：

> 《成败萧何》主演萧何的扮演者陈少云，是当今“麒派艺术掌门人”。麒派唱腔以苍劲质朴、感人至深而令观众折服。《成败萧何》的唱腔设计充分运用了麒派的独特优势，根据剧中人物萧何的心境与遭遇，以情度曲，巧妙地安排了【西皮慢流水】、【碰板】、【高拨子】、【清江引】等具有浓郁麒派特色的板式，并巧妙结合了【反四平】的腔调，组成了一套源头清晰、新颖动听、符合人物特定心理的完整唱腔，亦是一次难得的麒派唱腔大集成。本剧韩信的唱腔以深沉醇厚的裘派为基础，根据人物的个性及演员特长，增加了高亢激昂的成分，充分发挥裘派声腔艺术的丰富性和表现力，既大气磅礴又感人至深。

2011年7月7日新华网记者孙丽萍《〈成败萧何〉缘何拿到中国戏曲奖项“大满贯”》报道中写道：

> 上海京剧院的新编历史京剧《成败萧何》，自2004年创作问世以来备受瞩目，迄今演出逾二百场，更拿到了当下中国所有重要戏曲奖项的“大满贯”。《萧何月下追韩信》本是中国历史和戏剧舞台上“求贤若渴”的佳话。而上海京剧院的《成败萧何》却上演了一场萧何违背道义良心

毁灭英雄的历史悲剧。戏曲界专家指出，《成败萧何》用原汁原味的京剧之“瓶”盛上了时代精神之“酒”，从诸多方面对京剧艺术进行了丰富和创新，从而为当代戏曲创作树立了新的标杆。在传承和创新中两难的京剧界，很少有一部作品像《成败萧何》一样赢得观众和专家众口一词的好评。舞台上，戏剧冲突层层叠叠、扣人心弦。……剧终时，当“成也萧何、败也萧何，成败岂能由萧何”的主题歌悠然响起，许多观众洒下一掬同情泪，剧场里的掌声经久不息。这样的场景，在《成败萧何》二百多场的演出过程中屡见不鲜。……《成败萧何》是怎么创作出来的？上海京剧院院长孙重亮说，最初的创作意图就是为了传承经典。2004 年第四届中国京剧节在上海举行，同时纪念梅兰芳、周信芳诞辰。上海京剧人想到，要把八十年前周信芳大师《萧何月下追韩信》的“艺术生命”延续下去，但是也要融入时代精神。……中国戏曲学院教授傅谨说，《成败萧何》是一出“大气磅礴”的戏剧，它重述了一个关系到民族、国家和天下苍生之命运的宏大事件，也塑造了四个极其强悍的人物形象：萧何、韩信、刘邦、吕雉。他指出，与许多昙花一现、豪华包装大于实际内容的新编京剧相比，《成败萧何》的成功来自于它题材的厚重和丰富的人文内涵。在这个意义上，上海京剧院可以说“为当代戏曲创作树立了新的标杆”。

通过上面的这些评价，我们似乎更加深了对于该剧人文价值的认识，也更加深刻地理解了它在中国京剧史上的地位与意义。而其音乐上的继承与创新更是永载京剧音乐史册。

四、 坚守创作理念　在改革的潮流中始终保持京剧音乐本质特征

他上述剧目的音乐创作的过程中，我们看到金国贤始终在学习、在追求、在探索、在坚守。他在转变中适应，在学习中实践，在创作中积累和总结。在谈到改革开放以后他的创作体会和经验时，他说：

我比较信奉梅兰芳的对于京剧改革“移步不换形”，这一观点虽然有争议，当然也可以百花齐放，但我觉得梅先生这一观点对于京剧的改革，乃至对于京剧音乐的改革与创新都是一个原则。因为，我们服务的对象是观众和听众，你一定要想到接受你的艺术的人，绝大多数是热爱京剧和对于京剧有所了解的人。当然我们不排除吸收新的观众，吸收新观众，我们要用另外一种方法。我始终觉得京剧的样式和音乐表现形式要多元化。但基本原则还是要坚持“移步不换形”。我自己总结有如下几点：立足本体、激活传统、借鉴民俗、多样呈现。

一、立足本体。本体的京剧音乐元素是绝对不能够抛弃的，要紧守着这个城门，这个阵地。我们如果拿其他的元素作补充的话，也要融合得天衣无缝才行。现在有些剧目的音乐创作有些令人费解，演出已经开始很长一段时间了，观众还不知道这是什么剧种，直到唱腔和念白开始观众才明白。我认为中国音乐最显著的特征就是它的旋律性。同样京剧唱腔的旋律是京剧音乐的灵魂。京剧音乐创作也一定要注意突出它的本体音乐元素。所以我搞戏的时候始终抓住两点：京剧音乐旋律和京剧音乐唱腔的板腔体，这是万万不可抛弃的。板腔体有它严谨的格局和规律，尖团字和四声在唱腔安排中也有一定之规，甚至唱词的每个字放在什么节拍上都是有讲究的。可现在很多人不认识这个问题。唱腔乍听起来是京剧，可就是觉得别扭。所以，京剧音乐元素本体是城门，必须坚守。

二、激活传统。就是要把京剧音乐原来的因素拿来，激活它。怎么激活它？可以重新组合、可以变异、可以离调和转调等等，其实这些都是民族音乐和西洋音乐创作中常见的手法。京剧音乐里完全可以用，样板戏时为我们打开了一扇窗。可是由于我们的音乐理论基础太差，没有明确、清晰的理论来指导创作实践。所以，像我这样的也只能是通过实践，凭感性来创作，而缺乏一种科学的、体系化的理论予以指导，这是我比较吃亏的地方。所以我一直在呼吁，拉胡琴的人、搞乐器的人要学好音乐理论，用这些理论来解释京剧音乐，可能会比我们这一代人创作得更好、更丰富。

三、借鉴民俗。我们京剧音乐元素里边，原来就有许多民间小调、民间说唱的，在音乐创作中要拿来借鉴。在我的有些戏里吸收了一些民间小调的东西，甚至吸收了一些比较民族化的歌曲的一点手法。在这方面我做了很多尝试，比如说《狸猫换太子》头本里“寇珠自尽”那一段。当时的编导说这个地方要动起来，如果唱正经的西皮、二黄肯定会显得有点陈旧木讷，编剧的这一段唱词全用四字句。这给我制造一个难题。京剧的唱词一般都是七字句或十字句，最少也要五字句。可是，这四字句如何写腔呢？这种情况逼得我不得不另辟蹊径，绞尽脑汁之后，我设计了一段“吟唱”，就是前半段演唱近乎无伴奏，仅仅是吟唱，这一新的手法，舞台呈现时效果非常好，不但京剧圈内的人说好，就是兄弟剧种的行家，比如越剧、沪剧等剧团搞创作的同志也都能接受。他们认为，该段从编导到音乐在舞台上创造一个人物在临死前的空灵感的意境上，做到了极致。这一段唱腔的旋律是京剧的，但是板式为【平板】（金国贤命名），大家觉得这一段唱在整个《狸猫换太子》头本里边是比较突出的。

四、多样呈现。就比较简单了，一样的旋律可以用各种流派与行当来演唱，甚至乐队伴奏也可以有多种模式。可以有大交响乐队，也可以有交响性很强的民乐队。也可以是京剧的传统乐队。比如说在搞《王子复仇记》时，当时也有精简编制的考虑。除了这些方面以外，当时的宗旨很明确。用京剧的元素和样式来演绎西方的故事。《哈姆雷特》的故事外国人非常熟悉、外国观众主要是看你怎样用京剧的形式来演绎这个故事。假如我们用一个交响乐团的话，他们并不稀罕。我们偏偏用一个他不大了解的最传统的京剧乐队伴奏，实践证明我们的思路和理念成功了。因为该剧的音乐运用的是最能代表京剧特性，经过变异、重组之后的传统唱腔和曲牌。但是在外国人看来他们并没有觉得陈旧。一个丹麦搞流行音乐创作的作曲家竟说“京剧音乐如此的现代化”，在他看来，我们的传统乐队演绎出来的京剧音乐是现代化的音乐。所以，我说我们的音乐形式，应该是多样化呈现的，应该是丰富多彩的，只要你为剧中人物服务了，怎么做都是对的。

前几年，上海京剧院的一位演员严庆谷，他要将俄国作家契科夫的小说《小公务员之死》排成京剧，命名为《小吏之死》，全剧就设计一个人表演，由他一个人自导自演。严庆谷找金国贤合作，请金国贤担任此剧的作曲。经过细致的案头工作，确定了思路和方案，在音乐的设想方面，其中有一点就是确定了把乐队呈现在舞台表演区的正后方，让乐手们穿上服装，戏一开始的时候，先让他们与观众清晰的见面，然后放下一个竹帘与前表演区隔开，不让乐队搅戏。在似隐似现中向观众传达着音响。其中，有两个演奏员要与演员对话。其中一位用韵白，还有一位则要用苏北话对白。采用这种形式演出后，观众感觉很新鲜、很有创意。其实，这就是京剧发展早期的京剧乐队呈现形式。金国贤认为：通过这些探索性的实践，主要是印证多种呈现的创作理念。多样呈现应该包括非常广泛的范围，只要我们掌握好，只要没有脱离京剧音乐本体，只要能激活传统，只要你能够多方借鉴了，一定是好看的、好听的。但是，千万不要走歪门邪道，千万不要为了标新立异，而去生搬硬套式地嫁接，这样的创作老观众不愿意看，新观众也不喜欢。

在金国贤的京剧艺术生涯中，京剧音乐创作使他作难，也让他快乐，他几番辗转、几经变化，然而，他越转越坚强、越变越精彩。他幼年的童音令人愉悦，他青年的琴声令人惊奇，他壮年的乐曲令人遐想，他晚年的唱腔令人震撼。在那浸染着坚韧品格的京剧音乐创作实践中，我们看到了他的勤奋。在那震撼的经典唱腔音乐中，我们领略到了他的豪迈。如今，金国贤虽然也已退休，但是，他依然被上海京剧院返聘，他依然对于京剧音乐倾心关注，创作的热情不减，创作的脚步从未停歇。我们祝他永葆艺术青春！

志存高远勤奉献　曲韵江河霞满天

——江苏省京剧院　国家一级作曲　汪人立

汪人立，京剧音乐作曲家，江苏省京剧院国家一级作曲。自20世纪70年代初开始从事京剧音乐创作及理论研究工作以来，曾长期担任江苏省京剧创作研究室主任兼作曲，现为江苏演艺集团（江苏艺术剧院）艺术指导委员会委员。在四十多年的戏曲音乐艺术生涯中，他曾任京胡演奏员，后任专业作曲，先后参与了四十余部戏曲剧目的作曲工作，同时在戏曲音乐理论研究方面也颇有建树。在戏曲音乐创作方面，主要代表性剧目有：京剧《迎春岩》，1975年参加全国京剧现代戏会演；京剧《红菱艳》，1988年参加全国京剧新剧目会演，获优秀剧目奖，并获江苏最高戏剧奖——紫金奖，音乐创作奖（与吴小平合作）；京剧电视片《太平公主》，1995年获得第十届全国戏曲电视剧音乐创作奖（与吴小平合作）；京剧《西施归越》，1995年获首届中国京剧艺术节铜奖、1996年获中国戏曲音乐学会作曲奖（与吴小平合作），被戏曲界认为是“当代戏曲音乐创作的一次有益和成功的实践”。中国京剧院著名京剧音乐家刘吉典先生和时任中国艺术研究院戏曲研究所所长的余从研究员都对该剧音乐创作给予了高度评价；京剧《飘逸的红纱巾》，2008年荣登第五届京剧艺术节现代戏一等奖（金奖）榜首。在戏曲音乐理论著述方面，他先后在《中国戏剧》、《戏曲研究》、《中国京剧》、《剧影月报》等报刊发表了一批颇有影响的理论文章。其中主要有：1990年于“全国纪念徽班进京二百周年学术研讨会”上发表了论文《京剧声腔音乐形成发展的历史启示》，获得了中国戏曲音乐学会的论文一等奖；1992年出席在山西举办的中国戏曲音乐国际学术研讨会，发表了《戏曲音乐的民间性向专业性的转换》的学术论文；他撰写的《梅派唱腔的美学境界——自然》获得《剧影月报》1995年“纪念梅兰芳诞辰一百周年征文”论文奖。此外，他在1987—1990年期间还参加《中国戏曲音乐集成·江苏卷》的编纂工作，担任了全卷的责任编辑，兼京剧音乐分支的主编及撰稿工作，对江苏卷的工作，特别是对京剧音乐在江苏的历史发展及其成就的全面记录和总结，作出了自己的贡献。

一、 家学熏染， 特殊原因让他走上京剧音乐道路

（一）六岁看到京剧之后，在兄弟的影响之下自学京胡

汪人立，1941年出生，祖籍江苏灌云。祖上是读书人，曾祖父是清朝举人，却不愿意也没有做过官。父亲年轻时喜爱京剧，爱拉胡琴，具有一定的水平，并且十分钻研。后来竟专业从事了京胡演奏，又因文史根基较深，转为专业编剧，就职于江苏省京剧院。但是若论对汪人立从事京剧音乐事业的影响，还要从他六岁的一次经历说起。

1947年，汪人立六岁的时候，他在安徽蚌埠第一次看到了“京戏”，而演

出者竟是曾经常年为梅兰芳“挎刀”的著名京剧演员王琴生。那时正值国内战争时期，王琴生从北京辗转到南方演戏，在当地产生了广泛影响。当时，汪人立和父母亲恰在蚌埠，便有幸得到了一次欣赏的机会。有趣的是，那天晚上的戏是他父亲以票友身份为王琴生操琴伴奏的。汪人立这一次幸运地得与父亲同到后台观赏，见到后台演员们正在忙碌着化装和做着各种演出前准备的景象，汪人立感到很是新奇，也很有兴致。可是，演出开始后，台上唱的啥？他一概听不懂。后来他在追忆起那时的情景时，觉得那是一出《借东风》。数十年后，汪人立与父亲同王老先生竟有幸、有缘成为江苏省京剧院的同事，当共话当年蚌埠趣事时，大家不禁抚掌大笑。

那阵子，经常有京剧票友来家里吹拉弹唱，受到这种环境的影响，耳濡目染之中，汪家兄弟几乎都对京剧产生了兴趣。汪人立兄弟姊妹七人，他排行第四。那时，大哥、二哥都会拉琴，三哥会唱京剧老生唱段，受到几个哥哥的影响，他便自己拿起京胡来摸索着进行演奏，后来摸着摸着，竟然也能拉上几段了。与此同时，他还学会了一些行当的京剧唱腔，无论是生、旦、净行，他都能够来上一段儿。但是，他的父母对于孩子学习京剧一事，仅限于作为一种业余爱好而已，还是让汪人立潜心读书，并没有让他将来专攻这一行的打算。

新中国成立后，汪人立的父亲参加文化工作。1953 年到苏州市少年京剧团担任京胡演奏员，经常在苏州的开明剧场演戏。汪人立几乎是场场必到，每逢演出之时，必定早早将功课做完，晚饭后赶往剧场，静候演出。在看戏中，他除了注视表演和聆听唱腔以外，尤其喜欢注意父亲的演奏。父亲虽非科班出身，却对艺术有着非常执著的追求。他的操琴入神专注而细致入微，每一弓每一音，刚柔顿挫、轻重缓急，均有严格讲究而绝无轻易放过之处。不仅动听，姿态也显得那么优雅大方，使汪人立深深感受并领悟到京剧乐队伴奏的独特神采和京剧音乐的魅力，不禁为之吸引、为之着迷。后来父亲调到了南京工作，但父亲还不时从百忙中书写琴谱给人立寄来，偶尔回家时，便与人立谈谈琴艺，谈徐兰沅、王少卿、李慕良、杨宝忠……说他所见到的这些大师精湛琴艺的风格特点，令人立神往不已。

那时的苏州还没有普及收音机和电视机，但是，每天马路上的大喇叭里都播放梅兰芳、程砚秋、杨宝森等名家演唱的京剧唱段。伴随着这种社会和家庭环境的影响和熏陶，他读完了小学和中学，直至高中毕业。

正当汪人立准备考大学之际，由于受到国家当时“阶级斗争”的政治气候影响，由于家庭出身等原因，汪人立虽然学习成绩优异，但却不得不终止继续升学的企望了。面对这种无奈的现实，他曾经十分不解和苦恼。但是，残酷的现实，不得不让他开始思考是否可以选择从事京剧音乐事业。后来通过父亲朋友的介绍，经过考试，作为一名插班生进入了江苏省戏曲学校，走上了专业艺术的道路。

（二）五年的京剧音乐专业学习生活

江苏省戏曲学校创建于1956年，建校初期设京剧、昆剧、锡剧、扬剧、话剧、戏剧文学、戏剧导演、舞蹈、音乐、舞美等专业。1959年，学校曾升格为大专性质的江苏戏曲学院（后因贯彻八字方针，复改为中专性质的江苏戏曲学校）。1959年4月，经江苏省人民政府批准，改建的江苏戏曲学院，院址设在南京市申家巷46号。江苏省文化局局长周邨兼院长、党委书记，王平任副院长、党委副书记，主持日常工作。苏光任副书记，徐观伯、张桂轩、彦军任副院长。学院设置戏曲、曲艺两系和进修班及戏曲研究室。戏曲系开设昆剧、锡剧、扬剧、目连戏、徽剧、木偶专业，招收学生一百多名。曲艺系开设苏州评弹专业。进修班培训淮剧、锡剧、越剧在职演员、导演和音乐人员一百二十名，教职员工三百零八人。1960年5月，学院与省属锡剧、扬剧、昆剧、淮剧等剧团合并为江苏省地方戏剧院。原学院为教学训练部，各剧团为演出部。木偶、目连戏、徽剧等专业先后停办。同年7月，剧院参加高等艺术院校联合招生，共招收新生八百多名。9月又与江苏省京剧院、江苏省歌舞话剧院教学训练部合并，恢复江苏戏曲学院建制。改设京剧系、地方戏曲系、歌舞话剧系和编导班。共有专业十二个，各专业教学计划、教学大纲均根据高等教育部有关规定并参照省内外艺术院校有关内容制定和实施。

1961年，汪人立跨入江苏省戏曲学校后，开始了为期五年的系统京剧音乐学习生活，专业为京剧器乐。师从于京胡教师徐福忠、京二胡老师方金生和吹弹类胡宝安等老师。徐福忠先生会戏极多，舞台经验极为丰富，对于学生开阔眼界、熟悉舞台规律，帮助很大。方金生先生，本来是上海邮电工人出身的票友，在20世纪三四十年代颇负盛名，人称“邮票”。他的二胡音色甜美、浑厚大气，很有质地。他40年代曾在上海戏剧学校工作，也曾给黄桂秋伴奏过，并灌有《春秋配》、《祭江》两张唱片。胡宝安先生出身于北京梨园世家，是一位资历很深、专业知识渊博、舞台经验丰富的忠厚长者。这些执教的先生们，在教学上基本是口传心授，在教学中基本是讲授自己的艺术体会并注重从感觉入手，各位老师都爱岗敬业，且对学生也十分负责，每每教授演奏技艺，不仅耐心讲解，自己示范演奏也都十分认真。这些都让汪人立受益匪浅并在记忆中留下了深刻的印记，为自己今后的专业道路打下了坚实的基础。还有一位令人立受益、感佩终身的老师则是教授戏曲音乐理论课的武俊达先生。武老师早年毕业于国立音乐院，专攻声乐，兼习理论作曲。新中国成立后，在中央关于戏曲改革工作的指示下，作为第一批新音乐工作者，毅然投身到戏曲队伍中，参加戏改工作。他先到剧团，后去学校。以极大的热情置身于创作、教学和理论研究之中，孜孜不倦、奋力耕耘数十年，终成戏曲音乐理论界一代大家。在汪人立的印象中，武老师永远是个精力充沛、热情洋溢的人。讲课中，目光炯炯，声音洪亮。知识渊博，逻辑性强，具有很强的吸引力和感染力。许多年来，汪人立从武老师那里不仅获得了音乐基础理论的扎实根基，也在心目中逐渐开启了探索、认识戏曲音乐奥秘的大门。尤其是先生那种认真执著的治学精神，使人立受到了深深的感染和激励。

当时的京剧器乐演奏专业学习，要从打小锣开始，同学们学习都很用功，每天几乎三四点钟就起床练早功了，即使稍懒一点的同学也要在五点多钟起床。上午学专业课，下午学文化课，由于汪人立当时已经上过高中了，所以，他被特许免修下午的文化课，几乎在几年中把全部的精力都用到京胡演奏的训练和京剧音乐的学习上。时间过得很快，一转眼五年紧张而充实的学习生活结束了。1966年，汪人立毕业后被分配到江苏京剧院，担任京胡演奏。

二、 专攻作曲　在摸索中开始从事京剧音乐创作

1969年，出于工作的需要和个人的爱好，汪人立开始尝试京剧作曲。对于刚刚进京剧院工作的二十几岁青年来说，正是充满激情和憧憬的好年华，作

为年轻的京剧演奏者，他在涉足京剧作曲时还只是边学习、边摸索，在探索性地实践前行。

1971 年，汪人立被正式调入江苏省京剧院创研室从事京剧音乐创作。1975 年，汪人立担当京剧《淮海首战》的音乐创作工作，这是他的处女作。虽然他为该剧的音乐创作付出了艰苦的努力，但是，由于被认为是没有摆脱“样板戏”的影响，加之整个戏的剧本结构中出现的问题，剧目并没能够产生广泛的影响力，然而，初次品尝到经过辛勤汗水浇灌而结出的丰硕果实之后，汪人立却更加坚定了自己从事戏曲音乐创作的信心。

1. 《琵琶泪》的音乐创作。

1977 年 10 月，当时代的脚步跨入那个特殊的历史阶段之后，中国的政治、经济和文化各个方面的发展，都发生了巨大的变化。粉碎“四人帮”之后的江苏省京剧院创作了一大批新剧目，不管是现代戏也好，新编历史戏也罢，包括重新加工的以往江苏省京剧院的优秀剧目，以及重新恢复并稍加整理改动的一些传统戏等五六十出以上的剧目，都在社会上产生了重要的影响力。这期间，汪人立担任了许多剧目的音乐创作任务，但是，许多作品由于创作环境问题，剧目演出似过眼烟云，没有在他的头脑中留下深刻的印象。而比较令他满意的作品当属京剧《琵琶泪》了。

在谈到该剧的音乐创作时，汪人立曾深有体会地提出“创作环境问题十分重要”。他认为，从一般意义上说，它应该包括两大要素：首先是必须有一个尊重艺术规律，并踏踏实实为之努力奋斗而毫无取巧之心的领导；第二还要有一个实力雄厚，而又和谐合作的创作团队。在进一步谈到尊重艺术规律时，他还特别详述了自己的看法，那就是要“按照戏曲创作的特殊规律”办事。戏曲是一种高度综合的艺术，这就要求编剧、导演、作曲、舞美、演员等等，在创作的每一个环节中，对于每一个部门所应承担的任务必须层层严格把关，并且相互融合。戏曲艺术的规律，不只体现于其中各门类艺术自身的规律与法则，更在于它们之间的高度综合，准确、合理地调动各种手段来共同表现戏剧。既要让观众在各种艺术手段的运用中见到个性鲜明的人物形象，又要让观众在认识人物的过程中充分领略各种艺术手段的无穷魅力。整个戏曲创作过程中，首先当然是剧本要成熟，这不仅是指立意好，情节引人入胜，人物性格鲜明，还应对二度创作（尤其是唱腔音乐和表演的设计处理）提供合理而精到的根基与前提。剧本的打磨过程，也不仅是文学上的事，还应当是一个立体的、综合的工作。当然，这个艺术综合体的呈现方案最终确定是由导演完成的。作为一位优秀的戏曲导演，在充分理解剧本之后作出执行方案时，一定也应该再听取各方面的意见，尤其是作曲者和演员的意见，才能尽量减少失误、少走弯路。而且一出好戏的形成，其中必有种种的磨合，需要创作者之间互相补充，互相融合，多次打磨，而绝非一蹴而就。

汪人立说，今天看来，《琵琶泪》至今能给人留下美好记忆的不光是戏，也不只是一些优美的唱腔，更是当时的一种良好合作。首先是二位主演，一位是谭派老艺术家王琴生，一位是优秀王派青衣黄晓萍。他们都具有深厚的演唱功力，极擅长于充分利用声情去刻画人物内心复杂细致的感情，他们在很多唱腔处理的细微之处，都曾提出过许多极有价值的建议。还有一位是黄晓萍的先生姚桐生，他既是创作的参与者，又是伴奏者，是一位通透六场的资深琴师。他直接参与了创作，又发挥了演员同乐队之间重要的协调作用。大家在创作中，相互合作，又相互碰撞；相互激发，也相互弥补，形成了一次极为和谐、令人愉悦的艺术创作，其效果自然是不言而喻的。客观地说，演员有时提出的不同意见，也未必会全合作曲者的意图，但是汪人立认为，如果能够充分展示演员的演唱个性，并有利于充分调动演员对声腔艺术的创造力（不仅是演唱的处理，也包括创腔的能力），自己也会充分给予尊重，并互相体味这种碰撞与磨合的实际效果。尽管这出戏，剧本上还有一定的局限，但音乐创作上至今还留下了值得让人回味的东西。比如女主角的大段唱《数十年夫妻们同甘共患》，结构了“双哭头”的形式，接以悲愤、深沉的基调转入了【反二黄】，并自如地糅入了评弹的音调与唱法，既准确地表现了人物的个性，也酣畅淋漓地抒发了戏剧中痛定思痛、追昔抚今之情，这段唱腔也以出色的创造而被收入了《中国戏曲音乐集成》。

当然，艺术的创作经历，绝非每次都那么幸运。现实中的许多剧目，或是为了完成任务而仓促上马，或是论证不够而先天不足，或是急功近利而缺少打磨，违背艺术规律的现象，至今仍然常见。

在这个改革开放的时代，由于受到种种历史与现实等复杂因素影响，非正常状态下的社会行为，滋生着社会普遍的浮躁情绪，对于有良知的艺术家来说，其无奈与痛苦有时是难以名状的，对此汪人立感同身受。他坦言："在艺术创作上，我的痛苦多于欢乐，或者说痛苦与快乐并存。有时候，好的环境能够使我想要表达的创作思维与情感表现出来，这时是很开心的。但是，如果你的创作理念和要呈现的东西，无法得到有效地发挥，那对我来说是非常痛苦的……"

2. 京剧《西施归越》一炮打响，音乐创作获得好评。

继京剧《琵琶泪》之后，汪人立又创作了电视剧《太平公主》。剧中的太平公主与武则天的对唱，采用了【二黄】与【四平调】结合的方式，收到了很好的效果，在这部戏中，突破了一些传统的程式性的东西，如何展示人物的个性，又有传统因素在其中，使两者有机地结合在一起，在这方面汪人立老师下了一定的功夫，后来该剧获得了剧目奖，音乐上也获得作曲奖，但是，汪人立谦逊地说："虽然这部戏获了奖，但是，我并不满意。"他对艺术的认识与评价，绝不简单等同于评奖结果与他人看法，而总是坚持着自己的标准与方向。

20世纪90年代初期，江苏省京剧院又推出了新编历史剧《西施归越》。该剧上演之后，在戏曲界引起了广泛的好评，特别是剧中的唱腔设计，十分细腻、精致，赢得了专家和观众的普遍赞誉。在2008年江苏省的舞台艺术精品剧目评选中，《西施归越》入选其内。时隔近二十年，该剧中的唱腔依然能够让观众感到优美动听，耐人寻味。

作为主创人员之一，汪人立在此剧创作中可谓功不可没。在谈到该剧的音乐创作时，汪人立言道："这出戏，作为展示西施这样一位悲剧性的人物，展示她的悲剧性命运与情感历程为主体的一部戏，它淋漓尽致地为我们勾勒出了封建社会中特殊情境之下的女子为了国家的利益，忍受着屈辱和痛苦，在敌国生活和做人中所忍受的艰难，其内心的伤痛是可想而知的。所以，我决定在塑造西施这个人物时，一定要用细致、深刻的笔触，来勾画她的情感和心灵，做到精雕细刻。为了深刻地揭示其各个阶段的复杂心理矛盾，我在该戏中的每一场，在不同侧面的铺排上，都下了一番功夫，做了比较细致地考虑。主要是在音乐语言方面，例如西施刚上场时的几句唱词："君王使命难推诿……"在安排这段唱腔的时候，突破了以往的传统【导板】唱腔旋律形式，而是根据剧中人物西施当听到越国派她前往吴国，作为一个弱女子即将别离祖国故乡，去委身于敌国君王的既愤恨又无奈的复杂心情，为表现此时此地她既不想从命，又难违圣命的复杂心情特点，抛开了传统套路，重新设计了一段新的唱腔旋律。

又如第四场，西施归越之时，饱受煎熬的她踏上祖国的土地，回归故里，其急切而又忐忑的复杂心情是可想而知的。为了表现西施此时内心的情感，汪人立觉得此处用【二黄慢板】节奏过于缓慢会显得拖沓冗长，用【四平调】，虽然是中速但又有些展不开，于是，他综合吸收和借鉴【二黄慢板】与【四平调】的音调特征和节奏因素，大胆地从剧中特定情境中人物内心深处的情感和性格特征出发进行构思，创造了一段既体现着传统京剧元素，又有新的音乐成分在其中的特殊音调，恰到好处地完成了这段唱腔的设计。这种大胆的创新收到了极佳的效果，每当西施唱起那段如泣如诉、一波三折、委婉动听的旋律时，在场的观众无不为之感叹与动容。

该剧已成为了江苏省京剧院的保留剧目，新世纪以来仍不断上演。2006年8月21日，光明日报发表了苏丽萍《更加注重揭示人性与母爱——京剧新编古装戏〈西施归越〉获好评》文章。文中言道：

> 该剧首演于1995年，并在当年的首届京剧节上一炮打响，获得铜奖。这出戏的轰动在于剧作家罗怀臻对古代四大美女西施的颠覆性的解释以及主演李洁的出色表演。十一年后，本着“京剧与时代同行”的宗旨，江苏省京剧院重新打磨这出戏，用编剧罗怀臻的话说，这出戏有着“对那个时代的权势者的控诉，对战争的反思，对人性的挖掘”。新版《西施归越》的确让人耳目一新，西施除了美丽和善良之外，还以她的伟大人性深深打动了观众。剧中也无情地抨击了人们对西施的鄙视与冷漠所表现出来的人性的弱点，令人震惊与思索。本剧在表演上也由过去的张扬、强烈，转为细致、安静。演员们经由十年的磨炼，艺术上更趋成熟，表演更有深度，尤其是再度扮演西施的梅派传人李洁，唱念做舞俱佳，给观众以很高的审美享受。著名导演曹其敬、舞美刘元声、唱腔设计汪人立、灯光金长烈的强强联手，加以大型交响乐队的伴奏，都为剧作增添了鲜明的时

代气息。

> 江苏省京剧院在改革中响亮地提出了“京剧与时代同行”的主张。该院院长徐全心说，这一主张是要让京剧“走近时代，走近观众”，探索京剧在现代生活中的发展，致力于传统戏曲的现代表达，以激活古典戏曲的生机。中国剧协主席、著名京剧表演艺术家尚长荣看完演出后兴奋地说：“我们京剧人有责任把古典艺术注入现代意识，从而为时代服务。”

其后，汪人立与陈霖苍合作，完成了《项羽》一剧的唱腔设计。其中一折基本情节与传统《别姬》相似，只是在处理上及部分唱词有所改变。在该剧这一折的创作中，汪人立把所有唱腔进行了全新的设计。其中虞姬最后的唱腔旧剧中为【二六】，考虑到此处戏剧情绪的需要，似应加强深沉悲壮之感，故尝试设计为【反二黄中三眼】。其后陈霖苍结束中央戏剧学院导演班的学习，在毕业的汇报演出中表演这一折戏的时候，这段唱腔受到了一致好评。

3. 京剧《飘逸的红纱巾》荣获第五届京剧艺术节金奖。

2008 年，由江苏省京剧院上演的现代京剧《飘逸的红纱巾》荣获第五届中国京剧艺术节现代戏一等奖（金奖）榜首并入选第十一届中宣部精神文明建设“五个一工程”奖。京剧《飘逸的红纱巾》是以抗战作为历史背景，着重表现了一名留洋归国的热血女青年投身革命并成长为一名革命文艺战士，不断经历各种考验和磨砺，逐步走向成熟，直至献身革命的感人经历；揭示了青春不仅是美、是爱，更是理想和忘我，是生命盛开的花朵这样的道理，塑造了主人公方斐富有纪念性的艺术形象。全剧充满着抒情浪漫的情怀，闪动着凄美与壮美的色彩。

为此，中国音乐家协会理事、江苏音乐家协会主席朱昌耀在《京剧音乐现代化的有益探索——现代京剧〈飘逸的红纱巾〉音乐简评》（中国文化报 2010 年 5 月 11 日）中谈道：

> 关于京剧音乐的发展问题，一直为戏曲音乐家、理论家及爱好者们所关注。京剧音乐能否在新的时代被赋予新的生命，能否在实践中获得更大、更新的发展？20 世纪六七十年代伴随着一代人成长的现代京剧“样

板戏”音乐，就已经做出了回答，并带给了我们很多的启示与思考。然而，相较于“样板戏”的劲猛势头，近二三十年来，京剧音乐发展的脚步反倒缓慢了许多，并显现出许多不足之处，如“拨乱反正”之后，因提倡回归传统而走向极端；如市场经济之下，浮躁之风盛起，对待艺术不甚严谨等等。面对这些由政治、经济等多方面原因导致的不尽如人意的发展现状，一些针对京剧音乐发展进行的探索，就显得尤为意义深远了。在京剧《红菱艳》、《西施归越》等作品成功经验的基础上，江苏省京剧院再一次进行了有益的尝试与挑战。可以肯定地说，对于该剧的成功，唱腔和音乐功不可没。两位作曲家对唱腔和音乐的设计与创作，在继承中又不难见出探索与创新之处，可谓是对京剧音乐现代化做出的一次有益探索。

谈及该剧的唱腔设计，汪人立老师感触良多，他为设计唱腔投入了大量的心血，先后构思了两套唱腔。汪老师认为，新时代的京剧音乐应具有新的面貌，板腔体的结构使灵活的京剧音乐在节奏形式与音乐语言上有相当大的变化、发展空间，不能滞留于传统而故步自封。正是基于这样的创作观念，两位作曲家对整出戏的唱腔和音乐进行了全面、细致的构思与设计。

总体说来，该剧的唱腔设计和音乐创作中最突出的创新之处，主要体现在以下两个方面：

一、立足“角色”与剧情，突破传统模式。根据该剧中的冯子彦这一人物的气质、形象，剧组最终选定了江苏省京剧院国家一级演员盛海宁饰演。盛海宁专工小生，以小嗓演唱为主，与汪老师之前创作的老生唱腔发生了冲突。为了配合演员更好地塑造角色，汪人立老师颇为创新地将两个行当有机融合，让小生以小嗓来演绎老生唱腔，这可说是目前现代戏唱腔中不曾运用过的。而这一独特之处已被现场观众真切地感受到了，如果这样的结合能够为观众所接受，那么将会为今后现代京剧唱腔的发展提供经验和广阔的空间。另外，汪老师还针对演员盛海宁的嗓音条件和音域范围，为其量身创制了富有个性的唱腔，在旋律变化方面进行了探索，如在第四场冯子彦的主要唱段中，【反西皮】的唱腔用【反二黄】的把位拉等。

另外，女主人公方斐在整出戏中表现了前后不同的形象与性格变化，剧中音乐细致地展现了她由学生逐渐成长为革命战士的心路历程。尤其在第一场中，方斐初到苏中根据地，是一位南洋归国的女大学生，纯真、烂漫并富有艺术气质。因此当她跳起《青春舞曲》时，唱腔和主题音乐活泼、明快、充满生机，并具有鲜明的舞蹈性，唱腔中还巧妙地运用了一小段三拍子节奏，把人物形象塑造得更加生动、丰满。

……

综上所述，全剧音乐语言丰富、情感细腻，充满了鲜明的浪漫色彩与时代气息。无论是人物的唱腔设计还是音乐创作，都紧扣人物性格、情感和具体情节，并有所创新，使现代京剧《飘逸的红纱巾》的音乐展现了现代风采与江苏特色，在京剧音乐的现代化进程中又留下了一个不可磨灭的印迹。汪人立与吴小平两位作曲家以丰富的创作经验和细致的情感体验，在融合了传统的基础上巧妙结合现代创作理念，在探索中挥洒出一部现代京剧音乐华章。

此外中国文化报2010年5月11日有一篇署名斯人的《京剧与时代同行——〈飘逸的红纱巾〉的创作命题》的文章中也对该剧的音乐创作做出了如下的评价：

导演在二度中大胆创新，但又不失京剧艺术的传统根基，全剧在载歌载舞中同时渗透了音乐剧的流动感和京剧的韵律感。紧扣剧情和人物性格发展的三段红纱巾舞蹈，看似现代的民间舞，但骨子里融化了《天女散花》等传统京剧的古典舞韵。在音乐和唱腔设计上追求鲜明的时代风格、个性特征与蕴涵深厚传统神韵的和谐结合，如第一场表现方斐参军后喜悦心情的“草鞋足下蹬”和第三场她急于冲向战场投身战斗的“我的青春要在血与火中飞升”的这两段唱腔在板式结构上称之为【新西皮原板】，它们的结构形态已远非传统模式，但它又保留了传统的调式因素和节拍因素；又如饰演表哥冯子彦的是小生演员，如何用小生腔来表现现代人物是一大难题，唱腔设计汪人立老师敢于创新，在小生腔里糅进老生腔的旋律，第四场冯的两段唱腔用了【反西皮】和【反四平】及一些老生言派腔，以揭示其酸腐、狭隘、深不可测的阴暗心理。整个音乐创作充分利用京剧程式，但又不拘泥于传统，一切从人物情感出发，服从于全剧清新、优美、质朴、明快的总体节奏和艺术风格。在音乐演奏上发挥了江苏省演艺集团的人才资源优势，集京剧基本乐队和交响乐队于一炉，使音乐和唱腔更具质感、厚度、感染力和时代性，赢得了新老观众的一致赞赏。舞美简洁、大气，充满了苏中地域特色，既运用了许多现代科技手段，又如传统舞台那样给演员唱、做、念、打的表演留有了足够的施展空间。

通过以上两篇文章的评述，我们可以清晰地领略和感悟到汪人立在《飘》剧音乐创作中，所体现的积几十年理论思考和创作实践所积淀的科学理念和鲜明的个性特征，尽管该剧的部分唱腔还未能完全按照汪人立的创作主张体现，但是，我们仍然看到了一位学养深厚、技艺高超的京剧音乐作曲家的光彩之处。

在大胆进行上述艺术创新之时，汪人立恰恰十分重视对传统的继承，并认为必须以此作为创新的根基。他在谈到京剧音乐创作的体会时说，首先要有最扎实的传统根底，会的东西当然是越多越好，所谓见多识广，而且还要深入其中。他强调，优秀的传统作品，乍看似乎彼此相似，深研则其中个性大不相同，奥妙意趣尽在其中。其精彩之处，既是刻画人物的传神之笔，又是令人玩味不已的高度形式美感，把这些地方琢磨透了，吸收多了，自然才可能领略其中三昧，积累经验，传统戏曲音乐创作中的法则与经验在今天仍具有不可替代的价值和意义。

说到继承传统，汪人立认为，当然不是简单套用传统模式，不作创造，但一定不可盲目求新而加进生涩语言，不加改造与融化。戏曲音乐创作必须深深扎根于传统之上，来苦苦追求每个作品新的个性，这是一个需要瞻前顾后、不断探索前行的艰苦过程。对于《飘》剧这样的现代戏来说，相对于《西施归越》的古代题材，虽然在创作技法上会有不同的考虑，但它们仍然具有最重要的共同点，那就是首先从人物出发，尤其要注意抓住人物的气质，气质准了，性格、情感方式、包括时代感，也都会自然地流淌出来。而唱腔音乐的新与旧，则又是一个十分辩证的关系，对此，他在一篇文章中曾这样表达：

> 每一件成功的京剧音乐作品都可以让你看到，它是在传统的光华中闪烁的一个亮点。成功的戏曲音乐作品必然是新与老的对立统一体。老，即传统剧种风格和传统神韵的根；新，即作品所体现的人物性格、情感和时代气息。新与老的完美结合，构成了戏曲音乐作品独特的个性和品格。新与老的结合中“度”的把握，是作品能否成功的关键。新的不一定就是好的，但好作品必定具有新意。

三、厚积薄发，既能创作又善于理论研究

1985年至1987年，汪人立进入中国艺术研究院戏曲理论研究班，进行了为期二年的戏曲音乐理论研究专业学习。这两年的理论学习，不仅使他能够带着大量的创作实践中的问题，通过理论学习进一步得到总结和归纳，也使得他学得理论知识之后，反哺京剧音乐创作实践。正所谓从实践到认识，再到实践。

两年的理论学习，开阔了艺术的视野，丰富了他的理论思维，也使他更进一步地增长了相关的戏剧理论知识，为他后来的京剧音乐创作，做了进一步的铺垫。

正是在这样的前提下，我们看到汪人立在以《西施归越》和《飘逸的红纱巾》为代表的剧目中，展现出了更高的艺术创作境界，更新的京剧音乐创作理念以及高超的创作技艺。毕业时他撰写的毕业论文题目便是：《论京剧现代戏音乐创作》，文中阐述了自己艺术创作的独到见解。

在从事京剧音乐创作的同时，他也坚持戏曲理论研究工作，曾先后在《中国戏剧》、《戏曲研究》、《剧影月报》、《戏剧电影报》、《中国京剧》等报刊上发表戏曲音乐研究论文、艺术评论多篇，在省内外产生一定的影响并得到同行们赞誉。其中主要有：《论京剧现代戏音乐创作》（载《戏曲研究》第25辑）；1990年全国纪念徽班进京二百周年研讨会上发表论文《京剧声腔音乐形

成发展的历史启示》，获中国戏曲音乐学会第四届年会论文一等奖；1993 年出席中国戏曲音乐国际学术研讨会并发表了《论戏曲音乐的民间性向专业性的转变》学术论文；1995 年参加全国纪念梅兰芳、周信芳诞辰百年研讨会并发表《梅派唱腔音乐的美学品格》学术论文，获 1995 年《剧影月报》论文奖；1997 年应天津艺术研究所约稿，为纪念杨宝森百年诞辰而撰写论文《杨宝森先生“散板”唱腔赏析》，收入了《杨宝森纪念集》。另外，《京剧唱腔音乐欣赏》（合著）一书，也由南京师范大学出版社于 1988 年正式出版。由于他的工作实绩和在江苏戏曲界的影响，他还曾担任《中国戏曲音乐集成·江苏卷》全卷的责任编辑、京剧音乐分支主编及撰稿人。

在《杨宝森先生“散板”唱腔赏析》的文章中，他一改过去常见的研究内容和角度，选择了以往戏曲音乐理论研究中较少有人涉足的领域，独辟蹊径地紧紧围绕着杨宝森演唱中“散板”的特点进行论述，文章在业界引起了反响。此外，他在《戏曲音乐中民间性向专业性的转换》一文章中谈到：“在现代戏曲音乐的创作中，一个突出的特点就是，他既要尊重传统的程式性，同时又要有他的个性特征，这是一个不可逆转的趋势。在传统戏中一出戏的唱腔音调、板式雷同，司空见惯，并未引起观众的反感。对于某一位当代的京剧音乐作曲家来说，如果你的第二出戏的创作风格与第一出戏雷同，哪怕是你上一出戏中有特点的东西在另一出戏中运用，人家都不能够接受，就会引起别人的议论和非议。这就说明观众的审美观念在变化，所以，对于搞戏曲音乐创作来说，不能不注意这一点，还是要坚持个性追求。当然，追求个性并不是抹杀传统音乐的传统风格，程式性的传统必须要尊重，要有选择性的继承。”这些见解和主张不仅分析透彻，也非常富有见地。

四、 与时俱进　京剧音乐创作和社会音乐活动的新收获

在汪人立的京剧艺术生涯中，除坚持不懈的京剧音乐创作和理论研究著述之外，适应社会文化艺术发展的新形势和新时期大众审美多元化的时代特点，在与时俱进的理念指导下，也开启了他新的创作理想与实践的追求。

（一）戏歌创作

从20世纪80年代后期，带有戏曲风格的戏歌悄然在中国兴起，这其中，京腔京韵的"京歌"更是风靡大江南北，这种新的戏曲音乐体裁形式，不仅令广大的戏迷观众感到新鲜，也博得了广大青年观众的喜爱。同时，也引起了许多京剧作曲家的关注，并驱使其纷纷投入这一新的领域一展身手，进行探索性的创作实践。应时所动，近年来汪人立也同其他作曲家一样，多有作品呈现于世。

关于戏歌，汪人立有自己的理解和定义，他认为："所谓戏歌就是将戏与歌结合在一起的音乐形式，在呈现上有多种形式，一般分为两种，其一是以戏为主，戏的成分比较浓重，吸收某些歌的音调形式来演唱，实际上是在唱戏；其二是歌曲的成分多一些，吸纳戏曲的音调来演唱，是具有戏曲音调特性的歌。"

对于这两种形态的戏歌，汪人立都进行过创作尝试。在每年大量的各种类型的晚会上，由汪人立创作的戏歌上演的数量也比较多，但是，在他的感觉中大多作品数都是一些"应景之作"，不被他所满意也更不愿意提及。其中尚为他自己喜欢的作品中有这样两首：

其一是1998年，在庆祝南京解放五十周年的专场音乐会上，他为陈霖苍、尚长荣、邓沐玮、李欣创作的一首京歌联唱《风雨送春归》，这一段用花脸演唱的旋律效果非常好，后来陈霖苍也经常演唱这首京歌。这是以戏的形式为主的。

其二是一曲《水调歌头》，以前每当他听到邓丽君演唱的这首通俗风格的歌曲时，总觉得虽然演唱比较朗朗上口，但是多少有些流于肤浅而不够深刻，因此，他萌生了用京歌重新诠释这首歌词的意念。于是他运用京剧的音调创作的这首歌曲，产生了极佳的效果，后来这首京歌在江苏省京歌大赛中获得了一等奖。

（二）为弘扬国粹艺术尽心尽力

在社会音乐教育体系中，戏曲音乐是人们最为常见的一项内容。但是，它并没有在我们的音乐教育体系中得以很好的规划与实施。然而，难能可贵的是，近些年来，京剧界的同仁们在借助各种平台，为弘扬中国的国粹艺术而贡献着自己的绵薄之力，汪人立便是其中的一位突出者。

1999年江苏艺术剧院组团访问约旦、叙利亚、突尼斯等国，汪人立担任艺术指导，传播着中国的京剧艺术。更多的则是在国内，近年来受聘经常在江苏电视台、南京电视台以及各类学校举办京剧知识讲座，向广大群众与青少年普及京剧知识，持之以恒地为京剧事业作贡献。

汪人立，作为一位志向高远、学养深厚、知识渊博的学者型京剧音乐作曲家，他不仅京胡演奏出色，作曲成就卓越，戏曲音乐理论研究也不乏精到和富有见地的学术观点和见解。在他四十多年的京剧艺术生涯中，我们透过他谦逊、平和、内敛的言行，领略到的却是他内心的刚毅、坚定和果敢；透过他所创作的精彩、新颖、美妙的唱腔，品味到的是他几十年上下求索中的执著、深沉与细致；透过他的一系列理论著述成果中鲜明、独到、客观的学术论断，我们则能感悟到他的深邃、睿智和缜密。

勤奋耕耘奏华章　壮心不已谱新曲

——江苏省京剧院　国家一级作曲　赵　润

赵润，中国当代京剧音乐作曲家，江苏省京剧院国家一级作曲，在几十年的戏曲音乐艺术生涯中，他先后就读于南京艺术学院附中至本科的民族器乐专业和作曲专业。自20世纪60年代起，他即开始从事民族音乐创作，其主要代表作品有：京剧《骆驼祥子》、《宝烛记》、《孽缘记》、《风雨老腔》、《涅槃之夜》、《道观情缘》、《黄道婆》、《李清照》、《辛弃疾》等，其中由他担任全剧创腔设计、音乐设计和配器的京剧《骆驼祥子》荣获第三届中国京剧艺术节“金奖”以及第六届中国艺术节“文华奖”，《宝烛记》荣获第一届“文华奖”。

此外，他还创作了大量的戏歌。特别值得提及的是他在戏曲音乐伴奏模式的改革与创新上有了新的突破，由他所研究开发的“音乐工作台”早在20世纪90年代即应用于剧目伴奏，在京剧器乐几件主要乐器与音乐工作台的有机组合之中，实现了乐队人数虽少，但音响呈现出浓淡相宜、层次分明、既清新有厚重的效果。这项技术的研发与应用，不仅是戏曲舞台剧目演出伴奏模式的一种新突破。同时也为剧团排练和演出节省了大量的经费支出。目前，他是中国戏曲作曲界从事戏曲伴奏新模式研究，并取得一定社会效益和经济效益的第一人。

一、 在家乡深厚的民族音乐文化滋养中走上音乐道路

1941年7月，赵润出生在江苏省如东县掘港镇一个殷实的商人家庭。如东县掘港虽然位于长江东海交汇处的一个不太显眼的地方，却是农渔发达，商贾兴隆之地，又是苏北平原上的京剧之乡。号称南方京剧通天教主的王鸿寿老前辈即出生于此。赵润的父辈都是京剧迷，当他还是学龄前的幼童时就经常随父母、叔伯、姑姨们去当地的庙台、草台和堂会看戏。受家里环境影响，他对于京剧十分喜爱，虽然年纪幼小，但对诸如《追韩信》、《借东风》、《打严嵩》、《甘露寺》、《失空斩》等多种流派的唱段都能有板有眼地唱出来，天资聪颖且音乐天赋出众。幼年，赵润先后在家乡的几个私塾接受了启蒙教育。当时所学的“千字文”和“三字经”、“千家诗”和毛笔书法等课程，为赵润在传统文化方面打下了一定的基础。

（一）家乡浓重的戏曲文化氛围使他爱上了戏曲艺术

1950年正式进入县立小学读书后，赵润即对音乐课特别偏爱，成绩也特别突出。课外生活中，他除了喜爱唱歌之外，对包括京剧在内的很多戏曲剧种都颇为喜爱。当时所上映的戏曲电影艺术片，如：越剧《梁山伯与祝英台》、评剧《秦香莲》、豫剧《花木兰》、京剧《梅兰芳的舞台艺术》、黄梅戏《天仙配》等都给他留下了深刻的印象，也使这个从小喜爱戏曲但又见识不广的僻乡蒙童打开了眼界——祖国的戏曲艺术竟是如此丰富多彩。年少的赵润像海

绵吸水似的对这些戏曲音乐全盘的喜爱，漫无边际地吸收，甚至做到了影片里的许多精彩唱段都能唱得有滋有味，很是招人喜欢。他经常去当地的业余剧团玩儿，除了观看他们的排戏和演出之外，还经常参与到其中演唱，有时他也被剧团叫去表演各种戏曲唱段。事隔五六十年了，至今家乡的老人们还在传为美谈。

那时候，时常有剧团到来赵润家乡来演出，所以他从小就有机会看到许多老一辈“好角儿”的表演。给他印象最深的是1953年程派艺术家新艳秋来家乡演唱，那低回婉转、优美动听的唱腔恍如天籁之声，使他在享受着京剧艺术美感的过程中，惊叹程派唱腔的美妙动听，由此便开启了他对于程派声腔的偏好和学唱。三十多年后，当赵润与新艳秋老人谈及往事时，新老师还开玩笑说：“当时你要是大着胆子来找我，说不定我就会教你学戏了。”

（二）偶遇音乐名家得其指导考入南京艺术学院附中

赵润不但喜欢戏曲、爱唱歌，而且对器乐也是非常喜爱。在他上初中的时候，他还自学拉二胡。当时的南京军区前线歌剧团因为创作歌剧《红霞》，在团长张锐的率领下来到如东县进行音乐采风，就住在离赵润家不远的招待所。张锐不但是作曲家，更是当时全国知名的二胡演奏家，中国近现代民族音乐大师刘天华的十首二胡独奏曲得以在全国传播和推广，在20世纪50年代由张锐所灌录的唱片起到了重要的作用。当时的赵润对张锐老师十分羡慕和崇拜，为此，带着这种心情，刚有一点二胡演奏基础的赵润，经常跑到县招待所去听张锐老师练琴，听得如痴如醉。见到这样一个对于民族音乐如此青睐和好学的学生，张锐老师自然十分喜爱，如此一来二去他也与前来采风的艺术家们熟悉了，其后赵润便在张锐老师的指导下学起了二胡演奏。由于这个特殊机缘，赵润不仅结识了音乐名家，也给他日后走上音乐道路带来了新的契机。

1959年，赵润初中毕业时，以二胡演奏专业考取了南京艺术学院附中音乐科，可是刚进入南艺附中的赵润，又被老一辈琵琶教授程午嘉挑了去改学琵琶专业。在三年的琵琶演奏学习中，赵润不但成绩优异，而且在民族古典音乐方面有了比较深厚的积淀，同时民族音乐文化素养也得到了进一步的提高。就在这时，赵润萌发了从事民族音乐创作的念头。所以附中毕业时，他没有直接升入本科，而是选择去偏重排演民族歌剧的扬州地区文工团工作，并在那里开始了民族歌剧的创作实践。

二、 在创作实践中更加坚定了立志于民族音乐作曲信念

由于他从小耳濡目染于民族音乐浓重的氛围之中，又在南艺附中积累了相当丰富的民族音乐，长期的民族音乐文化滋养为他从事音乐创作打下了比较深厚的基础，也使他具备了从事民族音乐创作条件。在扬州文工团期间，他在较短的时间里就写了几部歌剧，在这些作品创作中，他都能很自然地将许多戏曲音乐的元素融入到歌剧创作之中，也使他在民族音乐创作方面积累了一定的经验，但是，他有自己更高的志向和理想追求。为了掌握更全面、系统的作曲技术理论知识进一步提高作曲的能力和水平，在扬州地区文工团从事了几年的音乐创作实践之后，他决定回母校继续学习深造。

（一）工作数年后，再次考入南京艺术学院作曲专业本科

1964 年的“京剧现代戏观摩演出大会”之后，全国兴起了创演京剧现代戏的热潮，这种喜人的形势使赵润受到了极大的鼓舞，也更加坚定了他从事民族音乐创作的意志和决心。这一年，赵润又以优异的成绩考入南京艺术学院作曲专业本科，专攻民族作曲。当时他的理想只有一个：学成之后，从事民族歌剧创作。

当时正值国家在文艺创作上强调“革命化、民族化、大众化”的时代，党号召文艺工作者在艺术创作中要突出民族风格。时任南京艺术学院音乐系主任的著名音乐家黄友葵先生，对赵润在附中读书时的琵琶演奏印象深刻，觉得他是个好苗子，有民族音乐演奏的扎实基础，又在几年的音乐创作实践中积累了一定的经验。因此特别支持赵润学习民族音乐作曲。入学以后，学校对他特别重视，也有意识地对他进行重点培养。他的作曲专业主课老师是徐政民先生，为他讲授和声的是当年上海音乐学院著名作曲家黄自先生的弟子姜希先生。这些老师知识渊博，在作曲技术理论方面给予赵润很多的教益，也为他日

后从事民族音乐作曲起到了一定的启发和指导作用。虽然还是一名在校本科学生，但是，学校每逢有重要的音乐创作任务都少不了赵润的参加，本科在读期间，他就写出了包括《老榆树下说家史》、《红灯照》等歌舞剧和钢琴弦乐五重奏《红岩青松》等民族风格的音乐作品。在歌舞戏《红灯照》音乐创作中，他运用一些京剧音调独立完成整部作品的音乐创作。

由于该剧是与江苏省戏校合作完成，当时有许多戏校表演专业的学生在剧中担任角色，这期间，他结识了江苏省戏校的尖子生江燕（赵润的夫人，首届梅兰芳金奖大赛提名奖获得者），这在赵润的思想上进一步滋生了终生从事京剧作曲的理想。可是，当赵润大学毕业分配时，苏州市文化局却点名要赵润去苏州搞评弹音乐改革，在那个"一切听从党安排"的时代，他就去苏州市工作了。在此期间，他还响应毛主席："知识青年到农村去，接受贫下中农再教育，很有必要"的最高指示，到"虎丘山"茶园劳动，一边劳动的同时，还在"文宣队"搞音乐创作，帮助当地的业余剧团排练京剧《沙家浜》（一个人兼任导演和乐队指挥），很是忙碌，不过这些经历对他后来从事京剧作曲都有一定的帮助。

1970 年，在全国大力普及样板戏的时候，赵润被调到苏州市京剧团担任乐队指挥。当时的苏州市京剧团和样板团的人员较熟，有些新剧目的公演甚至比上海京剧院还要早。从那时起他才开始真正大量地、高密度地接触到"样板戏"的音乐总谱。当时最早的是《红灯记》、《智取威虎山》、《海港》，其后《龙江颂》、《磐石湾》等，以至于后来的《审椅子》、《战海浪》、《新保管》、《春苗》等剧目，并且指挥乐队很好地完成了演出任务。虽然由于"四人帮"的倒台，有些剧目没有来得及上演，但是，那些戏的总谱他几乎都见到了。通过参加这些现代戏的排练和演出，在深入分析、研究"样板戏"音乐总谱的学习过程中，应该算是"吃得比较透"，在这个过程中，他结合自己已经掌握的戏曲音乐知识，对于其中音乐的一些处理方法也有自己的观点和认识。

（二）调入江苏省京剧院谱写戏曲音乐创作新篇章

1979 年江苏省京剧院决定排演京剧《王昭君》，经江苏省戏校相关人员的介绍，赵润借调到省京剧院搞创作。为此，他曾与老院长江泽君从南京特意到北京专程拜访曹禺先生。其后，省文化厅正式将赵润从苏州调到江苏省京剧团。至此，赵润在经过几番辗转之后，才真正实现自己从事京剧专业作曲的愿望，由此揭开了他京剧音乐创作的新篇章。步入新的时代，在新的工作环境和氛围之下，从事自己的理想职业，他自然心情愉悦、干劲十足。当时的江苏省京剧院对于剧目创作抓得比较紧，每年都要排演几出新剧目。在此期间，他与同仁汪人立一起写音乐、搞配器等参加了许多剧目的创作工作。

1. 京剧《宝烛记》音乐创作得到专家赞扬。

1981 年，江苏省京剧院排演京剧《董小宛》，为此特意邀请中国京剧院关雅浓老师来进行音乐创作，由于这个机缘赵润结识了关先生并获知中国戏曲学院将要办作曲进修班。遂产生了跟随关雅浓老师进一步学习京剧作曲的意愿。后来经过院里组织考试，赵润被选派到中国戏曲学院参加“首届作曲进修班”学习。在那段难忘的日子里，他主要是跟随关雅浓老师学习唱腔写作。在学习中，关老师毫无保留地将他自己的创作理念和创作手法以及经验毫无保留地传授给了赵润，令他十分敬佩和感动。在此期间，有一个由马少波创作的剧本《宝烛记》，原来是想请关雅浓老师担当作曲，出于培养人才和对于赵润的信赖，关老师直接推荐赵润担纲并亲自指导他进行创作。虽然时间很短暂，却收获很大。他在向关雅浓老师学习京剧作曲的过程中也获得了许多收获和教益。特别是关雅浓老师单刀直入的教学方法对他后来的京剧音乐创作都起到了积极的作用。

1982 年，由赵润担任作曲的京剧《宝烛记》上演，这是他进入江苏省京剧院之后第一次承担音乐创作的大戏。在进行该剧音乐创作时，赵润较早、较全面和较系统地将大型民族乐队的伴奏形式引用到该剧的乐队配置中。在声腔创作上坚持了“移步不换形”的创作原则，在传统梅派声腔的基础上，创作了相当数量的能够与传统声腔有机结合的新唱段。该剧的音乐创作，不但得到了编剧马少波先生的高度评价，在去上海和北京参加“纪念徽班进京二百周年”的演出活动中，也赢得了广大观众和专家们的喜爱和好评。

因为《宝烛记》在上海公演时，该剧的音乐唱腔引起了上海京剧界的广泛好评。在那个还没有形成后来各地院团之间走马换将的年代，上海京剧院就率先邀请赵润为李炳淑领衔的剧组的新戏《孽缘记》重新作曲。当时“文革”刚过，京剧的音乐创作往往存在两个极端：一是样板戏的痕迹太浓，京剧不京。二是过于老腔老调，新戏不新。而《孽缘记》中既植根于传统又富有新意的音乐唱腔一经演出，就在上海京剧院上下和广大观众中得到首肯。当时虽没有全国性的赛事，该剧未能在更大的范围内展现，但那些年李炳淑的剧组就是以该剧作为主要的商业巡演剧目；也正是因为此剧的作曲，后来的上海市文化局局长马博敏等上海京剧院的老领导三十年来经常邀请赵润为上海京剧院作曲，直到现在还不断地关心赵润的创作。

赵润在创作上有自己的独特优势，整出戏全部的音乐创作工作基本上是由一人承担。从唱腔编创到各种场景音乐再到乐队配器（民乐、西洋及管弦乐）以及整个乐队的排练指挥全部由他一个人完成，这是目前中国京剧作曲界为数不多的人才能够企及的。赵润认为，只有这样的全面驾驭和把握全剧音乐创作中的各个环节，才能够很好地保证作曲者的创作意图，也保证了整出戏音乐部分的完整性和统一性。

2. 京剧《骆驼祥子》喜获第三届京剧艺术界金奖。

1998 年，江苏省京剧院上演京剧《骆驼祥子》，赵润在该剧作曲之中，不仅将背景的多种地方音调全面渗透在整出戏的音乐唱段中，而且在该剧的音乐伴奏上，又开拓性地采用了传统的京剧器乐融入新型电脑音乐工作台的现场伴奏方式，收到了良好的伴奏效果。《骆》剧在 1999 年，三次进京演出，除了剧本、演员、舞美等其他方面的突出成就之外，剧中纯正、新颖的京腔京韵，不但给首都观众留下了深刻印象，也在全国内地、香港、澳门地区和日本等国的巡演中获得了各方面的好评，并且荣获了当年国家颁发的几乎所有重大奖项，被誉为是“新时期京剧现代剧的里程碑式的作品”。

为此，《光明日报》记者苏丽萍在 1999 年 4 月 13 日所撰文章《来之不易的金奖剧目——京剧〈骆驼祥子〉出台记》中写道：

> 作曲赵润将京韵大鼓、西洋弦乐与京剧唱腔糅合运用，乐队伴奏开创性地设制出传统乐队加音乐工作台的伴奏形式，老腔新韵，为戏曲乐队伴奏形式的革新做出了有益的尝试。该剧在中国京剧节上一推出，即轰动京

城，得到新老观众的好评，并夺得金奖。专家们认为，《骆驼祥子》摆脱了样板戏“高大全”、“三突出”的局限，又避免了形式上的“话剧加唱”，在继承传统的基础上有新的创造和发展，是近年来京剧现代戏中最为成功的一部。它说明京剧现代戏已经走出了样板戏的阴影，展现出光明的前景。

在其后召开的“京剧《骆驼祥子》学术研讨会”上，来自全国的戏曲界专家们，都对该剧给予高度的评价。其中时任江苏省文化厅剧目工作室主任的汪人元谈道：“《骆驼祥子》是一出可以留得住、传下去的好戏。这在现代戏中非常难得。它既对当代观众具有艺术征服力，它本身及其经验也有可汇入京剧艺术的历史长河中去推动现代戏的发展。这是一种最为可贵的有效积累。能做到这一点，一是因为符合京剧艺术的本体精神，二是因为切合时代，能够接通观众审美情趣的发展趋势。”

赵润的唱腔音乐设计运用了新的语汇、新的节奏、新的调性处理，伴奏采取了音乐工作台和传统乐队相结合的方式，开启了创作与演出的某些新思路。但唱腔还有加工和提高的余地。正如上述专家的评价：赵润在该剧中的贡献，除了完成京剧《骆驼祥子》全剧的音乐创作之外，他在该剧的配器中，开拓性地采用了传统的京剧器乐融入新型电脑音乐工作台的现场伴奏方式，在演出中收到了良好的伴奏效果。这种新的探索和尝试，在中国京剧音乐的发展史上也留下了浓重的一笔。

3. 京剧《涅槃之夜》等在京城产生广泛影响。

2002 年，赵润从江苏省京剧院工作岗位上退休，其后虽然远去广东珠海定居，但是只要有时间，有精力，还是常常受聘于全国各地京剧院团进行戏曲音乐创作。近年来他先后为济南京剧院写了《李清照》、《辛弃疾》；为上海写了《生死界》、《道观情缘》；为江苏写了《天下归心》、《精忠报国》、《扁担谣》；为江西写《岳家小将》；为陕西省京剧团写作以陕西老腔为音乐素材的现代剧《风雨老腔》等。

2010 年，为上海市燕萍文化艺术工作室（徐汇燕萍京剧团）上演的京剧《黄道婆传奇》作曲中，赵润采用上海地区的民间音乐和海南岛黎族音乐为创作素材，将中国古代纺织家黄道婆青年时代在海南中老年回到上海的传奇人生，从音乐上赋予了浓郁的渲染，并将地方音调渗透到唱腔之中，伴奏色彩也较新颖、时尚。

2011 年又为该剧团创作了多媒体音乐京剧《涅槃之夜》，该剧之所以标明是“多媒体音乐京剧”，是因为该剧的音乐呈现是由多媒体技术与京剧器乐的融合，在音乐创作之中，它体现了更先进的时代气息、更加开放的视野与更加新颖的作曲技法，但是，又时时处处扣住京腔京韵不放，具有京剧音乐的本质特征。

2012 年 5 月，在纪念毛泽东同志《在延安文艺座谈会上的讲话》发表六十周年的活动中，徐汇燕萍京剧团应邀进行汇报演出在北京引起广泛影响。在连续上演的几台剧目中，赵润所创作的唱腔与音乐均得到了观众的好评和专家的赞誉。尤其是演员在台上临时即兴发挥时，乐队严丝合缝地跟踪托腔，观众中一次次掀起叫好的声浪，这些都是用伴奏带演唱时不可能出现的效果。在演出之后所举办的座谈会上，北京的专家一致看好这种伴奏，认为很震撼、很新颖、很精致，是一个戏曲乐队方向性的革新。

2012 年 7 月 20 日《人民日报》发表了姜志涛的署名文章《不可小视的民营剧团——上海徐汇燕萍京剧团印象》，文中言道：

> 前不久，在长安大戏院连续看了三台上海徐汇燕萍京剧团演出的原创大戏。一个创办才四年的民营京剧团，就有如此大的胆识、魄力，又有如此高的水准、造诣，让我深感意外，也颇受震动。说实话，我是带着对民营剧团的偏见走进剧场的，因为过去看过很多民营剧团的演出，剧目都是些司空见惯的老戏，演员也是半业余，艺术质量不敢恭维。出乎意料的是，燕萍京剧团的演员都是些菊坛名宿，挑梁的是剧团团长兼主演周燕萍，……乐队人数不多，却能奏出气势恢弘的交响效果。原来他们有秘密武器，作曲家赵润用电脑编程，将交响乐的演奏效果提前制作，演出时乐队与电脑编程同时进行，演奏效果与庞大的乐队演奏毫无二致。作为江苏省京剧院的一级作曲，赵润在代表作京剧《骆驼祥子》中就已经加入了电脑编程，如今他又把这种方法带到民营剧团，既节约人力，又提升艺术

质量。音乐在戏曲中占据半壁江山，燕萍京剧团的做法提升了剧团的整体实力。……三台戏的作曲、唱腔设计都是著名作曲家赵润担纲。如此整齐的创作队伍岂能不出好作品！

民营剧团生存艰难，京剧的民营剧团更是难上加难。然而燕萍京剧团却知难而上，在逆境中闯出一条新路，如此奋斗下去，相信他们的未来必将更加辉煌。

三、 不遗余力地潜心研究电脑音乐工作台

改革开放以来，随着戏曲艺术在发展中所面临的新形势，剧团在外演出的过程中，如何解决既要避免乐队编制的庞大，又保证乐队的音响效果的问题，一直困扰着剧团。这种情况引发了赵润思考。

在几十年的戏曲音乐创作实践中，他十分关注戏曲音乐的新型伴奏模式问题。于是，他结合现代的多媒体传播技术，开始潜心研究和开发“电脑音乐工作台”的相关技术。十年前，赵润虽然退休了，但是他对这项科研课题的研究一直从未停歇过，经过反复试验和探索，他创造性地钻研出许多自编的电脑程序并将其完美地应用于现场演出之中，电脑音乐工作台和传统的京剧小乐队配合默契、伸缩自如，既丰富了伴奏的音响和气氛，又不同于伴奏光盘那样限制演员的激情发挥，做到既能托腔保调，又增添了音乐色彩。

近年来他在为上海的一个民营京剧团担任音乐创作，乐队基本上是采用以音乐工作台为主的小型乐队。甚至一些复杂的打击乐，都运用电脑编程，这不但大大地解决了经费开支，也提高了伴奏的质量，紧缩了巡演的庞大队伍。目前，他所研究和应用的“电脑音乐工作台”在全国处于领先地位。

赵润认为：戏曲音乐的伴奏是一项关系到剧种兴衰和剧目成活的大问题。社会的发展和科技的进步在改变着社会生活方式的同时，也在影响着观众的审美取向。在现代传媒技术日新月异的今天，京剧乐队依然是传统的几大件，肯定不能适应新题材、新生活、新剧目的需要；更不能适应现代观众，尤其是青年观众的听觉审美需要。但是，在剧团渐渐走向市场经济模式的进程中，如果都要配置一个三十人上下的混合乐队，不单是排练演出成本太大，遇到巡演

时，庞大队伍的吃、住、行也是一个制约走出去的大问题。目前的戏曲舞台上。声、光、景等诸部门都能够跟上时代前进的步伐，运用了大量高科技于戏曲艺术之中，为什么不可以用电脑编程像灯光编程一样来解决乐队伴奏的课题呢？

在谈到他所研究的“电脑音乐工作台”时他说：“用电脑编程器（音乐工作台）等数字化的现代设备为戏曲伴奏，是戏曲舞台乐队伴奏的一个改革与创新。但是，用电脑音乐作为乐队主体，肯定是有许多难以逾越的困难的，更不是由一些不懂戏曲乐队特点的人来研发而能解决的。因为声、光、景受戏曲程式的限制较少，可以随手拿来即用。而戏曲的音乐、唱腔，尤其是唱腔，它受戏曲程式和唱段进行中各种板式的转换和临时即兴发挥等多种节奏和速度变化的制约。倘若是一场晚会，表演几段唱腔时采用伴奏光碟去削足适履一下尚可。但如果是一出戏都用伴奏带的话，那无疑是将演员捆在那里演戏，出不了好，也出不了情。这样的现代化无疑是戏曲伴奏的退化。所以，用电脑编程为戏曲伴奏是一个艰苦而有价值的课题。虽然不能靠一个人的能力来完善它，但是，我有自身的很多条件来做这项工作。首先，我是音乐学院的作曲专业毕业生，又在中国戏曲学院作曲专业进修了京剧作曲。多年来，大部分的创作，从创腔、作曲配器到乐队指挥，都是由我一人完成的。其次，新时期以来，我较早地接触了点声乐和电脑音乐。我起初在某些唱段中尝试这种新的伴奏模式，并由夫人江燕试唱，然后慢慢改进编程程序向纵深发展，积累了一些成功的经验。从《骆驼祥子》一剧开始，搞成全出戏的音乐工作台伴奏，即用音乐工作台替代一支混合乐队（管弦乐加民乐），有机地融合了京剧传统乐队的三大件和打击乐。初次亮相就取得了可喜的成功。《骆》剧的乐队伴奏为该剧的音乐风格、音乐色彩和场景气氛、唱腔烘托等方面都起到了较好的作用。可惜的是在日后搞精品工程时，因为有了充裕的经费，再不需要小规模的乐队了，就改成了三十多人的大乐队。可惜，原指望用大制作把准精品提升一步，结果大乐队伴奏的气氛、色彩和默契度，比原来的大大减色。再加上其他一些因素，精品工程居然未能上得去。我也认为，乐队的改变，绝对是《骆》剧没有进入国家精品的一个重要教训。”

由此可见，这个倾注着赵润众多心血的音乐工作台虽小，但它给一个剧团所带来的经济效益和社会效益有多么巨大，其未来的前景也十分可观。但是，目前赵润完全是凭着他对于戏曲乐队改革的一份责任心和钟爱京剧不甘寂寞的精神在研究。目前这种研究尚属个体工作坊性质，还在开发与研究之中，还有许多需要不断改进和完善的地方。其中许多技术性、知识性的问题，仅凭他一个人是力不从心的，期待有志同道合之人共同研发解决。

四、 定居珠海为岭南地区文化事业发展再尽力量

在退休后的日子里，夫妻二人依然过着快乐、充实而又丰富的生活。除了舞台剧目的音乐创作之外，赵润谱写了很多戏歌。前几年他们在上海居住时，他和夫人江燕还参加了上海东方卫视主办的“老年风采大赛”荣获了上海赛区的冠军和全国总冠军。2007 年，赵润夫妇到广东省珠海市定居与孩子一起享受天伦之乐。在此期间，出于职业艺术家本能和社会责任感，他们依然积极参加珠海市的社会文化活动，他们或帮助相关单位创作合唱、编写舞蹈音乐，或直接参加演出活动等等，为珠海市的社会文化事业的发展贡献着自己的力量。

珠海市的京剧虽然氛围不是很浓，但是，大家对于戏歌却十分喜爱。于是，赵润又创作一些新京歌进行演出，他们或由夫人江燕演唱，或夫妻同台放歌，而且采用音乐工作台伴奏的新模式，在当地产生了广泛的社会影响博得了社会各界的喜爱。在珠海赵润夫妇的演唱甚至比有些歌星还要“火”，鉴于他们突出的艺术成就和为珠海市文化事业发展所作出的突出贡献，2008 年，珠海市委和市政府授予他们“特殊文化贡献奖”。目前，在珠海市，作为个人能够获此殊荣的包括他们夫妇在内仅有四人。为此，珠海社会各界的朋友对于他们也特别尊敬和爱戴，他们作为文化名人，市委有关领导都登门拜访，二老觉得特别的温馨。

2012 年 6 月，赵润夫妇又凭着新创戏歌《人民解放军占领南京》和《故乡的云》等代表珠海市参加“中国红歌会大赛”，获得了广州唱区十五强，7 月他们将进军江西南昌参加为期三个多月的总决赛。他们所有的演唱都是用音乐工作台为自己伴奏的，现场效果在整个赛区中相当抢眼。作为已经退休的老

艺术家，他们如此认真和积极乐观地参加这些比赛，除了发挥余热以外，主要的动机是放松自己，让自己和时代的脉搏同步跳动，这可能也是他们经得起岁月变迁、经得起人生沧桑而永葆青春的缘故吧。

时空的变换，割不断艺术家一生对于京剧音乐的挚爱，岁月的更迭，也不能阻止戏曲人对于国粹的真爱情怀。作为中国当代京剧音乐史上一位卓有成就的作曲家，他的奋斗与成长经历给人以提示和启迪，他所创作的经典作品给人以教益和激励，他的质朴与诚实人格令人尊敬和爱戴，他的志存高远勇于创新的精神更为同道者所感动和赞叹。过去，他用青春的智慧伴着动听的旋律，成就了往昔的辉煌，如今，他又焕发着不老的青春，伴随着前进的步伐走向美好的明天！

追求恒久且无悔　曲韵优美且动人

——南京市京剧团　国家一级导演兼作曲　续正泰

续正泰，男，汉族、国家一级导演兼作曲，中国戏剧家协会会员、中国戏曲学院客座教授、中国戏曲学院优秀青年研究生班特聘指导教师，南京市文化局德艺双馨的艺术家。早在20世纪70年代，他执导大型京剧现代戏《瑶山春》，曾与《磐石湾》一同参加国家文化部调演剧目进京汇报演出，并在戏曲界产生广泛的社会影响。从1995年至2011年，在历届中国京剧艺术节上，由他担任导演或唱腔设计的京剧剧目如《香莲案》、《铁血鸿儒》、《铁道游击队》、《孙安动本》、《护国将军》、《驼哥与金兰》、《雷雨》、《成败萧何》、《走西口》、《东坡宴》、《乌龙院》、《泸水彝山》、《胭脂河》、《华子良》、《大脚皇后》、《岳云》、《长剑魂》和《高高的炼塔》等先后分别获得金、银、铜奖。其中现代京剧《华子良》一剧，在第三届京剧艺术节获金奖之后，又连续获得文华大奖和第一届国家舞台艺术精品工程。他本人也分别获得京剧节优秀作曲奖和第十届音乐创作文华奖；新编历史剧《成败萧何》一剧获得第四届京剧艺术节金奖后，又获得文华奖和国家舞台艺术精品工程；新编历史戏《香莲案》获得第六届京剧艺术节金奖及国家舞台艺术精品工程初选入围剧目。在几十年的京剧艺术生涯中，由他担任编导演、唱腔设计的剧目达四十多出，他是目前中国京剧界集编剧、导演兼唱腔设计于一身的艺术人才。

一、 童年时期， 家庭环境的影响使他步入京剧艺术殿堂

1944 年 8 月，续正泰出生在江苏省南京市，祖籍山西。父亲续明清酷爱京剧艺术，是南京城的名票，他性情豁达、乐善好施，结交了许多戏曲界的朋友和票友，尤宗马派。续正泰在兄弟五人之中排行最小。

在中国许多地方，“续”姓的很少，在百家姓中也查不到此姓氏。但是，在山西姓续的人却不少。据续正泰的父亲说，他曾祖父在世的时候，由于战乱，全家从山西到了金陵城（现在的南京市）。据南京地方史志记载，当年的续家是京剧界名角和名票聚会和交流的“俱乐部”，每日都是吹拉弹唱乐声不断，票友云集穿梭如流。续家院落很大且距离南京的中华剧场（南京最好的戏园子）也比较近，加之续正泰的父亲热爱京剧又十分贤达，所以许多京剧界的名角如马连良、谭富英、张君秋、裘盛戎以及赵燕霞、言慧珠、赵荣琛、李元春、李如春、荀慧生、尚小云等到南京演出时都住在续家，续家分文不取。

续正泰从小生活在京剧艺术氛围如此浓重的家庭之中，又常见京剧界许多著名演员及票友们频繁往来自家宅院，听其演唱、观其表演，自然在幼小的心灵中打下了深刻的印记。耳濡目染之中也使他打小就在父亲的影响之下与京剧结下了不解之缘。那时他们全家都十分爱唱京剧。续正泰的两个哥哥还会拉琴，他与哥哥续正刚（现在上海）、妹妹续丽雯（花旦演员、现在南京）后来

都成为了专业的京剧工作者。续正泰五岁上小学，那时他已登台演出。十岁时，他与来南京演出的马连良先生和杨宝森先生同台演出《三娘教子》并与马连良先生合影留念。由于父亲与马连良先生交情深厚，来往之中马先生也经常对续家的孩子们给予关怀与指导。由于得到众多京剧界表演大师们的指点，那时的续正泰就显露出在戏曲表演方面的天赋。在南京市他称得上是一位很有潜质的少年才俊。

1956年，中国戏曲学校在上海招生，父亲得知这一消息之后，就准备带他前去应试。可当时续正泰正在中学读书，突然要从中学退学投考艺术类学校，老师和领导都很不理解。后来在父亲的恳求和说明之下，学校才同意办理相关的手续。

当时，来上海招生的主考老师是中国戏曲学校的李紫贵先生，同时还有陆建荣老师等。进了考场后，主考的老师问："你会唱吗?"续正泰回答说："我会唱。"老师又问："你都会唱什么?"续正泰报上了《战太平》、《空城计》等好几个戏名，紧接着他就唱了其中的三段。唱完之后李紫贵老师说："你回去等消息吧。"当时，续正泰怯生生地问道："不是还要复试吗?"老师说："不用了!"当续正泰出了考场把主考老师的话告诉父亲时，他爸爸高兴地说："都不用复试了，看来差不多。"果然，隔了一段时间之后，续正泰就接到了中国戏曲学校的录取通知书。事后他才知道，在当年所有的考生中，他是唯一不经复试直接录取的学生。就这样凭借着出众的才艺他如愿地跨入中国戏曲艺术的殿堂。

二、少年时期，九年的刻苦钻研，夯实了专业基础也历练了品格

中国戏曲学校是新中国培养京剧艺术家的摇篮，20世纪50年代是学校师资力量最强的时期。那时，一大批著名的京剧表演艺术家在校执教或兼职授课。续正泰一入学便师从雷喜福、贯大元等著名京剧艺术家进行专业课学习。这些学养深厚、师德与技艺精湛的名师，不仅业务上给予了续正泰无私的传授，还在言行举止中潜移默化地给他以深刻影响。九年的专业学习使他在唱、念、表演等各方面都打下了坚实的基础；九个春秋的文化课学习也增长了他的

人文知识陶冶了他的思想情操；九度寒来暑往的季节变换历练了他的品格也提高了他的能力。追忆那九年学习生活，续正泰感到那是他一生中最幸福、最宝贵的时光。是学校诸位老师的培育与教诲成就了他一生的事业，令他永生难忘！

（一）蒙师恩教诲永生难忘，苦钻研求索不断进取

在谈及当年的专业学习时，续正泰充满深情地说："当年，贯大元先生、雷喜福先生、开蒙老师宋继亭先生和邢威明先生都是我的恩师，尤其是贯大元先生，他对我专业学习方面的教诲、他的爱生如子情怀，他对于求知学子的特殊关爱至今都令我感动和敬佩。"

按照当时学校规定，一学期只教两出戏，在师从于贯大元先生之后，续正泰总是感到有些"吃不饱"，总想多学一点，然而在学校的课堂上又无法实现。当贯大元先生获知这一情况后，心中对这位好学上进的后生产生了好感，于是他对续正泰说："你再想学，就到家里来吧。"听了这话，续正泰欣喜若狂，能在正常的授课内容之外，又得到名师的亲授，这对于一个有志于戏曲表演艺术的学子来说，将是多么的幸运！带着这份喜悦和感激，从三年级开始直至九年级毕业前，七年时间里，续正泰一直在老师的家里得到额外的传授。

那时的续正泰思想比较单纯，一心想学戏。由于老师的家距离学校比较远，路上需要近五十分钟的车程，为了尽早赶到老师家上课，他经常是来不及吃早点，就带个馒头上路了。那时老师的教授都是口传心授，为了在有限的时间内尽多地获取知识，每逢老师上课续正泰就飞快地记录记谱，回学校后再反复琢磨、认真消化，利用晚自习的时间再把它工工整整地整理出来，待下一次去老师家上课时，他再唱给老师听并让老师指导，然后再往下学。

贯大元先生在唱工方面十分讲究，在授课的过程中给续正泰打下了坚实的基础。比如在教授《洪羊洞》的时候，原来续正泰在唱"身不爽不由人瞌睡朦胧"时，没有将唱词所要表达的意境唱出来，特别是"瞌睡朦胧"几个字，唱得很平直。于是贯先生就提示和启发他要认真理解唱词的意思，要琢磨唱腔应该表现出的意境，要把唱词的意思唱出来。并告诉他只有这样才能够出戏等等。恩师的这番教诲牢牢地印在了续正泰的脑海中，他在以后的表演和创作实

践中，十分注重“情感”和“意境”的提炼和表达，并使之成为他所恒久追求的艺术个性特征。

除了专业学习上的倾心教诲和循循善诱，贯先生的做人品行和敬业精神也深深地教育和影响了续正泰。

有一次，续正泰到贯先生家上课。由于天气炎热，老师年龄大了，血压又高，病卧在床上。见到老师这种身体状况，续正泰让老师好好休息，就准备返身回学校了。可这时贯先生说：“等等，你先别走。大老远的，你来一趟不容易，我今天给你少说点……”然后，先生硬是支撑着病体坚持着给他上了半个小时的课。这件事虽已经过去几十年了，但那次上课的情景至今仍然不时浮现在脑际，令他感动不已，刻骨铭心！

在校九年间，续正泰蒙受着恩师的关爱，也接受了老师在专业上的严格要求。教师们那种治学严谨、严肃认真的精神也深深感动着续正泰。

雷喜福先生在授课时不顾年事已高依然认真示范，对学生要求一向比较严格。《审头刺汤》也好，《四进士》也好，《清风亭》也好，教学之中总是一丝不苟。正是有了这些严师，才培育出了中国戏曲学院包括续正泰在内的许多“高徒”。1958 年，当中央电视台刚刚建成时，中国戏曲学校第一次在电视台直播的戏曲节目就是由续正泰等学生表演的《东郭先生》（当时剧名《中山狼》），是由姜涛老师编剧、雷喜福先生与王连平先生教授排练并获得了极佳的艺术效果和专家与观众的普遍赞誉。也正是老师们的言传身教，使得续正泰在校学习期间基础扎实、技术全面，成绩优异。

在续正泰的艺术生涯中，有一个让他永远纠结的事件。在中国戏曲学校学习期间，他在去贯大元老师家中学艺的过程中，用了长达七年时间，他把老师的教授包括很多唱法技巧处理一笔一笔地记录下来，最后形成二十八出老生戏的全本乐谱稿（连【散板】和【摇板】都不落的），“文革”期间这份珍贵而又有很高艺术价值的乐谱稿连同一箱子的资料存放在南京家里，被红卫兵抄家时以“破四旧”给抄走了，片纸无存，痛心不已！痛心的不仅是这二十八出戏的整理稿饱含着续正泰七年的汗水和心血，更是恩师贯大元先生高尚师德、高超艺术与独特风格的历史见证。

当续正泰虽然没有学过作曲专业，却在这一领域取得一个又一个骄人的成绩时，许多人不解，也有许多当年的同学问续正泰：“同在一个环境下学习，为什么你那么全才?”甚至有的同学说：“要把这一现象作为课题研究。”那坚持七年不间断的学习经历，那用七年的功力所形成的剧目整理稿，似乎从一个侧面诠释了其中的答案。

（二）求上进履行职责，练本领多才多艺

那时的中国戏曲学校，比较强调素质教育，其突出特点是十分重视文化课的学习。续正泰在班里担当班干部，负责文体方面的宣传工作，因此写板报、排练节目、担任指挥、教唱等显得分外忙碌。当时，全国盛演大型话剧《千万不要忘记》和《箭杆河边》，一时间全国各行各业都要通过观看学习接受教育。中国戏曲学校作为国家八大艺术院校之一，自然也要紧跟时代潮流。于是续正泰和他的同学们在观看一次之后便组织学生也排演这出话剧。学校对此十分支持，还将学校服装和布景配给学生们。当剧目在学校的排练场上演时，校方组织全校师生观看。良好的演出效果得到了师生们的称赞，甚至引来了社会上某些关注，竟然有人提出联系包场演出事宜。

那时候学校也经常组织学生到农村、矿区、部队采风和体验生活，并进行忆苦思甜教育。这些编写诗歌联唱的实践活动，也成了历练续正泰编剧和作曲能力的极好机会。“提起过去苦，两眼泪汪汪，苦井深又深，苦水长又长。终日生活如牛马，血汗浇出米和粮。”直至今日同学们依然能够清晰地记得当年续正泰所创作的旋律。正是那些生活实践，触动了他内心的情感，这些真情实感又使他产生了发自内心的创作灵感和激情，也使他切身体会到：搞艺术创作必须要有感而发，由情而生。

除了导演和音乐方面之外，续正泰还涉足文学创作方面。记得有一次他们到门头沟煤矿去体验生活，白天的活动结束后，当天晚上，续正泰赶写了一个名为《杨柳春风》的小戏。剧中的唱词和唱腔都是他深入生活之后的有感而发，直到今日他的同学张关正依然记得其中的精彩唱段：“身上披的是破麻袋，饿时土豆饼肚内塞，夜晚无被蓑衣盖，脚上无鞋灶灰埋，工人的血汗流成海，变成了窑主袋中财。”

九年紧张而又充实的时光就这样过去了，它留给了续正泰和他的同学们许多美好的记忆。

1965年，续正泰毕业于中国戏曲学校表演专业，与同班的七名同学一道被分配到广西壮族自治区京剧团工作。身为班干部续正泰积极配合学校的工作，没有任何牢骚和怨言，坚决响应学校“到祖国最需要的地方去”的号召，没有让老师操心费力地做工作，成为最早离校奔赴新岗位的团队。当他们踏上去往广西的列车时，前来送行的老师和同学们的惜别之情，难以言表。列车开动之后，同学们随着车轮的滚动跑到站台尽头，车上车下的同学们止不住泪如泉涌……

三、 青年时期， 十六年广西征战京剧创作不负众望

广西京剧团是一个有着光荣历史的剧团。其主体是由40年代田汉先生与京剧教育家冯玉昆在柳州创办的“四维儿童剧校”的成员组成。1948年10月建团于北京，由中国人民解放军第十三兵团政治部火线京剧队、第三十八军京剧队、第四十九军第一四五师京剧队随军南下解放广西后，先后在南宁合并为广西军区政治部京剧队。1953年集体转业成立广西京剧团。该剧团自20世纪50年代以来除了继承诸如《九件衣》、《武松与潘金莲》、《木兰从军》、《满江红》、《杨门女将》、《穆桂英》、《西厢记》、《白蛇传》、《逼上梁山》、《封神演义》、《七侠五义》、《真假美猴王》、《尤三姐》等数十出经典传统剧目外，还改编移植了如《江汉渔歌》、《闯王进京》、《虎符》、《孔雀胆》、《屈原》、《猎虎记》、《铸剑》、《玫瑰花》、《八一风暴》、《战斗的南方》、《奇袭白虎团》、《红灯记》、《智取威虎山》、《龙江颂》、《沙家浜》、《芦花淀》、《平原作战》等新编戏。60年代编演的现代京剧《烈火中成长》、《苗山颂》、《十万大山飞虎兵》等剧目。

在九年的京剧表演专业学习中，续正泰在中国戏曲学校的老师们的精心培育和教导之下，打下了深厚的业务基础。加之在校参加各种实践演出期间，时有学生会和团委组织学生搞活动，在学生们自己组织排练节目的过程中，他经常担负起导演的职责，通过这样的历练也积累了一些经验。所以，当他到广西京剧团，组织上决定让他担当专职导演后，他便很快进入到了新的“角色”

之中。

当时正值“文革”期间，广西京剧团也同全国的各大京剧院团一样，排演的剧目大都是“革命现代京剧样板戏”。续正泰的主要工作除了担任《红灯记》、《沙家浜》、《智取威虎山》、《龙江颂》等“革命样板戏”的导演之外，还执导了本团新创剧目大型京剧现代戏《瑶山春》、《蓝色的海湾》、《烦恼中的笑声》、《木棉花红》、《枯坟魔影》等剧目，并兼任上述剧目的唱腔设计，表现出多方面的创作才能并产生了一定的社会影响。这些作品和剧目曾经多次在全国各类戏剧汇演中获得好评。特别值得一提的是，当年由他担任导演和唱腔设计的大型现代京剧《瑶山春》一剧，在1974年赴京参加部分省市现代戏调演时，打破了全国八个“样板戏”一统天下的局面，给人以全新面目获得好评，毛主席曾点看了该剧的电视转播。当时的京剧《瑶山春》与京剧《磐石湾》两个剧目引起业界普遍关注并产生了广泛的社会影响。一时间各省市的京剧院团纷纷赴广西学习观摩，全国有三十多个剧团移植演出。

在广西的十六年间，他凭借着青年时期的锐气和执著精神，孜孜以求、勤奋刻苦，为广西京剧团的剧目创作和生产贡献了自己最宝贵的青春年华和智慧。

四、壮年时期，调至南京市京剧团厚积薄发屡创佳绩

1980年，续正泰辞别了与他朝夕相处的同学和同事，告别了曾经给予真情关爱和鼎力相助的领导和朋友，离开了曾经为他提供一展青春才华的广西这片热土调至南京市京剧团工作。由西南边陲调回家乡工作，虽然内心充满着喜悦和期待，然而，十六年的风雨历程，他由一名风华正茂、充满智慧和才气的青年到一位稳健成熟又卓有成就的编导，他所积淀的艺术与人生体味还是令他感到有些不舍和留恋。那些往昔的故事，也在他的内心深处打下了深刻的时代印记。

回到哺育和滋养他成长的家乡、回到亲人的身边自然令他感到亲切与高兴，置身于新的艺术环境和工作氛围，也令他焕发出新的创作激情。一向秉承“无论让我做什么，我都要认认真真地做好”的他，当时的信念就是要用自己

的突出业绩，来回报家乡父老对他的关爱之情，用努力的工作来回报各级领导和同仁们对他的关怀和期待。

在此期间，他先后为南京京剧团导演了《血溅乌纱》、《团圆之后》、《三喜图》和《推车》、《燕燕》、《杀子判》等几种不同风格和题材的作品。在这些剧目的创作中，续正泰做到了根据每出戏所表现的不同内容，运用不同的导演思维和手段，在导演处理上形成各具特色的不同风格。他还为淮阴市京剧团宋长荣先生编导及作曲了《鸳鸯帕》一剧，使宋长荣先生有了属于自己的新创剧目。该剧在排演过程中，从导演到作曲续正泰都倾注了很大的力量。他认为：一切艺术手段都是为内容服务、为人物服务的，导演的最重要任务是以艺术手段准确地、形象地体现剧本的思想内容，指导演员利用各种艺术手段去塑造人物。

由于南京市京剧团编导极少，演员也比较缺乏，加之整个剧团的基础和水平也比较弱，所以，为了工作的需要和事业的发展，无论分内分外的工作，续正泰都从不计较个人得失，兢兢业业去做。1997 年 4 月，他在《个人业务总结》中写道：

> 我是一名戏曲艺术的勤杂工。所谓“勤”，从艺四十余年，学而不止，做而不息；所谓“杂”，编、导、演和作曲，能做什么就做什么。……在剧目工作室赵家睫、吴一平同志的关心帮助下，我创作了大型新编历史戏《杀子判》，一人兼任编剧、导演、作曲等多项工作。此剧参加了第二届中国艺术节汇演，那时没搞评奖，但得到了广泛的好评。我想通过关于“权”与“法”的问题表现这个戏的深刻内涵。市委领导胡序建同志看后高兴地说：“这样的京剧观众才爱看!”那时干工作无名无利，我为这出大戏作曲，团里才给我报了十二元夜餐费，但是，我任劳任怨，写字幕、拉大幕、搬布景、喊效果，什么都干，我就是把自己当做一名京剧艺术的勤杂工!

这些工作业绩的取得来之不易，因为在它的背后，续正泰老师承受着家中孩子患病所带来的精神、心理和经济上的负担，以及其他的种种困难。他是一名敬业者，在他的身上，除了认真、敬业之外，还有那种兢兢业业的忘我精神。

（一）编导京剧《醒醉记》荣获全国“五个一工程”奖

进入20世纪90年代以后，随着整个中国大陆文化艺术大环境的变化，戏曲艺术的生存与发展也面临着许多突出的问题。南京京剧团人员老化，后继无人的现象已经凸显。剧团要生存，怎么办？在这样的境况之下该如何进行剧目的创作与生产？这些都是作为剧团编导的续正泰老师十分担忧又不能回避的问题。为此，他反复思考和琢磨，在剧团人力和财力困难的状况下，毅然发扬他一贯的拼搏精神，根据剧团现有的实际情况，改编移植新剧目《醒醉记》。

大型新编历史传奇剧《醒醉记》，最初是1992年续正泰应邀为山西忻州地区雁剧团导演的一出剧目。其时代背景是唐太宗贞观之治后，唐朝富足强盛国泰民安。主题是通过李世民要修复洛阳宫赐给公主做陪嫁所引发的一系列矛盾冲突来表现廉政可以使国家强盛，奢侈可以亡国的主题。1993年他将此剧修改移植成京剧为本团演出后，获江苏省首届戏剧节优秀剧目奖、剧本奖、导演奖、音乐唱腔设计等多项奖。

1994年，该剧经再次修改后应文化部邀请进京演出，受到专家和观众的好评。虽然没有拿到文华奖，但是，对于演员力量薄弱的南京市京剧团来说这已经实属不易了。然而，续正泰没有满足，他始终坚持搞艺术不能急功近利，不能单纯为了拿奖的观点，反复打磨，不断修改。在历时三年的修改过程中，他身兼数职，不计名利和个人得失，为该剧的成功上演立下了汗马功劳。该剧的剧本也在原作的基础上由续正泰老师改了多稿。为此剧本的原作者曾致信南京市文化局，希望与续正泰一起署名，但是，续正泰老师始终没有答应。他在执导剧目的过程中给演员说戏，一遍又一遍地示范、一字一句地教唱，从未厌烦。戏中的每一段唱都有他改写过的唱腔，但是他也从未提出署名的要求。在他看来：“一个人在从事文化艺术事业当中，既要有艺，更要有德，是追名逐利还是让名让利是对一个人的很大考验。”

俗话说：是金子总会发光。从北京回到南京后，他始终不忘国家文化部领导和在京的专家们给予《醒》剧的高度评价，他与副导演张建强一起根据省市专家们的意见，对于该剧进行了逐字逐句的精雕细刻。功夫不负有心人，1995 年从北京传来了一个振奋人心的喜讯：南京京剧团演出的京剧《醒醉记》荣获中宣部“五个一工程”奖。消息传来不禁令为之呕心沥血付出艰辛的续正泰激动和欣喜，这是南京市在该奖项的零的突破，更是南京市文艺团体所获得的最高荣誉！然而，在耀眼的业绩面前续正泰没有沾沾自喜，更没有忘乎所以，他深知作为导演所肩负的职责，他在默默地认真总结经验，他在思考着未来如何继续前行。在经过进一步修改之后，该剧更加完善和成熟。1995 年，在第四届中国戏剧节上，该剧又一举荣获优秀剧目奖、剧本、导演、表演等七个奖项。此后该剧由江苏电视台拍摄成戏曲电视剧后，又荣获全国戏曲电视单本剧一等奖。

任何剧目的成功上演，既是主创人员和全体演职人员集体智慧的结晶和共同奋斗的结果，更是领军人物编导韬略、胆识和厚重积淀的直接体现。《醒》剧在去成都参加第四届中国戏剧节时，许多人都为仅由六个演员来完成一台大戏能否成功而心存疑虑。按照以往的惯例，一出古代的宫廷大戏，确实需要众多的演员来支撑喧嚣繁杂的场面和曲折多变的戏剧情节，然而，在客观条件不具备的条件下，续正泰能够以艺术家的智慧和勇气审时度势，因地制宜，突破传统惯例，大胆地运用了全新的创作理念和独辟蹊径的艺术手段进行探索创新。

为了避免由于台上演员少而出现的场面单调、缺少热闹场面的情况，他一改常态采取了精炼的艺术手法，不摆场面、不搞噱头，用强化人物的个性特征，通过曲折多变的戏剧矛盾冲突，突出引人入胜和耐人寻味的情节。又通过聚焦每一个细节来生动地塑造人物形象的手法，让观众在品戏的过程中引发思考和辨别是非曲直。这是一个没有华丽外包装的演出阵容，参演人数虽少但在观众中引起的反应大，并且普遍受到赞扬的具有独到剧目创作成功经验的典型例证。它印证了续正泰“有好的思想内容和观众喜闻乐见的艺术形式，就算是一台好戏。戏要经得住看，只拿了奖不经看是没有生命力的”艺术观点。

在《〈醒醉记〉导演笔记》中，笔者见到了续正泰所阐述的如下要点：“以现代观念去反思历史，深刻挖掘剧本的内涵；用轻喜剧手法去表现严肃的主题，追求雅俗共赏的艺术效果；充分运用和发挥戏曲表演的特点，达到思想性和艺术观赏性的有机结合；重视戏的可看性，一切为了观众。”通过他对于剧本和人物分析的详尽阐释，透过这些深入细致的案头工作，我仿佛在领略了续正泰老师追求京剧艺术真谛的精神与品格之时，也找到了《醒》剧的成功秘诀。

整个20世纪90年代，既是续正泰喜获丰收的时期，更是他辛勤耕耘的繁忙之季。他在全国也享有了一定的知名度。除了完成本团的工作之外，他还多次应全国各地京剧院团邀请搞剧目创作。曾先后为中国京剧院、天津京剧院、吉林省京剧团、江西省京剧团、山西省雁剧团、河南省京剧团、河北省京剧团、淮阴市京剧团、景德镇市京剧团、福建省闽剧实验剧团、广西桂剧团、台湾雅音小集剧团、海光国剧队等许多院团上演的剧目担任编导和作曲。其中在1992年由国家文化部在天津举办的全国青年团队京剧新剧目汇演中，他为天津青年京剧团上演的《锦袍情》和河南省京剧团上演的《虎将雄风》两剧导演和作曲均获得了演出奖；1993年为台湾郭小庄的雅音小集剧团排演的《西施归越》担任唱腔设计；1994年，由他编导兼作曲的京剧《杀子判》由台湾海光国剧队排演在台湾受到好评；1995年应邀为天津市青年京剧团排演《曹操父子》担任唱腔设计，在天津戏剧节中获优秀唱腔设计奖，该剧目又获得文化部颁发的文华新剧目奖。

在景德镇市京剧团排演的《秋风赋》一剧中担任唱腔设计获得江西省玉茗花戏剧节作曲一等奖；在1996年举办的首届中国京剧艺术节上，十台入围剧目中，有三台大戏《岳云》、《高高的炼塔》、《长剑魂》是由他担任唱腔设计的，其中《岳云》一剧荣获铜奖。此外又为淮阴市京剧团导演了大型新编历史剧《兄弟君臣》，同时应邀为中国京剧院的文化部重点剧目《火醒神州》作曲。工作之中他与各地剧团合作融洽而愉快，并且得到了普遍的赞扬。

在此期间天津市文化局的领导曾几次与续正泰谈话，希望他能够调去天津工作，并许诺给予职称评定和住房等方面的待遇，但是，他始终没有离开给他带来多少酸甜苦辣却依然眷恋之情难以割舍的故乡。

（二）京剧《华子良》喜获文华大奖

2001年，在第三届中国京剧艺术节上，南京市京剧团上演的京剧《胭脂河》（续正泰担任编导兼作曲）和天津京剧院上演的《华子良》（续正泰担任作曲）喜获金奖，两出剧目都获得优秀作曲奖。此外他又获得了《胭脂河》一剧的编剧、导演奖（合作）。其后京剧《华子良》又连续荣获文华大奖和第一届国家舞台艺术精品工程，几乎囊括了国家文化主管部门的所有的最高奖项。这是续正泰继《醒醉记》之后所迎来的又一个丰收之年。截止 2012 年 7 月《华》剧已经演出了四百多场，在社会上产生了良好的经济效应和社会效果。这些显赫的业绩也使得出身金陵的著名导演兼作曲家续正泰备受业界关注。喜人收获标志着他的京剧艺术生涯又跃上了新的台阶。

续正泰认为："剧目的获奖是大家都向往和追求的目标，但是我认为，看一出剧目好坏的标准是主要是看它有没有常演不衰的生命力。我所追求的目标是排一出老百姓所喜闻乐见的戏……真正好的剧目是能上座，又有演出场次的。"在谈到《华子良》一剧的艺术创作时，他一方面为取得这样的喜人成就而感慨，同时，也为剧本独特的选材和视角以及剧中的人物所带给他的震撼力和感染力而激动不已。他说："在以往的由小说《红岩》改编的戏剧类作品中，都把江姐或许云峰等作为主要角色。而以小说中的'疯子'华子良为主要人物的戏，我还是首次见到。这也引起了我的好奇。……后来在该剧的学术研讨会上，我发了言，题目是：《华子良留给我的那份感动》，当时有人说这是学术研讨会你谈点学术，我说我的感动中有点学术。搞创作要有激情。这是我与天津京剧院的头一次合作。见到剧本时，我完全被华子良的精神所感动，它激发了我的创作激情；还让我感动的是天津京剧院背水一战要打翻身仗的决战精神；是剧院的所有演职人员王平、郑子茹、杨乃彭、邓沐玮、李经文、王艳、张克等为着一个共同的目标，不分头路、二路和三路角色、不计名利的精神境界感动了我，是团里最强的演员阵容激发了我的创作热情。……在这种氛围之下，我们主创人员也不分谁是编剧、谁是导演，也不管分内分外，全身心地投入到了剧目的创作之中……"

当续正泰接过京剧《华子良》剧本之后，看到头一段唱词时，完全被这种"另类"的非传统形式和不规范的"特殊唱词"搞懵了。在几十年的戏曲创作实践中，他还是首次见到这般"不成话"的唱词："好大的一只碗，摔成了碎碗碴。……碗大一个疤…不姓杨来本姓华……汪汪汪、喵喵喵、咕咕咕、呱呱呱，我的小狗小猫小鸡和小鸭，你们快来吃吧，白公馆的长官请客了。”如此唱词着实令他犯了难。心想：这下可难坏了，按照一般的惯例，剧目的第一段唱腔一定要出彩，可是，这样的唱词，我如何谱曲，又怎么出彩啊？

然而，毕竟是经验老到的作曲家，他转念一想：音乐创作和唱腔设计，要因人而异、因戏而异。剧中这段唱词是疯人的癫狂话语，唱腔的旋律与风格一定要体现出华子良在敌人面前装疯卖傻的特殊人物性格。话是疯话，但唱起来的时候，疯话也要好听，也要有独特的美感，要让演员通过身段表演与演唱体现其独特的审美效果。这虽然是一道难题，但是必须要解决。于是续正泰将唱词中的每句拟声语言通过不同音高和强弱的对比变化，辅以唱、念结合的手法，又巧妙地融入了巴蜀方言和民歌中的特性音调，最后形成了特定场景、特定人物独具风格的特殊唱段，顺利地解决了他从未遇到的“第一道难题”。可以说是剧本中“特殊”的唱词，令他迷惑又激发了他全新的创作灵感，是剧中“独特”的意境，使他彷徨又启迪了他无穷的创作智慧，是剧里“另类”的人物，使他不解又陶冶了他敬仰革命者的情怀。首场演出时，这段“怪异”的唱词，通过新颖别致又独具风韵的唱腔演绎，竟博得了观众的一片掌声。

表现巴蜀地域风格的唱腔设计，自然要想到吸收和借鉴川剧的音调和四川的民歌，但是如果用多了就会形成川剧和京剧混杂的现象，这是绝对要避免的。如何解决好这个难题呢？续正泰又想到了川剧高腔中“帮唱”的手法。把“嘉陵江上……”的唱词变成了渐行渐远的伴唱手法。而“一声号子传乡音”的唱词运用了无伴奏的形式，前半句的“一声号子”依然运用号子的音调，而后半句“传乡音”转回到了京剧的音调之中。没有繁杂的腔，却体现了独特的意境，收到了极佳的艺术效果。续正泰在四十多出戏的舞台实践中，始终没有忘记当年贯大元老师的教导，对于“意境”的追求始终是他进行艺术创作的一个原则。无论是悲愤、彷徨和愤恨，都要通过唱腔的音调将其准确地表现出来。这一点在他担任编导和作曲的《胭脂河》中体现得淋漓尽致。譬如在训儿子的一段唱腔中，当续正泰将设计好的那种父亲对儿子爱恨交加、痛心疾首、极度悲伤的唱腔唱给李崇善听的时候，听者已近潸然泪下。再比如《华子良》一剧中的“难忘你”的大段【反二黄】唱腔，完全是在作曲者通过深切体味之后，在内心深处迸发出来的那种表现特殊情境之下，革命者的眷顾之情，那唱腔旋律一波三折、蜿蜒逶迤既有传统京剧的特性音调，又呈现出不落俗套的结构特征，而过门有时在高八度的音位上，通过高亢激越的旋律和变化的节奏与唱腔形成强烈的对比，给人以刚柔相济，张弛有序，跌宕起伏、错落有致的美感。

在《华子良》一剧的结尾之处，续正泰大胆借鉴了歌剧的表现手段，在充满着深情缅怀无伴奏的哼鸣之后，用悲壮的音乐深情颂赞着革命烈士们的忠魂。华子良的“石榴花开映红旗”独唱之后，演员齐唱乐队全奏产生了极其强烈的震撼效果。

在续正泰的唱腔设计中，许多创作构思和表现技法都体现出新颖别致的特点，在创作手法上也时有突破惯例和常规，给人以绮丽和精妙的艺术效果，令人玩味和遐想。所以，当《华子良》一剧在南京举办的第三届京剧节上演出的时候，从未轻弹泪水的续正泰，随着剧情的悲欢离合止不住泪如泉涌。这是他平生头一次因戏而泣，因为剧中的唱腔与音乐深深地感动了观众，也深深地打动了他自己。作为作曲家，多少年来为每一段唱腔设计的时候，始终恪守：欲想感动观众首先要感动自己的原则。除了设计唱腔外，他每搞一出戏都要详细地给演员进行讲解，同时还要声情并茂地亲自辅导演员演唱。而经过续正泰辅导过的演员和唱段，都会在舞台上生辉添色产生不同凡响的效果。

五、 年过六旬壮心不已抗击病魔再创奇迹

2004 年，六十岁的续正泰老师在南京京剧团的工作岗位上正式退休，但是并没有离开他钟爱的戏曲艺术事业，他的戏曲艺术创作生涯也从未就此止步。相反他却更加劳累和繁忙。他始终认为：中国的京剧是世界文化艺术百花园中的瑰宝。眼下国人虽然对于国粹艺术的价值认知尚不够深刻和全面，但是我们从事京剧艺术事业的人，一定要坚守阵地，在继承传统的同时，将京剧艺术事业不断地弘扬下去。为此，他又踏上了新的征程，投入到了新的艺术创作之中。

（一）京剧《成败萧何》连获文华大奖和国家舞台艺术精品工程

2004 年，第四节中国京剧艺术节在上海举办。在本届京剧艺术节上由上海京剧院推出的大型新编历史戏《成败萧何》一举获得金奖。此后又是连获文华大奖和国家舞台艺术精品工程。作为该剧的作曲，续正泰与金国贤、金乐华二位同仁一道为该剧的音乐创作立下了汗马功劳。同时，在本届京剧艺术节上，由续正泰担任导演兼作曲，山西省京剧团上演的京剧《走西口》，虽然剧目获得了铜奖，但是该剧的作曲却获得了五个“优秀作曲奖”中的第一名。

从上述两出剧目的音乐来看，无论是唱腔布局，还是各种音乐的编配都表现出许多过人之处。此外由他所参与创作的另外三部戏：浙江京剧院的《东坡宴》（作曲）、中国京剧院的《泸水彝山》（作曲）和上海京剧院的《乌龙院》（改编本兼作曲）同时获得两个金奖和一个银奖。

在许多剧目的创作中，虽说他是担任作曲，却经常参与分外工作，经常帮助编剧修改剧本。比如《成败萧何》一剧，最初缺少核心唱段，后来经过思考之后，建议将该剧的核心唱段放在了韩信临死前。经过这样的调整，不仅剧本的结构更加合理，唱腔的布局也更加恰当。

2008 年，在第五届京剧艺术节上，由续正泰参与创作的多部戏又纷纷荣获六个金奖和一个银奖。其中获金奖的剧目有：山东省京剧院的《铁道游击队》（作曲）、吉林京剧院的《孙安动本》（导演兼作曲）、天津京剧院的《护国将军》（作曲）、青岛市京剧团的《驼哥与金兰》（作曲）。获银奖的剧目是陕西省京剧院的《雷雨》。由此可以看出，年过六十的续正泰，正以其骄人的成就彰显着一位壮心不已的京剧音乐作曲家的蓬勃的艺术创作力。

（二）用惊人的毅力与病魔抗争，京剧《香莲案》再传捷报

作为中国当代京剧界的著名导演兼作曲家，他在获得众多成就的背后，是无数个日日夜夜绞尽脑汁、呕心沥血、高消耗的脑、体力劳作。几十年艰苦创作的劳累和患病孩子带给他的精神上的忧愁，终于使他难以承受重压以至于身患癌症。当无情的病魔猛然之间袭来，委实令其全家为之忧心如焚、忧虑重重。面对如此重症，一时间续正泰老师也曾十分忐忑与惶恐。如果他倒下了全

家将多么痛苦，爱人将承受多大的艰难，患病几十年的长子怎么办？作为家庭的重要支撑和妻儿的靠山，平生信念坚定、意志刚强的续正泰，没有向病魔低头，更没有被如此重症所吓倒。他在中国人民解放军南京军区总医院接受了手术治疗。在接下来的一系列化疗和休养过程中，他以惊人的毅力和顽强的生命力挣脱癌症的魔爪，又重新回到了令他一生钟爱无悔，一生魂牵梦萦的京剧艺术创作活动之中。

在2011年的第六届中国京剧艺术节上，当由天津京剧院推出的大型新编历史剧《香莲案》在武汉上演时，来自国家文化部和全国各地的专家与武汉的观众一起，再一次领略了续正泰在患病过程中所呈现的一段段精彩唱段。该剧荣获剧目金奖及国家舞台艺术精品工程初选入围剧目。

在谈到该剧的音乐创作时，续正泰言道："京剧《秦香莲》是广大戏迷们比较熟知的一个剧目。过去许多剧种都搞过。说心里话，本次《香莲案》被专家和观众认可，令我感动，我十分感谢观众的宽容和理解。《香》剧与以往的《秦香莲》相比，虽然唱段中没有了'琵琶辞'，然而，观众没有过分挑剔，依然喜欢新剧中的新的想法，这是我比较欣慰的。但是，作为该剧的作曲，我不能没有新的思考和突破。在该剧的音乐创作构思中，我首先考虑的是如何通过唱腔的重新设计而成为《香》剧的亮点。什么地方该唱，什么地方不该唱，在唱腔布局上我在经过反复斟酌之后，最后确定一个是秦香莲见不到陈世美时，充满期待和怀念要唱，另一个是见到之后知道他不能回心转意的绝望和愤怒时要唱，还有就是表现怀恋夫妻情分的'一针针一线线'那一段。并用该段音调形成了一个贯穿的主题音乐。

"《香莲案》一剧的唱腔，比原来张君秋先生的唱腔要多。原来有'闯宫'一折，有些现在'闯宫'也没了，但为她设计了带【导板】、【回龙】的'行路'唱段，又有'一针针一线线'的【四平调】，还有秦香莲与陈世美相见到之后的【反二黄慢板】转【反二黄原板】，再转到【二黄快板】收的大段成套的唱腔，在演唱的量上要比以前多许多，但是，因为新剧删掉了以往《秦香莲》的精彩部分。所以，必须要通过新的唱腔设计给观众一个审美补偿。"

关于有些观众对于京剧《香莲案》的不同评价，续正泰阐述了他的观点：

京剧《香莲案》与《秦香莲》是两个不同角度和具有不同内涵的剧目。我非常赞赏美术界的开放的胸怀。开放与和谐是有关系的，只有开放到一定程度，才能有宽容，从而形成和谐的氛围。

任何事物，只要它存在就有它生存的道理和法则。《四郎探母》之所以唱了这么多年，必然有其合理之处。同样的《四进士》，马连良和周信芳都演出，各有各的风格和特点，好比美术界的工笔和写意，各有各的好处。音乐上有主导音乐，还有无主题音乐。外国能够有多种艺术形式并存的社会环境，中国的戏曲界也应该形成真正的“百花齐放”，所以，我们不能盲目地比较。好像不论个“是非短长”就体现不出他的水平。戏曲界也应该形成比较宽容的环境。红的好看，黄的也好看，绿的也好看。我们应该设法营造能让戏曲艺术生存得更好一点的生态环境。我解决不了大的问题。自己只能努力把戏搞好，让大家认可，只要大家认为我的戏还可以，还有点艺术价值，我就感恩了。

在京剧《香莲案》中，“相见难”一段的唱腔突出程派的风格，但是，音乐中借鉴了歌化手法，唱腔音调突出凄婉和凄美的情调，这种创作手法，是续正泰的一种尝试和创新。为此他特意向李世济先生征求意见，得到了“能够接受”的肯定。

在几十年的京剧音乐创作中，续正泰认为板式要随着情绪表达的需要而设定而变化，跟着感觉走。从不主张先设定板式的做法。他认为：“对于一位京剧作曲家来说，详细解读剧本和认真分析人物是进行剧目唱腔设计和唱腔布局的首要步骤。在戏曲音乐的创作中，人物、情感和意境是摆在首位的。流派只是手段，不要滥用高腔，也不要听凭演员不切实际的要求。哪个演员都想在他的唱段中出彩，但是，绝不能为此而影响到全剧的宏观布局。”

他十分注重剧本的研究，每当接到一个新本子的时候，他都要进行十分细致和认真的研究。用他的话说就是看它：“有没有戏，有没有情，有没有让我激动的地方。哪些地方该唱，哪些地方不能唱……”

六、 同道者相知称赞 后来者得其真传

在几十年的编、导、演、作曲的京剧艺术生涯中，在创作中得到了前辈的指点和赞扬，更在创作活动中结交了许多新老朋友。在他五岁的时候，与其父相交深厚的马连良先生曾带他同台演出。青少年时代众多的京剧界先辈名家曾给予真情的教诲，壮年时期，前国家领导人李瑞环同志曾亲切地与之交谈并合影留念。

大批名角新秀曾与之相交甚好并通力合作。到了晚年，更有崇拜和敬佩之晚辈跟随学习得其真传。现代京剧音乐创作的先驱刘吉典先生，曾为续正泰的学术文章复信点评；中国戏剧家协会主席尚长荣先生，也曾亲笔致信续正泰先生，希望与之合作；许多京剧界的后起之秀们，曾经得到续正泰老师在排练中的亲自辅导而获得赞誉；作曲界的后生晚辈学子们，也在续正泰老师的带领下，从创作实践中获得教益。

续正泰十分注重文化知识的学习和积累，从中国戏曲学校毕业走上工作岗位后，他先后参加了阿甲表导演艺术讲习班、北京语言文学自修大学函授和中国戏剧电视剧创作函授中心的系统知识学习。在创作中积累了许多宝贵的经验。他的许多观点见诸于期刊报端和理论著作之中。他曾先后在《剧影月报》发表《〈醒醉记〉导演随想》（1996 年第 4 期）和在《中国戏剧》上发表《求异不等于创新——有感于戏曲艺术的简与繁、新与旧》（1997 年第 4 期）等理论文章，其中的许多真知灼见，不仅被业界赞同也引起普遍的共鸣。

由他创作的大型新编历史剧《杀子判》剧本，于 1990 年在江苏省戏剧丛刊第一期上发表。鉴于续正泰老师几十年京剧艺术创作中的突出成就，中国戏曲学院优秀青年京剧演员研究生班聘他为客座教授，并被邀请进行专题讲座。

在《求异不等于创新——有感于戏曲艺术的简与繁、新与旧》（1997 年第四期）一文中他阐发了如下观点：“求异并不等于创新，更不等于好。求异不是目的，关键要好。没有好的效果，那求异又有什么意义呢？相反有些传统的东西是经过千锤百炼的，虽然不新但是很好，为什么要舍弃呢？当然，艺术上怎么叫好，怎么为不好是很难有一个具体的衡量标尺的，但在实践中接受观众

的检验应该说是最重要的，因为戏曲是舞台表演艺术，脱离观众那将一事无成。”

2001 年，由他撰写的《戏曲艺术中如何用声腔塑造人物形象》书稿，在中国戏曲学院出版的系列丛书中付梓。在这部长达一万多字的著述的主要内容如下：声乐在戏曲当中所占的重要地位（京剧声腔的历史、戏曲唱腔的创作构思）；演员对作曲家的创作如何再创作（如何处理节奏、演唱时如何处理情感表达、演员要善于抓住人物的性格和情感特征、演员应该通过演唱来营造意境、演唱的境界）；京剧主要流派在声腔方面的一些特点（生行：谭派、余派、马派、言派、杨派、麒派，旦角：梅派、程派、荀派、尚派、张派，花脸：裘派）；声腔的继承与发展（继承传统与随时代而变迁，戏曲演员在演唱时要善于润腔：擞音、滑音、颤音、直音、尾音、弹音、炸音、脑后音、鼻音、哭音、喷口、断音、虎音、沙音，京剧的声韵，京剧演员必须掌握运用好自己的声音）。通过书稿中的内容，我们不仅看到了作为京剧音乐作曲家的厚重积淀，更联想到了他的理论研究成果在中国京剧音乐史上的价值。

在概括性地归纳与总结续正泰戏曲音乐创作的艺术特点时，可以得出如下几点结论：

（一）平实的京剧音乐创作风格

京剧名家厉慧良先生曾经在听了续正泰的京剧唱腔之后评价说：“是京剧、有新意”，荀派名旦孙毓敏曾经对续正泰说：“要多些像京剧的唱腔，别写那些听了好几句还不知道唱的是什么剧种，那就满砸。唱腔要好听，要有感情。在我眼里，能写出好腔的没有几位，你算一位……”这些话，始终激励着续正泰要坚持平实的京剧音乐创作风格，而绝不哗众取宠。

（二）有感而发，因情而生，以“情”为主

在续正泰的京剧音乐创作中，他特别主张“有感而发，因情而生”，很少在没有任何感动和激情的情况下，进行“编造”，他一贯主张京剧的唱腔设计不要“卖弄”，而是根据剧情和人物出发。适合用什么就用什么只要适合即可。京剧音乐创作一定要以情为主，只有作曲家的情感被感染和触动了，才能

创作出感动观众的好唱腔。

（三）追求意境，洞悉流派

他经常讲，京剧的流派是个大概念，大风格，不要将它狭隘化。京剧音乐创作，要深刻地理解各个流派的艺术特点和深刻内涵，善于用流派唱腔，要特别注意戏中的情景和意境。演唱中更要准确地理解和把握唱词中所赋予的内在本质规定性。不讲意境的京剧音乐，绝不会有感人的魅力。

续正泰是中国京剧音乐史上的杰出人才，更是中国京剧艺术史上的不可多得的卓有成就者。他所编导的一部部京剧剧目记载着成功与进步；他所创作的一段段京剧唱腔弘扬了国粹艺术的魅力与人文精神；他用钟爱京剧艺术的情怀印证了无悔的年华；他用坚强的意志和永恒的追求奏响着生命中华彩的乐章！我们衷心地祝福他京剧艺术青春常在，再创辉煌！

创丑行唱腔体系　扬湖北京剧特色

——湖北省京剧院　国家一级编剧兼作曲　谢　鲁

谢鲁，湖北省京剧院国家一级编剧兼作曲，享受国务院特殊津贴的著名剧作家、戏曲作曲家。中国戏剧家协会会员、中国戏曲音乐理论研究会会员、湖北省戏剧家协会理事、湖北省音乐家协会理事。从1961年在湖北省戏曲学校任教时起，逐渐涉足戏曲文学、音乐创作。1970年湖北省京剧团组建，任该团编剧兼作曲。主持和参加编写剧本和创腔作曲工作。主要代表作有：京剧《一包蜜》（合作编剧、创腔作曲）、《徐九经升官记》（编剧指导、创腔作曲）、《药王庙传奇》（合作编剧、创腔作曲）、《膏药章》（合作编剧、创腔作曲）、《襄阳米颠》（合作编剧、作曲）等，皆荣获国家大奖。创作的京剧小品《去留两难》、楚剧现代戏《东方税官》、话剧《抉择》等，皆获不同等级政府部门奖项。他多次在全国性的有关戏曲艺术研讨会上宣读（讲）论文，在国内多种戏曲期刊上发表文章约五十万字；专著《戏曲编剧谈》、《戏剧人物考》、《湖北人与京剧》已公开出版发行。

从20世纪70年代开始，在参与编剧同时并主持创腔、作曲。他在京剧音乐创作上主张“一要姓京，二要好听，三要传情，四要创新”，努力探索建构京剧丑行唱腔体系，1984年在京剧现代戏《药王庙传奇》中，首次将京剧“三拍子”腔格命名为【圆舞板】、首次将电声乐器（电子琴、夏威夷吉他）用于京剧伴奏①。

一、 生于战乱 长于流离

1938年8月7日（农历七月十二），谢鲁出生于湖北武汉。那年10月25日，武汉被日军占领。沦陷前夕，出生才一个月零八天的谢鲁就成了“难民”。全家先逃难到重庆，1943年被“疏散”到桂林。

谢鲁在桂林上幼稚园，老师教唱“大刀向鬼子头上砍去”、“松花江上”等抗日歌曲。他一学就会，而且“打拍子”领着小朋友一起唱，表现出音乐方面的天赋。

当时桂林是继武汉之后的文化中心，国内文艺界名宿云集桂林，戏剧演出十分活跃，京剧界巨擘欧阳予倩以及李紫贵等也在其中。当时谢鲁的表哥萧湘正与欧阳予倩的堂妹欧阳黎芸谈恋爱，他们经常带着这个小表弟一起逛街、看戏，于是小小顽童谢鲁得以认识了大大泰斗欧阳予倩。1944年萧湘与欧阳黎芸在桂林结婚，夫妻风雨同舟，相濡以沫六十年，直到双双仙逝。

桂林告急，谢鲁一家又逃到贵阳、独山（日本侵略军攻占我国领土的终点）。谢鲁的母亲不堪颠沛流离之苦，于贵阳染伤寒重症，不治客死异乡。

抗战胜利，谢鲁一家决意回故乡武汉，从贵州经湖南长途跋涉，1947年秋，好容易捱到了湖北沙市（今湖北省荆州市沙市区）。家穷财尽，无力继续

---

① 《中国京剧百科全书》，中国大百科全书出版社2011年版，第890页。

前行，为养家糊口，父亲在沙市谋得一店员职位，谢鲁在沙市上小学，新中国成立前夕毕业。

二、 参加革命 奉派就读

1949 年 7 月 15 日沙市解放。10 月，刚满十一岁的谢鲁因与继母关系紧张，从家中出走，参加了正招募人员的沙市市委宣传队（后正式定名“沙市文艺工作队”，简称“沙市文工队”），戴上了八角帽，穿上了灰军装，吃上了“供给制”，成了革命干部。他在“歌剧”《大家喜欢》中扮演“羊娃”；在《白毛女》、《刘胡兰》、《九尾狐》、《王秀鸾》等革命戏剧中扮演“群众”中的小孩；不上台时，参加乐队伴奏。文工队没有明确的专业划分，吹、拉、弹、唱、扭秧歌、打腰鼓、说快板、制作布景道具、装台拆台……什么都干。三年文工队生活，使他具有了一定的舞台实践经验和音乐表现能力。

1952 年，中央决定：部队军以下、地方省以下，不设专业文工团（队）。湖北省有关部门通知全省各地、市、县文工团（队）全部于 7 月 15 日前到武汉集中“整训甄别”。由于沙市当时“三反五反”运动正如火如荼开展，沙市文工队全体队员都是“工作队员”，撤不下来。眼见赴武汉“整训甄别”期限已到，省有关部门下达电令：沙市文工队就地解散。

电令下达，雷厉风行，顷刻间沙市文工队不复存在。年纪大一点的队员被分配到其他单位工作，各奔前程。当时谢鲁不到十四岁，不适宜分配新工作，组织上就派他去中学读书。享受“调干待遇”——学杂费、住宿费全免，每月发十六万块钱（相当于今天十六元）。当时物价低，市场上新鲜鸡蛋二百元（相当于今天二分钱）一个；商店里汗衫大约三千元（相当于今天三角钱）一件。十六万元除交学校食堂一个月伙食费七万元，还有九万元零用，小日子过得相当不错。

一批与谢鲁年龄相近、身穿灰军装“奉派就读”的文工团（队）员们，成了学校当然的“文艺活动骨干”。他开始尝试小话剧、歌曲的创作。

1957 年，谢鲁高中毕业，考入华中师范学院（今华中师范大学）历史系。1959 年被派去武钢撰写《武钢焦化厂史》。与工人相处数月，颇有感受，回校后创作了《武钢大合唱》（作词、作曲），该作品由多声部混声合唱、重唱、独唱、小合唱等七首歌曲构成。由华中师范学院历史系学生合唱队（近百人）演唱，参加“武汉市庆祝国庆十周年群众文艺会演”演出（任指挥），荣获武汉市文化局颁发的“创作”、“演出”多项奖。

三、 介入戏曲　崭露头角

1961年，谢鲁大学毕业，被分配到湖北省戏曲学校工作。当时湖北省戏曲学校设置专业课和文化课。谢鲁当上了文化课教师，给学生上历史课。

（一）初涉戏曲　编剧创腔

工作一段时间后，谢鲁明显感到文化课在戏曲学校只能算是“点缀”，他暗想：在一个专业性很强的部门工作，若不熟悉这个部门专业，很难有所发展。于是他利用大量的业余时间去看戏，看表演中的一招一式，甚至还学“起霸”。教“起霸”的老先生说：“祖师爷没赏你这碗饭。”因此，他开始自学戏曲音乐。

当时湖北省戏曲学校有京剧、汉剧、楚剧三个科，学生大多十三四岁。专业课（教戏）老师大多是齿落鬓黄的老艺人，课堂上往往管不住学生。校方决定，把年轻干部派到课堂上去维持秩序，不让正值淘气年龄的学生乱说话、乱跑。这些年轻干部被戏称为“课堂警察”。可能是想到了谢鲁有三年“文艺兵”经历，校领导将他由文化教研室转入专业教研室，负责管理汉剧科音乐班学生。这次调动，使他得以近距离接触和学到很多汉剧音乐知识，逐步开始涉足戏曲编剧及汉剧创腔、作曲工作。

1962年他尝试将河北梆子古装戏《挂画》和现代戏《飞夺泸定桥》移植成汉剧。自己改写剧本和创腔作曲，没想到竟然得以上演。初次尝到甜头，谢鲁偷着乐了一阵子，从而更激起了他“搞汉剧”的兴趣。

（二）两部汉剧　轰动三镇

1963年，全国兴起戏曲现代戏热潮，湖北省戏曲学校也开始学演现代戏。

对谢鲁来说，这是他人生的一个重要转机。

1. 汉剧《黛诺》。

1964 年秋，谢鲁与同事余笑予一起，将云南省京剧院演出的京剧《黛诺》移植为汉剧。他们对原剧本进行了整理（包括部分文字修改），由余笑予导演，谢鲁创腔作曲，汉剧科学生演出，受到观众赞誉。1965 年，中国唱片社为该剧部分唱段录制了两张唱片并在全国公开发行（这两段唱腔的旋律谱入选湖北省汉剧艺术研究室 1984 年编印的《汉剧艺术研究·革新唱段资料选》）。

这两张唱片有一个显著特征——唱片中心的红色标识上写的是：唱腔设计湖北省戏曲学校汉剧科音乐组；演唱湖北省戏曲学校汉剧科学生；伴奏湖北省戏曲学校汉剧科乐队——没有任何个人名字。具有收藏价值。

2. 汉剧《江姐》。

1964 年，党中央机关刊物《红旗》杂志上发表了《江姐》的剧本，足见这部戏分量非同一般。同年底，湖北戏校校长带着谢鲁、余笑予等几位教师到上海去看空政文工团演出的原版歌剧《江姐》，连看六场，非常感动，迫不及待欲将其移植成汉剧。至今谢鲁谈到歌剧《江姐》仍然一往情深："我非常欣赏歌剧《江姐》，结构别致，语言独特，音乐清新，表演细腻。"对剧作家阎肃，他更是敬仰："阎肃的文字功力了得！仅从剧中所有人物的唱词中都有"花、鸟"这一点看，语言风格如此统一，在我所见到的创作剧目中，绝无仅有！"

由沪返汉后，谢鲁加班加点创腔，余笑予导演，二十几天就把歌剧《江姐》移植成了汉剧。在武昌区委礼堂首演，"不动窝"连演了七十多场！其后，该剧在武汉三镇连续演出二百多场。全省多个汉剧团学演。

（三）崭露头角　横遭"浩劫"

继《黛诺》、《江姐》之后，谢鲁又将湖南花鼓戏《补锅》、河南曲剧《游乡》移植为汉剧，演出后口碑甚好，全省多个汉剧团学演；移植歌剧《洪湖赤卫队》、粤剧《山乡风云》投入排练……到了 20 世纪 60 年代中期，谢鲁在湖北省汉剧界崭露头角、小有名气。

当他正准备开足马力向前迅跑时，“文革”给了他当头一棒。还差两个月才满二十八岁的他，一夜之间，成了“黑帮走狗”、“黑线干将”、“资产阶级反动权威”、“敌人的二套班子”……

1970年秋，以湖北省戏曲学校京剧科学生和部分教师为主体，组建成湖北省京剧团，谢鲁册上有名，成为湖北省京剧团创作组一员。

当时湖北省京剧团的主要任务是学演“样板戏”，创作人员的主要任务是深入生活、改造世界观。也好，每当“反××”来了，谢鲁就和几位同仁打起背包上山下乡。有人指责他们“逃避运动”，他们玩玩“据理力争”——“千错万错，上山下乡不为错！”

创作组也搞创作，但在“三突出”、“三突破”等“脚镣手铐”禁锢下，难见成效。唯有所参与编剧和创腔作曲的京剧现代戏《放鸭姑娘》得以“公开彩排”、电视台转播，在湖北省内产生较大影响，多个剧团学演或移植。但最后也因为该剧“没有表现与走资派斗争”而最后“关箱大吉”。

尽管几乎所有“创作活动”都是无果而终，但这些“活动”却给谢鲁提供了学习京剧音乐的机会和尝试创腔作曲实践的可能，不幸中之大幸。

“十年浩劫”过去，谢鲁已经年近“不惑”，生命中精力最旺盛的十年，就这样胡乱抛洒掉了！

四、 重整旗鼓 努力工作

“文革”结束，百废待兴，有良知的中国人都会产生时不我待的急迫感。湖北省京剧团创作人员努力创作新剧目。谢鲁参与编剧并创腔作曲的大型京剧现代戏《紧急空降》，在1978年全省专业剧团会演中获二等奖。

（一）《奇冤记》、《桃李梅》

1979年，恢复传统戏演出。湖北省京剧团这样一个“无名角、无名戏、无名气”的“三无剧团”，最紧迫的任务就是“求生存”，应急之策就是赶快排练可供上演的剧目。

1979年夏，谢鲁和余笑予决定将河南曲剧《卷席筒》改成京剧，他们用很短时间完成了改写剧本和创腔工作，取名《奇冤记》，安排由朱世慧担纲主演。当时朱世慧与剧团部分成员正在江西九江营业性演出，谢鲁和余笑予赶到九江排练此剧，用十来天拉出了框架。此时出现突发事件——原定上演剧目的主演突然失声，一字不出！救场如救火，带队领导当机立断，改上《奇冤记》。

谁知一发而不可收，《奇冤记》连演多场欲罢不能，演出合同一再延期，九江观众搬来竹床、躺椅，彻夜排队买票，剧场甚至贴出“凭户口本限购两张”的“告示”……这个结果是谁也没有预料到的。

京剧古装戏《奇冤记》在两年内演了大约三百多场，据当时湖北人民广播电台有关人士说：《奇冤记》创造了该台收听率60%以上的纪录。这出戏使京剧有了“小丑挑梁”的大戏；开创了京剧丑行多腔调、多板式成套唱腔的尝试。

1980年，谢鲁与余笑予又合作将吉剧古装戏《桃李梅》改编为京剧，演出超过百场。

（二）“四连冠”

从1979年到1988年，湖北省京剧团有四部创作剧目连续获得文化部大奖，国内京剧界同仁曾戏称为“四连冠”。四部剧目是：《一包蜜》、《徐九经升官记》、《药王庙传奇》、《膏药章》。谢鲁均参与编剧和创腔。

1. 小型现代戏《一包蜜》。

1978年，为纪念人民公社成立二十周年，余笑予写了一个小节目，谢鲁看了之后，觉得可以发展为一个小戏，于是二人合作写成了小型现代戏《一包蜜》。由余笑予导演，谢鲁创腔作曲，立于舞台。朱世慧担任角色的“戏份”很重。

1979年，文化部举办“庆祝中华人民共和国成立三十周年献礼演出”，派人来湖北选节目，在看了很多作品之后，确定《一包蜜》为参演剧目。该剧到北京演出后反应奇佳，颇多好评。荣获创作一等奖，表演二等奖，这是湖北省京剧团获得的第一个“国家级奖”。全国多个京剧团学演。

据说1984年文化部主办“现代题材歌剧、话剧观摩演出”，本打算选一台小戏，权威人士提出："选小戏，《一包蜜》是标杆，没达到这个水平的别来！"可见《一包蜜》这出小戏在全国影响之大！

《一包蜜》取得成功，谢鲁与余笑予曾经有过这样一段对话——谢鲁问："我们还来不来（北京）?"余笑予答："当然还要来。"问："再来就不能是小戏了吧。"答："拿大戏来！"

2. 大型古装戏《徐九经升官记》。

20 世纪 80 年代初，湖北省京剧团青年编剧郭大宇、彭志淦合作写出了一个名为《仙鹤顶上红》的剧本并进入排练。发现剧本结构、人物设置、语言等方面存在诸多问题，但《仙鹤顶上红》剧本中有"闪光"的东西值得挖掘。剧团领导指示谢鲁和余笑予"指导修改"。从剧本结构到语言，谢、余二位不仅动口而且动手——通过"剪头绪、立主脑"调整剧本结构，使故事更精彩、矛盾更集中、冲突更尖锐、人物性格更鲜明、动作更准确、语言更流畅。

谢鲁回忆说："改写'上任'一场，我设置了'歪脖树'这个具有特殊意义的场景，还用两首'打油诗'表现了徐九经得意的心情，特别安排徐九经'唱'了一整场戏；'谒侯'一场中，原唱词'好一座威严侯爷府，人未进门闻三呼。王命在身义无反顾，大胆向前胆气粗。'我觉得没有准确表现出人物此时此地的心情，而且有'说大话'嫌疑。于是改成'好一座威严侯爷府，人未进门闻三呼。一霎时我的心跳得咚咚咚咚像打鼓……哎，王命在身我怎能犯迷糊？定住了神、稳住了步，未进门先把气运足！'这样一改，除了比较准确地表现了徐九经此时此地的心情外，还体现了'丑行'幽默、诙谐的特点；'苦思'一场中，安排了大段唱——'当官难'。"

经过共同努力，繁琐拖沓的《仙鹤顶上红》脱胎换骨成为亦庄亦谐的《徐九经升官记》（之所以在《徐九经升官记》的节目单上专列出"编剧指导"，含义殊深）。1980 年年底，由谢鲁创腔作曲，余笑予执导，《徐九经升官记》立起来了。

由于以往京剧"小花脸挑梁"的戏不多，正儿八经唱"皮黄"的就更少，该剧在武汉推出后，有人提出质疑："这是京剧吗?"面对业内外众说纷纭，剧团领导决定：去北京公演。看看北京的专家们和观众们怎么说！

赴京公演第一阶段在北京王府井米市大街的吉祥戏院。尽管此前小戏

《一包蜜》曾经在北京获奖，但北京广大观众并不知道湖北省京剧团。剧场经理说："你们湖北省京剧团都没听说过。这回来演出，七场戏好赖得给你们弄圆满了……"

当剧场门口大广告牌上登出《徐九经升官记》宣传画和演员名单时，不少老观众在广告牌下咂摸："朱世慧？'世字儿'的。不对，这'世字儿'辈的，没听说有这么一位啊？"

前站人员十多人在大队人马出发之前先期到北京后，分头登门邀请中直和北京市文艺单位的领导、专家以及多家媒体的记者看戏。

前站人员联系上了时任中央统战部副部长的湖北汉川人张执一同志。张部长非常热情，主动与在中央机关工作的湖北籍领导同志们联系，说湖北省京剧团请他们看戏，首长们大多欣然应邀。

1981 年 4 月中旬，剧团到了北京。

首场演出一炮打响，一时间《徐九经升官记》轰动京城。当年"五一"国际劳动节，《徐九经升官记》被安排在北京人民大会堂三楼小剧场演出，座无虚席。

北京电影制片厂看中了《徐九经升官记》，拍成"戏曲故事片"《升官记》，获得"最佳戏曲片奖"。

主演朱世慧，也因此剧成名。

赴京公演载誉归来，"这是京剧吗？"的质疑之声烟消云散。

十年后，《徐九经升官记》参加首届"中国京剧艺术节"，获得银奖。

据"好戏网"报道：该剧获 1980—1981 年"全国戏曲优秀剧本奖"，并塑造了"徐九经"这一让人过目不忘的典型好官形象。1981 年，《徐九经升官记》赴京汇报演出，连演三十四场，场场爆满，观众达四万多人次，北京各大报刊纷纷发表文章六十余篇，盛赞《徐九经升官记》。戏剧界一大批著名专家如马少波、吴祖光、阿甲、范钧宏等也挥毫撰文《京剧奇葩》、《笑着和封建特权的残余告别》、《别辟蹊径》等文章，认为《徐九经升官记》是"京剧舞台上难得的一台好戏。

1987 年 6 月，该剧赴香港演出，"疯魔了京剧戏迷"，香港二十九家报刊发表评论文章就有一百八十二篇，称《徐九经升官记》是"戏宝"。1995 年 4

月，《徐九经升官记》赴奥地利维也纳连演四场，使中国京剧首次登上了音乐之邦的舞台。该剧上演以来，全国各省市二百多个剧团来信索要剧本要上演此剧，台湾复兴京剧团也排练了该剧。迄今为止，《徐九经升官记》已有京剧版、豫剧版、昆剧版、越剧版等版本。

继《一包蜜》之后，湖北省京剧团第二次“得胜回汉”。谢鲁又问余笑予：“我们还来吗?”余笑予说：“当然要来!”实际上，他们已经有新的创作计划。

3. 大型现代戏《药王庙传奇》。

谢鲁谈到创作《药王庙传奇》时说：“别人说我们的戏生活气息特别浓，是因为我们每编创一出戏都要提前两三年扎扎实实深入生活。许多戏剧情节和细节，如果没有亲身体验，是不可能构想出来的。小戏《一包蜜》中很多细节都有生活依据，《药王庙传奇》同样如此。如歌德所言：‘往往生活当中的事情比虚构的还要真实’，确实是这样。”

“文革”时期，湖北省京剧团的创作人员上山下乡，谢鲁与余笑予、彭志淦三人结伴同行最多。省内有名的知青点他们差不多都去住过，所以对知青生活非常熟悉。他们知道：那时候农村缺医少药，许多知青就采草药、种草药，在农村“无照行医”；他们知道许多知青从农村回来，就成了“待业青年”，只能等着街道和国家分配工作；他们还知道武汉不少青年工人自学成才，却因搞发明创造而受压制、受排挤……

现实生活激发了他们的创作欲望，铸就了《药王庙传奇》。这出戏说的就是“待业青年在自学成才道路上的遭遇”。他们撰写《药王庙传奇》创作体会时，谢鲁借用南宋大学问家朱熹诗句“为有源头活水来”为题，确是肺腑之言。

《药王庙传奇》的剧情是：旅日华侨司徒恋华双腿瘫痪，被判为不治之症，回国治疗。经医学权威韩望春救治无效后，痛不欲生。此时巧遇栖身药王庙虽无行医执照却身怀绝技的青年高小明，暗赠“天王藤”为其治病，竟获奇效。此剧的原型，一是洪湖人民医院的老中医首创雷公藤治病，受到医学界承认和临床应用；一是《武汉青年报》报道的自学成才后留学日本的一位青年医生。作品以传奇色彩，塑造了真实可人的人物形象。高小明积极进取，却狂放不羁，调皮任性，个性鲜明。戏剧的情节从这一特定的人物性格生发，给观众带来很多意外。①

彭志淦、余笑予、谢鲁合作编剧，余笑予导演，谢鲁创腔作曲的京剧现代戏《药王庙传奇》立在了舞台上。不料在参加湖北省汇演后评审时，十四个评委全部投了反对票。理由有三：一是，现在党中央号召尊重知识分子，这出戏偏偏批评知识分子压制自学成才的待业青年，是在与党的现行政策唱对台戏；二是，放着那么多优秀青年才俊不写，偏偏表扬一个无照行医的待业青年，是在发泄对社会现行制度的不满；三是，前有《一包蜜》和《徐九经升官记》，都很不错，这个戏却写了一群莫名其妙的人和一件莫名其妙的事。上纲上线，色厉声严。

但是后来《药王庙传奇》被遴选进京参加文化部主办的“话剧、歌剧、戏曲现代题材观摩演出”，荣获了演出、编剧、导演、音乐、主演（两名）、幻灯字幕共六项大奖十一块金牌，名列所有参演剧目之榜首！

六项奖中，“演出奖”全团人人有份。其余五项大奖，谢鲁占了其中三项：编剧、音乐、幻灯字幕。

专门设立幻灯字幕奖，“开天辟地第一回”。因为谢鲁是《药王庙传奇》的编剧和作曲，对全剧内容和唱腔节奏烂熟于心，重要演出操作幻灯字幕，非他莫属。谢鲁操作幻灯字幕不仅是及时将唱词（说白）放映出来，同时还颇具“韵律感”。谢鲁和歌剧《芳草心》的幻灯字幕操作者并列“幻灯字幕第一人”！

谢鲁说：最令人难以忘怀的是演出结束后由马少波先生主持召开的评议会，因为会上发言太过踊跃，主持人不得不规定每人发言不得超过3分钟，后又规定每人1分钟，再后规定每人只许讲30秒！作为该剧的编剧兼作曲的谢鲁在听发言时，激动得差点掉眼泪。他没想到90%的与会者意见竟然如此一致，更没想到对《药王庙传奇》的评价竟会如此之高——“现在是80年代，湖北省京剧团已经创作出了90年代的戏！”

这部戏的音乐有许多亮点，丑行唱腔的独到之处自不必说，旦行唱腔也颇

① 《中国京剧百科全书》，中国大百科全书出版社2011年版，第950页。

具新意；全剧伴唱恰到好处。乐队更是表现“超前”——使用了电子琴和夏威夷吉他！这些电声乐器在当时戏曲乐队中极为少见，将电子琴和吉他（尤其是夏威夷吉他）引进京剧，湖北省京剧团是首创。

在北京民族文化宫剧场最后一场演出结束后，一直在观众席二楼操作幻灯字幕的谢鲁向剧场的一位青年工作人员王卫军表示感谢并征求对演出的意见，王卫军说：“你们演的这出现代戏非常好！”问：“好在哪里？”答：“我们剧场以接待歌舞、话剧演出为主，很少演戏曲。看了这部戏之后，我感觉京剧最适合演现代戏。”谢鲁听到这话大感意外，忙问：“为什么？”答：“表现现实生活，歌舞太抽象，话剧太真实，京剧最合适。”这番话未必完全正确，但至少可以看出普通观众喜欢《药王庙传奇》这出京剧现代戏。怪不得谢鲁从来自信而坦诚地表示：“京剧现代戏能写到《药王庙传奇》这个样子，很不容易，可以算是高水平了。”

由于《一包蜜》、《徐九经升官记》、《药王庙传奇》三战连胜，1984 年 5 月，湖北省京剧团创作班子被湖北省人民政府命名为“湖北省优秀创作集体”。一个剧团创作班子被省政府命名为“优秀集体”，全国似不多见。

4. 大型清装戏《膏药章》。

还是在由北京回武汉途中，谢鲁又问余笑予：“我们还来不来？”余笑予坚定地回答：“还要来！”其实，《药王庙传奇》创作班子已经开始着手创作下一个剧目了。这个剧目的内容与辛亥革命有关——

1986 年是孙中山先生诞生一百二十周年。孙中山先生发动和领导的辛亥革命，是中国历史上第一次也是唯一一次由资产阶级领导的武装革命。纪念伟大的革命先行者孙中山先生诞辰，创作一部内容与辛亥革命有关的戏，完全应该。

谢鲁、余笑予、习志淦（即彭志淦）查找辛亥革命史实，想从中找到可供编剧的题材，史实浩如烟海，哪些能够成为戏剧题材，不是一眼就能看准的。于是他们对辛亥革命时期的文学现象进行研究，发现辛亥革命是一场没有歌声、缺乏文艺作品的革命。反映辛亥革命时期中国社会生活的文学作品，尤其是“大部头”作品可谓寥寥。谢鲁依稀记得 50 年代上大学时，好像读过一本与辛亥革命前后一个小镇社会生活有关，书名为《烽火代》的“大部头”，但具体内容全忘了。

辛亥革命时期的文学作品给人印象最深者，只有鲁迅先生写的《彷徨》和《呐喊》。鲁迅先生对挣扎在贫困枷锁和精神桎梏中的国民充满同情，同时严厉批评我们民族精神中之“劣根性”。“哀其不幸”而“彷徨”；“怒其不争”而“呐喊”。

谢鲁认为：从鲁迅塑造出阿Q、闰土、孔乙己、祥林嫂、华老栓等文学形象看，说明他非常熟悉小人物。鲁迅为什么不写“大部头”？不写孙中山、黄兴等“大人物”？或许他和我们一样——知道这些“大人物”，却并不熟悉这些“大人物”。“写自己熟悉的东西”，是一个很重要的创作观念。我们自己就是“小人物”，我们最熟悉“小人物”，我们有“小人物情感”，也有写出“小人物反映大事件”作品的能力。还是创作一部“小人物”戏吧。

写一个什么样的小人物呢？传统鼓书《粉妆楼》中“胡奎卖人头”故事，使他们找到了“点子”——医生救革命党，革命抛弃医生……这不正是辛亥革命失败的惨痛教训——脱离民众——的具体写照吗！

冥思苦想、绞尽脑汁、呕心沥血、刮肚搜肠，耗时三年，前后在舞台上立了七稿，《膏药章》终于成形定版。机会永远留给有准备之人。《膏药章》刚刚问世，正好赶上1988年文化部在天津主办“全国京剧新剧目汇演”。《膏药章》得以亮相津门。

《膏药章》在天津第一工人文化宫剧场演出，三层楼、一千七百多个座位的观众大厅，首场基本坐满一楼；第二天二楼有人了；第三天三层楼都几乎全满。以前曾听说“天津的戏不好唱”，这回湖北省京剧团到天津来，为什么受到如此热捧？是《膏药章》打动了天津人。一位印刷厂工人曾给剧团寄来写满七张材料纸的一封信，倾诉自己看了《膏药章》之后的心声，其中“我就是膏药章、我就是小寡妇”的文字，读来令人鼻酸！

在汇演例行研讨会上，许多专家发言对《膏药章》予以充分肯定。有说“《膏药章》是一部‘大作品’”；有说“《膏药章》堪称《阿Q正传》的姊妹篇”；著名戏剧理论家张庚同志说：“这出戏，嬉笑怒骂，皆成文章”……

京剧《膏药章》获得巨大成功，获得国家级、省级多次多项重奖；朱世慧也因此获得“梅花奖”。其后湖北省京剧院常演常改常更新，2002年荣获

“中国戏曲学会奖”，2005年被列为“全国十大精品工程剧目”。

2007年年初，中国戏曲学会、湖北省文化厅、中国艺术研究院戏曲研究所在武汉联合召开了“湖北省京剧院《膏药章》学术研讨会”，谢鲁宣读了题为《千淘万漉　精益求精——〈膏药章〉编剧回眸》论文，他说：“1979年编演的现代小型京剧《一包蜜》……只能算是一部‘社会问题剧’；那么，1980年所编演的大型古装戏《徐九经升官记》……则进入到‘道德批判剧’层次；而1984年赴京演出的大型现代戏《药王庙传奇》，在某种程度上可以认为是展示社会主义新人的‘人品人格剧’。如果这部表现辛亥革命的新剧作，仅仅是为了“应时”、“应景”，似乎有失湖北省京剧院创作集体水准，甚至可以认为是创作思想的倒退！写一部‘历史精神剧’的创作冲动，将会使湖北省京剧院创作集体的创作思想提高到一个新层次。”这部戏就是《膏药章》。

谢鲁认为：戏曲艺术的综合性特征决定了创作的集体性。搞戏曲创作要有一个志同道合、水平相当，能够团结协作，配合默契的团队。湖北省京剧院创作集体就是这样的团队，他们曾经被国内许多戏曲院团羡慕，被夸耀为“强力集团”。从1979年到1991年，这个“强力集团”编创出《一包蜜》、《徐九经升官记》、《药王庙传奇》、《膏药章》，得到了全国戏曲界专家和广大观众的赞许，使湖北省京剧院取得了骄人战绩，为湖北的父老争得了荣誉，也为繁荣中国的京剧事业作出了卓越的贡献！

可是，就在《膏药章》获得成功后不久，湖北省京剧院的创作团队解体，“三驾马车”（余笑予、谢鲁、习志淦）各奔东西，湖北省人民政府命名的“优秀戏曲创作集体”也就名存实亡了。国内很多熟知内情的专家，都非常怀念他们在20世纪80至90年代的辉煌成就。

“四连冠”只是谢鲁代表作的一部分。他改编的京剧折子戏《雷峰塔》，1991年参加了香港第十九届国际艺术节演出；创作的独幕话剧《抉择》由驻武汉舟桥部队战士演出，1991年获广州军区二等奖（不设一等奖）；创作的京剧小品《去留两难》（编剧、创腔作曲），1993年在“中国戏曲现代戏研究会”第十二届年会开幕式演出，获湖北省第二届“剧本文学奖”、武汉电视台第一届小品大赛“优秀编剧奖”（只设一名）；创作的大型楚剧现代戏《东方税官》，1996年参加文化部举办的“全国戏剧交流演出”获编剧奖；21世纪初，与人合作编剧、独立创腔作曲的大型京剧古装戏《襄阳米颠》，2004 年参加第四届“中国京剧艺术节”演出，获优秀剧目奖（银奖）第一名及优秀编剧奖（单项金奖）。

此外，在湖北省重大节日庆典、抗洪救灾、抗震救灾等大型活动中，谢鲁都会拿出“京剧联唱”（作词、作曲）、“多剧种联唱”（作词、作曲）之类的节目无偿奉献。

五、创腔作曲八字原则

1984 年 4 月，文化部举办的“全国现代题材话剧、戏曲、歌剧观摩演出”，《药王庙传奇》荣获包括“优秀音乐奖”在内的六项大奖。其间，谢鲁应会刊之约，写了一篇《一要姓京　二要好听　三要传情　四要创新》的小文章，发表在《会刊》第十一期上。这篇小文概括了他的京剧音乐创作观念——姓京、好听、传情、创新，堪称创腔作曲的“八字原则”。

（一）创腔不忘“姓氏”

区别戏曲剧种“姓氏”的重要标识是音乐（唱腔、乐曲、伴奏方式），尤以唱腔为最。同一个戏曲剧本，能分出是什么剧种，音乐，尤其是唱腔起了决定性作用。既然将所设计的腔调命名为京剧，就必须姓京——像京剧。肯定改革，鼓励创新，但不赞成“改姓”。既想“创造新剧种”，何必伪托“姓京”。

（二）好听的秘诀

所谓“好听”并不抽象，有相对一致的评判标准。声音分“乐音”、“噪音”，乐音好听，噪音难听。将若干乐音排列组合成音乐，人们通过“听”能产生心理愉悦，就是“好听”。

大凡旋律流畅、节奏明快的戏曲音乐作品，至少不会太难听。几乎所有戏曲剧种，都有一些经典剧目；在这些经典剧目中，都有一些脍炙人口的唱段。这些唱段除可供“反复欣赏”（注意：戏曲唱段具有的“反复欣赏”性，是戏曲音乐的优势）外，往往还能广泛传唱。这些唱段之所以能被人们“反复欣赏”和广泛传唱，秘诀就在于旋律流畅、节奏明快、容易“上口”。有些戏曲音乐作曲者在设计唱腔时，往往喜欢把旋律搞得很花哨、把节奏搞得很凌乱，唱者繁难，听者纠结。实不可取。

（三）发挥“传情”功能

“诗言志，歌咏言”（《尚书·尧典》）——诗表达抱负，歌传递心声；“曲以诠性情之微”（程羽文：《盛明杂剧序》）——用歌曲传递细致情感；“曲以陶冶性情”（元·顾瑛：《制曲十六观》）——歌曲能陶冶情操。“谁谓声音之道，无关性情耶”（明·袁中道：《观剧日记》）——谁说音乐的本原，与性情无关？

音乐既是“情感”的派生物，更是情感的传递者。“传情”是“歌”的基本功能。推而论之，戏曲音乐的一个重要任务就是“传情”。不为传情何必唱！

（四）创新推动前进

“创新是艺术的生命”，但真正做到“艺术创新”，并不是一件轻而易举的事情。首要解决的问题就是端正对于“传统”和“变革”的认识。

京剧最优良的传统就是“全方位变革”，正是这个“全方位变革”造就了京剧。从整个戏曲发展史看，从来就没有停止过创新；在“继承”和“创新”方面，创新往往是主流。不“创新”，倒是有“数典忘祖”之嫌。

这八字原则具有普遍指导意义。地方戏的创腔作曲，当然不能“姓京”，但必须“有根”——别忘了姓什么！

六、 构建京剧丑行唱腔体系

谢鲁自称是一个在专业上的“不安分分子”。这个“不安分”表现在他总是“心存变革之想，力行变革之事”。“构建京剧丑行唱腔体系”的探索和实践，可谓是他“不安分”的“代表作”。

（一）初试锋芒

长时间以来，京剧舞台上丑行扮演的角色“大不过蒋干汤勤”。《群英会》中的蒋干和《一捧雪》中的汤勤都不算“小角色”，但也确实算不上“挑梁”的主角。难道丑行不能“挑梁”？当然，京剧中丑行唱主角的戏有，如《打花鼓》、《小放牛》、《小上坟》之类。但唱的多是“杂腔小调”，正儿八经当主角唱“皮黄”的还真没有。1979 年谢鲁和余笑予改编《卷席筒》就是冲着有朱世慧这样一个好演员来的。

在移植《卷席筒》为京剧《奇冤记》时，谢鲁有意让第一主角曹张苍（朱世慧饰演）出场就唱大段【西皮】（近三十句），剧中还有【四平调】等多样小段，最后唱一大段（四十多句）由【导板】、【回龙】、【慢板】、【原板】、【垛板】、【散板】组成的【反二黄】成套唱腔。朱世慧曾提出：“京剧丑行没这么唱的！”谢鲁回答：“从你开始就有了。”朱世慧“听懂了”这句话的意思，咬牙坚持了下来。当年演出《奇冤记》每唱到【反二黄】，一个【导板】观众就叫好三次，全段叫好不下十余次。

由于《奇冤记》的成功，才有了后来的“丑行当家戏”系列作品和“建构京剧丑行唱腔体系”的探索和实践。

（二）探索与实践

从《一包蜜》到《膏药章》，包括《奇冤记》，十二年弄出了五出丑行当家的戏，密度之大，力度之强，国内少有。同时也积累了许多经验。

1. 音乐设计未雨绸缪。

谢鲁是编剧兼作曲，所以，他在写剧本的过程中，便把各种“唱式”做了安排，剧本写完，唱腔音乐设计方案同时完成；导演的准备工作做完，唱腔也基本完成了谱写。

2. 唱词具备行当特色。

丑行看重幽默、机趣、诙谐甚至搞笑，念起来伶牙俐齿，唱起来妙趣横生。剧作家在撰写丑行念白和唱词时，须臾不可忘记丑行的行当特色。好的丑行念白和唱词，一定要根据剧中人的身份做到：深刻而不呆板，通俗而不粗鄙，轻松而不油滑，风趣而不下流。这一点非常考验作者的语言功力。

3. 选定样式说说唱唱。

以前京剧丑行唱“皮黄”，时常用一些“怪腔怪调”，虽然与其他行当做出了区分，总显得格调不高。谢鲁从传统戏《法门寺》中刘公道的“唱”受到启发，将“说说唱唱、夹说夹唱”的演唱方式引进到《奇冤记》、《一包蜜》中，被专家和观众接受。在《徐九经升官记》、《药王庙传奇》、《膏药章》里继续使用，终于定型为丑行的基本唱式。用这种唱式去处理京剧“皮黄”的所有唱腔和板式，逐渐形成了京剧丑行的唱腔体系。

朱世慧认同这个体系，并坚持使用，终于赢得了“丑生”美誉。

七、 老骥伏枥　壮心不已

谢鲁是中国当代戏曲界贡献卓著的剧作家兼作曲家。他虽然谦称自己不是“戏曲的科班出身”，坦言自己是在“边干边学”。但是，我们透过他所创作的优秀作品，领略到了他的全新理念和探索精神。迄今他创作了大小剧（节）目百余部。新时期以来，他多次参加全国性戏曲艺术学术会议并宣读（讲）论文；在省以上报刊发表了有关戏曲艺术见解的文章数十篇，近五十余万字。出版专著《戏曲编剧谈》（长江文艺出版社）；《戏剧人物考》（中国档案出版社出版）；《湖北人与京剧》（武汉出版社出版）。如今他已是耄耋之年，仍然勤学多思、笔耕不辍。他说“我现在对这个有点儿感情”，然而我们所看到的是他对于湖北这片热土和京剧艺术的深情挚爱。我们为之折服、为之惊叹、为之羡慕，更为之感动和鼓舞。

谢鲁是勤奋的。一个学历史的本科毕业生，能修炼成取得可观成就的资深专业戏曲编剧兼作曲，除了他的天赋条件外，没有点“下地狱”的自觉，没有苦学苦钻的精神和干劲，这条路肯定是走不通的！这种精神和干劲从何而来？他认为：“把你安插在一个地方，并不是你有什么本事，而是这个地方的事情要你去干。会干就干好；不会干，就学！”这或许得益于他少年时期参加革命所受到的教育。这教育已经“溶于血、透于骨”了。

他的人生信条依然是：“不争名利，不患得失，甘于寂寞，甘于清贫。”

他说出了，也做到了。

谢鲁也是幸运的。先后荣获湖北省文化局“人才奖”、“湖北省有突出贡献的中青年专家”、“湖北省文化系统先进工作者”称号，享受国务院“政府特殊津贴”。2002 年被武汉市人民政府聘为武汉市文史研究馆馆员。

多元多样的创作　更新更美的追求

——武汉京剧院　国家一级作曲　李连璧

李连璧，中国当代京剧音乐作曲家，武汉京剧院国家一级作曲。自1982年开始进行戏曲剧目音乐创作，其间又参加过戏剧导演干训班的学习与研究。主要作品有：京剧《豹子湾战斗》、《岳飞夫人》、《王昭君》、《樱恋长安》、《乱世王》、《梅锁情》，《祁奚》、《巧凤凰》、《灰阑记》、《水龙吟》、《春江月》、《洪荒大裂变》、《徐九经升官记》、《膏药章》、《法门众生相》、《孙尚香》、《天家孽》、《广陵散》、《楚江擂》、《七彩环》、《吉庆街生活秀》、《水上灯》、《紫英》、《魂系油气田》等剧目的音乐、唱腔设计。此外，他还曾涉足过一些广播剧、电视剧的音乐创作，并为昆、豫、越、楚、汉、黄梅、花鼓等剧种担任音乐创腔设计，在长期实践中积累了丰富的戏曲音乐创作经验。

一、 耳濡目染 在特殊的环境影响之下走上京剧艺术道路

（一）“民生乐园”中留下的童年记忆

1949年，李连璧出身湖北武汉一个梨园世家，母亲是京剧演员，专工武旦，曾与著名演员高盛麟同台演出。武汉市的“民众乐园”① 当时叫“新市场”，是当时武汉三镇乃至中南地区最大的娱乐场所，所有的艺人大多居住和生活于此。那里边有几十个剧场，其戏剧文化之繁荣与氛围之浓重，比起当时上海的“大世界”可谓有过之而无不及。在这里有包括京、汉、楚、歌、话、杂、豫、评、越等各个剧种的戏曲艺术，以及曲艺、皮影等相关的说唱艺术，甚至马戏中的空中飞人、飞檐走壁等各种相关艺术无所不包，各路名家也纷纷在此一展才华。像京剧名家梅兰芳、程砚秋等众多南来北往的艺术大家都在这里演出并产生轰动性效应。在“民众乐园”里，有两个从事京剧艺术表演的团体，一个是“小京班”，另一个是“大京班”（即后来的武汉市京剧团）。大京班在“大舞台”（后来叫江夏剧院）演出，由于从小受到戏曲锣鼓和吹、拉、弹、唱特殊环境的影响，耳濡目染之中，使李连璧从小就对于京剧艺术产生了浓厚的兴趣。同时，对于其他的多种艺术形式，也很感兴趣并在他幼年记忆中留下了难忘的印象。童年的李连璧，经常是从一个剧场出来，又进入另一个剧场看演出，这种自幼便享受的快乐艺术生活一直延续到他上小学。1956年，因为要进入武汉市小学读书，李连璧家搬出“民众乐园”。

（二）考入武汉市戏曲学校

1959年，武汉市戏曲学校成立，当时的李连璧只有九岁半，由于他出身

① “新市场”，1927年该地被称之为“写画世界”后来改称“民众乐园”，新中国成立后又被称之为“人民落花园”（相当于天津的劝业场或上海的大世界）。

于梨园家庭，所以在亲友们的劝说和介绍之下，他便顺利地进入到了“武汉艺校”，由此，开始了他踏入戏曲艺术行业的第一步。

初入戏校时李连璧被分配到京剧表演科学习京剧老生，当时的老师有本校的、还有北京上海等地请来的许多著名老师任课。经过三个月之后，李连璧学完了《武家坡》、《二进宫》等戏。四个月之后，又学习和演出了全部的《失·空·斩》。此后，他又学习了《捉放曹》、《搜孤救孤》等剧目。那时武汉市戏校实行的是一种大容量的填鸭式的教学方式，学生每个月都必须学会几出戏，学完了就唱。同时能够为学生提供很多的演出机会。有些演出场所当时一些老演员不去，或剧团外出，于是，就让戏校学员去进行演出实践，比如工厂、部队和小剧场等场所，目的在于通过实践历练学生。由于这样的特殊环境，在戏校的几年间，李连璧边学边演的剧目达到了有几十出戏之多。通过这样大量的演出实践，他的表演水平提高很快，已经初步显露出表演方面的才华。可是，1966 年“文革”开始后，整个学校的秩序出现了混乱，李连璧也进入了变声期。其后，他毕业被分配到武汉市京剧团工作。

二、 勤于思考　在初期的京剧艺术实践中探索作曲奥妙

1964 年，现代戏汇演的时候，中国已经产生了一大批风格各异的京剧现代戏，在这些体裁各异、题材多样的剧目中，新唱腔、新音乐以及交响乐队融入传统戏曲乐队的新型伴奏模式，以及后来“样板戏”中各种风格流派的京剧唱腔与音乐色彩纷呈的那些新颖别致、美妙动听的精彩唱段，使得从小学惯与唱惯了京剧传统戏的李连璧倍感新鲜，也极大地被这种新的京剧音乐所吸引，从而萌发了涉足戏曲作曲的想法，并最终使他走上了从事京剧作曲的道路。

（一）武汉市京剧团的“三肩挑”专业人才

年轻时的李连璧可谓多才多艺，他有着强烈的求知欲和创造力。他不但钻研京剧作曲，还涉足剧本创作，后来他又学习导演方面的知识并从事戏曲导演。在当时，可谓是“三肩挑”的专业人才。

1. 潜心专攻戏曲作曲。

李连璧最早转向戏曲作曲，并没有到专门的音乐院校作曲专业学习，也没有专门拜访名家学习。完全是一种“干中学、学中干”模式，以自习自悟为主。刚开始时，他是从为毛主席语录或诗词谱曲开始的，后来陆续接触到一些新编历史戏和现代戏。当时的上级领导既主张各地方院团学习优秀的“样板戏”，也倡导新创现代戏剧目。在研习唱腔音乐创作之初，李连璧最早从京剧的老生唱腔开始，后来开始尝试花脸、老旦和其他旦角唱腔的创作，再后来又涉足各种音乐方面的写作。同时，他又找来大量京剧旧唱片，对照多行当，多流派，新与旧的各种腔调和板式，边研究边创作。他在“文革”中的这种举动甚至还遭到邻居和居委会的举报和投诉。当时李连璧完全是凭着一股“初生牛犊不怕虎”的锐气，勇敢地闯入了戏曲音乐的行列。作为年轻人他敢想敢干不怕吃苦的精神赢得了同事们的赞扬。

2. 涉足戏曲剧本创作。

李连璧不仅热衷于戏曲音乐创作，文笔也比较好，他曾作为《长江日报》特约通讯员撰写过许多文章，由于他具备较强的“舞文弄墨”的文字和文学方面的功力，所以在他刚开始从事戏曲音乐创作的时候，团里就让李连璧参加剧本创作工作。他曾经参与了《飞车向前》、《云岭日出》、《收租院》、《选军马》、《千重浪》等一系列的大、小剧目的剧本创作工作。据李连璧讲，他起初从事戏曲文学创作，也是受到“样板戏”的影响。他认为，“样板戏”的成就不光是音乐，其剧本结构和其中的唱词等都是很美也是很讲究的。正是受到这些剧目创作的启发，他与其他创作者一道，在不断地学习和借鉴中，创作了包括《豹子湾的战斗》、《包公》、《红娘子》等一系列剧目的创作任务。从70年代末开始，随着传统戏的恢复，他还应演员要求整理改编了一批传统戏剧剧本。比如由孙毓敏唱红的《金玉奴》中“花烛夜”的唱词，最初就是他应本团演员王婉华的要求而整理改写的。那一阶段李连璧很忙，他一边搞剧本创作，一边搞戏曲音乐创作，持续了八年的时间。

3. 受组织委派参加导演班培训和学习。

后来，李连璧又对戏曲导演产生了浓厚的兴趣，剧团领导也发现了他多才多艺的才能，就决定派他到安徽的合肥市去参加“导训班”。这个“导训班”，是20世纪70年代末期，文化部组织国家一些权威性导演方面的专家，所举办的以重点培养和训练全国各个剧团的导演们的专门训练班。在学习班上，李连璧得到了以中央戏剧学院著名导演专家徐晓钟老师为首的专家们的指导和训练。又在导演方面学到了许多专业的知识。由于他出身于演员，又搞过剧本创作，对于舞台调度方面的知识十分熟悉，所以他能够结合舞台艺术实践，将所学知识融会贯通，对于导演知识掌握快。从导训班回来后，他便担任了一些剧目的导演工作，如《樱恋长安》等，并在这些剧目中兼任作曲。将所学专业知识应用于剧目的创作实践之中。

从上述的经历中，我们不难发现李连璧是纯纯粹粹的戏曲“行里人”，他先后涉足于戏曲表演、戏曲导演、戏曲剧本创作和戏曲音乐创作等几个方面的知识，懂得多方面的专业技术。尽管如此，对他来说兴趣最浓厚、内心最喜欢的工作还是戏曲作曲。所以，后来他把从事戏曲作曲作为了自己主要的工作定位。

（二）专攻戏曲作曲后的京剧音乐创作实践

李连璧始终认为：演员、编剧和导演等这些专业知识的学习和创作实践，对于从事戏曲作曲专业大有裨益。俗话说：功夫在戏外。正是具备了编导方面的能力，才使得他在从事戏曲音乐创作之时，经常从编剧和导演的角度进行换位思考，使得他在以一个戏曲作曲家的身份与演员和编剧合作之时，每一位合作者都感觉到很顺，其中的奥妙就在于他的多方面专业知识积累。

在从事戏曲剧本创作和戏曲作曲期间，李连璧十分重视对于传统戏的整理加工或改编工作。其中包括剧本中唱词的整理和加工，包括唱腔的再创作工作。他直接参与了包括《白蛇传》、《鹿台恨》、《金玉奴》以及京剧《秦香莲》等多剧目唱腔与音乐的整理和改编工作。李连璧认为：“搞戏曲音乐，一要有根，二要好听，三要出情，四要创新。”① 曾经有人说，要想改编需先整理，要想创作必须先改编。我认为这个循序渐进是对的，这也是一个功夫的磨炼过程。戏曲音乐创作过程也应如此。进入20世纪70年代后期，李连璧通过

---

① 对李连璧的采访录音。

整理和改编相关剧目，为他后来的戏曲音乐创作奠定了基础。

三、 继古创新　进入创作高峰阶段的京剧音乐创作成就

20 世纪 80 年代开始，李连璧进入音乐创作高峰时期。在此期间，他先后创作了众多不同体裁、题材的作品，其中主要包括以下几类：戏曲舞台剧；戏曲电视剧和戏曲广播剧；戏歌。在戏曲舞台戏方面主要包括如下几种类型：一是传统型（这类的舞台剧目无论是戏曲演员的扮相，还是编剧手法和导演手法都接近传统戏的风格）；二是改良型；三是现代型（也即现代戏）；四是荒诞型（荒诞戏很多是以丑行为主的，由于湖北省京剧院有朱世慧这样一个丑行演员，他的戏一般都是请李连璧作曲，从新版《徐九经升官记》到《膏药章》等，这些戏都是以小花脸行当为主的唱腔，说中有唱、唱中有说，说说唱唱中充满着浓厚喜剧特色的个性特征）；五是杂交型（如《洪荒大裂变》等）。

（一） 在京剧《膏药章》音乐创作中的新探索

戏曲音乐创作一定要“因地制宜、因团制宜、因人而异”，如果做不到，就不会收到好的效果。湖北省京剧院的最大特点是有一个丑行导演余笑予和丑行演员朱世慧，所以，在剧目生产方面，有自己的独特风格。也使得李连璧在丑行唱腔的设计方面做了很多新的尝试。

他曾坦白地道：

> 我个人在京剧唱腔中，对于丑行和小生行当的唱腔不是很感兴趣的。因为传统戏中丑行留下的唱段不多。用张庚先生的话说：“传统戏的小花脸儿没腔啊！”而小生行当唱腔往往又与旦行很靠，不容易出新。比如【娃娃调】，总是那几个看家腔，但是，面对剧团的现实情况，你就得“明知不可为而为之”。既然“想为之”，就得为好。所以，我在丑行的创作上确实下了一番功夫。比如《膏药章》这出戏中的唱腔，我就想了许多办法。既不能拿老生腔开涮，更不能用正宗流派糟改。咋办？我在冥思

苦想之后，最后憋出个【京梆调】来。所谓的【京梆调】，就是河北梆子、山西梆子加上北京曲艺中的大鼓等方面的东西。通过这样艰难思考和大胆地探索，收到了较好的艺术效果，也开拓和丰富了京剧丑行声腔。同时，我也总结出了一些成功的经验。我认为，在京剧丑行的唱腔创新方面《膏药章》这部戏是成功之作。后来这部戏拍成了电影。

面对不同的剧本和不同导演不同风格的需求，作为作曲者如何处理，也需要动脑筋。在搞《膏药章》这出戏时，李连璧曾问导演余笑予先生："余导，您对《膏药章》的唱腔有什么要求?"余笑予说："你看过滑稽戏没有?"李连璧回答说："我在'民众乐园'长大的，当然看过了，不过那玩意儿好像属于曲艺范畴。"余笑着说："我就要那种东西。"李连璧当时想，如果在新戏里边照搬那种滑稽戏的东西是绝对不可能的。咋办?得想办法，有困难就要想办法克服和突破。于是，他在《膏药章》中探索性地设计了一段从未有过的【二黄南梆子】和【京梆调】在西皮及二黄中的移调变奏。这种设计过去罕见，但是他想要在该剧中的腔调上做大的变革，只有这样才能出新。但是"变不离宗"突出一个"活"字。通过这样的探索式的创新，受到了导演和演员的认可和赞同，收到了很好的艺术效果。演出中该剧唱腔方面给人以新颖的感觉，受到了观众的普遍好评。

此后他又在《射雕英雄传》中设计了一段【反调南梆子】，可见李连璧敢于出新的过程中，既需要有艺术家的勇气，更要付出艰苦的劳动，绞尽脑汁地反复推敲与思索。搞新戏、创新腔，肯定没有西皮、二黄和南梆子来得那么顺手，那些旧有的经典唱腔和板式，是经过多少年磨砺，经过几代人的努力才日臻完善的。所以一个新腔从它出现、发展到成熟也要有个过程。但是，李连璧认为：

当一个作曲者面对编剧和导演提出的各种艺术设想之时必须要动脑筋认真思考，要用"作曲法"而非"套腔法"，京剧的作曲如果走装腔和套腔的老路子是会比较容易，但是，要进入创腔性的作曲就比较难。过去关雅浓老师一直在鼓励我要敢于写上"作曲"，而摆脱"唱腔设计"的说法，实实在在地说，我在很多剧目的唱腔写作中很多都是动脑筋写出来的，都是带有“创作”成分而绝非“套用”而来的。出现一个新的腔调和一个新的板式不要马上把它否掉。

当然，在探索的阶段肯定有些问题，也肯定会有这样和那样的不足。但是，李连璧的初衷良好，躬身实践实在难能可贵。他也有在艰难中克服种种困难、下了很大的功夫搞出了新的东西而不被承认的苦恼。但是他认为，搞新的探索和实践，就要在正统创作习惯和欣赏习惯中有所突破，实践本身就比较难，如果要想留下点东西更难。然而搞戏曲音乐一定要在唱腔上下功夫，不能搞一出戏一个腔就完了，要留下点东西才行。

（二）在京剧《程长庚》等剧的音乐创作中发挥的湖广韵功能

这些年来，李连璧搞了许多新戏，他的作品在业内外产生了一定的影响，因此，很多兄弟剧团纷纷邀请他写戏，与他合作过的京剧团也很多。特别是南方地区的专业京剧团。

在湖北搞戏，他就用了许多湖广韵的东西。他有一种感觉，湖广韵在北方的新戏创作中有点快被废除了。但是他始终记得阿甲老师跟他说的一句话：“湖广韵好啊，湖广韵出旋律呀”，李连璧感到阿甲先生说得很有道理，他虽然是一名导演，但他知道湖广韵出旋律。由于生在湖北长在湖北，李连璧在运用湖广韵方面有着得天独厚的条件。在他的剧目创作中，许多地方都运用了湖广韵的东西，尤其在《生活秀》和《水上灯》的老生唱段中大量运用了湖广音韵，其主要目的既在于突显出该剧的地域特色，又显示出湖广韵派生出的语调美。这些年来他一直在这方面努力去做，也收到较好的效果。

他在给安徽京剧团搞《程长庚》的时候，当时的导演马科老师曾对他说，你能不能把安徽的特色化到本剧的唱腔之中。为此李连璧还特意随导演到了程长庚的家乡去体验生活。而且，导演给他提出一个难题，剧中的女主角能否唱大嗓？“我一听，这可太难了！旦角唱大嗓！从当时，直到现在我对这个做法都有异议。但是为了较好地体现导演的创意，又不使剧中的两个女角的声音相靠，我就使用了许多徽调的四声调值，以突出地域的特色风格”。

通过多种合作与创作，他获得了更多创作实践的体会，尤其是在京剧艺术面临着新的挑战和机遇的形势下确是一件好事，所以他满腔热情地投入其中。在创作中他能够根据不同的地域、不同的剧团的风格特征与不同演员阵容的实际情况，采取不同的创作思路和方法，较好地完成了不同题材的音乐创作任务。但是，这也有许多比较遗憾的地方。特别是1992年他给北京京剧院创作《水龙吟》时，起初，他认为该团是马谭张裘各派云集的地方，“我觉得搞出新戏来绝不能失去这些流派的风格。而且应该尽力地强化它。但是，由于种种原因我觉得在这出戏中体现得不够”。

在他的体会中，似乎在老生的唱腔中真正湖广韵的东西运用得还很不到位，特别是老谭派、老余派的东西，如果没有湖广韵的话，似乎就有了北京曲剧和评剧的感觉了（比如后来的京剧现代戏《红色娘子军》中洪常青的唱腔，仔细分析几乎都是京音字而略显单调）。所以说，在旋律进行当中，音程上小三度的运用，湖广韵应用都是很重要的方面。所以，他认为京剧音乐创作，必须要考虑它的地域风格和特色问题。他说：我国有三百多个剧种，如果在京剧音乐创作中能把那三百多个剧种所在地域的音乐风格融入京剧音乐之中，那么，对于京剧音乐来说将是一个极大的丰富。后来，他与台湾合作创作《阿Q正传》时，台湾的剧团提出能否将台湾的歌仔戏融入到该剧中。他们也提出了京剧的本土化问题，实际上，京剧与歌仔戏是风马牛不相及的事情，就连语言的语系也毫无关联，二者根本就融不到一起。后来，他们为李连璧找来很多资料，经过认真思考后，李连璧把歌仔戏中的七字调、江湖调也化到了京剧之中并且赢得了台湾同胞的认可。

（三）由《洪荒大裂变》开启的与台湾的合作

1988年，武汉京剧院带着新创京剧《洪荒大裂变》赴天津参加首届京剧新剧目调演，在剧目演出之后的座谈会上引起了一番争论，其中有的说该剧不像京剧，也有的说该剧的唱腔脱离了西皮二黄，一时间众说纷纭争论不休。当时关雅浓老师也在会场并做了中心发言。他当即给予了充分肯定，后来又发表文章对该剧音乐唱腔做了专门论述给了极高的评价。尽管当时许多人对该剧的唱腔与音乐有不同意见，可是令李连璧没想到的是，竟有台湾的剧团不远千里来大陆特意找到他并希望与他们合作。这引起李连璧的好奇也使他在些许的困惑中产生了自信。他的直觉告诉他京剧音乐创作中的求新求变是正确的，台湾方面也在追求创新。这一点激发了他的创作热情，也开启了他与台湾方面京剧团的合作。

1. 在台湾的京剧音乐创作中坚持继古创新。

从20世纪90年代起，李连璧开始与台湾京剧界合作，搞的第一出戏是《阴阳和》，主演是著名的京剧表演艺术家关肃霜老师的师傅戴绮霞，男主角是素有四栖演员之称的吴兴国。在此之后，他又与台湾方面搞了许多戏，比如：《刘海传奇》、《大义千秋》、《钟馗》、《君臣谏》、《潘金莲》、《森林七矮人》、《射雕英雄传》、《罗生门》、《求骗记》、《金屋藏娇》等。由于台湾方面十分重视求新求变的艺术追求，他们在创排新剧目的宣传中只写出“新编戏曲”，而并没有写京剧。其目的主要在于怕老票友和老观众不认可，故而回避“京剧”的表述。

在与台湾京剧界合作之初，因为不知道他们的具体情况，李连璧比较谨慎，起初他以为台湾在京剧的发展方面应该是比较保守，不像中国大陆那样改革和发展变化那么大。可是，在与其合作之后他的这种观念完全被打破了。比如在搞荒诞剧《潘金莲》之时，当初李连璧为剧中的人物张大户写唱腔，初稿的风格是带有山东吕剧风格的京剧唱腔。后来该段的唱词变了，李连璧又将原来的吕剧音调去掉，完全是按照京剧的音调来写的，可是，寄给台湾之后，他们就问为什么原来带有吕剧风格的唱腔去掉了，当李连璧说他想还原原汁原味的京剧唱腔时，台湾方面却还是认为有改革的好，坚持要初稿的风格。

由此可见，台湾的京剧团也是积极主张改革创新的。所以，面对当今的京剧发展现状，为了争取新观众，扩大新市场，他们求新求变心更切。后来台湾方面一直保持与李连璧的合作。之所以这样，李连璧认为就是他敢于并且始终坚持求新求变的原则，能够进行这方面的创作实践。在为台湾的剧目创作中，不仅改革创新而且风格各异，跳动的幅度也比较大。其中有中国的名著，也有外国的名著，比如《阿Q正传》和《罗生门》、《白雪公主》（又名《森林七矮人》）、《钟馗》、《金屋藏娇》、《三关宴》、《戏说三国》、《水浒忠义堂》等剧目。

2. 在与台湾剧团合作中的借鉴和体会。

李连璧与台湾京剧界的合作与交流比较早，那时的大陆与台湾的交流还不像现在这样比较活跃。但是他发现台湾方面有许多值得我们学习借鉴的东西，比如：在演出前的宣传方面，台湾的节目单中，所有的演职人员都有照片和文字标示，由此可以看出对于所有台前幕后人员劳动的尊重。在进行异地售票的过程中，从台北到台南，分十几处售票，而且在邻近演出的最后售票期间，每个新上演剧目的主要演员，都要扮上在国立剧院门前演出剧目片段。以此吸引路人的关注。每次只演片段，而且每次都是在最关键的地方戛然而止，之后，对大家说，我们这次就到此为止，如果您喜欢的话，请来买票观看。这种除了各种海报宣传之外，用“活人现场表演”的广告方式，目前我们内地尚不多见。

他认为台湾在京剧艺术传承方面的理念很值得借鉴。比如：一是京剧要放下架子，京剧演员也要放下架子，这样才能有亲和力，才能赢得观众的喜爱；二是在创作的理念上比较新，不光是编剧和导演，包括主要演员在内的整个团队思想都比较一致。虽然在人才方面，他们没有内地有优势，但是他们的开拓意识和创新与敬业精神，确实值得我们学习；三是在题材开掘上，他们没有过多的顾虑，绝无保守意识，只要是认为有市场的题材，就坚决上马排练演出；四在剧团方面，作为政府扶持的只有“国光”京剧团一个，此外，还有台湾复兴艺校实验京剧团。在演出时，演员可以相互借用。此外，他们有许多私人组织的演剧组织，有的是一个人，也有的是夫妻店。但是，他们通过合作等方式也进行新剧目的排练和演出活动。

（四）京剧《吉庆街生活秀》喜获第五届京剧艺术节大奖

2008 年，在第五届京剧艺术节上，武汉京剧院上演的京剧现代戏《吉庆街生活秀》获得了现代戏一等奖。在之后的一次座谈会上，李连璧坦言道：“这出戏之所以获得成功，音乐唱腔和交响乐队的伴奏在其中起了重要的作用。”他的这一观点得到了与会专家学者的广泛赞同。

李连璧在总结该剧音乐创作方面的经验时，归纳为四个方面：其一，在这部剧目的音乐创作中，交响乐队的伴奏编制给音乐创作提供了较大创作空间。

因此，他在唱腔和音乐的设计上也采用了新的手法。比如，该剧在对唱方面，他设计了四段，有些创作运用了一些歌剧的手法；其二，在该剧中出于男女主人公的表演意念和具体情况运用了许多戏歌，这些戏歌既好听又好唱，而且音乐语言简洁精练、易学好记，用他们代替了过去传统戏中的一波三折、九腔十八板的风格，收到了较好的听觉效果；其三，剧中的男主人公扮演者关栋天与作曲者心气相投，他们共同的思路和想法一致，比如在能否利用大型的交响乐队方面，在演唱方面能否突破以往京剧唱腔中那种循规蹈矩的传统模式，有所变化和向前推进都力求新的高度；其四，在唱段的时长上摆脱了以往的繁琐拖沓，除了剧中最主要的核心唱段达九分钟以外，其他所有唱段最长不超过五分钟的时间。所有这些创作理念，都是在充分考虑到现代人的审美特点之后所进行的改革与创新。

在《吉庆街生活秀》唱腔和音乐的创作上，李连璧依然实施了他的“因团制宜、因戏而异、因人设腔”的三原则。所谓“因团制宜”：是指该剧的演出阵容是武汉京剧院，如果是其他的剧团可能就不会这样写。所谓“因戏而异”：是指该剧描写的是武汉平民的故事，主人公是吉庆街的小生意人。所谓“因人设腔”：是指男女主角的嗓音条件，行腔技巧以及他们的演唱方式等等。创作的手法上，基本是采用的歌谣体，力图避免“繁琐唱腔炒鸡毛”的现象和一味闹心的花过门。所有的唱腔和音乐都是根据人物、根据戏的需要而设定。

该剧之所以能够成功，也在于曲作者与导演和编剧合作方面所集中体现的“一棵菜”精神。比如在该剧的唱段中，面对非七字句与十字句和无格式的自由化的唱词结构，在散文诗一样的唱词写法中，李连璧既做到了出旋律，又做到了出人物。他不轻易地否定编剧和导演的创作初衷。音乐上力求补台而非拆台。其实该剧中的许多唱词是不合规矩的，许多字也是倒的，或是上句压不住，或是下句压不住，或上下颠倒，甚至很绕嘴。遇到实在过不去的唱词时，他还要动手为其进行修改润饰。他认为该剧成功的最大优点是创作团队齐心合力拧成一股绳的精神。作为曲作者李连璧做到了“委我的屈，求他的全”。实际上，他在以往的剧目音乐创作中所做的类似工作也是如此。

2010 年，在第九届中国艺术节上经过进一步修改后京剧《吉庆街生活秀》，由京剧名家关栋天、刘薇担纲主演在广州隆重上演。有媒体报道说：武汉京剧院的这部现代京剧最成功之处在于，大量运用京歌，剧本和唱腔上的突破是两大亮点。为此广州日报的周娴等三名记者，还专程赴武汉，对该剧唱腔设计李连璧、编剧王海涛进行了访谈。当记者问到："这部戏在创作上完成了怎么样的突破"时，李连璧回答道："首先在表现手法上大胆改革。传统京剧通常是属于板腔体，常用套腔法（用老模式西皮二黄来套）和改良法（也是以西皮二黄为基础）。这次我们使用作曲法，采用京歌体，用歌曲的形式表现京剧，打破了西皮二黄程式化的东西。在乐队演奏方面请来了武汉乐团。传统京剧是三大乐器京胡、二胡和月琴，这部戏却加入了西洋管弦乐。让这部戏似歌非歌，似戏非戏。用交响乐来伴奏京歌体的京剧，也是创新。在唱词方面，传统的唱词都是三三四（比如'我本是卧龙岗散淡的人'）、五言、七律的形式，我们则用了长短句，唱词就像散文诗一样。腔体断句间歇得体，上口好唱。比如'雪花舞'唱段有'踏着白雪茫茫，我和你把脚下的月光踩得咯吱咯吱声声响；怕吵醒雪姑娘，我和你只用缄默的足印沿着温馨一行行'这样比较有诗意的句子。"

当时有评论认为《吉庆街生活秀》这部戏最成功之处在于该剧以大量戏歌风格展现于舞台，由此可见，将京歌融入京剧剧目音乐创作之中，用京剧音调写成唱腔，用歌曲法创作，即加上了京剧音乐元素的歌曲，其表演形式通过独唱、合唱、歌伴舞等多样形式呈现，所产生的不同凡响的艺术效果也是新时期的一种新的探索和尝试。李连璧始终认为多种类型的唱腔与音乐形式都应该进行探索和尝试，使戏曲音乐创作得到多元化多样化的发展。

四、 关于戏曲音乐创作形式的问题

李连璧说："这些年来，传统的京剧唱腔往往被创作者忽略了，许多唱段不能给观众留下深刻印象。京剧为什么有那么多票友？票友们都喜欢什么段子？有评论说：这些年新戏创作不少，但始终留不下好唱段，这的确值得我们搞音乐创作的人反思。"

（一）坚持戏曲舞台剧目多元化的创作理念

李连璧是一位多产的作曲家，在戏曲舞台剧目的音乐创作方面成就比较突出，他所担任音乐创作的主要舞台剧目有：《岳飞夫人》、《王昭君》、《孙尚香》、《祁奚》、《灰阑记》、《春江月》、《魂系油气田》、《天家孽》、《北风紧》、《走过十五岁》、《小凤》、《膏药章》、《法门寺众生相》、《吉庆街生活秀》等。在这些剧目的创作中，他一直主张戏曲艺术的发展要走多元化发展的道路，并总结了如下口诀："继承传统、广采博纳；推陈稳进，出新胆大；雅中求俗，俗中求雅；变不离宗，拿来融化；多元多样，竞争百家。"

在这个艺术理念的指导下，他始终坚持舞台剧要多元多样艺术主张。多少年来，他始终不断地在坚持多元化的戏曲音乐创作中探索前行。因此，他在某些剧目创作的风格上经常出现大跨度的变化。比如从京剧《膏药章》到京剧《洪荒大裂变》等剧目的创作。京剧《洪荒大裂变》从舞美到灯光再到演员的扮相都与以往剧目的风格大相径庭。李连璧认为他在进行京剧音乐创作之初，是在传统戏的影响之下更多地受到了京剧现代戏的影响。相对于传统戏来说，现代戏是一种创新。在那种全剧要有主题音乐，主题音乐之下，又要有人物的主调音乐，人物的主调音乐又要分为第一人物和第二人物的主调音乐，然后要交错进行等等音乐创作手法在当时的戏曲界是新的。但是，到了新的时代戏曲音乐创作更要随之而创新。戏曲艺术最忌讳的就是"一个模式一道汤"。

就戏曲音乐创作而言，唱腔的创作是主体，既要有传统的，原汁原味的东西，更要有改良和创新的东西。乐队的构成既有传统乐队，也可以用交响乐队，甚至是电声乐队。

（二）坚持京剧剧目唱腔的多样化创作思路

李连璧认为：

> 近年来，在许多剧目的唱腔创作中，都有根据传统唱腔所创作的新唱段，但是这些唱段往往既不被观众所喜欢，又在如何体现新腔上做得很不够，许多唱腔的创作在"章法"上不太讲究，因此观众听起来就不太爱

听。在我创作的《岳飞夫人》唱腔中，在主要人物的唱腔设计上使用了【反二黄】、【二黄】、【高拨子】、【西皮】连接的成套的唱腔，在这四大块之下，又有【流水】、【二六】等都是传统的成套唱腔，此剧在北京演出受到一致好评。后来在香港上演时香港的报界评论说："这是一个考功夫的戏。"我觉得说的有道理，因为在传统唱腔的运用上"整"，又有章法和特色。这其中我有运用了"程披梅"的手法（用程派的东西披上梅派的外衣）还有"张派"、"尚派"的东西，融入为一个系列。这样的话观众也爱听。所以，我说这些年我们这方面的东西不是多，而是少了。也没有考虑到票友和观众的审美需求。

在当年的京剧"样板戏"中，有很多东西给京剧界带来过新的"空气"，比如乐队编制等方面。那么，我们现在的新戏创作是不是还是要沿用样板戏的模式呢？曾经有一位票友对我说："我觉得现在的戏曲创作有一股子'帮'气！"我认为在现代的审美取向之下，再用样板戏中那种硬邦邦的表演动作，再搞"三突出"那种东西显然是不合适的。"繁琐唱腔炒鸡毛"或者有时为了凑合一个动机，把唱腔弄得很别扭。这种因主调而害腔的创作手法都是值得考虑的，新戏创作的关键在于如何使观众"耐听"，否则观众就会抵触，就接受不了，更甭说传唱了。

这些年我之所以搞戏歌，就是因为我认为京剧已经到了深入浅出的阶段了。汉剧的【慢板】是一个字的拖腔要持续八拍（4／4拍子），后来的京剧已经将一个字的拖腔减半为持续四拍（4／4拍子）。这就说明一个道理，戏曲唱腔的发展与变化要应时而动，要删繁就简，要深入浅出。京剧唱腔的创作要考虑如何上口，要在好学、好唱和好听方面下功夫。特别是新戏当中要勇于探索。舞台剧创作不能就腔谈腔，就戏谈戏，一定要想办法触类旁通，切记"功夫在戏外"，有时候一定要跳出来，把思路打开。京剧现代戏《吉庆街生活秀》唱腔、音乐之所以为观众所喜爱，其最主要的一点就是打开了思路，没有按照以往京剧唱腔和音乐的老套路写法进行创作。①

① 笔者与李连璧的交谈记录。

（三）坚持用平和的心态保持个性化创作风格

1. 以一颗虔诚的心继承优秀传统和改革创新。

京剧音乐有配乐、有幕间曲等很多种类，但是其主体是唱段部分。最核心的部分是有词的唱腔唱段。这些年来，他一直在追求京剧音乐的语调美。京剧的语调美和旋律的创新怎样结合好，旋律的创新又要简练而不复杂，简练的旋律又是姓京的，同时，他又能体现京剧原有的语调美，即韵味，韵味不是光靠唱的，也有设计的。在他创作的每一部作品，都是自己先要通过自己的哼唱，将风格和韵味完整清晰地传授给演员。他说："现在之所以见到有些演员的演唱很别扭，有的时候不是演员本身的问题，而是创作上出现的问题。京剧的唱腔和音乐的写作，绝不能拿起来就写，应该反复研究，……我们现在应该思考，为什么那些老先生所创作的唱段是那么脍炙人口、广泛传唱、深入人心。我现在一直在研究张君秋、裘盛戎和李少春先生的唱腔，甚至还有关肃霜先生的作品。我还是坚持要不失去京剧原有的语调美的特征，要把根留住，同时也要出新，但是必须要打破老的皮黄腔、老的板腔、老的词牌。"

李连璧曾经坦言："最大的苦恼就是有时音乐创作，投入了很大的精力，但不被人认同。其中导演还好一点，专家不认同、演员不认同、乐队不认同，是比较苦恼的。"他认为在给朱世慧写丑角唱腔的过程中，经过长期的磨合，相互之间已经达到了一定程度的默契，并且形成了独到的风格。但是，仍然有人不认可。他之所以搞戏歌，是因为，他认为戏歌创作的最大的优势就在于戏歌不需要谁认同，只要有人唱就行。比如他写的《旗帜颂》（阎肃作词），八分钟的曲子，配上交响乐队效果很好。近年来，他在追求"戏曲音乐剧"，而不是"京剧音乐剧"，也可以说是"民族歌剧"，至于说它是否完美，那就另当别论了，起码他是这样做的。

2. 以一个平常人心态去面对评奖和评说。

从事戏曲作曲几十年，且出了众多的作品，在湖北省内李连璧可谓是戏曲音乐专家。然而，由于体制、机制等客观方面的原因，他没有在国家级的评选中获得更多的奖项。但是，我们认为，他在京剧作曲方面是一位卓有成就者。他的艺术成就，完全可以通过他为本团和中国大陆其他省份的京剧院团的创作